Jim C. Hines a commencé à écrire au début des années quatre-vingt-dix, alors qu'il étudiait la psychologie à l'université du Michigan. Avant d'entamer sa carrière de romancier, il a écrit de nombreuses nouvelles, publiées dans différents magazines. Il habite aujourd'hui dans le Michigan avec sa femme, ses deux enfants et… beaucoup trop d'animaux de compagnie!
Découvrez le premier tome des aventures de ces trois princesses qui n'ont pas froid aux yeux!

L'Enlèvement du prince Armand

www.castelmore.fr

Jim C. Hines

L'Enlèvement du prince Armand – Tome I

Traduit de l'anglais (États-Unis)
par Anne Dobigeon

CASTELMORE

Titre original : *The Stepsister Scheme*
Copyright © 2009 by Jim C. Hines
Tous droits réservés

© Bragelonne 2011, pour la présente traduction

Loi n° 49-956 du 16 juillet 1949 sur les publications destinées à la jeunesse

Illustration de couverture :
© Scott Fischer

Dépôt légal : mars 2011

ISBN : 978-2-36231-014-0

CASTELMORE
60-62, rue d'Hauteville – 75010 Paris
E-mail : info@castelmore.fr
Site Internet : www.castelmore.fr

À Skylar

1

✳

Jamais Danièle Blanche-Rive, née Danièle Laverrie, ne ferait une princesse convenable. Jamais elle ne le pourrait, si ce titre impliquait de se souvenir de tant de détails infimes. Elle avait à peine retenu le protocole en vigueur avec les politiciens humains, et voilà que son précepteur insistait pour qu'elle mémorise le *Manuel des Us et autres Civilités chez les Fées à l'attention des Mortels : suivre le Noble Sentier Octuple de la Politique Féerique* avant la fin de la semaine !

En réalité, elle devait admettre que c'était plutôt sa faute. Après son mariage, l'intendant du roi lui avait remis un coffre plein d'ouvrages et de rouleaux de parchemin *« à étudier pendant votre découverte de Lorindar »*.

Les trois mois suivants, la poussière s'était accumulée sur le coffre tandis qu'elle parcourait le royaume en compagnie du prince Armand. Elle avait bien essayé d'étudier, mais il y avait tant à voir : l'ancien Chemin Côtier qui conduisait à Colwich, bordé de l'océan d'un côté et de chênes couverts de neige de l'autre ; le pont vers Emrildale, construit en pierres sèches par des nains des siècles auparavant. Seul le poids des pierres imbriquées à la perfection maintenait ces arches formidables. Chaque jour apportait son lot de merveilles.

Avec l'aide d'Armand, elle en avait appris assez pour éviter les situations embarrassantes lorsqu'elle était présentée aux divers membres de la noblesse. Danièle ne parvenait pas encore à distinguer un vicomte d'un baron, mais tant que ses erreurs étaient minimes, personne n'osait se plaindre.

Quant aux nuits… Le rouge lui monta aux joues. Autant dire qu'elle avait consacré très peu de temps à l'étude de… manuels. Les trois jours imprévus qu'ils avaient passés au Havre d'Azur, bloqués par la neige, s'étaient révélés des plus… instructifs.

À ce souvenir, un sourire s'attarda sur les lèvres de la jeune femme. S'emparant d'un autre livre sur la table de chevet, elle l'ouvrit au hasard et lut les conseils suivants :

Plus que de mesure, ne vous laisserez tenter
Par le vin, la bière ou toute autre boisson fermentée.
Dans votre nez, les doigts ne mettrez,
De gratouillements, votre séant ne soulagerez,
Si bien que toute assemblée s'exclamera, réjouie,
Qu'ici même, oui-da, siège bien une Lady.

Danièle referma le livre dans un claquement sec et l'envoya rejoindre l'autre au pied du lit. Pour un peu, elle aurait été tentée de retourner aux serpillières, et même aux chaudrons où elle préparait jadis les repas de ses demi-sœurs.

Elle se leva d'un bond et se frotta les yeux. Les carreaux noirs et blancs bien cirés étaient frais sous ses pieds. La brise pénétrant par la fenêtre entrouverte apportait avec elle l'humidité salée de l'océan.

Danièle fronça le nez. Il flottait également une légère odeur de fumier venue des jardins en contrebas.

Elle se dirigea vers la fenêtre et s'agenouilla sur une banquette capitonnée brodée d'armoiries royales quelconques : une licorne bleue et un oiseau vert ressemblant à une grosse poule.

Elle ouvrit les vantaux en grand et laissa courir ses doigts sur la surface irrégulière des carreaux. De minuscules grains de fer en brouillaient la transparence : on les y avait répandus au moment de la fabrication de la vitre. Le verre des pixies était censé protéger de la magie des fées, mais en réalité ces petits éclats métalliques ne bloquaient que les maléfices mineurs. Malgré tout, le nombre de clients désireux de bénéficier de cette protection avait été assez important pour assurer du travail au père de Danièle pendant de nombreuses années.

La jeune femme sourit en repensant à l'une des dernières commandes honorées par son père : une fenêtre pour le duc Rokan de Juste-Mont. Une simple limaille saupoudrée dans le verre comme un nuage de poivre ne pouvait suffire à Rokan. Le père de Danièle avait travaillé d'arrache-pied pendant deux semaines pour aligner des dizaines de petites croix à intervalles réguliers sur l'ensemble de la vitre, avant qu'une seconde épaisseur vienne les recouvrir.

Danièle n'avait que huit ans à cette époque-là, mais l'image de la plaque était si nette dans son esprit qu'elle aurait presque pu tendre la main pour la toucher. Pas une seule bulle d'air, pas la moindre irrégularité n'altérait la qualité du verre. Le rendu était tel qu'un simple coup d'œil suffisait pour percevoir cette illusion de croix suspendue dans les airs.

Un roucoulement sonore élargit son sourire. Elle se pencha à la fenêtre et tordit le cou pour apercevoir un groupe de pigeons accompagnés d'une vieille colombe. Ils étaient perchés sur la gouttière de cuivre vert-de-gris courant le long de la toiture du château de Blanche-Rive. D'un coup d'aile, la colombe vint se poser sur le rebord de la fenêtre, tout près d'elle.

Danièle s'esclaffa.

— Je regrette, je n'ai rien pour toi. Tu t'es déjà bien régalée des restes de muffins et de cookies, sans compter le morceau de sandwich au jambon que j'ai chipé hier. Si je te nourris encore, tu ne vas plus pouvoir t'envoler tellement tu seras grasse !

La colombe ouvrit le bec et se remit à roucouler, manifestement indifférente à ce genre d'argument.

— Votre Altesse ?

Danièle se redressa d'un bond tandis que l'oiseau battait des ailes avec mécontentement.

Une domestique se tenait dans l'embrasure de la porte d'entrée, un plateau de bois à la main sur lequel étaient disposées une coupe de bronze et une épaisse tranche de pain couverte de fraises et de framboises nappées de coulis.

— Bonjour, Talia.

Les rayons du soleil matinal illuminèrent la peau mate de la jeune femme. Sa voix était claire et douce, presque mélodieuse. Seul un accent très léger, une insistance sur les voyelles longues, permettait de la distinguer des habitants de Lorindar. Danièle en avait déduit qu'elle était originaire des déserts arathéens méridionaux, mais Talia était restée indifférente à toutes les tentatives de rapprochement de la jeune princesse.

Si les noms de la moitié des hauts dignitaires qui lui rendaient visite chaque jour lui échappaient, Danièle connaissait chaque serviteur du palais. Certains étaient gênés par la familiarité de la princesse; d'autres commençaient à se sentir plus à l'aise en sa présence.

Talia ne figurait dans aucune de ces catégories. Mince et robuste à la fois, elle paraissait à peine plus âgée que Danièle et ses dix-huit printemps. Mais quelque chose dans la prestance de la jeune femme donnait l'impression à Danièle de n'être qu'une enfant en comparaison. La servante inclina imperceptiblement la tête; tous ses gestes étaient d'une correction parfaite, pourtant ses yeux sombres croisèrent le regard de Danièle sans ciller.

— J'ai pensé qu'une collation vous serait agréable.

Sur le rebord de la fenêtre, la colombe roucoula et se rapprocha en sautillant. Danièle lui jeta un regard qui se voulait furieux.

— C'est à toi que je dois ça?

— Altesse?

Talia considéra la colombe, visiblement sceptique à l'idée qu'une princesse parle avec des oiseaux.

— Je te remercie, déclara Danièle. Ta prévenance me touche.

La jeune servante hocha la tête et s'approcha du lit. De sa main libre, elle rangea les livres de Danièle sur un côté de la table de chevet, puis posa le plateau; ses mouvements étaient si souples que c'est à peine si la surface du vin dans la coupe fut troublée.

La manche de Talia avait glissé, découvrant de pâles cicatrices sur son avant-bras. Elle sentit le regard insistant de Danièle sur ses anciennes blessures, mais ne prit pas la peine de rajuster le tissu. Elle s'affaira autour du lit, tira les couvertures et plaça le *Manuel des Us et autres Civilités chez les Fées à l'attention des Mortels* dans la pile.

—Laisse donc! s'écria précipitamment Danièle. Je peux…

—Vous êtes la princesse de Lorindar, Votre Altesse, répondit Talia. Et pas une souillon de la ville, couverte de cendres et corvéable à merci!

Danièle rougit et se détourna. Tout le monde au palais connaissait son histoire, même si personne n'avait, jusqu'ici, osé y faire allusion devant elle. Durant les quelques jours du Bal de l'Hiver, les rumeurs s'étaient répandues dans toute la ville, s'amplifiant jusqu'à devenir complètement folles : elle s'était faufilée subrepticement hors de chez elle pour assister au bal ; non, elle avait volé un carrosse ; mais non, elle avait été conduite au bal dans une citrouille enchantée, tirée par des souris géantes !

Danièle avait failli s'étouffer de surprise en entendant la dernière version.

Elle saisit le pain et détacha un bout de croûte qu'elle jeta par la fenêtre. La colombe s'élança pour l'intercepter avant qu'il touche terre. Son butin dans le bec, l'oiseau alla se percher au-dessus d'une tapisserie tendue près de la fenêtre. Des miettes tombèrent de la vieille tapisserie décolorée par les ans, qui illustrait un épisode de la Guerre du Solstice d'Été. Le motif formé par les points minuscules représentait des fées et leurs serviteurs enchantés, acculés au bord d'un précipice vertigineux par des chevaliers en armure, accompagnés de magiciens humains.

Une vieille tache de vin rouge soulignait l'aspect sanglant d'une escarmouche entre la cavalerie humaine et deux griffons. Danièle passa un doigt sur la tache, du vin blanc l'atténuerait s'il ne l'effaçait pas. Elle se retourna pour prier qu'on lui en apporte et se mordit les lèvres. Talia avait raison, elle n'était plus une servante, mais les vieilles habitudes étaient tenaces.

— Les oiseaux, vous cherchez à les apprivoiser ? interrogea Talia.

— Pas exactement.

Danièle prit un autre morceau de pain pour le donner à la colombe tout en se demandant comment elle pourrait s'expliquer sans persuader une autre domestique que leur princesse était folle. Mais c'était la première fois que Talia s'adressait à elle, passant outre à l'étiquette et les obligations qui incombaient à ses fonctions.

— N'êtes-vous pas au service de la reine, d'habitude ? reprit-elle.

La jeune servante acquiesça tout en redressant les candélabres de chêne sculptés suspendus de chaque côté de la fenêtre. Ils étaient en forme de dragons, leurs queues enserraient les bougies dont la lumière éclairait la pièce en se réfléchissant dans le miroir fermement tenu entre leurs griffes.

— Vous avez de la famille ici, au palais ? tenta une dernière fois Danièle.

— Non.

Le silence s'éternisa jusqu'à ce qu'un cri venu du couloir fasse sursauter la jeune femme.

— J'exige de voir ma demi-sœur sur-le-champ !

Danièle sentit sa gorge se serrer tandis que Charlotte, bousculant les deux gardes qui l'escortaient, faisait irruption. Presque quatre mois s'étaient écoulés depuis son mariage et la vue de sa demi-sœur aînée parvenait encore à lui faire baisser les yeux. Enfin, presque.

— Laissez-nous ! dit Danièle en s'adressant aux gardes.

Ils hésitèrent, puis s'inclinèrent et s'éloignèrent.

— Êtes-vous sûre, Altesse ? demanda Talia.

— Elle est toujours ma sœur.

Danièle prit sur elle pour soutenir le regard furieux de Charlotte. De petites croûtes annonçant une guérison prochaine maculaient le teint de porcelaine de cette dernière. Sa demi-sœur, plus grande qu'elle, avait une silhouette élégante aux membres graciles. La jeune femme portait une lourde cape bleue bordée d'or qui mettait en valeur ses boucles brunes. Des rubans d'or et d'argent étaient tressés dans ses cheveux.

Charlotte sentit les muscles de son cou se raidir tandis qu'elle détaillait à son tour la tenue de Danièle : la robe couleur émeraude, le peigne d'argent dans ses cheveux et le bracelet de rubis tout simple qu'elle avait glissé à son poignet à la demande insistante de l'une de ses dames d'atour car, affirmait cette dernière, il soulignait ses yeux. Danièle se fit violence pour demeurer immobile. Les fastes de la vie de château la mettaient toujours aussi mal à l'aise, mais il était hors de question qu'elle laisse Charlotte s'en rendre compte.

Ce n'était pas la première fois que sa demi-sœur venait au palais, usant de sa parenté avec la princesse pour s'insinuer dans les bonnes grâces de divers membres de la noblesse. Toutefois, elle ne s'était encore jamais rendue jusqu'aux appartements de Danièle.

Les derniers mois n'avaient pas été cléments pour Charlotte. Sa mère l'avait préparée à une vie luxueuse et l'avait laissée cruellement dépourvue face à la tenue de la maison qui, jadis, avait appartenu au père de Danièle. Le visage de Charlotte était plus pâle que dans les souvenirs de sa demi-sœur, et ses yeux rougis étaient cernés.

Talia fit le tour du lit et vint se placer entre Danièle et Charlotte.

—Cette dame désire-t-elle manger ou boire quelque chose ? interrogea-t-elle.

—Je ne suis pas ici pour dîner, interrompit Charlotte d'un ton sec. Je suis ici pour…

Sa voix devint de plus en plus aiguë, jusqu'à culminer en un cri strident à la vue de la colombe perchée au-dessus de la tapisserie. Les yeux écarquillés, la jeune femme ne pouvait détacher son regard de l'oiseau ; elle recula jusqu'à la porte contre laquelle elle buta.

—Faites immédiatement disparaître cette créature répugnante de ma vue ! hurla-t-elle.

Les plumes hérissées, la colombe battit des ailes et laissa tomber le reste du pain qu'elle picorait. Charlotte hurla de nouveau. Elle leva les mains pour protéger son visage, comme le jour du mariage.

Danièle tressaillit à ce souvenir. Elle revit les coups d'œil furieux et emplis de haine de ses demi-sœurs, l'éclat froid et calculateur dans les prunelles de sa marâtre qui la contemplait traversant en compagnie d'Armand la foule venue acclamer le jeune couple. Danièle avait pressé plus fort le bras de son fiancé en se disant qu'elle ne les laisserait pas gâcher cette journée. C'était sa journée. La sienne et celle d'Armand. Enfin, elle était L I B R E.

Contre toute attente, ses yeux s'étaient emplis de larmes. C'était sa mère qui aurait dû se tenir à ses côtés, et non sa marâtre. Son père, pas Charlotte ni Stacia.

—Ce mariage ne durera pas, s'était écrié sa belle-mère de façon que Danièle l'entende. Comment un prince pourrait-il être heureux avec une fille aussi quelconque ?

Charlotte et Stacia avaient éclaté de rire, relayées par d'autres personnes dans l'assistance. Le prince s'était raidi, mais avant qu'il ait pu ouvrir la bouche, un vol de colombes s'était abattu, becs et griffes dehors, sur la belle-mère de Danièle. Charlotte et Stacia avaient hurlé. Stacia avait bien tenté de repousser les oiseaux, mais elle n'avait réussi qu'à attirer leur courroux sur sa sœur et elle. Ils ne cessèrent que lorsque Danièle les en supplia : alors, ils s'envolèrent, laissant sa marâtre aveugle et couverte de sang.

À la lumière de ces événements, Danièle comprenait la réaction de Charlotte. Elle se tourna vers la colombe.

—Va-t'en ! lui commanda-t-elle. Je garderai un peu de nourriture pour tes amis et toi.

Docilement, la colombe s'élança du haut de la tapisserie et plongea vers la fenêtre. Bousculant Danièle sans ménagement, Charlotte se précipita pour fermer la croisée ; la jeune femme y mit tant de force qu'un des carreaux se fissura. Ses mains tremblaient tandis qu'elle poussait le loquet.

—Elle ne t'aurait fait aucun mal, tenta Danièle pour la rassurer.

Charlotte se retourna brusquement. Montrant les croûtes sur son visage, elle s'écria :

—Tes saletés d'oiseaux m'ont défigurée à vie. Ils ont tué ma mère, et ils m'auraient tuée aussi si je ne les avais pas chassés.

—Ils n'ont pas tué…

— Tais-toi ! (Charlotte serra plus étroitement sa cape, comme une enfant cherchant à se protéger du froid.) Ils lui ont crevé les yeux. Elle est restée alitée sept jours tandis que le mal contenu dans ses blessures se propageait dans son sang. (Elle se mit à rire, sa voix était si aiguë qu'on y entendait poindre la folie.) Un lâcher de colombes le jour d'un mariage est censé être un gage de prospérité. Mais dis-moi, princesse, de quel avenir augure-t-il lorsque les oiseaux tentent de dévorer les invités ?

— Elles étaient désorientées et effrayées, répondit Danièle.

— Elles se sont ruées sur nous ! Elles se sont acharnées ! (Charlotte s'empara de la coupe de vin apportée par Talia et la vida d'un trait.) Et les autres, ils n'ont pas eu la moindre égratignure !

Danièle protesta d'un signe de tête. Elle était sûre de ne pas avoir ordonné aux oiseaux d'attaquer sa belle-mère et ses demi-sœurs. Pas une seule fois depuis la mort de son père, elle n'avait riposté ou ne s'était vengée de ses persécutrices. Quelle que soit la raison de l'attaque, Danièle était certaine de n'y être pour rien.

Enfin, presque certaine.

Charlotte jeta la coupe avec rage et regarda Talia d'un air mauvais.

— Tu n'as donc rien de mieux à faire ? Je souhaite entretenir ma demi-sœur de mon héritage. Je ne tolérerai pas qu'une servante rôde ici pour surprendre les potins comme un chien happerait les restes du repas de son maître.

Avant, Charlotte avait l'habitude de parler à sa sœur sur ce ton dédaigneux, mais Danièle n'avait jamais vu tant de mépris dans ses yeux, ni de sourire aussi froid sur ses lèvres pincées. Talia se baissa pour ramasser la coupe et épongea le vin répandu avec l'ourlet de son tablier. Pas un instant elle ne quitta le visage de Charlotte du regard.

— Je serais heureuse de vous accompagner jusqu'au bureau du chancelier, dit Talia, père Isaac est très au fait de ce genre d'affaires et il…

— Je vois, dit Charlotte. Maintenant que tu es devenue membre de la famille royale, tu espères tirer avantage de tes relations pour nous intimider, ma sœur et moi, et nous voler tout ce qui nous reste !

—C'est absurde! répondit Danièle, déjà lasse. Merci, Talia. Je te sonnerai si j'ai besoin de quoi que ce soit.

Talia hésita, puis tourna les talons.

La porte était à peine refermée que Charlotte se précipitait sur Danièle.

—Tu as assassiné ma mère, Ton Altesse sérénissime! hurla-t-elle, hors d'elle.

La jeune femme boitillait toujours. Cette légère claudication datait de la fameuse nuit où le prince Armand était venu à la maison avec la pantoufle perdue de Danièle.

Cette dernière prit une profonde inspiration.

—C'est pour ça que tu es venue? Pour me jeter ton chagrin et ta colère à la figure, comme autrefois tu me jetais ton linge sale avec l'ordre de le ramasser et de le laver? Charlotte, je suis sincèrement désolée pour ta mère, j'ai demandé au roi et à la reine de vous envoyer des guérisseurs, mais…

—Ma sœur et moi ne voulons rien de toi, l'interrompit Charlotte en s'approchant si près de la jeune femme qu'elle lui postillonna au visage. (Son haleine la trahissait, il était évident qu'elle avait vidé plus d'une coupe de vin depuis le début de la journée.) À moins que tu puisses ressusciter les morts?

Discrètement, Danièle fit un pas en arrière.

—Alors, pourquoi es-tu ici? Votre mère vous a tout laissé, à Stacia et à toi. La maison de mon père, le jardin de ma mère, tout est à vous désormais. Qu'est-ce que tu veux de plus?

Charlotte sourit. D'une main, elle défit la boucle de bronze qui reposait sur son cou. La cape glissa à terre. La jeune femme portait une tenue de paysanne: une ample chemise de lin blanche et une jupe marron taillée dans un tissu grossier. Habituellement, des rangées d'or ou de pierres précieuses auraient orné son long cou. Ce jour-là, elle n'arborait qu'une fine lanière de cuir au bout de laquelle pendait une pierre polie de couleur bleue. Un long couteau de chasse était accroché à la ficelle qui lui servait de ceinture. Elle marchait pieds nus, hormis un bandage noirci par la saleté qu'elle portait au talon droit. Dans le fol espoir de faire chausser à sa fille la pantoufle de Danièle, la mère de Charlotte lui avait tranché une partie du pied.

—Je finis ce que ma mère n'a pu terminer, murmura Charlotte.

Les yeux exorbités, elle tira brusquement son couteau du fourreau. Danièle recula vers le mur. En soi, l'arme n'était pas suffisante pour l'effrayer. Elle ne comptait plus le nombre de fois où Charlotte l'avait menacée de la précipiter dans la cheminée, de l'ensevelir vivante dans le jardin ou de la traîner jusqu'aux canaux pour l'y noyer comme un pauvre chaton. Mais ces vêtements… Charlotte aurait préféré mourir plutôt que de se montrer si mal fagotée, elle qui avait toujours été la petite princesse de sa mère, qui s'habillait des robes les plus chères et arborait des parures hors de prix quand Danièle tremblait de froid dans ses vieux haillons maculés de cendre et de suie.

—Tu aimes? demanda Charlotte, caressant la pierre de son collier.

Elle fit un geste vers la porte. La targette en fer du loquet coulissa dans le verrou.

—Comment as-tu fait ça? demanda Danièle.

La lame brilla dans la lumière, tandis que Charlotte se rapprochait de la jeune femme.

—Tu crois que tu es la seule à avoir des secrets? Je sais tout sur toi, ma pauvre petite Cucendron! Comment ta défunte mère a ensorcelé le prince pour qu'il te choisisse à ma place, comment elle a fait pleuvoir or et argent sur toi pour le bal et comment elle t'a aidée à me défigurer et à tuer ma mère!

Danièle était tout près de la table de chevet. Sans quitter Charlotte des yeux, elle effleura du bout des doigts le rebord du plateau que Talia avait déposé sur le petit meuble.

—J'ai essayé de vous aider, Stacia et toi, rappela Danièle. Armand voulait vous emprisonner pour toutes vos intrigues. C'est moi qui l'ai exhorté à la clémence. J'ai respecté le testament de votre mère. Je n'ai pas voulu contester l'héritage ni récupérer la maison de mon père. Je vous ai donné une chance de commencer une nouvelle vie!

19

—La vie que je voulais vivre, la vie à laquelle j'étais promise, c'est celle que tu m'as volée! rétorqua Charlotte. Tu devrais me remercier, *princesse*: tu vas bientôt la rejoindre, ta mère chérie!

—Au moins, je serai en sécurité loin de toi, l'interrompit Danièle.

Les yeux de Charlotte s'agrandirent.

Danièle saisit le plateau et, faisant voler les reliefs du repas à travers la pièce, elle tenta de frapper son assaillante. Cette arme de fortune se révéla lente et incommode. Charlotte esquiva le coup avec maladresse et fut touchée à l'épaule gauche. Elle chercha à atteindre Danièle à l'aide de son couteau tout en agrippant l'autre extrémité du plateau.

Danièle le lâcha. La lame manqua sa cible et Charlotte, déséquilibrée, recula. Elle jeta le plateau pour s'avancer de nouveau.

—Aidez-moi, mes amis! murmura Danièle.

La jeune femme s'empara du *Traité des Nobles Manières* et le tint devant elle pour se protéger. L'ouvrage ne ferait pas un très bon bouclier, mais étant donné la prolixité de son auteur et l'imposant nombre de pages, il pourrait sans doute arrêter un couteau.

Charlotte bondit. Danièle para avec le volume. L'acier se ficha dans un angle de la couverture où il s'enfonça à peine, mais la force de l'attaque avait suffi pour renverser Danièle sur la tablette. D'autres livres tombèrent bruyamment en s'entrechoquant, suivis de l'encrier qui vola en éclats.

C'était peut-être le début de la folie, mais lorsque sa pauvre protection lui fut arrachée et que l'encre se répandit sur le sol, la seule pensée qui vint à l'esprit de Danièle alla aux joints du carrelage qu'il serait si difficile de nettoyer.

À l'extérieur, quelqu'un s'acharnait sur la porte qui tremblait dans son encadrement. En vain. Il était impossible de déverrouiller la serrure.

Charlotte avait déjà saisi Danièle à la gorge quand la vitre vola en éclats. Des débris de verre tintèrent en tombant et la vieille colombe fit irruption dans la pièce, suivie d'un couple de pigeons.

Charlotte poussa un hurlement et se retourna en donnant de grands coups de couteau à l'aveuglette.

Danièle s'empara de l'un des oreillers du lit et le jeta sur le bras armé pour neutraliser l'arme. Faisant face à son adversaire, elle lui donna un coup de poing dans le nez. Charlotte recula en chancelant pendant que Danièle profitait de ce répit pour empoigner un tabouret qu'elle leva au-dessus de sa tête.

Danièle n'eut pas le temps de frapper. Charlotte avait touché son collier et crié:

—Non!

Le tabouret explosa. Des morceaux de bois carbonisés se mirent à pleuvoir autour de Danièle. Charlotte cilla: elle semblait presque aussi abasourdie que sa demi-sœur.

Un pigeon s'agrippa aux cheveux de Charlotte et tira de toutes ses forces, l'autre lui becqueta l'oreille. La jeune femme brandit sa lame de façon si frénétique et si désordonnée qu'elle faillit se blesser au visage, mais cette folle tentative repoussa les oiseaux.

Danièle se précipita vers le lit. Par malheur, son pied heurta les livres et elle s'effondra lourdement. La jeune femme roula sur elle-même pour échapper à Charlotte. Les éclats de verre et de bois lui transpercèrent le dos. L'un des pigeons plongea sur Charlotte, visant le visage, mais les moulinets firent mouche et envoyèrent l'oiseau s'écraser contre le lit; du sang s'écoula de son aile.

—Lâche cette arme!

La voix de Talia était calme, ferme, et son ton impérieux n'était plus du tout celui d'une servante. La jeune femme se tenait dans l'encadrement de la porte, munie d'une de ces gigantesques arbalètes utilisées d'habitude par les gardes du palais. Fabriquée dans un bois noir verni et incrustée de cuivre rutilant, l'arme était dissuasive à elle seule. Danièle ignorait comment Talia était entrée, mais son arrivée était providentielle.

—Attends! s'écria Charlotte.

—Non!

Talia appuya sur la détente. Un carreau vrombit dans les airs.

Au même instant, la colombe fut écartée brusquement de sa trajectoire, comme si une main invisible l'avait frappée au flanc.

Elle fut propulsée en direction de Charlotte, et le trait se logea dans le poitrail de l'oiseau qui termina sa course en s'écrasant contre la jeune femme ; il laissa une longue traînée sanguinolente sur son corsage avant de toucher terre. Ses petites pattes se rétractèrent lentement tandis que la vie le quittait.

Talia n'hésita pas. Elle lança son arbalète au visage de Charlotte qui se retrouva plaquée contre le mur, le nez en sang. Talia glissa un orteil sous le plateau que Danièle avait jeté. Un petit coup sec du pied, et le bord de bois se retrouva dans sa main. Telle une danseuse, Talia pivota et lança violemment son arme improvisée vers l'avant-bras de son adversaire. La lame tomba plus loin dans un cliquetis.

Talia traversa la pièce à grandes enjambées.

— Restez à terre, princesse !

Charlotte recula vers la fenêtre brisée. Elle ferma les yeux, et se mit à remuer les lèvres comme si elle récitait une prière. L'instant d'après, le cadre de la fenêtre faisait entendre un craquement et se détachait du chambranle, emportant avec lui le reste de vitre brisée.

Talia bondit pour la retenir, mais Charlotte fut plus rapide et se jeta vivement par l'ouverture ; les doigts de Talia glissèrent sur sa cheville.

— Saleté ! s'exclama Talia en s'écartant de la fenêtre. Elle ne s'est même pas fait mal !

Danièle se détourna à la recherche de la colombe. Celle-ci baignait dans une flaque de sang. Un coup d'œil suffisait pour comprendre que l'oiseau était mort. L'extrémité du carreau transperçait son dos, tordant le petit corps. La jeune femme effleura les douces plumes blanches du crâne de l'animal et refoula ses larmes.

L'un des pigeons était blessé lui aussi. Son aile pendait derrière lui tandis qu'il boitillait vers la jeune femme. Danièle le ramassa avec délicatesse.

— Il saigne toujours.

Talia s'arrêta net au milieu de la pièce pour la dévisager.

— Ce n'est qu'un pigeon !

— Ces oiseaux m'ont sauvé la vie.

— C'est moi qui vous ai sauvé la vie, fit Talia en fronçant les sourcils. Ils ont fait diversion assez longtemps pour me permettre d'arriver jusqu'ici.

Danièle remarqua la porte ouverte.

— Comment as-tu…

— Pas le temps de vous expliquer. Restez ici avec vos oiseaux, princesse ! Les gardes ne devraient plus tarder.

Et elle quitta la pièce en claquant la porte derrière elle.

Danièle s'efforça de réprimer les tremblements qui la secouaient lorsqu'elle se releva pour regarder par la fenêtre. En bas, Charlotte traversait la cour à toute vitesse. La jeune femme venait de faire une chute de trois étages et elle courait comme un lapin, entravée seulement par la légère claudication due à son pied blessé.

Danièle examina l'aile du pigeon. Le saignement ne lui parut pas trop grave : elle refréna son envie d'appeler le chirurgien royal. Avec d'infinies précautions, elle installa l'oiseau sur le lit. Ses demi-sœurs et sa marâtre l'avaient enfermée une grande partie de son existence, il était hors de question que Charlotte l'oblige à se cloîtrer dans ses appartements désormais !

— Je te remercie, mon ami, murmura-t-elle à l'oiseau. Je fais aussi vite que possible.

Essuyant ses larmes, la jeune femme se précipita à la suite de Talia.

Des rayons de soleil éclairèrent le couloir d'une lumière dorée tandis que Danièle s'élançait vers l'escalier. Surpris, les gardes s'effacèrent pour la laisser passer. L'un d'eux la héla, mais elle n'y prêta pas attention.

Talia avait déjà plusieurs volées de marches d'avance. D'une main, la princesse releva les bords de sa robe et accéléra l'allure.

Lorsqu'elle atteignit la cour, son cœur cognait dans sa poitrine et elle transpirait à grosses gouttes. Loin devant, Talia, qui avait fait prestement demi-tour pour la rejoindre, remontait une manche comme pour frapper. Elle eut l'air contrarié lorsqu'elle reconnut Danièle.

— Je vous avais dit d'attendre, princesse, lui reprocha Talia sur un ton que personne n'avait osé employer avec elle depuis son mariage.

— C'est ma demi-sœur ! répondit Danièle tout en continuant à courir. Et je ne veux pas avoir ta mort sur la conscience. Va retrouver les gardes et dis-leur ce qui s'est passé !

Talia courait à présent au côté de Danièle.

— Les gardes, c'est moi qui vous les ai envoyés pour assurer votre protection… Manifestement, ils ont échoué !

Aucune des deux femmes ne ralentit. Danièle aperçut Charlotte qui se hissait sur le toit de la chapelle. Comment avait-elle fait pour escalader le mur de pierre ? La jeune princesse n'en avait pas la moindre idée, mais il était probable que sa demi-sœur avait utilisé le même moyen que celui qui lui avait permis de survivre à sa chute.

Talia dépassa Danièle et accéléra le rythme en traversant les jardins. Elle se baissa à plusieurs reprises pour ramasser quelque chose, ce qui lui valut les malédictions d'un des jardiniers. Danièle redoubla d'efforts pour ne pas se faire distancer.

Le soleil éclairait Charlotte lorsque celle-ci grimpa sur le faîtage de la chapelle. Les bras écartés pour se maintenir en équilibre, la jeune femme se dirigeait vers le clocher.

Quelques personnes étaient sorties de la petite église et montraient la silhouette du doigt, attendant de voir la tournure qu'allaient prendre les événements ; deux gardes se précipitèrent hors de la tour nord-ouest.

Au sommet du clocher se dressait une croix en bois rehaussé d'argent. Les incrustations de métal brillaient toujours malgré une vingtaine d'années passées sous les intempéries. Charlotte tendit la main en direction de la croix. Danièle s'interrogea sur ses intentions. Si sa demi-sœur parvenait à se hisser là-haut, elle pourrait s'élancer et atteindre la muraille nord du château. Mais déjà les gardes l'encerclaient : le piège se refermerait sur elle.

Talia prit son élan et jeta un objet rond et vert en direction de Charlotte. Elle en tenait un autre dans la main gauche : Danièle reconnut une tomate verte. Le premier projectile atteignit Charlotte en pleine tête.

24

La jeune femme glissa de la croix. Ses bras battirent dans le vide tandis qu'elle essayait de recouvrer son équilibre. Elle allait tomber lorsqu'elle bondit tout à coup.

—Charlotte! hurla Danièle.

Au sommet de la muraille, le parapet qui s'élevait à hauteur d'homme de part et d'autre du chemin de ronde rendait le saut encore plus dangereux. Contre toute attente, Charlotte rebondit dans sa chute. On aurait dit que l'air lui-même s'était épaissi pour la retenir et la soulever. Le vent fouettait ses cheveux lorsqu'elle se redressa pour se poser tranquillement sur un créneau. Elle sauta sur le chemin de ronde, puis fit de nouveau volte-face. Danièle crut lire de l'effroi sur le visage de sa demi-sœur.

—Tout doux, ma fille! cria l'un des gardes.

Charlotte se retourna encore, regardant d'un drôle d'air la mer en dessous d'elle.

Un autre garde s'approcha, il venait de la tour nord-est.

—Tu ne trouveras ici qu'une longue chute et une fin atroce sur les rochers au pied de la falaise, jeune fille.

Danièle rejoignit Talia à temps pour l'entendre marmonner:

—Cela me paraît une excellente idée!

Talia s'apprêtait à lancer sa deuxième tomate.

—Non! (Danièle cria en direction de sa demi-sœur.) Charlotte, ils vont te tuer si tu résistes!

Charlotte éclata de rire. Elle essuya son visage d'un revers de manche et étendit les bras.

—Laisse-les m'attraper, ça m'est bien égal! Sans ton précieux prince, tu ne seras jamais qu'une misérable souillon crasseuse!

Aux accents de triomphe à peine voilés dans le ton de Charlotte, Danièle frissonna et les cheveux de sa nuque se hérissèrent.

Elle jeta un coup d'œil à Talia. Celle-ci dévisageait Charlotte avec intensité, comme un chat prêt à bondir sur sa proie.

—Ordonnez qu'on la prenne vivante, murmura Talia.

—Pardon? répondit Danièle en lui jetant un regard à la fois ébahi et perplexe.

—Les gardes ne reçoivent pas d'ordres d'une servante, précisa Talia entre ses dents. Ne la laissez pas s'échapper!

—Elle n'a aucun moyen de… (Danièle se tut. Le saut de Charlotte par la fenêtre lui revint en mémoire, ainsi que la façon dont elle s'était pratiquement envolée du toit de la chapelle pour atterrir au sommet de la muraille. Elle éleva la voix.) Gardes, qu'on capture cette femme vivante!

L'un des gardes leva son arbalète tandis que les autres resserraient leur étau. Charlotte sourit et toucha son collier de l'index.

—Attention! hurla Danièle. (Elle connaissait ce sourire.) La pierre à son cou, elle est magique!

Talia jura et lança sa dernière tomate. Elle fit mouche, atteignant Charlotte à l'oreille et la projetant contre l'autre côté du mur. Charlotte poussa un hurlement de rage et leva le doigt vers les gardes, tout proches désormais.

L'arbalétrier tituba. L'arme entre ses mains se tordit jusqu'à pointer en direction de la princesse.

Un coup brutal porté à l'arrière des genoux fit tomber Danièle. Une fraction de seconde plus tard, le pied de Talia heurtait son épaule avec violence et plaquait la jeune femme à terre. Le projectile manqua sa cible pour finir sa course fiché dans le sol à moins d'un mètre de Danièle. Elle leva les yeux. Étendue comme elle l'était, elle pouvait difficilement apercevoir Charlotte qui se hissait sur le bord extérieur de la muraille. Les gardes se précipitèrent sur elle. L'un d'eux faillit l'attraper par le bras, mais Charlotte se jeta dans le vide.

Danièle se releva et courut vers l'escalier le plus proche. Une nausée lui soulevait le cœur. Elle était sur le point de vomir, mais tint bon : elle devait continuer, vaille que vaille, grimper au sommet de la tour, traverser la salle des gardes et sortir sur la muraille.

Le vent humide et salé la fit vaciller lorsqu'elle déboucha sur le chemin de ronde. Les gardes s'étaient massés là où Charlotte avait sauté, tous sauf celui qui avait tiré sur Danièle. Hébété, le visage blême, le barbu considérait son arbalète.

À la vue de la princesse, il tressaillit et s'ébroua pour reprendre ses esprits.

—Votre Altesse, je… (Il cligna des yeux et jeta son arme au loin comme si elle lui brûlait les mains.) Je suis désolé, je ne voulais pas…

—Je sais, dit Danièle en lui tapotant le bras avant de presser l'allure pour le dépasser.

L'un des gardes lui barra le passage.

—Vous ne devriez pas être ici, Votre Altesse. Un seul faux pas…

Danièle continua droit devant elle. L'homme s'écarta au dernier moment. Il était si près d'elle qu'elle pouvait sentir la sueur sur son uniforme et l'odeur âcre et métallique du produit qui servait à lustrer son casque. Elle se dirigea vers le bord extérieur de la muraille, jusqu'au créneau d'où Charlotte s'était jetée dans le vide. La main en appui sur les épais moellons blancs, Danièle se pencha et contempla l'océan.

Tout en bas, au pied de la falaise, les vagues se brisaient sur les rochers. Des nappes de brume se transformaient en brouillard argenté étincelant lorsque le soleil les transperçait de ses rayons.

—Où est-elle passée? demanda Danièle.

—On ne sait pas, répondit le garde qui se tenait près d'elle. (Il n'était guère plus âgé que la jeune princesse à en juger par son visage glabre.) Lorsqu'elle est tombée, la brume…

—Je l'ai vue moi aussi, renchérit un autre garde, frottant son menton mangé d'une barbe grisonnante de quelques jours. (Sur son casque, une plume blanche indiquait son grade de sergent.) Le brouillard s'est retiré, il a pratiquement disparu, et puis l'eau s'est figée, aussi immobile que la glace. Alors, je le jure sur ma vie, on aurait dit qu'elle rapetissait, elle est devenue si petite qu'elle a fini par disparaître complètement.

—Et je n'ai entendu aucun bruit de plongeon, conclut un troisième garde.

—Vous deux, descendez jusqu'aux rochers et voyez si vous trouvez la moindre trace de cette femme! ordonna le sergent. Je vais faire mon rapport au capitaine. (Il eut un sourire crispé en s'adressant à Danièle.) Ne vous inquiétez pas, Altesse! Nous prenons les choses en main.

Danièle essuya ses larmes et recula, au grand soulagement de son voisin. Elle doutait que les gardes trouvent quoi que ce soit et, d'après le regard qu'elle avait échangé avec le sergent, lui aussi en doutait fortement.

Charlotte s'était enfuie. Elle s'aimait beaucoup trop pour tenter de mettre fin à ses jours.

—Très bien, fini de gober les mouches! glapit le sergent. Que l'un de vous escorte la princesse jusqu'à ses appartements.

—Je peux m'en charger, monsieur, proposa Talia. (Danièle venait tout juste de remarquer la présence de la jeune servante.) Je pense que vous aurez besoin de tous vos hommes ici pour assurer notre protection si jamais cette femme revient.

Il acquiesça et se détourna pour regarder l'océan en contrebas. Talia prit Danièle par le bras et l'attira jusqu'à la tour.

—Venez, princesse…, murmura-t-elle. Nous avons des choses à nous dire.

Danièle laissa Talia la conduire loin des remparts. La tête lui tournait, ses idées s'embrouillaient dès qu'elle essayait de réfléchir. Charlotte avait tenté de la tuer. Et Armand…

—Qu'est-ce qu'elle insinuait au sujet de mon époux?

Talia resserra son étreinte sur le poignet de Danièle jusqu'à lui faire mal.

—Venez, répéta-t-elle.

Tandis qu'elles s'empressaient de traverser la cour, Danièle leva la tête en direction de la croix d'argent et fit une prière pour Armand.

2

❋

Talia insista pour que Danièle reste à l'extérieur le temps d'inspecter les appartements de la jeune femme. Ce n'est qu'après avoir vérifié chaque couverture et chaque tapisserie qu'elle lui permit d'entrer. À peine Danièle eut-elle franchi le seuil que Talia refermait et verrouillait la porte derrière elle.

La colombe morte gisait encore à terre. Le sang séchait et formait une flaque sombre et visqueuse. Un faible roucoulement la guida jusqu'au pigeon blessé, toujours blotti sur le lit.

— Vous êtes une sorcière, c'est ça? demanda brutalement Talia, mais le ton tenait plus de la constatation que de la question.

Danièle la regarda, l'air perplexe.

— Ces oiseaux vous obéissent… Ils se battent et vont jusqu'à mourir pour vous.

— Ce sont mes amis, répondit Danièle. Ils sont venus vers moi à la mort de ma mère. Les oiseaux, les souris, tous ces animaux m'ont aidée à faire mes corvées et ils m'ont tenu compagnie pendant toutes ces heures interminables, lorsque j'étais enfermée au grenier.

Talia haussa les sourcils.

— Il est préférable de ne pas trop ébruiter ce genre de choses. La famille royale a déjà la réputation d'être quelque peu originale. (La jeune femme s'empara du couteau de chasse de Charlotte.) Vous vous êtes mieux battue que je l'escomptais, mais vous avez commis une erreur vraiment stupide.

C'était la première fois depuis son mariage que quelqu'un s'adressait à elle de façon aussi franche – à part ses demi-sœurs, bien sûr. Danièle était à la fois soulagée et vexée.

— Laquelle ?

— Vous êtes restée silencieuse. Règle numéro un : lorsque quelqu'un tente de vous assassiner, criez, hurlez comme une péronnelle. (Talia regarda fixement par la fenêtre.) Il y a des centaines de gardes et de soldats dans ce château, et ils sont tous plus aguerris que vous.

— Des gardes comme toi ? interrogea Danièle tout en berçant le pigeon sur ses genoux.

À première vue, l'aile avait besoin de soins et une attelle serait nécessaire.

Talia s'empara d'un des oreillers et boucha le trou de la fenêtre, ne laissant qu'un fin interstice pour la lumière.

— Parlez-moi de votre demi-sœur ! A-t-elle toujours pratiqué ce genre de magie ?

— Si c'était le cas, il y a longtemps qu'elle m'aurait transformée en crapaud. (Danièle considéra les débris du tabouret.) Elle l'a détruit sans même y toucher, pourtant elle avait l'air presque surprise de son exploit.

Talia s'empara d'un des pieds du siège et le glissa dans sa ceinture comme une épée.

— Que fais-tu ?

Du pied, Talia balaya le verre brisé.

— Quelle que soit la magie utilisée par votre sœur, il reste probablement des traces du sort dont elle s'est servie, ça peut nous être utile pour savoir ce qui s'est passé.

— Et toi, es-tu une sorcière ? demanda Danièle. (Le pigeon tenta de remuer son aile valide. Doucement, Danièle caressa les plumes grises et chantonna une berceuse jusqu'à ce qu'il se calme.) Tu savais que j'étais en danger et tu es entrée alors que la chambre était verrouillée de l'intérieur.

Talia s'agenouilla près du corps de la colombe et préleva délicatement une plume poissée de sang.

—J'ai une amie qui s'y connaît un peu en magie. Mais ne l'appelez pas «sorcière», elle déteste ça! (Elle glissa la plume ensanglantée dans la poche de son tablier.) Charlotte a-t-elle ajouté autre chose à propos du prince?

—Non, pas avant de se retrouver sur les remparts. Je ne comprends pas. Armand est censé se trouver en Emrildale, il doit négocier avec…

—Il n'y est pas. (Talia examina la pièce une dernière fois, puis reporta son attention sur Danièle.) Je croyais vous avoir dit d'attendre ici pendant que je poursuivais votre demi-sœur.

Danièle leva la tête.

—Oui, c'est ce que tu as dit.

L'ombre d'un sourire étira les lèvres de Talia.

—Laissez le pigeon! Il devrait s'en sortir. Avec toute la nourriture qui est tombée par terre, il a de quoi tenir.

—Non, il a besoin de soins. (Et elle ajouta ce qui venait seulement de lui traverser l'esprit:) D'ailleurs, où allons-nous?

Talia ouvrit la porte des toilettes.

—Rendre visite à mon amie.

Danièle ne broncha pas.

—Dans les toilettes?

—Exactement. (Talia entra dans le sombre boyau, puis fit signe à Danièle de la suivre. Comme celle-ci refusait toujours d'obtempérer, la jeune femme leva les yeux au ciel et ajouta:) Elle est également guérisseuse et pourra soigner votre protégé.

—Une guérisseuse qui vit dans les latrines, fit remarquer Danièle. (Comme Talia ne répondait pas, elle haussa les épaules et sortit un foulard de la malle près du mur. La jeune femme confectionna une écharpe et y déposa le pigeon, puis ajouta en marmonnant:) Et tu me trouves bizarre quand je parle aux oiseaux…

L'odeur du sang fit bientôt place à des miasmes plus fétides tandis qu'elle emboîtait le pas à Talia. La puanteur des lieux fit blêmir la jeune femme. Les gouttières canalisaient les eaux de pluie pour évacuer le contenu des cabinets par la muraille extérieure, mais cela faisait bientôt une semaine qu'il n'avait pas plu. L'encens que Danièle avait fait brûler la veille ne s'était pas révélé très efficace pour masquer les remugles nauséabonds. Elle était revenue de voyage depuis près d'un mois et son organisme ne s'était pas encore complètement réhabitué à la riche nourriture servie au château.

— Fermez la porte! demanda Talia.

Danièle obéit. La seule lumière qui éclairait le cabinet provenait de deux étroites meurtrières au-dessus de leurs têtes. La jeune femme pouvait à peine deviner la silhouette élancée de Talia assise sur le banc à côté du trou entouré d'un rembourrage de cuir.

Talia tapota le banc.

— Mettez la main dedans!

— Pardon?

Elle avait nettoyé des choses plus répugnantes encore pour sa belle-mère et ses demi-sœurs, mais là, ce que la jeune femme lui demandait n'avait aucun sens.

— Vous n'avez rien à craindre, l'encouragea Talia. Tout ce que vous avez… déposé est tombé deux étages plus bas et ne peut plus vous incommoder.

— Mais enfin, qui es-tu? exigea de savoir Danièle.

— Je suis celle qui vous a sauvé la vie.

C'était la pure vérité. Le pigeon serré contre sa poitrine, Danièle se pencha et passa les doigts dans l'orifice. Le cuir usagé rempli de bourre qui l'entourait en rendait les bords plus confortables. Elle serra les dents, espérant vaguement qu'il s'agissait d'une plaisanterie, mais rien ne se produisit.

— Tâtez sous le banc, dans le coin, au fond à gauche.

Le conduit était carré et formait, avec le trou dans la planche de bois, quatre triangles de pierre irréguliers sous le banc. Précautionneusement, Danièle explora à tâtons l'endroit indiqué. Près du fond, elle rencontra du métal froid. Un levier de la grosseur de son pouce faisait saillie dans la pierre.

— Tirez-le! ordonna Talia.

Le levier céda en silence tandis que le mur s'ouvrait derrière elles dans un craquement.

Danièle reprit son souffle, une grossière erreur étant donné la puanteur persistante. Elle tendit la main pour atteindre le panneau de bois. Quand elle le toucha, le mur se déplaça, pivotant sur des gonds bien graissés dissimulés dans la menuiserie.

Talia eut un petit rire. Derrière la paroi mobile se trouvait un puits de forme triangulaire. Danièle distinguait des barreaux de bronze scellés dans le mur de l'autre côté.

—Armand est-il au courant? murmura Danièle, scrutant la pénombre.

—La reine l'est, ainsi que deux autres personnes. (Talia posa une main sur l'épaule de Danièle.) Allez! Si j'avais voulu vous piéger, je vous aurais déjà jetée dans ce puits et personne n'aurait jamais connu le triste destin de Danièle Blanche-Rive.

Les épaules de la princesse se contractèrent. Elle toucha la porte et tenta de la faire pivoter, mais Talia la saisit par le coude et lui tordit le poignet pour l'immobiliser. La jeune femme ne pouvait plus se tourner sans risquer de se casser le bras.

—Tu es du côté de Charlotte, n'est-ce pas? tenta de savoir Danièle.

—Non, je vous aide, vous. (Talia relâcha son étreinte.) Vous êtes trop confiante, princesse. Vous recevez Charlotte dans votre chambre. Vous réchappez de justesse à une tentative d'assassinat et maintenant vous suivez une étrange servante au cœur des ténèbres.

—Vous m'avez sauvé la vie, rétorqua Danièle.

—Quelqu'un qui vous sauve la vie n'est pas forcément un allié. (Talia passa devant Danièle, agrippa l'un des barreaux et mit un pied sur l'échelle.) Heureusement pour vous, j'essaie vraiment de vous maintenir en vie, alors je vous serais reconnaissante si vous vouliez bien en faire autant.

Sur ces mots, Talia s'enfonça dans l'obscurité.

—Fermez la porte derrière vous. Vous devriez entendre un déclic lorsque le loquet se mettra en place.

Danièle chercha le premier échelon. Le métal était plus chaud que ce qu'elle pensait. Obéissant aux ordres de Talia, elle allait s'engager, mais s'arrêta en se rappelant la mise en garde de la jeune femme.

—Comment sort-on d'ici?

—Voilà qui est mieux! lança Talia. Il y a un autre levier, à l'intérieur de la porte.

Danièle tâtonna dans le noir jusqu'à ce qu'elle repère la barre pivotante. Après avoir bien vérifié, elle s'agrippa à l'échelle pour tirer le panneau qui les condamnait à l'obscurité absolue. Elle ferma les yeux, puis les ouvrit de nouveau. Aucune différence. Elle rouvrit précipitamment le passage d'une pression sur le levier.

—Où cela mène-t-il?

—Il n'y a qu'une façon de le savoir, princesse.

Les pieds de Talia résonnèrent légèrement sur les barreaux à mesure qu'elle descendait.

Serrant les dents, Danièle referma derrière elle et la suivit.

La descente semblait interminable. Danièle perdit le compte des barreaux au quarante-deuxième ou quarante-troisième. Le pigeon s'agita deux fois, glaçant d'effroi le cœur de la jeune femme. Et si l'oiseau tombait? Sa robe ne cessait de s'accrocher à la pierre grossièrement taillée, et ses mains étaient raides, la peau à vif. À un moment, elle aurait juré avoir senti quelque chose détaler sous ses doigts.

—Faites attention où vous mettez les pieds!

La voix de Talia semblait distante, comme si la jeune femme n'était plus directement sous elle.

Quelques échelons encore et les pieds de Danièle touchèrent enfin la terre ferme.

—Ne bougez pas!

Il n'y avait toujours pas de lumière. Danièle garda la main sur l'échelle.

—Où sommes-nous?

—Bien en dessous du palais. Vingt pieds de plus au nord, et vous seriez obligée de nager.

Tout à coup, un éclair blanc déchira les ténèbres et s'élargit pour révéler une entrée voûtée. Danièle protégea ses yeux. Après tant de temps passé dans le noir, la lumière lui parut aussi vive que celle du soleil au zénith. Elle cligna des yeux pour accommoder sa vision car celle-ci, brouillée, lui jouait forcément des tours !

—Princesse Danièle, sois la bienvenue !

Béatrice Blanche-Rive, reine de Lorindar, lui faisait signe de la rejoindre.

La jeune femme la regarda, interdite.

—Que faites-vous au fond de mes toilettes ? fit-elle, abasourdie.

—Eh bien, je vous attendais !

En souriant, la reine s'écarta pour la laisser passer. Danièle quitta le monde souterrain sombre et humide pour entrer dans un royaume dont le luxe égalait celui du palais.

La pièce était aussi vaste que les appartements de Danièle. Les murs lambrissés de bois cérusé blanc étaient galonnés d'or, et le sol recouvert de marbre poli ; mais si sa chambre donnait l'impression d'une pièce aérée et spacieuse, cet endroit était… un vrai capharnaüm.

À gauche, une bibliothèque laquée de noir courait le long du mur. Du sol au plafond, les étagères croulaient sous les livres dont le nombre dépassait tout ce que Danièle avait pu voir jusqu'à présent. Sur le mur opposé, des armes de toutes sortes pendaient à des crochets et des pitons capitonnés de velours. Étaient réunis épées, couteaux, arcs et arbalètes, lances et chaînes, bâtons de toutes dimensions, et bien d'autres objets que Danièle aurait été bien en peine d'identifier.

Des lampes à pétrole luisaient, encastrées dans de minuscules niches de pierre, et des disques d'argent poli incurvés diffusaient leur lumière, faisant étinceler les armes d'acier.

Placée entre une hache gigantesque et un fléau à chaîne d'où pendait une masse hérissée de pointes, une sorte de croix de bois fuselée enroulée de corde blanche attira l'attention de Danièle. Talia s'empara du manche étroit en forme de fuseau et testa la résistance de la corde. Elle eut un grognement de satisfaction, ajusta sa prise et donna un coup sec du poignet. Une bille de plomb jaillit, entraînant la corde, et alla frapper la porte d'un coup sourd. On aurait dit un fouet.

—Qu'est-ce que c'est ? interrogea Danièle.

—Talia a apporté quelques objets assez originaux dans ses bagages, commenta la reine.

—C'est une arme d'assassin, un fouet zaraque, expliqua Talia. (Elle tira un peu sur la corde pour avoir du mou, puis projeta brusquement l'extrémité de bois nue, comme un couteau.) Ce n'est pas tranchant, mais un coup à la gorge immobilisera un homme, si ça ne le tue pas. Tout dépend de la force qu'on y met, en fait.

Danièle ouvrit la bouche pour poser une question lorsqu'une étincelle de couleur attira son attention au-dessus de leurs têtes. Une carte de Lorindar tapissait le plafond. C'était une véritable splendeur, une œuvre d'art qui rivalisait avec les mosaïques de la salle du trône, très loin au-dessus d'elles. Routes, chemins et rivières sillonnaient bois et montagnes ; à l'extrémité nord-ouest de l'île, le palais, représenté par un cristal de roche, surplombait l'océan miroitant d'une eau qui semblait presque vraie.

En y regardant de plus près, Danièle discerna les petits carreaux de lapis-lazuli formant les différentes mers. Ces carrés bleus traçaient une ligne qui traversait le centre de l'île et signalait le grand abîme. En travers de ce dernier, un large cercle de paillettes d'améthyste délimitait les frontières de la Cité de Faërie. Les marécages de Colwich, au sud, étaient d'un vert sombre proche du jade. Quant aux voies de circulation, elles étaient indiquées par des lignes d'un rouge éclatant : du Chemin Côtier longeant le rivage occidental à la Voie Royale menant au sud-est, vers Port-au-Dragon. La jeune femme suivit mentalement les routes, revivant en esprit son périple au côté d'Armand.

Une ombre noire s'éloignait de la côte, au large du palais. Danièle la prit d'abord pour une araignée, mais un examen plus attentif lui révéla qu'il s'agissait d'un morceau d'ardoise poli et découpé en forme de navire.

—On dirait qu'il bouge !

Talia finissait d'enrouler la corde autour du fuseau. Elle expliqua :

—*L'Épervier*, probablement. Il ne devait pas partir avant une bonne heure, mais le capitaine Bonaventure a toujours été un lève-tôt, surtout lorsqu'il s'attire le courroux d'un mari ou d'un frère dans la région.

—Talia passe beaucoup de temps à contrôler les allées et venues au sein du royaume, ajouta la souveraine. (Elle prit Danièle par le bras et la conduisit gentiment à travers la pièce.) Viens, laisse-moi te montrer le reste de notre petit pied-à-terre sous le château.

Tenant toujours le pigeon, Danièle suivit la reine et passa sous l'arche dans le mur du fond. La pièce suivante était plus grande et plus somptueuse que la précédente. La princesse trébucha sur une pierre affleurante, mais la reine, d'une poigne à la fermeté inattendue, la rattrapa avant qu'elle chute.

De chaque côté de l'arche, des malles et des tonneaux de bois très anciens s'alignaient contre le mur. Des livres, encore plus nombreux, garnissaient les étagères au-dessus des coffres ; la collection constituée dans cette pièce devait être aussi importante que celle de la bibliothèque royale. Entre ces murs de pierre brute, l'air transportait des relents de pétrole et d'agents de conservation. Au sol, un épais tapis bleu et or accumulait les marques de brûlures et les salissures de toutes sortes.

À gauche, on avait suspendu un miroir plus grand que Danièle elle-même. Contrairement aux petits miroirs à main qu'elle avait vus au palais, celui-ci était aussi lisse que la surface d'une eau tranquille.

Le tain n'avait aucun défaut. Pas la moindre tache n'en altérait la surface et l'on ne parvenait pas à distinguer la réalité de son reflet. Son père aurait certainement pleuré en contemplant une telle perfection.

Le cadre avait été coulé dans un métal argenté et brillant. Danièle ne releva aucune trace de ternissure : à l'évidence, il ne s'agissait pas d'argent. Elle savait mieux que quiconque combien il était difficile de faire reluire chaque détail, chaque anfractuosité d'un tel ouvrage. De l'or blanc ? Était-il possible qu'il s'agisse de platine ? Des motifs végétaux fleuris s'enroulaient et rampaient, s'accrochant autour du miroir. Danièle tendit la main vers lui.

— C'est un véritable chef-d'œuvre de l'art du verre. D'où vient-il ?

— N'y touche pas, s'il te plaît !

Dans le reflet du miroir, Danièle vit apparaître une femme qui accourait dans la pièce, derrière la silhouette de la souveraine.

— Je suis désolée, s'excusa Danièle. Je n'ai jamais rien contemplé de tel.

Elle aurait pu en dire autant de la nouvelle venue. Même si celle-ci avait l'air légèrement plus âgée que Danièle, son visage lisse et pâle évoquait l'innocence de l'enfance. Elle portait des pantalons d'homme serrés dans des cuissardes. Un corsage bleu enveloppait ses épaules et tentait sans grand effet de dissimuler les courbes de sa poitrine. Celui-ci aurait pu remplir son office plus efficacement si la jeune femme avait pris la peine de le lacer… Un pendentif d'argent brillant en forme de flocon de neige tombait entre ses seins. Danièle s'efforça de ne pas regarder le bijou avec trop d'insistance ou, au moins, de ne pas lorgner sur son écrin plus que de raison.

La jeune femme portait aussi un délicat collier ras-du-cou composé d'une série de miroirs montés sur de fins galons brodés d'or.

— Pardonnez mon retard, lança-t-elle en reprenant son souffle. J'étais avec l'écuyer Timothée, et nous… (Ses joues s'enflammèrent.) Peu importe ! (Elle attrapa Danièle par les épaules et l'attira à elle pour l'embrasser avec effusion.) Tu dois être Danièle ! Je suis si contente de te rencontrer ! Enfin ! J'avoue qu'il est terriblement ennuyeux de n'avoir que Talia avec qui discuter…

— Écrase, Blanchette, rétorqua sèchement Talia.

Blanche lui tira la langue.

— Ne t'en fais pas pour Talia ! Elle n'est jamais contente, sauf lorsqu'elle vole quelque chose ou qu'elle réduit quelqu'un en bouillie.

— Dis donc, tu ne voudrais pas m'aider à retrouver le sourire par hasard ? proposa Talia d'un air goguenard.

Sans prêter attention à Talia, Danièle s'adressa à la nouvelle venue :

— Tu… es l'amie de Talia, n'est-ce pas ? Elle m'a parlé de toi… (Elle tendit le pigeon.) Elle m'a dit que tu pouvais l'aider.

Blanche la dévisagea.

—Mais c'est un pigeon !

—Il est venu à mon secours… S'il te plaît…

Talia se rapprocha de la reine.

—C'était Charlotte, la demi-sœur, le joli minois. Elle a tenté de tuer la princesse et a utilisé un tour de passe-passe pour se volatiliser.

—Comment ? Tu l'as laissé s'enfuir ? reprit Blanche en écho, feignant de ne pas remarquer le dépit qui se peignait sur le visage de Talia.

La reine prit la parole avant que Talia puisse répliquer.

—Princesse Danièle, permets-moi de te présenter la princesse Ermillina Curtana d'Allesandria !

—Blanche, s'il te plaît, insista la jeune femme en faisant la révérence.

Elle saisit le pigeon qu'elle déposa sur une table, juste en dessous d'une lampe à pétrole.

—Princesse ? (Danièle scruta le visage de Blanche. Il était si différent de celui de la reine dont les traits étaient allongés.) Serait-ce votre…

—Non, répondit Béatrice. Le roi Théodore et moi n'avons pas de fille. Armand est fils unique. Blanche est arrivée à Lorindar il y a quatre ans, peu de temps avant que Talia… fasse son apparition.

Blanche laissa échapper un petit rire moqueur tandis qu'elle bandait l'aile de l'oiseau.

—Avant que des marins la découvrent au beau milieu d'une cargaison de taffetas de soie, et la débarquent comme passagère clandestine, serait-il plus juste de préciser !

La souveraine soupira.

—Comme Blanche, la princesse Talia souhaitait fuir une situation plutôt… désagréable, dirons-nous.

—Princesse ? reprit Danièle. Talia aussi ?

—La princesse Talia Malak-el-Dahshat, précisa la reine.

Du coin de la pièce où elle s'était adossée, Talia esquissa une brève révérence qu'elle parvint à rendre narquoise.

—Ah… Alors si je comprends bien, vous collectionnez les princesses ? demanda Danièle qui n'était pas encore revenue de sa surprise.

Les princesses n'étaient pas censées courir en tous sens pour déjouer des tentatives d'assassinat, ni même servir des collations, et encore moins essuyer les insultes d'une demi-sœur folle de rage.

— J'ai découvert trois jeunes femmes extraordinaires, corrigea la souveraine.

Un bref silence s'installa, le temps que les paroles de la reine trouvent un écho auprès de son interlocutrice.

— Trois ?

Danièle jeta un coup d'œil autour d'elle, espérant confusément qu'une nouvelle inconnue surgirait de l'ombre pour se présenter.

La reine Béatrice sourit :

— À ton avis, qui a renseigné le cocher d'Armand sur l'endroit où il te trouverait après le bal ?

— La reine Béa voit des choses… Elle a le don de prescience, expliqua Blanche.

La jeune femme s'était emparée d'une aiguille à tricoter et en faisait une attelle pour l'aile de l'oiseau.

Danièle se retourna pour regarder la souveraine.

— Reine… Béa ?

La reine soupira, mais Blanche n'y prêta pas attention.

— C'est comme ça qu'elle a trouvé Talia sur ce navire, s'exclama Blanche gaiement. Et c'est aussi comme ça qu'elle a su que tu te rendrais au bal. Elle avait ordonné aux gardes qu'ils te laissent passer.

— Ces visions sont rares, et elles sont souvent salement floues ! précisa Béatrice.

Danièle la regarda, ahurie. Sa marâtre, la mère de Charlotte et de Stacia, l'aurait giflée puis enfermée dans le grenier pour un tel écart de langage.

— Elles se terminent généralement par une horrible migraine, conclut la reine. Je regrette, Danièle ! Je savais que quelque chose allait se produire quand je me suis réveillée ce matin, mais je ne savais pas ce que c'était. J'ai envoyé Talia assurer ta protection tandis que Blanche et moi tentions de découvrir l'origine de cette menace.

—J'ai essayé d'interroger le miroir, mais…, ajouta Blanche en haussant les épaules.

Un miroir magique! Danièle n'en croyait pas ses oreilles. Elle eut du mal à avaler sa salive.

—Son teint a la blancheur de la neige…, murmura-t-elle. (L'histoire avait fait le tour de Lorindar plusieurs années auparavant, exactement comme sa propre histoire avait circulé le mois précédent. La belle jeune fille et sa méchante mère… Le fringant chasseur réveillant la jouvencelle en brisant le sort… La mort de la sorcière…) Tu es Blanche-Neige? interrogea-t-elle.

Blanche acquiesça si vigoureusement que quelques mèches de cheveux tombèrent sur son visage. Retroussant les lèvres, elle souffla dessus pour les remettre en place.

—Blanche-Neige, ou Blanche, me semble beaucoup plus joli qu'Ermillina Curtana. Je déteste particulièrement ce nom.

—Blanche était la plus belle jeune fille de son royaume, commenta Béatrice.

Modeste, la jeune femme eut un léger haussement d'épaules qui fit glisser l'échancrure de son corsage.

—C'était un bien petit royaume…

—Bannie à la mort de sa mère, poursuivit la souveraine. Exilée et condamnée à la peine de mort s'il lui prenait l'envie de revenir.

—Mais pourquoi? demanda Danièle.

—Pour avoir tué ma mère, répondit Blanche. C'était une très belle femme, mais elle était terriblement jalouse de sa beauté. Un jour, elle m'a envoyée dans les bois et payé un chasseur pour qu'il lui rapporte mon cœur. Malheureusement pour elle, cet homme est tombé amoureux de moi et nous avons vécu ensemble jusqu'à ce qu'elle nous retrouve. Ce jour-là, elle l'a assassiné et a bien failli me tuer aussi. (Blanche prit le pigeon et le rendit à Danièle.) Tiens, je te rends ton ami, dit-elle gaiement.

—Le décès de la mère de Blanche a précipité Allesandria dans la guerre civile, expliqua la reine. Trop longtemps tenu sous le charme de sa femme, le roi n'était plus capable de régner à la mort de celle-ci. Blanche était trop jeune pour reconstruire sa nation, mais son existence interdisait l'accès au trône aux membres de sa famille les plus assoiffés de pouvoir. Alors ils ont décrété qu'elle devait être pendue pour matricide.

Blanche baissa la tête. Ses cheveux d'ébène dissimulaient ses yeux tandis qu'elle regardait fixement son corsage.

—La reine Béatrice et le roi Théodore ont aidé mon cousin Laurent à monter sur le trône.

—De tous les prétendants, Laurent était celui qui ferait couler le moins de sang, précisa la souveraine. Nous avons fait notre possible pour sa cause, mais le temps qu'il prenne le pouvoir, la culpabilité de Blanche était trop profondément ancrée dans l'esprit de son peuple. Le jour de son couronnement, Laurent nous a conviés, a déguisé Blanche en servante et m'a aidée à lui faire quitter secrètement le pays.

—J'ai toujours beaucoup aimé Laurent, ajouta Blanche.

—Je suis navrée pour toi, risqua Danièle, ne sachant que dire d'autre. (Malgré tous ses défauts, sa belle-mère n'avait jamais essayé de la tuer.) Je pensais… Je pensais que ce n'était qu'une histoire, un conte…

—C'est le cas, affirma Blanche, mais cela ne veut pas dire que les faits ne sont pas vrais. Tiens, demande donc à la Belle au Bois Dormant pour voir…

Talia soupira.

—Tu sais que j'exècre ce nom, n'est-ce pas?

—Oui, bien sûr, répondit Blanche dans un large sourire.

—La Belle au Bois Dormant? (Danièle se tourna vers Talia. Une seule question lui vint à l'esprit:) Mais, n'es-tu pas mariée?

—À peine, concéda Talia.

—Mais… Cette histoire… Ton prince qui te réveille d'un baiser en brisant le maléfice et…

—Les histoires sont fausses parfois, l'interrompit Talia. Blanche, as-tu réussi à retrouver Armand?

Tout amusement disparut du visage de la jeune femme.

—Non.

Danièle sentit son estomac se contracter.

—Que lui est-il arrivé ?

—Il a disparu la nuit dernière, lui annonça doucement Béatrice.

Son regard devint vague et, à cet instant, Danièle découvrit une autre femme, âgée et lasse. La souveraine forte, pleine d'allant et de majesté, n'était plus : la reine Béatrice avait peur.

—Le temps que je comprenne qu'il était en danger, c'était déjà trop tard.

—Personne ne m'a rien dit, murmura Danièle.

En présence de sa marâtre, un tel reproche, aussi implicite soit-il, lui aurait valu d'être consignée au grenier pour le reste de la journée. Béatrice ne semblait pas… en colère, elle était triste.

—Nous devions nous assurer que tu n'étais pas mêlée à cette histoire, lança Talia en la tutoyant soudain tandis que ses paroles frappaient Danièle mieux que des poignards. La famille royale a déjà été victime de plusieurs attentats par le passé. Béatrice te faisait confiance, mais…

—Ma confiance en toi est totale, l'interrompit la reine, mais lorsqu'il s'agit de mon fils, j'ai du mal à me fier à mon propre jugement. L'affaire était d'une telle gravité… J'ai fait part des craintes de Talia au roi et il a approuvé son plan. J'en suis navrée, et tu as tous les droits d'être fâchée.

—Je ne le suis pas, répondit Danièle tout à trac.

—Tu devrais. (Béatrice se rapprocha et lui passa doucement son bras autour des épaules.) J'espère qu'un jour tu seras assez à l'aise avec nous pour donner libre cours à cette colère que tu retiens au fond de toi.

—Oui, enfin, ne la laisse pas déborder comme Talia, la pria Blanche. Ou, en tout cas, pas aussi violemment. J'ai déjà dû remplacer trois étagères ici.

Talia resta les bras croisés, scrutant Danièle comme un faucon prêt à fondre sur sa proie.

—Les chances que tu sois mise en cause étaient minces, mais nous devions en avoir le cœur net. Aujourd'hui, quand ta demi-sœur s'est présentée au palais, j'ai pensé qu'elle était venue comploter avec toi, ou qu'elle voulait te dicter les conditions de la libération d'Armand.

Après tout, Danièle ne pouvait pas leur en vouloir. Elle n'était encore qu'une étrangère ici, une parvenue qui avait osé épouser un prince. Comment ne pas la suspecter? Elle serra le pigeon blessé contre son cœur, s'efforçant de garder un visage impassible pour dissimuler sa peine.

—C'est Blanche qui t'a aidée à revenir dans mes appartements?

—Oui, c'est fou ce que j'arrive à faire avec mes miroirs! répondit Blanche.

—Et je t'en suis infiniment reconnaissante. (Béatrice s'inclina légèrement en direction de Blanche, puis fixa de nouveau son attention sur Danièle.) Dès mon réveil, j'ai su qu'Armand avait des ennuis. Blanche a confirmé mon pressentiment à l'aide de ses miroirs. Théodore a dépêché immédiatement quelques soldats expérimentés pour fouiller le port où notre fils a disparu, mais ils n'y seront pas avant après-demain.

—J'ai réussi à découvrir ce qu'Armand a fait après avoir quitté le navire, lança Blanche. Alors, voilà… D'abord, il a dîné avec ses hommes, puis il s'est retiré dans ses quartiers pour la nuit. Il n'en est jamais ressorti.

—Cela signifie…? demanda Danièle.

La jeune femme s'écarta du groupe et contempla son reflet dans le miroir de Blanche, comme si, par le simple pouvoir de sa volonté, elle pouvait le forcer à lui révéler le lieu où était retenu son mari.

—Cela signifie que, quelle que soit leur identité, ceux qui détiennent Armand sont assez puissants pour bloquer le sortilège de Blanche, expliqua Talia. Charlotte savait que le prince avait disparu. Elle est donc compromise. (La jeune femme remit à Blanche le pied du tabouret cassé et la plume ensanglantée.) Elle a utilisé sa magie sur ces deux objets.

Blanche grimaça tandis qu'elle prenait la plume.

—J'ai vraiment l'air d'un chien de chasse pour gibier magique? (La jeune femme passa devant Danièle et effleura le miroir de sa plume en décrivant un cercle de sang à peine visible. Le cercle sécha, s'écailla et disparut aussitôt, laissant la surface du miroir aussi nette qu'avant.) Quelqu'un d'autre a jeté ces sorts. En tout cas, Charlotte n'était pas seule.

—Elle portait un collier, se souvint Danièle. Elle l'a touché juste avant que le tabouret se brise.

—Elle avait donc un ou une complice, en déduisit Talia.

—Stacia? (Danièle fronça les sourcils.) Cela n'a aucun sens!

Charlotte serait incapable de remettre sa propre vie entre les mains de sa sœur.

Blanche semblait partager son avis:

—Je doute que tes demi-sœurs soient assez puissantes pour accomplir tout ceci sans aide. Je les ai bien observées au cours du bal et le jour de ton mariage aussi: si elles avaient détenu ce genre de pouvoir, je l'aurais senti.

—Si elles avaient détenu ce genre de pouvoir, Danièle n'aurait jamais assisté au bal, ajouta Talia.

—Alors qui était-ce? s'enquit Danièle.

—Peut-être des sorcières, hasarda Blanche tandis que Talia affirmait au même moment:

—Je parierais sur des fées!

Blanche secoua la tête.

—Si Charlotte avait apporté une magie de fée quelconque malgré les sortilèges de protection de la muraille, je l'aurais su. Et puis, aucune fée n'oserait pratiquer la magie à l'intérieur du palais. Le traité de Malindar l'interdit.

—Et où vas-tu trouver une sorcière assez forte pour cacher la présence du prince à cette chose? (Et, joignant le geste à la parole, elle désigna le miroir de l'index.) Dix shillings que ce sont des fées!

—Pari tenu!

—Mais pourquoi ces sortilèges n'ont-ils pas détecté le collier de Charlotte? interrogea Danièle.

—Pour la simple et bonne raison qu'il s'agissait d'un vulgaire caillou tant qu'il n'était pas activé. Les sorcières font de la magie, les fées *sont* la magie ; elles sont une émanation de la magie. C'est d'ailleurs ce qui les rend très facilement repérables.

— Blanche, peux-tu utiliser ces objets pour trouver Charlotte ? demanda la reine. Si elle sait vraiment quelque chose sur mon fils, il devient encore plus urgent de la retrouver.

— Je vais essayer, répondit Blanche.

Elle saisit le pied de tabouret cassé et fit face au miroir.

Danièle considéra l'alliance à son doigt. Simple et modeste. Armand avait voulu lui offrir une de ces bagues monstrueusement chargées de diamants en gage de leur amour, mais Danièle avait tenu bon. Cet anneau d'or fin était une réplique de la bague qu'elle se rappelait avoir vue au doigt de sa mère.

Béatrice lui toucha l'épaule. Danièle se retourna et la peur et la douleur qu'elle lut sur le visage de la reine reflétaient exactement ce qui lui broyait le cœur.

— Nous trouverons Armand !

Danièle sentit sa gorge se serrer.

— Sud ! lança Blanche. Charlotte s'est enfuie vers le sud !

— Nous sommes à la frontière nord d'une nation insulaire, ironisa Talia. Pourrais-tu être un tout petit peu plus précise ?

— Impossible ! Elle est dissimulée à la vue du miroir. Même chose pour Armand.

Danièle s'éclaircit la voix :

— Ma maison… Je veux dire, la maison de mon père, se trouve au sud par rapport à nous.

Talia secoua la tête.

— Charlotte se doute bien que nous allons la poursuivre. Se cacher dans un endroit aussi évident serait le comble de la bêtise.

Danièle croisa les bras.

— Charlotte a laissé sa mère lui couper une partie du talon parce qu'elle croyait pouvoir ensuite chausser ma pantoufle et se faire passer pour moi auprès d'Armand.

— Un point pour toi, grogna Talia. Allons-y, Blanche. En route pour une petite visite à la maison Laverrie !

—Je viens aussi ! déclara Danièle.

—Charlotte a déjà tenté de t'assassiner une fois aujourd'hui, objecta Talia. Si nous la trouvons, elle…

—J'ai vécu avec Charlotte et Stacia une grande partie de mon existence, insista Danièle. Je les connais et je peux vous aider.

Talia se tourna vers la reine.

—Béa, je ne sais déjà plus où donner de la tête pour empêcher Blanchette de s'attirer des ennuis (d'un geste du pouce brusque et désinvolte, elle désigna son amie qui leva les yeux au ciel), alors s'il faut jouer la nourrice pour les deux en même temps, je ne réponds plus de rien.

Danièle croisa de nouveau les bras.

—Pardonnez-moi, Votre Majesté, mais si Armand est votre fils, il est aussi mon époux. Ma propre demi-sœur l'a peut-être enlevé. Alors la question n'est pas de savoir si je me lance à sa recherche, mais plutôt si ces deux-là viennent avec moi.

La souveraine l'étudia un long moment, à tel point que Danièle finit par penser qu'elle avait dépassé les bornes cette fois.

—Trois jeunes femmes exceptionnelles ! murmura Béatrice dans un de ses sourires indéfinissables, où se mêlaient à la fois douceur et tristesse. Danièle, je comprends pourquoi Armand était si passionné lorsqu'il me parlait de toi !

—Votre Majesté…, commença Talia.

La reine leva la main.

—Ma chère Talia, voici une jeune fille qui s'est glissée hors de chez elle trois nuits de suite pour assister au Bal de l'Hiver, au nez et à la barbe de ses demi-sœurs et de sa marâtre. En apprenant ce qui s'était passé, elles l'ont enfermée à double tour. Pourtant, lorsque Armand leur a rendu visite, elle s'est encore échappée pour le rejoindre. Tu veux vraiment que je la fasse emprisonner, ou jeter aux oubliettes pour l'empêcher de faire ce qu'elle croit être juste ? Penses-tu un instant que cela pourrait l'arrêter ?

—Moi, je saurais l'en empêcher ! marmonna Talia entre ses dents.

— Il suffit ! (Béatrice s'inclina pour déposer un baiser sur le front de Danièle, puis en fit de même pour Talia et Blanche.) Danièle doit participer à cette quête. Je le sens tout au fond de mon cœur.

Talia haussa les épaules.

— En espérant que ce que sent votre cœur ne soit pas fatal pour les nôtres. (En soupirant, la jeune femme se détourna et se dirigea vers l'arche.) Allons-y, princesse, nous devons te préparer pour cette visite.

— Trouvez mon fils ! les pria Béatrice en se retournant vers le miroir. Et prenez garde à vous !

3

✷

La remontée avait été moins déconcertante que la descente. Pourtant, quand Danièle atteignit le haut de l'échelle, ses mains tétanisées par l'effort ressemblaient à des serres d'oiseau. Des années de servitude l'avaient dotée d'une force certaine, mais l'escalade faisait appel à d'autres muscles que ceux sollicités par le ménage. En dessous, Talia maugréait, attendant que Danièle parvienne à ouvrir le panneau secret.

La jeune femme était à peine entrée dans sa chambre que Talia se faufila devant elle et entreprit de fouiller la pièce, se jetant même à terre pour vérifier sous le lit.

— Et maintenant? demanda Danièle lorsque Talia lui fit signe qu'elle pouvait se déplacer à sa guise dans ses appartements.

L'oreiller coincé dans l'encadrement de la fenêtre empêchait la lumière du soleil d'entrer dans la chambre et la plongeait dans un semblant de crépuscule froid et sans fin. La jeune femme installa le pigeon au milieu du lit, puis se baissa pour ramasser un quignon de pain sur le sol. Tout était resté tel quel, des restes du repas éparpillés jusqu'à la colombe ensanglantée dont les yeux ouverts contemplaient le plafond sans le voir.

Danièle prit la colombe dans ses mains et la déposa sur le secrétaire, près des livres. Elle défit l'écharpe qu'elle avait utilisée pour le pigeon et enveloppa l'oiseau mort dans ce linceul improvisé. À son retour, la jeune femme veillerait à lui donner une sépulture convenable. Peut-être l'enterrerait-elle du côté de la boulangerie, là où l'oiseau aimait plonger en piqué pour voler de la brioche ou des petits pains fraîchement cuits.

—Il faudra changer de vêtements, dit Talia en tiquant sur la robe de Danièle.

Le velours bleu, couvert de toiles d'araignées, s'était fondu en un gris miteux. La lourde jupe avait dû épousseter toute la longueur du boyau. Quant à l'épaule que Talia avait plaquée au sol, elle était maculée de terre et de traces d'herbe fraîche. Des giclures d'encre et de sang étoilaient tout un côté du vêtement. Du doigt, Danièle suivit le motif brodé qui ornait son corsage : un goéland en plein vol aux contours soulignés de perles minuscules. Armand l'avait fait confectionner spécialement pour elle.

—Pourquoi est-ce que c'est toujours moi qui porte tout ? protesta Blanche tandis qu'elle sortait des latrines.

Deux énormes sacs pendaient dans son dos, retenus par des bandoulières croisées sur sa poitrine.

—Parce que c'est toi qui insistes pour emporter l'intégralité de ta garde-robe chaque fois qu'on sort du palais.

Talia déposa un des sacs au pied du lit. Un arc-en-ciel de soie, de satin, de velours et de lin en jaillit pour se transformer en pile sur le matelas. La jeune femme fourragea dans les vêtements jusqu'à ce que le tas menace de se renverser sur le pauvre pigeon. Avec quelques difficultés, Danièle réussit à se faufiler devant elle pour mettre l'oiseau hors de danger.

Enfin, Talia extirpa un pantalon délavé et une ample chemise jaune. Un chapeau assorti vint compléter l'ensemble.

—Mets ça, princesse !

Blanche laissa tomber l'autre sac au pied du lit. Elle regarda le pigeon sautiller pour revenir à sa place et sourit.

—C'est bien, il semble se déplacer sans problème. Je doute qu'il vole avant un bon mois, mais il devrait guérir.

—Faites-moi savoir quand vous aurez fini de jouer les mères poules avec cet oiseau, toutes les deux, lança Talia. Il y en a au moins une ici qui aimerait bien sauver le prince, aussi.

—Oh, Talia, mets-la en veilleuse s'il te plaît! rétorqua Blanche. (Et à l'adresse de Danièle, elle ajouta:) Le corps peut récupérer de bien des blessures avec du temps et des forces, il faut juste l'aider un peu.

Elle caressa la tête de l'oiseau.

—Merci, dit Danièle.

Elle enfila le pantalon et mit les bottes mi-mollets que Talia avait sorties du second sac. Elles sentaient l'herbe pourrie.

—Prends ça! ordonna Talia en lui tendant un fin poignard rangé dans son étui. (La poignée d'or et d'ivoire surplombait le manche de cuir noir qu'ornaient des dauphins sculptés en plein saut.) Les dauphins sont des créatures dangereuses: leur beauté est bien réelle, mais leur capacité à tuer un requin aussi. (Elle haussa un sourcil interrogateur.) Tu vois où je veux en venir?

Danièle attacha le poignard à sa ceinture. Une veste marron mal rapiécée tombait suffisamment bas pour dissimuler l'arme des regards curieux.

—Pas mal. (Talia se tourna vers Blanche.) Si tu as fini avec l'oiseau?

Blanche battit des mains et accourut près du lit. Danièle détourna le regard tandis qu'elle commençait à se déshabiller, jetant ses vêtements à même le sol. Talia l'imita, mais par pudeur, elle se cacha derrière les rideaux du lit à baldaquin.

—Comment me trouvez-vous? demanda Blanche. (Elle portait une robe décolletée d'un rouge écarlate. La jeune femme jeta une légère cape de voyage sur ses épaules et releva le col de fourrure de lapin sur ses joues. Elle sourit et fit la révérence.) Dame Anne-Liesse Élina O'Dette d'Emrildale.

Talia secoua la tête.

—C'est... atroce! (Puis s'adressant à Danièle, elle ajouta:) Appelle-la «Madame», et si quelqu'un te demande qui elle est, réponds «Anne d'Emrildale». J'imagine que tu sauras te faire passer pour une servante sans problème?

—Je crois que je saurai, en effet, répondit Danièle sur le même ton sec que Talia.

Talia finit d'enfiler ses bottes, puis farfouilla dans un des sacs. Elle en retira une besace qu'elle suspendit à son épaule et dans laquelle elle fourra le fouet qu'elle avait emporté. Ensuite, la jeune femme entortilla ses cheveux en chignon bas où elle ficha deux baguettes à bouts métalliques.

—Allez, on y va! (Talia s'immobilisa devant la porte.) Je doute que l'on trouve quiconque dans cette maison mais, si jamais je me trompais, tu restes derrière moi, princesse. Et quand je te dis «cours», tu cours. Compris?

Blanche frappa de nouveau dans ses mains.

—Allons-y maintenant! Je ne tolérerai aucune chamaillerie entre mes servantes.

Elle se glissa devant Talia et enfila le couloir. Danièle entendit Talia grommeler devant elle:

—La prochaine fois, c'est moi qui jouerai les pimbêches.

Personne ne remarqua les jeunes femmes lorsqu'elles traversèrent le palais. À plusieurs reprises, lorsqu'elles croisèrent un serviteur ou un garde, Danièle eut l'impression d'apercevoir un éclair de lumière provenant des miroirs au collier de Blanche. Chaque fois, la personne rencontrée hésitait, cillait puis repartait.

Les soldats de la porte sud leur jetèrent à peine un regard. Apparemment, la reine les avait avertis que dame O'Dette ferait sa promenade dans la matinée. Danièle et Talia, quant à elles, n'étaient jamais que deux servantes parmi la foule des domestiques du palais. Autant dire qu'elles étaient invisibles.

Danièle constata qu'elle reprenait ses vieilles habitudes avec une facilité déconcertante. Elle gardait la tête baissée et le regard rivé sur son ombre, ce double obscur et rabougri qui marchait péniblement sur les pavés usés de la rue. Le soleil lui réchauffait le dos et le côté, faisant perler des gouttes de sueur à son front. Elle se rapprocha de Talia.

—La maison de mes demi-sœurs est dans…

—… la rue principale du quartier des marchands, acheva Talia. (Elle adressa un petit sourire à Danièle.) Crois-tu vraiment que le prince Armand serait venu te chercher avec un simple carrosse et quelques gardes pour tout équipage?

Blanche fredonnait tandis qu'elle marchait en tête, descendant la rue sur le côté pour laisser passer une charrette tirée par un mulet et éviter d'être renversée par les nombreux véhicules qui circulaient. De jeunes enfants couraient en tous sens, faisant des commissions ou portant des billets pour leurs maîtres. Pressés, les serviteurs se croisaient, les bras chargés de victuailles pour les repas de la journée. Danièle eut beaucoup de mal à ne pas saluer une femme âgée et voûtée qui vendait des fruits. La vieille Mira, une amie de longue date de son père, avait coutume de glisser quelques friandises dans le panier de Danièle lorsqu'elle sortait faire des courses pour sa belle-mère.

L'apparence de Blanche attira de nombreux regards appuyés et élogieux, mais la jeune femme n'était pas étrangère à ce succès dans sa façon de sourire à la ronde et d'éclabousser les passants en sautant délibérément dans les flaques d'eau formées par la pluie de la nuit précédente.

—Un peu de dignité, madame, murmura Talia.

—Oh, garde tes pruderies pour le palais! rétorqua Blanche.

Élevant la voix, elle se mit à chanter une vieille chanson égrillarde racontant l'histoire d'un marin et d'une sirène dotée de quatre bras.

—Nous sommes à la poursuite d'une meurtrière potentielle, reprit Talia.

—Et si quelqu'un s'approche trop près, je peux toujours détourner son attention… d'une manière ou d'une autre, répliqua Blanche en touchant son collier ras-du-cou.

—Termine ton couplet sur les algues et la moitié de la ville sera détournée pour de bon, fit remarquer Danièle.

—Ah, j'a-dooore ce passage!

Blanche prit une grande inspiration, puis jetant un coup d'œil à Talia, se mordit les lèvres et se ravisa.

Lorsqu'elles bifurquèrent vers l'est, une bourrasque de vent leur apporta des effluves de viande fraîche. Une grande partie des bouchers, tanneurs et fourreurs voisinaient dans «l'allée des Saigneurs de la Tripaille et des Abattis», comme les gens l'avaient surnommée.

Danièle avait grandi à proximité du palais, mais dans les mauvais jours, l'odeur pouvait remonter jusqu'au quartier des marchands. Elle sourit au souvenir de la réaction de Charlotte, la première fois qu'elle avait laissé sa fenêtre ouverte après une journée d'été particulièrement chaude.

Plus haut dans la rue, un chien noir lapait l'eau d'une flaque. À leur approche, le bâtard leur jeta un coup d'œil furtif et retroussa les babines. Danièle sourit et tendit la main pour lui flatter le cou.

—Attention, princesse! la mit en garde Talia.

—Allons donc, Finaud ne me ferait pas de mal!

Danièle frotta le cou du chien si vigoureusement que ses oreilles battirent l'air. Pour faire bonne mesure, Finaud poussa un dernier grognement, montrant les crocs à Talia et à Blanche, puis il roula sur le dos pour que Danièle lui gratte le ventre.

Blanche chatouilla le menton du chien, et la jeune femme rit de bon cœur lorsque celui-ci entreprit de lui lécher le poignet.

Talia se racla la gorge.

—Les dames de haute lignée ne batifolent pas. Encore moins dans les rues. Et encore moins avec des chiens galeux!

—Un petit batifolage de temps en temps ne te ferait pas de mal, riposta Blanche. Alors, comme ça, Finaud est crasseux, et il empeste le chien mouillé? Il est pourtant de bien meilleure compagnie que certains nobles de ma connaissance…

Quelques pâtés de maisons plus loin, les jeunes femmes se retrouvèrent dans la rue principale et le cœur de Danièle battit plus vite. Elle était revenue chez elle, dans son quartier. Il y avait là la demeure de Samuel le marchand de vin, dont les fenêtres étaient toujours obturées par des planches de bois afin d'empêcher le fils aîné de se glisser dehors la nuit pour retrouver Mathilde, un peu plus bas dans la rue. Venait ensuite la maison que Marie Fortuné habitait avec ses petites-filles. Marie disait la bonne aventure et vendait des amulettes et des talismans confectionnés à partir de bouts de verre et de ferraille.

Danièle sourit encore en apercevant une bâtisse haute de trois étages, fermée de volets bleus et protégée des intempéries par des bardeaux décolorés, qui ressemblait fort à celles qui la jouxtaient. À l'instar des maisons voisines, son rez-de-chaussée servait d'atelier et de vitrine ; de larges vantaux en fermaient les baies, les volets supérieurs se relevant pour protéger les habitants du soleil, les volets inférieurs s'abaissant pour permettre à son père d'exposer sa marchandise à la vue des clients.

Ce matin-là, tous les volets étaient fermés. La maison semblait endormie. Ou morte. L'enseigne étincelante qui l'avait proclamée demeure du maître verrier Charles Laverrie avait disparu depuis longtemps. Son support vide était rouillé par les ans.

La plus haute fenêtre, juste sous le toit, était condamnée. Elle donnait dans ce qui avait été la chambre de Danièle.

À présent qu'elles étaient arrivées à destination, Blanche avait retrouvé tout son sérieux. La tête haute, elle les conduisit jusqu'à la boutique voisine où André, l'orfèvre, travaillait avec ses fils. Danièle et Talia se tinrent en retrait tandis que Blanche examinait un bracelet.

— Il y a quelque temps déjà, ma sœur, dame Béthanie Céleste O'Dette d'Emrildale, a acheté un vase d'une rare élégance à un souffleur de verre près d'ici, lança Blanche. Je recherche cet homme, sais-tu où je pourrais le trouver ?

Éric, l'aîné des fils d'André, releva la frange qui lui tombait sur les yeux.

— Ce devait être maître Laverrie, juste à côté. Ça fait bien dix ans qu'il est mort maintenant.

— Quel dommage ! poursuivit Blanche. (Elle fit jouer le bracelet à la lumière du soleil pour en observer les reflets, puis fit la moue et reposa le bijou.) Que sont devenus sa veuve et ses enfants ? N'y a-t-il personne à qui m'adresser pour acheter une de ses œuvres ? Je souhaiterais, de préférence, quelque chose de plus gros et de plus cher que le vase de Béthanie.

—Je suis désolé, madame, répondit Éric. La famille a vécu ici un moment, mais il y a déjà quelque temps que la maison est vide et fermée, comme vous voyez.

—Mais et…

Danièle se mordit les lèvres, se souvenant de son rôle de servante. Où habitaient donc ses demi-sœurs si ce n'était pas ici ?

Éric lui jeta un regard scrutateur, mais Blanche se pencha brusquement pour saisir une rose en argent montée sur broche et il trouva là matière à intérêt.

—Je vais prendre celle-ci. (Blanche mit la main à sa sacoche, farfouilla à l'intérieur et sortit une piécette d'or.) J'ai toujours aimé les roses. (Elle fit tourner la pièce dans sa main.) Tu es certain que la famille ne vit plus ici ?

Éric se passa la langue sur les lèvres.

—On dit que Danièle a épousé le prince, mais je ne sais pas trop si j'y crois. Les gens aiment raconter des histoires, vous savez, ajouta-t-il avec toute la sagesse que lui conféraient ses treize printemps. (Il hésita :) Cette maison, elle… est étrange. Mon oncle Gauvain dit que le fantôme de la marâtre est enfermé dans le grenier, condamnée qu'elle est à errer un an de plus pour chaque jour de souffrance qu'elle a infligé à Danièle. Oui, bon, Gauvain croit aussi que les fées viendront lui voler ses dents s'il dort la bouche ouverte. (Fronçant les sourcils, il se détourna pour jeter un regard vers la maison.) Toutes les nuits, il s'enveloppe la mâchoire dans un bandage juste avant d'aller se coucher. Je vous le dis comme je le pense, cet homme n'est pas bien dans sa tête.

Blanche glissa la pièce dans la main du garçon.

—Sois donc remercié, mon jeune ami.

Danièle jeta un coup d'œil par-dessus son épaule tandis qu'elle sortait de l'échoppe à la suite de Blanche. Comme c'était étrange d'être de retour, de voir Éric, égal à lui-même, vendre de l'orfèvrerie et reluquer les clientes.

—Il ne m'a pas reconnue, murmura-t-elle en se demandant si elle avait changé à ce point.

Du pouce, Talia désigna Blanche, derrière elles.

—Si tu veux qu'on te remarque, n'emmène jamais Blanchette avec toi !

Les jeunes femmes s'arrêtèrent ensuite devant la maison de Marguerite Clavreul, située en face de celle de Danièle. Marguerite confirma les dires d'Éric : la demeure des Laverrie était abandonnée, et cela faisait au moins une semaine qu'elle se trouvait dans cet état, même si l'on entendait encore de temps à autre du bruit au cours de la nuit. Elle mettait ces bizarreries sur le compte des rats ou d'un quelconque animal nocturne.

—La plus jeune des filles, Stacia, a essayé un temps d'entretenir tout ça, mais elle n'y connaissait rien en ménage. J'sais pas où elles ont emménagé maintenant.

Marguerite dévisagea Danièle. Même si la jeune femme avait passé une grande partie de son existence enfermée au grenier, sa belle-mère l'envoyait faire des courses et acheter de la nourriture au moins une fois par jour. Tous ces gens étaient ses voisins et ses amis de toujours, ils représentaient plus à ses yeux que ceux qu'elle côtoyait désormais au palais. La jeune femme mourait d'envie d'ôter sa cape et de parler avec Marguerite, de se sentir de nouveau quelqu'un de réel plutôt qu'une princesse de pacotille.

Marguerite voulut ajouter quelque chose, mais Blanche l'interrompit avec brusquerie :

—Merci infiniment, conclut-elle.

Les miroirs de son collier clignotèrent tandis que la jeune femme entraînait déjà Danièle au-dehors avec l'aide de Talia.

—Un déguisement, ce n'est pas seulement un costume différent, rappela cette dernière en baissant la voix. N'oublie pas que tu dois te comporter en servante ! (La jeune femme examina la bâtisse abandonnée.) Existe-t-il un autre moyen d'entrer ?

—La porte de service, la renseigna Danièle. De l'autre côté.

La ruelle étroite entre la maison Laverrie et la boutique d'André était aussi humide que fraîche, et les feux qui brûlaient dans la forge de l'orfèvre emplissaient l'air d'une odeur âcre. La peinture jaune sur l'entrée réservée au personnel était sèche et s'écaillait en petites plaques qui flottaient à la surface d'une flaque d'eau près de la porte.

Talia actionna la poignée.

—Fermée, annonça-t-elle.

—Je n'ai pas la clé, précisa Danièle. Ma belle-mère ne me laissait jamais...

—Écartez-vous !

Talia s'agenouilla. Se confondant avec les lacets de ses bottes, quelques tiges et fils dentelés de bonne longueur y étaient dissimulés. Elle en fit glisser deux dans la serrure et ajusta sa prise. Saisissant les tiges d'une main, elle tourna le bouton de l'autre et poussa.

La porte s'ouvrit en grand vers l'intérieur. Talia rangea ses outils de crochetage et sortit un long poignard à double tranchant.

—Restez derrière moi !

La cuisine était un véritable désastre. Des restes de nourriture rendus méconnaissables par la moisissure jonchaient la table et le sol. Une longue file de fourmis courait sur le mur dans un va-et-vient permanent, emportant les miettes de pain rassis. Oui, rester derrière Talia était la seule solution, songea Danièle, tentant de refréner son envie de prendre un seau et des chiffons dans le placard et de se mettre à récurer les pièces de fond en comble pour chasser toute cette saleté.

Le reste de la demeure était dans le même état. La jeune femme en aurait pleuré. Comment ses demi-sœurs avaient-elles pu faire tant de dégâts en si peu de temps ? Son ancienne demeure ressemblait à un vieil arbre creux, vide et pourri. Elle se précipita dans l'atelier de son père.

Les précieux outils, autrefois suspendus aux murs, avaient disparu, probablement vendus pour la moitié de leur valeur. Les énormes soufflets et les tas de bois s'étaient volatilisés aussi. Seul le grand foyer était resté en place, avec sa hotte en tôle noircie par la suie accumulée. Des éclats de verre crissèrent sous les pieds de Talia tandis qu'elle traversait l'atelier pour rejoindre les pièces qui donnaient sur la rue.

—Quelqu'un est venu ici récemment, fit-elle remarquer. Il y a des empreintes de pas dans la poussière, et des tessons aussi. (Elle pointa son couteau vers le sol, indiquant un fragment de verre bleu écrasé en débris plus petits et plus nombreux.) On dirait bien qu'il s'agit de tes demi-sœurs.

—Comment le sais-tu? demanda Danièle, perplexe.

—Par les traces qu'elles ont laissées, répondit Talia. Elles boitent toutes les deux, mais pas de la même façon, Charlotte à cause de son talon mutilé et Stacia de son orteil en moins. Du coup, elles marchent différemment.

Danièle s'agenouilla pour ramasser un tesson de verre au relief ondulé bleu et blanc. Il provenait de l'un des vases préférés de sa belle-mère. Jadis, la jeune femme devait courir tous les jours jusque dans les champs hors de la ville pour le remplir de fleurs fraîches. Comme elle avait détesté ce vase!

—Montons à l'étage. Éric a dit que le grenier était hanté, ordonna Talia en s'engageant dans l'escalier, suivie de ses deux compagnes.

Elles dépassèrent très vite le deuxième étage, celui des chambres de maître, sans s'arrêter. Danièle jeta un coup d'œil furtif à celle de sa marâtre. De vieux pansements étaient éparpillés sur le sol; divers fluides les avaient tachés de jaune et de brun, du sang séché sans doute. La jeune femme détourna les yeux.

Talia grimpait déjà à l'échelle du grenier.

—Attends! s'écria Blanche. (Elle fit signe à Talia de s'écarter avant de se hisser devant elle en appui sur un pied, la main sur la trappe.) Tes demi-sœurs ont pratiqué la magie, expliqua-t-elle en s'adressant à Danièle.

Elle poussa le panneau et se glissa à l'intérieur du grenier. Son collier ras-du-cou se mit à luire d'une lumière orangée et chaude.

—Qu'est-ce que c'est? demanda Talia.

—Rien de dangereux, répondit Blanche. Une magie ancienne.

Danièle suivit, baissant machinalement la tête pour éviter de se cogner contre les chevrons. Des rais de lumière filtraient à travers le volet fermé et dessinaient çà et là des lignes blanches sur le sol.

Autrefois, Danièle avait fait des marques sur le plancher pour repérer les différentes heures de la journée. Douze séries de traits donnaient l'heure, une série comptant pour un mois. À cette époque de l'année, la mi-mai, le rayon le plus haut était à un doigt sous la marque correspondant à l'heure du déjeuner. C'était l'heure de descendre à la cuisine préparer le repas.

—Par ici, s'écria Blanche.

De grosses gouttes de cire noire fondue s'étaient infiltrées entre deux lattes de plancher. Blanche sortit son couteau. La lame, ornée à la garde d'un flocon de neige gravé sur un ovale d'or, était courte, droite et acérée.

Blanche en utilisa la pointe pour détacher un morceau de cire.

—De la cire d'abeille toute simple aurait fait aussi bien l'affaire, mais tout le monde veut toujours des bougies noires ! Ou rouge sang. Ma mère était pareille. De grosses bougies noires, et des toiles d'araignées assez épaisses pour attraper des hannetons ! Je pense qu'elle élevait ses propres araignées, histoire de rendre son antre encore plus effrayant.

—Qu'est-ce qu'elles ont fait ici ? demanda Danièle.

Du couteau, Blanche indiqua le plafond. Le bois était noir de suie, à l'exception d'une zone circulaire au centre, comme si la fumée n'avait pu franchir le cercle de bougies.

—On dirait une invocation. Elles ont piégé quelque chose ici.

—Tu sais ce qu'elles ont invoqué ? demanda Talia.

—Non, je regrette. (Blanche replaça le couteau dans son fourreau.) L'endroit est plutôt propre et bien nettoyé.

Le regard de Danièle se figea.

—Mes demi-sœurs… nettoyer ?

Talia se dirigea vers la fenêtre. Les vieilles planches volèrent en morceaux tandis qu'elle les arrachait une à une pour ouvrir les volets. Pour la première fois depuis la mort du maître de maison, la lumière du soleil entra à flots dans le grenier.

—Merci, dit Blanche.

Talia inspecta la pièce, puis haussa les épaules.

—Il n'y a rien ici. Allons voir au deuxième.

Danièle ne les avait pas attendues et descendait déjà les barreaux de l'échelle. Mais la jeune femme ne s'arrêta pas aux chambres de ses demi-sœurs et poursuivit en direction du rez-de-chaussée.

—Où vas-tu? interrogea Talia.

—Trouver Charlotte et Stacia.

Blanche se pencha en arrière pour l'apercevoir par-dessus son épaule.

—Et comment?

—Je vais demander à ma mère.

Danièle se rendit à l'arrière de la maison. Au coin, elle s'immobilisa, choquée. Elle s'était préparée à trouver le jardin dans le même piteux état que la maison. Effectivement, les mauvaises herbes avaient envahi ce que ses demi-sœurs avaient pris la peine de planter et, même de là où elle se tenait, la jeune femme pouvait apercevoir des limaces ramper sur certains feuillages. Pourtant, si la plus grande partie du jardin avait été simplement abandonnée, en revanche, le coudrier planté dans un coin du jardin – l'arbre de sa mère – avait été attaqué avec sauvagerie. Des branches tordues et brisées pendaient de la ramure et les feuilles restantes étaient flétries et roussies. Des mottes de terre bordaient un trou profond creusé à la base du tronc, comme si un chien énorme avait voulu le déraciner. Avec son côté droit apparemment carbonisé, le coudrier ressemblait plus à un squelette calciné qu'à un arbre.

Danièle se souvint de l'époque où il n'était qu'un rameau, une simple bouture plantée en souvenir de sa mère. Elle était venue ici pendant des semaines pour pleurer et prier, pour se souvenir aussi des dernières paroles de sa mère :

« *Demeure pieuse et bonne, et je veillerai sur toi du paradis.* »

Le coudrier s'était développé rapidement. Lançant son bouquet de troncs fins vers le ciel, il avait atteint bientôt la taille de la jeune fille. Sans doute sa marâtre l'aurait fait abattre depuis bien longtemps si elle avait su ce qu'il représentait, mais le jardin, comme bien d'autres choses, avait toujours fait partie des attributions de la jeune femme.

Elle sauta par-dessus la clôture basse.

—Mère ? gémit-elle.

—Euh… Tu as un problème, Danièle ? s'inquiéta Blanche.

Danièle ne prêta aucune attention à la jeune femme. Quelques mois auparavant, ces branches avaient frémi en réponse à ses prières, elles l'avaient vêtue de cette robe somptueuse que la future princesse avait portée au bal.

—Charlotte savait, murmura-t-elle.

Sur le moment, elle n'avait pas mesuré la portée de la conversation, mais sa demi-sœur y avait fait allusion lors de sa dernière visite au palais.

—Il y a quelque chose dans cet arbre…, déclara Blanche.

—L'esprit de ma mère.

Lentement, la phrase de Blanche fit sens : l'arbre n'était pas encore mort ! Danièle se précipita.

—Princesse, attends ! cria Talia.

Le sol trembla sous ses pieds. Danièle se cramponna à l'arbre pour ne pas tomber tandis qu'elle s'enfonçait dans la terre. Les branches étaient chaudes. L'écorce semblait brûler sa peau.

Elle essaya de reculer, mais ses pieds étaient pris jusqu'aux chevilles. La branche à laquelle elle s'agrippait cassa net et une volute de fumée s'échappa de l'extrémité brisée.

Talia fonça dans le jardin, sortit son couteau et s'arrêta brusquement.

—J'aurais dû apporter une hache ! fit-elle et, dégoûtée, elle remit le couteau au fourreau. Blanche, brûle-moi tout ça jusqu'aux racines !

—Non ! hurla Danièle. Pas ça !

Plusieurs branches se balancèrent autour d'elle pour s'enrouler autour de ses poignets. Elle résista avec assez de force pour se libérer, mais perdit l'équilibre. Elle tomba, tête en avant dans la rhubarbe plantée à proximité, tandis que la terre aspirait ses pieds plus profondément.

—Au cas où tu n'aurais pas encore remarqué, poursuivit Talia, cet arbre essaie de te tuer. (Elle attrapa Danièle sous les bras et tira.) Blanche, qu'est-ce que tu fous ?

De l'autre côté du jardin, Blanche revenait du puits, en courant avec un seau dans les mains dont la corde traînait derrière elle. Elle se précipita à leurs côtés pour jeter l'eau à la base de l'arbre.

De la vapeur s'éleva du sol dans un chuintement et l'étau qui enserrait les jambes de Danièle se relâcha. Talia grogna et tira de plus belle. Blanche vint à son secours et les deux filles saisirent Danièle chacune par un bras. À elles deux, elles extirpèrent la jeune femme du sol, mais ses bottes restèrent prisonnières du trou.

—C'est ta mère ? demanda Talia en ressortant son poignard. Et moi qui croyais avoir des problèmes de famille !

—Non, répondit Blanche en devançant Danièle. C'est sans doute ce que Charlotte et Stacia ont invoqué. Pour éliminer l'esprit de sa mère, probablement. Cette chose est coincée dans l'arbre, et les deux continuent à se battre. Mais d'après l'aspect des branches, la mère de Danièle est en train de perdre.

—Tu peux la sauver ? supplia Danièle.

Blanche sourit de toutes ses dents.

—Si je ne peux pas faire mieux que deux apprenties sorcières du dimanche, je…

—Moins de bla-bla, et plus de résultats s'il te plaît, l'interrompit Talia.

Blanche montra le seau.

—Apportez autant d'eau que vous pourrez et trempez la terre tout autour du tronc. Surtout ne vous approchez pas trop près !

—Pas trop près, comment ? demanda Danièle.

—Si l'arbre essaie encore de te manger, c'est peut-être qu'il faut reculer…

Danièle demeurait près de la clôture et tenait fermement des deux mains le poignard offert par Talia. Elle ignorait si l'arme lui serait d'une quelconque utilité en cas d'ennui, mais elle se sentait plus rassurée. Un seau rempli d'eau et divers récipients qu'elle avait récupérés dans la maison étaient posés à côté d'elle. Ses pieds nus et son pantalon étaient aussi boueux que ceux de Talia.

Blanche se tenait debout, la tête levée, exposant sa gorge pâle au soleil. Un mince rayon de lumière vint frapper le miroir central de son ras-du-cou. Sa cape de voyage était posée sur le portillon, la fourrure de son col traînant dans l'eau fangeuse.

À mesure que Blanche psalmodiait, le rayon de soleil traçait une étrange et anguleuse calligraphie dans la terre mouillée. Des cristaux de givre blanc figeaient les symboles, défiant ainsi la chaleur du soleil.

—Qu'est-ce que tu fais? souffla Danièle.

Sa vision se brouillait si elle regardait de trop près les mots à terre.

—C'est presque le même sort d'invocation que celui de tes demi-sœurs. Si ma magie est plus puissante que la leur, elle devrait faire sortir cette créature de l'arbre. (Elle fronça les sourcils.) Je dirais qu'il s'agit d'un démon, du type éthéré, ce qui signifie qu'il provient vraisemblablement d'une dimension inférieure. Peut-être un Myrakkhan ou un Chirka, pourquoi pas, bien que ce ne soit pas vraiment la saison. En règle générale, ils hibernent le printemps et l'été. Pourtant, ils…

—Le sort, Blanche…, rappela Talia.

Lorsqu'elle eut terminé, le givre avait encerclé une grande partie du jardin. Les mots s'arrondissaient de plus en plus et leur taille diminuait à mesure qu'ils s'approchaient de leur point de départ autour de l'arbre.

Blanche haussa les épaules d'un air penaud.

—Je manque toujours de place à la fin. Au départ, j'écris trop gros, et puis…

—Mais il va fonctionner, n'est-ce pas? questionna Danièle.

—Bien sûr. (Blanche joignit les mains.) Tes demi-sœurs ont fait le plus difficile en appelant ce démon dans notre dimension. Maintenant, tout ce qu'il me reste à faire c'est de le piéger à l'intérieur de ce sort. (Elle poussa un petit sifflement aigu.) Au pied, vilain garçon. Viens par ici, mon petit démon du feu.

Talia haussa les sourcils, perplexe.

Les branches du coudrier se mirent à trembler et les feuilles flétries voltigèrent en tombant sur le sol, mais ce fut tout.

—On me résiste, annonça Blanche.

Sa lèvre inférieure s'avança légèrement dans une sorte de moue.

—Je croyais que ton sort d'invocation devait l'obliger à se montrer, interrogea Danièle.

—Ce n'est pas le démon. (Blanche s'interrompit pour essuyer la sueur de son front.) C'est l'arbre. Ta mère, c'est elle qui me livre bataille.

—Mais pourquoi nous combattrait-elle ? demanda Talia.

Blanche se tourna pour considérer Danièle.

—Ta mère connaissait-elle la magie ?

—Non. (La réponse de la jeune femme fut plus brutale qu'elle l'avait souhaité.) Pourquoi veux-tu savoir cela ?

—Demande la fille dont la mère vit à l'intérieur d'un arbre…, commenta Talia.

Blanche se frotta le cou.

—Si elle n'a pas étudié la sorcellerie, il est possible qu'elle ne comprenne pas ce que nous faisons. La dernière fois qu'on a pratiqué la magie ici, on lui a lâché un démon dessus. Mais ne t'inquiète pas, je vais y arriver.

—Elle me connaît, moi, murmura Danièle.

Qu'importe ce que Charlotte et Stacia lui avaient fait, elle reconnaîtrait Danièle.

—Laissez-moi faire ! décida Talia. (Et en s'adressant à l'arbre, elle ajouta :) Sors d'ici, sale bâtard de cabot vomi par les enfers !!!

—À ceci près que ni les Myrakkhans, ni les Chirkas ne viennent des enfers, précisa Blanche. Et je n'ai trouvé aucun ingrédient servant à invoquer un chien des enfers digne de ce nom dans la maison.

Danièle s'efforça de ne pas se laisser distraire par ces échanges. Pourquoi sa mère ne les laissait-elle pas venir à son secours ? On devait lui faire savoir que Danièle était là, qu'elles essayaient toutes les trois de la sauver.

—Mais qu'est-ce qui m'échappe ?

La fumée s'élevait du cœur de l'arbre. Elle pouvait sentir l'odeur du bois consumé. Bientôt le coudrier entier serait en flammes.

—Blanche, arrête ! Tu es en train de la tuer !

—Impossible! répondit Blanche. Le sort est déjà jeté.

La base du tronc se fendit dans un effroyable craquement, tels des os brisés. Les branches subsistantes ployèrent et s'écartèrent de la fissure béante, comme si elles voulaient déchirer l'arbre en deux, ce qui d'ailleurs était peut-être ce que le démon tentait de faire.

—Ça y est! s'exclama Blanche. Viens par ici vilain petit démon, viens dans le cercle.

—Le cercle, murmura Danièle. (Elle se mit à quatre pattes pour examiner attentivement le cercle à l'endroit où il passait près de l'arbre.) Blanche, attention!

La jeune femme recula.

—Oh-oh…

L'une des racines noircies du coudrier avait jailli de la boue, détruisant une partie du sort de Blanche. Danièle et Talia l'attrapèrent pour l'éloigner en vitesse tandis que des branches enflammées explosaient. Des griffes et des dents firent voler le bois en éclats alors qu'un loup énorme se frayait un chemin à l'air libre. Sa fourrure était du même gris sale que celui des cendres froides. Des flammes orange et bleu ondulaient sur tout son corps et s'intensifiaient le long de son échine. Il avait tout d'un chien au poil hérissé, songea Danièle.

—C'est bien un Chirka, déclara Blanche. Et un gros. Je me demande ce qu'elles ont bien pu sacrifier pour en faire venir un jusqu'ici à cette époque de l'année.

Talia bondit vers le portillon. Elle profita de son élan et glissa sur la boue, bras bien écartés en équilibre. Tournoyant sur elle-même comme une danseuse, elle s'empara du seau et le vida sur la tête du loup.

Des nuages de vapeur montèrent de la fourrure de la bête. Talia tournoya de nouveau et, cette fois, jeta le seau qui se fracassa sur le crâne de la bête. Le loup s'ébroua, projetant de la terre et des étincelles tout autour de lui.

—Vilain Chirka! s'écria Blanche d'un ton brusque. (Son collier clignota, redessinant lentement un symbole effacé sur le sol.) Là, j'ai presque fini…

Le loup ne fit pas attention à elle. Il rôdait près du cercle, ses yeux luisant d'un orange ardent rivés sur Danièle. Une carafe se brisa contre la bête. De toute évidence, si l'eau dérangeait le démon, elle ne semblait pas lui faire grand mal. Pas plus que le poignard qui s'enfonça dans sa gorge. Le loup tenta d'arracher l'arme avec ses mâchoires, mais il n'y parvint pas. Dans un grognement féroce, il se ramassa sur lui-même et bondit sur Danièle.

Talia fut plus rapide. Elle saisit Danièle par le poignet et la projeta contre l'arbre. Tandis qu'elle tombait, la jeune femme vit Talia se décaler pour esquiver de justesse les mâchoires de feu du Chirka. Il dérapa dans la boue, à l'endroit même où Danièle s'était tenue, et des gerbes d'éclaboussures jaillirent tout autour de la créature tandis qu'elle essayait de recouvrer son équilibre.

— Hé, un soupçon de magie ne serait pas de refus ! s'écria Talia.

— Comment ? Tu as enfin rencontré quelque chose que tu ne peux pas soumettre à coups de gourdin ? (Blanche s'agenouilla au bord du cercle. Les racines du coudrier s'étaient rétractées et avaient replongé dans la terre ; Danièle pouvait voir le givre progresser sur le sol.) Danièle, le sort est prêt. Attire le Chirka dans le cercle !

— Je ne risque pas d'être piégée ? cria la jeune femme.

— Oups ! (Ses miroirs s'illuminèrent, ajustant à la hâte certains glyphes.) Désolée ! Voilà c'est réglé.

Le loup grogna et se mit à ramper en direction de l'arbre et de Danièle. Des filets de bave dégouttaient de sa gueule. À plusieurs reprises, il bondit et fit claquer ses mâchoires, déchiquetant les branches de ses dents tranchantes, mais il reculait chaque fois au moment d'atteindre la jeune femme.

Danièle se serra encore plus contre l'arbre. L'odeur de bois brûlé emplissait ses yeux de larmes ; elle tressaillait à chaque nouveau craquement de branche arrachée.

Le loup se trouvait entre elle et le cercle. Mais il semblait peu disposé à attaquer, tant que la jeune femme restait sous la protection des branches de sa mère.

Il décida donc de s'en prendre à Blanche. Il bouscula Talia qu'il envoya valser contre la clôture et, d'un bond, se retrouva tout près du cercle. Blanche cria et s'écarta, essayant de garder le sort entre la bête et elle.

Le loup était trop rapide. Au prochain saut, il serait assez près de la jeune femme pour la saisir. Retroussant les babines, il s'élança.

Au même instant, Talia fonça sur la créature et la projeta vers le cercle d'un violent coup d'épaule dans le flanc. Il atterrit au bord, déséquilibré. Blanche prit son élan et mit toutes ses forces dans un coup de pied qui atteignit son adversaire en plein dans la truffe.

Les dents acérées se refermèrent sur l'ourlet de sa robe. D'un mouvement brusque de la tête, le loup la projeta à l'intérieur de son propre cercle, puis s'écarta en titubant.

— Tu voulais qu'il te remarque, c'est ça ? dit Talia.

Sa chemise se consumait à l'endroit où elle avait frappé la bête mais la jeune femme ne semblait pas en faire cas. Elle sortit un autre couteau qu'elle pointa en direction de la gorge du démon ; même si ça ne ferait pas grande différence, à en juger par le manche du premier, toujours planté dans le cou velu.

— Mère, je t'en prie…, murmura Danièle.

Que pouvait-elle dire d'autre ? Une robe et des pantoufles de verre étaient une chose, mais que pouvait-elle demander contre un démon ?

Le loup bondit de nouveau. Talia planta le second couteau dans la gorge, mais il n'eut pas plus d'effet que le précédent. Les pattes de l'animal vinrent la frapper de plein fouet, l'écrasant contre la maison comme une poupée de chiffon. D'un autre saut, il se précipita sur Danièle ; il fut si rapide qu'elle n'eut pas le temps de réagir. Danièle retint son souffle et détourna le regard tandis que le corps gigantesque hérissé de flammes fonçait vers elle.

Elle sentit sa peau se racornir, mais le loup ne parvint pas à l'atteindre. Carbonisées et brisées, les dernières branches du coudrier s'étaient déployées brusquement pour agripper le démon et repousser les monstrueuses mâchoires du visage de la jeune femme. Elle sentait l'haleine fétide de l'animal, semblable à l'odeur d'œufs pourris, tandis qu'il faisait claquer ses crocs incandescents pour les lui enfoncer dans la gorge.

Elle planta son arme dans la gueule du loup. La créature bloqua le couteau entre ses mâchoires et le lui arracha des mains d'un coup sec avant de le jeter au loin, dans la boue. Les doigts de Danièle brûlèrent et la manche de son corsage fuma tandis qu'elle reculait pour s'abriter encore plus profondément au cœur de l'arbre.

Le loup combattait toujours. Les branches et les feuilles se consumaient et la bête gagnait ainsi inéluctablement du terrain à chaque assaut. Sa mère était trop faible pour résister encore très longtemps. Il s'approchait de plus en plus de Danièle.

Danièle ouvrit et referma la main. La peau était rougie et des cloques commençaient déjà à se former entre le pouce et l'index.

—Renoncez, Mère, ne le laissez pas vous prendre aussi! cria-t-elle.

Quelque chose étincela dans les branches à sa droite. Tout d'abord, elle crut discerner un éclat de glace. Avec l'énergie du désespoir, la jeune femme tendit la main à travers les feuilles en flammes et referma les doigts sur la poignée d'une épée. La lame, de cristal ou de verre, était plate, étroite et de la longueur de son bras.

Coinçant une des plus grosses branches de l'arbre entre ses mâchoires, le loup la tordit et parvint à se libérer de l'emprise de la mère.

Sans réfléchir, Danièle pointa l'épée à travers les branches et la ficha dans le flanc de la bête.

Le loup poussa des glapissements de douleur et recula, mais Danièle ne le lâchait pas et enfonçait son épée toujours plus profondément. Elle le repoussa vers le cercle. De l'autre côté, Blanche frappait dans ses mains pour appeler le démon.

Il partit sur le côté comme une flèche et se libéra en gémissant lorsque la lame déchira sa fourrure. Danièle décrivit un arc immense avec son épée et entailla tout un côté de la gorge en forçant le loup à pénétrer à l'intérieur du sort.

Le Chirka chancela, puis releva la tête avec peine. Il avait l'air surpris et désorienté. Sa mâchoire pendait, désarticulée, il semblait incapable de la refermer. D'un bond, il tenta de sortir du cercle, mais retomba en arrière, assommé comme s'il venait de heurter un mur de pierre. Le sang noir du démon s'échappa de son corps dans une colonne de vapeur tandis qu'il touchait le sol.

— Je t'ai eu ! exulta Blanche, triomphante.

Danièle lâcha son épée. Tournant le dos au loup, elle se précipita vers les restes encore fumants de l'arbre où s'était abrité l'esprit de sa mère. Il ne restait presque plus aucune feuille et les branches qui n'avaient pas été brisées avaient été carbonisées par la chaleur. Des flammèches brûlaient encore le long des racines.

Lorsque Danièle tendit la main pour toucher le tronc, elle ne sentit rien d'autre qu'un morceau de bois mort.

4

❄

Avec douceur, Blanche guida Danièle vers le puits. Elle soulagea ses cloques en les plongeant dans l'un des rares pots d'eau fraîche qui n'avait pas été cassé dans le combat.

—Non, dit Danièle en tentant d'agripper le récipient pour le porter à l'arbre de sa mère.

Blanche fit preuve d'une fermeté inattendue.

—Elle est partie, tenta-t-elle de la raisonner. Je suis vraiment désolée. Allez, laisse ta main dans l'eau pendant que je m'occupe de Talia. J'ai un baume qui devrait guérir tes brûlures, mais je dois d'abord soigner ses blessures.

—Blessures? Quelles blessures? releva Talia en pliant son bras comme si de rien n'était.

Le haut de la manche, noirci, avait été réduit à l'état de guenille. Son bras était rouge mais les brûlures n'étaient pas aussi graves que celle de Danièle. Des lignes sanglantes zébraient sa poitrine et son ventre aux endroits où les griffes du démon avaient entaillé la chair.

—C'est un pyrophore, reprit-elle, un démon de feu. Les blessures cautériseront d'elles-mêmes. Ça va aller.

Blanche croisa les bras.

—Il y a de la boue, et qui sait quelle autre saleté s'est logée dans ces entailles. Soit je les soigne aujourd'hui, soit j'attends qu'elles s'infectent et tu délireras trop pour protester. Qu'est-ce que tu préfères?

Talia fit la grimace et s'assit, le dos appuyé contre le mur de la maison. Blanche fouillait déjà dans sa sacoche. Elle en extirpa une aiguille courbe en argent et une aiguillée de fil blanc scintillant qu'elle déposa à côté d'elle.

— Elles ne m'impressionnent pas, tes aiguilles, si tu savais! grommela Talia.

Danièle les entendait, mais n'écoutait pas vraiment. La jeune femme détourna le regard des restes de l'arbre de sa mère, mais l'odeur âcre de la fumée l'y ramenait invariablement. À chaque inspiration, elle pouvait encore sentir l'étreinte de l'arbre tandis qu'il avait lutté pour la protéger.

C'était sa faute, elle était venue se réfugier auprès de lui et avait attiré le démon. Sa vue se brouilla.

— Je suis désolée, Mère.

Un mouvement au coin de la maison tira brutalement Danièle de ses pensées. Éric était là, blême; tapi dans la pénombre, il regardait. Le garçon sursauta lorsqu'il vit que la jeune femme l'observait.

— Danièle? murmura-t-il. (Il regarda de nouveau le démon immobile, étendu dans le cercle. Les flammes s'étaient éteintes et il avait presque l'apparence d'un loup ordinaire, bien qu'il soit entièrement carbonisé.) J'ai entendu du bruit et j'ai cru que Finaud se battait avec un autre chien errant alors je suis venu voir…

— Ça va, le rassura Danièle. Je crois qu'il est mort.

— Comment un loup peut-il… (Il écarquilla les yeux et ses craintes semblèrent s'envoler d'un seul coup.) Ouah, est-ce que c'est une épée magique?

Danièle lui fit les gros yeux.

— Éric, qui s'occupe de la boutique de ton père?

— Bigre de bougre! jura Éric. (Il tourna les talons, puis hésita:) Tu sais, beaucoup d'histoires ont couru par ici depuis ton départ. Je voulais te dire… Enfin, que nous ne savions pas le mal qu'elles… Ouais, je suis bien content que tu sois libre… libérée de ta belle-maman, je veux dire. Eh, mais dis donc, c'est vrai que tu es une princesse maintenant?

Danièle acquiesça.

—Si tu ne dis à personne que tu m'as vue ici, je te rapporterai quelque chose du palais lors de ma prochaine visite.

—Vrai? (Un large sourire illumina son visage.) Ton secret ne franchira pas mes lèvres, tu as ma parole, princesse.

Après son départ, Danièle se baissa pour ramasser l'ultime cadeau de sa mère. La lame était parfaitement lisse et son mince tranchant était semblable à celui d'un rasoir. Du sang et des touffes de fourrure calcinée maculaient le verre de l'épée. Elle sortit la main de l'eau et se servit de sa manche mouillée pour la nettoyer.

La simplicité de la lame affilée contrastait avec la décoration de la poignée, la rendant encore plus impressionnante. La partie interne de la garde avait été teintée en vert et reproduisait la rugosité de l'écorce du coudrier. De fines lignes de bois incluses dans le verre spiralaient pour assurer une meilleure prise en main.

Sur le pommeau, les «racines» s'enroulaient autour d'une sphère de verre bleu ciel tandis qu'à l'autre extrémité, des branches jumelles formaient la garde de l'épée. La poignée était parfaitement adaptée à la main de la jeune femme et le bois qu'elle contenait semblait apaiser ses brûlures.

Elle leva l'épée à la lumière du soleil. À l'intérieur, juste au-dessus de la garde, elle crut distinguer la forme d'une feuille de coudrier: on aurait dit que celle-ci avait été gravée dans la masse du verre.

L'épée était aussi magnifique que la robe et les pantoufles offertes par sa mère. De sa main libre, elle essuya son visage en larmes, puis reposa la lame sur ses genoux.

—Maintenant, tu comprends pourquoi je ne voulais pas de toi dans le coin? demanda Talia.

Blanche émit un «tsss» de désapprobation tout en appliquant un baume sur les blessures de sa camarade.

—C'est elle qui a tué le Chirka.

—Elle serait morte si nous n'avions pas été là pour la sauver. (Talia détourna le regard lorsque Blanche enfila son aiguille.)

Sauf ton respect, Ta Grandeur, tu es incapable d'assurer ta propre protection, alors Blanche et moi nous allons chercher ton mari, et toi tu rentres au... La vache, ça pique!

Par mégarde, Danièle heurta légèrement son épée contre un caillou caché dans la boue. L'arme tinta comme du cristal, mais pas une éraflure ne vint marquer la lame. Une chose était sûre : le verre était vraiment plus léger que l'acier.

— Ma mère savait combien j'aimais le travail de mon père, dit-elle. Il pouvait faire des merveilles avec trois fois rien : une boule de verre en fusion, une canne et un four. (Elle sourit à l'évocation d'un souvenir.) Quand j'étais petite, j'adorais ramasser les résidus de verre quand ils avaient refroidi. Dessus, ils étaient lisses et transparents comme des galets, aussi lisses que la surface de l'eau ; dessous ils étaient rugueux comme la surface du foyer où ils étaient tombés. Je suis sûre que mon père s'arrangeait toujours pour laisser quelques petites gouttes de verre par terre, juste pour moi.

Elle remua les doigts et grimaça. La peau était à vif et tendue. Elle se mit en garde et sourit en voyant comme le verre jouait avec la lumière du soleil.

— La pointe de l'épée, plus basse. Et le coude, bloque ton coude ! commanda Talia, les mâchoires serrées. Ton bras, on dirait une aile de poulet !

— Tu ne veux pas être obligée de me protéger ? Très bien, montre-moi comment le faire toute seule.

— La meilleure façon d'assurer ta protection, c'est de réussir à te faire rentrer chez toi, grogna Talia.

Danièle ne releva pas. Elle s'adressa à Blanche :

— Mes demi-sœurs ne connaissaient rien à la magie avant mon mariage. Quelqu'un a dû les y initier.

— Les fées ! affirma Talia. Elles ont vraiment un faible pour les loups. Elles adorent les envoyer rôder dans les bois pour chasser les humains, ou se faufiler dans leurs maisons, ou...

Elle laissa échapper un sifflement de douleur lorsque Blanche noua le dernier point.

— Le sort a été jeté en utilisant la sorcellerie, pas la magie, dit Blanche d'un ton ferme. Les indices dans le grenier sont caractéristiques. En revanche, les ingrédients qui permettent d'invoquer et de contrôler un Chirka sont difficiles à trouver, et la plupart sont illégaux.

— Où auraient-elles pu se les procurer ? demanda Danièle.

Blanche rangea le fil et l'aiguille dans un petit étui, puis fourragea dans sa sacoche à la recherche d'un pot marron. Elle appliqua un liniment verdâtre sur les coupures du ventre de Talia, puis massa pour faire pénétrer le remède.

— Dans tout Lorindar, il n'existe que deux endroits possibles. Une petite visite au troll s'impose.

Blanche saisit la main de Danièle et passa le baume sur les brûlures. Une douce sensation d'apaisement mêlée à de légers picotements parcourut sa peau. Le liniment sentait le foin fraîchement coupé.

Danièle remua les doigts.

— Tu as dit qu'il y avait deux endroits où l'on pouvait trouver ces ingrédients interdits. Quel est le second ?

— Ma chambre, au palais.

Danièle grignotait du bout des dents un gâteau aux céréales dont elle sentait à peine le goût sucré. Elle suivait Blanche et Talia dans le dédale du quartier de la Croisée sacrée vers les portes sud de la ville. Partout, les cloches des églises carillonnaient pour rappeler aux fidèles l'office de midi. Sur les marches de Saint-Thomas, un prédicateur accoutré d'une simple robe de coton haranguait la foule en condamnant la pratique de la magie divine par des mains mortelles.

— La magie n'est pas destinée à des êtres faillibles tels que nous ! hurlait-il.

Habituellement, les prédicateurs ennuyaient Danièle avec leurs provocations et leurs anathèmes, mais cette fois-ci elle dut admettre que ce dernier n'avait pas tort.

De l'autre côté de la rue, un homme portant une cape bleue bordée de symboles d'or le pointa du doigt en se moquant :

—La magie est un don du Sauveur! cria-t-il. (Il sortit un crucifix de sous sa cape. L'effigie en bronze d'une créature féerique ailée était pendue à la petite croix.) La Première Fée! Il s'est fait homme, a vécu et est mort comme l'un d'entre nous!

—Pauvres imbéciles! dit Talia. La seule raison pour laquelle le peuple n'a pas chassé les Disciples de la Fée hors de la ville, c'est que les fées ont envoyé de l'argent en masse pour faire durer cette histoire d'Église!

Aux bruits et aux éclats de voix qui se faisaient entendre, il était évident que le groupe rassemblé à l'église de la Croix de Fer partageait l'avis de Talia. Leurs provocations couvrirent bientôt les cris de l'Église de la Fée.

—Allons-y, profitons que tout le monde est occupé à regarder le spectacle! décida Blanche en se faufilant à travers la foule.

Talia montra du doigt un petit édifice à la décoration douteuse, la chapelle du Baptême du Sang. Sur le parvis, un homme et une femme, tout d'incarnat vêtus, traitaient de noms d'oiseaux les membres des autres Églises.

—Ce n'est qu'une façon comme une autre de monter les Églises les unes contre les autres afin de remplir leurs coffres d'or. Tout comme sait le faire n'importe quel comédien ou bateleur.

—Tu n'es pas croyante? demanda Danièle.

—Croire à ça? (Elle ricana.) Avant la fin de la nuit, la plupart de ces prêtres seront réunis dans l'une des églises et ils trinqueront ensemble comme des frères.

—Alors, en quoi crois-tu?

Talia haussa les épaules.

—Mes professeurs m'ont enseigné que la magie a été transmise à notre monde par Pravesh, le Donateur de la Lumière. Furieuse, sa sœur Shiev, qui désirait préserver cette magie pour les dieux, découpa son frère en huit morceaux et les éparpilla à la surface de la terre. Les fées naquirent de ce sang versé, puis elles proliférèrent dans le monde entier. Elles possédaient la magie de Pravesh, mais restèrent à jamais souillées par la violence et la trahison liées à leur naissance.

—C'est pour ça que tu n'aimes pas les fées? s'enquit Danièle.

Talia ne répondit pas.

Danièle termina son gâteau en suivant ses deux compagnes. Elle gardait la tête baissée, mais c'était une précaution superflue. Presque personne ne la remarquait, et ceux dont le regard s'attardait avaient peu de chance de la reconnaître. Même Blanche passait quasiment inaperçue.

Avant de partir, Blanche avait troqué ses bijoux et vêtements sophistiqués contre l'une des anciennes tenues de Danièle. Charlotte et Stacia n'avaient pas touché aux affaires de leur demi-sœur, estimant sans doute qu'elles n'étaient bonnes qu'à faire des chiffons. La chemise et les pantalons étaient élimés jusqu'à la corde, mais ils étaient propres. Blanche était plus mince que Danièle : les vêtements, trop grands sur son ossature plus fine, étaient toutefois plus étriqués au niveau de la poitrine et des hanches. Un vieux tablier apportait un modeste surcroît de décence et une écharpe mitée dissimulait son ras-du-cou.

Un garde leur fit signe en bâillant de franchir les portes ouvertes de la ville. L'air chaud rendu lourd par la foule fit place à une brise rafraîchissante, et leurs pieds, après avoir martelé les pavés, foulèrent la terre battue et poussiéreuse.

Danièle portait son épée sous le bras, glissée dans un rouleau de couvertures. Talia avait ficelé le paquet pour que la jeune femme puisse passer la main à travers les étoffes et tirer son arme sans trop de difficultés, même s'il faudrait refaire tout le paquet pour l'y replacer ensuite.

Tout en marchant, Danièle serrait le ballot contre son flanc pour sentir la garde de l'épée s'enfoncer dans ses côtes. Elle aurait tellement voulu la sortir et la tenir dans ses mains : toucher l'ultime cadeau de sa mère !

—J'aurais dû revenir plus tôt, murmura-t-elle.

Combien de temps ce démon avait-il été emprisonné dans l'arbre, et depuis quand affaiblissait-il l'esprit de sa mère ?

Blanche secoua la tête.

— Ta mère a choisi de mourir à l'instant même où elle a attiré le Chirka à elle.

— Ce n'est pas comme ça que les choses auraient dû se passer.

— Elle est morte pour te sauver, expliqua Talia impassible. C'est ce que toute bonne mère aurait fait.

Des tentes et des charrettes s'alignaient de chaque côté de la route poussiéreuse et se déployaient plus particulièrement en dehors de la ville, le long des remparts. Prostitués, lépreux et comédiens : tous les parias, tous ceux dont la présence n'était pas souhaitée à l'intérieur de la cité s'amassaient là, près des portes.

— Combien de temps avant de trouver ce troll ? demanda Danièle.

Des mouches vrombirent, dérangées par la jeune femme qui enjambait un tas de crottin.

— Tout dépend s'il veut qu'on le trouve ou pas, répondit Blanche.

La réponse n'était pas des plus encourageantes.

— S'il vend de la magie noire, pourquoi la reine le laisse-t-elle faire ?

— C'est difficile à expliquer, tenta Blanche en jetant un coup d'œil à Talia. Il a été banni de la Cité de Faërie, mais le sang féerique coule toujours dans ses veines. Et puis, à vrai dire, il ne s'adonne pas personnellement à l'exercice de la magie illégale, alors la reine…

— … respecte le traité, acheva Talia. (Elle cracha par terre.) Allons-y, laissons-le corrompre notre ville avec cette saleté de magie !

Le visage de Blanche s'illumina.

— Mais si c'est lui qui a aidé Charlotte et Stacia, nous serons en présence d'une violation manifeste des sections neuf et vingt-deux du traité de Malindar. Non seulement il aura « accompli ou sinon favorisé l'utilisation de la magie noire dans une tentative établie et délibérée de nuire à une personne de noble naissance », mais Charlotte ayant utilisé la magie lors de sa tentative d'assassinat à l'encontre de Danièle, dans la propre chambre de celle-ci, il aura aussi « collaboré à la pratique de maléfices dans l'enceinte même du palais ».

Talia émit un grognement.

— Ne la laisse pas commencer, sinon elle est capable de te réciter tout le traité de mémoire, puis d'enchaîner en te citant tous les cas des siècles précédents au cours desquels humains ou fées ont été jugés coupables de transgression.

—J'aime lire, se justifia Blanche en rougissant. Il y a tant de livres! J'ai dû lire au moins une fois tout ce qu'il y avait dans la bibliothèque du palais.

Des arbres à feuillage persistant remplaçaient désormais le village improvisé devant les remparts, et les bruits de la ville s'estompaient dans le lointain.

—Et est-ce qu'un seul de ces livres t'indique où trouver ce troll? demanda Talia.

—Tête de linotte, c'est un troll! se moqua Blanche. Nous le trouverons sous un pont!

—Inutile de demander s'il existe un autre troll, n'est-ce pas? interrogea Talia en fronçant le nez. Un qui vivrait sous un pont moins... putride, par exemple?

Blanche secoua la tête.

—Je le suis à la trace avec les miroirs. Il n'est pas loin, à mi-chemin entre ici et le Canal du Pêcheur plus au nord.

Le Canal du Pêcheur longeait le bord intérieur du quai construit sur une bande rocheuse, au pied des falaises, où s'était développé un petit village de pêcheurs, d'armateurs et de marins. Le ciel était noir de mouettes qui plongeaient de temps à autre vers un bateau pour tenter de voler un repas. D'autres planaient au-dessus du canal et disputaient aux rats les restes des poissons déjà vidés. Leurs cris, très différents des bruits de la ville, offraient un agréable changement.

Danièle mit les mains en visière, reconnaissante de cette occasion qui lui était donnée de se reposer. La vie au palais était trop confortable et elle l'avait alanguie plus qu'elle se l'était imaginé pour se retrouver ainsi à bout de souffle.

Quatre passerelles étaient jetées au-dessus du canal et se déployaient à intervalles réguliers, jusqu'à l'extrémité du quai. Tout près, en aval, deux enfants vêtus de guenilles avaient chassé les oiseaux de mer et ramassaient les entrailles et les morceaux de chair de poisson flottant à la surface de l'eau.

—Que font-ils ? interrogea Blanche.

—Ils doivent s'en servir comme appâts, répondit Danièle en grimaçant, enfin j'espère que c'est ce qu'ils font.

—Ils sont surtout trop près de l'endroit où vit le troll. (Talia grommela un mot dans une langue inconnue de Danièle.) J'aimerais autant éviter que tous les enfants de Lorindar soient au courant de nos petites affaires. Ton voisin t'a déjà reconnue.

—Éric ne dira rien, assura Danièle. (Elle jeta un coup d'œil à un couple de mouettes qui se disputaient un petit crabe noir. Baissant la voix, elle les appela :) Venez mes amies. J'ai besoin de votre aide.

—Alors ça, c'est un chouette truc ! s'exclama Blanche lorsque les oiseaux descendirent en piqué pour se maintenir à la hauteur de Danièle.

Quelques instructions murmurées et les oiseaux survolaient déjà le pont : le crabe était oublié. Les deux mouettes piquèrent tout à coup en rase-mottes, leurs cris perçants s'intensifiant à mesure qu'elles feignaient de se chamailler pour la pièce d'or que Danièle avait confiée à la plus grosse des deux. La monnaie tomba dans l'eau, abandonnée par les oiseaux qui poursuivirent leur chemin.

Tout d'abord, Danièle craignit que les enfants n'aient rien vu, puis la fillette s'éloigna du pont en pataugeant. La jeune femme n'arrivait pas à entendre ce qu'elle disait, mais le garçon suivit, secouant la tête d'un air résigné, supposant une nouvelle lubie de petite fille. Il poussa de petits cris de surprise lorsque la fillette se baissa prestement pour ramasser la pièce et bientôt les deux enfants décampèrent en direction de la route qui longeait les docks.

—C'était assez discret ? demanda Danièle.

Talia se frotta le front.

—Oui, mais ce serait encore mieux si Blanche cessait de flirter avec les marins.

Blanche cessa de saluer, freinée en plein élan. Elle rougit et, frappant dans ses mains, tourna le dos aux hommes ; ceux-ci, le torse nu, transpiraient à grosses gouttes en roulant des tonneaux hors d'un bateau.

—Désolée.

—La subtilité n'est pas son fort, décréta Talia.

Blanche tira sur son écharpe qui glissa le long de son cou, récoltant un sifflement aigu bien marqué en provenance du bateau. Elle esquissa un sourire, puis soupira lorsqu'elle s'avisa de l'expression de Talia.

—Eh bien, voilà qui sera plus subtil!

Elle effleura le miroir central de son collier du bout des doigts. Le sifflement cessa, mais les hommes ne la quittèrent pas du regard.

—On dirait que ça n'a pas été d'une très grande efficacité, fit remarquer Talia.

—Attends un peu, répondit Blanche en souriant puis elle fit de nouveau signe aux marins.

Ils se détournèrent et reprirent leur travail avec un bel ensemble.

—Qu'as-tu fait? demanda Danièle.

—Juste un petit sortilège, dit-elle en gloussant. Ils pensent que nous sommes des garçons.

Pas un seul ne leva le nez lorsque Blanche descendit vers le canal. Danièle grimaça en la suivant dans une eau froide et presque stagnante. Au fond, les pierres étaient glissantes et couvertes de saletés d'un brun herbeux tandis qu'à la surface le bourdonnement des mouches s'intensifiait à cause des déchets de poissons dont elles se régalaient.

Des toiles d'araignées chatouillèrent son visage tandis qu'elle s'engageait sous le pont. L'air y était plus frais et l'éclairage plus sombre que ce qu'elle avait imaginé. La jeune femme garda la tête et les épaules rentrées pour éviter de déranger les araignées. De nombreux insectes morts garnissaient les gigantesques toiles triangulaires suspendues à la base du pont tout près de l'eau.

—Et maintenant? interrogea Talia.

Blanche se dirigea d'un côté du pont. Des mauvaises herbes et des toiles d'araignées masquaient le départ de l'arche tandis que des moisissures recouvraient pratiquement toute la pierre.

—Maintenant, nous cherchons la porte, annonça Blanche.

Elle toucha son collier aux miroirs.

—«Miroir, miroir…»

La phrase resta en suspens.

—Il y a un problème? demanda Danièle.

—J'ai besoin d'une rime en «tain». (Blanche piqua un fard et détourna le regard.) Un maître, un vrai, n'aurait même pas besoin de parler, mais les rimes m'aident à peaufiner les sorts plus sophistiqués.

—Mandrin? suggéra Talia. (Du bout du pied, elle poussa un monticule vaseux dans les flots qui coulaient tranquillement.) Assassin? catin?

—Je ne crois pas que ce soit ce genre de sort que nous voulions.

—Patins? proposa Danièle.

—Ça y est, j'en tiens une, s'exclama Blanche. «Miroir, miroir, au si joli tain, dis-moi donc où trouver le vilain!»

Rien ne se produisit. Les trois jeunes femmes se penchèrent encore plus bas, scrutant les pierres.

—Là! dit Blanche.

Elle gratta l'une des pierres avec son ongle et retira un morceau de mousse, révélant un trou minuscule de la taille de son petit doigt.

—Il doit s'agir d'un tout petit troll, fit remarquer Danièle.

Talia attrapa ses outils de crochetage et s'agenouilla dans l'eau. Elle utilisa une tige d'acier droite pour sonder l'intérieur du trou, puis sortit un jeu de crochets. Quelques instants plus tard, Danièle entendait un déclic.

—Et voilà! annonça Talia.

Blanche fronça les sourcils.

—Alors, où est la porte?

Danièle se retourna.

—Derrière nous.

De l'autre côté, l'humidité et la moisissure de la pierre avaient disparu. Une eau croupissante noire de saleté s'accumulait sur le seuil d'une porte de bois sans verrou ni poignée qui pivota sans un bruit vers l'intérieur. On aurait dit que les charnières étaient faites dans une sorte de corde argentée. Tout cela débouchait sur un tunnel sombre qui empestait le poisson mort.

—Quel endroit charmant! dit Talia.

—C'est un troll, précisa Blanche en gardant une main sur sa gorge tandis qu'elle franchissait la porte.

Talia suivit, la main au couteau. Danièle changea son paquet de bras pour pouvoir tirer son épée en cas de besoin, non qu'elle sache s'en servir, mais… Elle frissonna en entrant dans le tunnel.

Après avoir fait quelques pas, la jeune femme remarqua que l'eau dégoulinait de son pantalon et de ses bottes, telle la pluie sur le carreau d'une vitre, pour ruisseler et disparaître. Le même phénomène se produisit pour Blanche et Talia qui laissèrent un sol parfaitement sec derrière elles.

—Pas mal! commenta Blanche. (Elle passa un doigt sur les murs en terre battue.) De la sorcellerie. Une espèce de potion que l'on mélange à la terre pour repousser l'eau.

Les ténèbres les enveloppèrent tandis que la porte se refermait. Talia se retourna prestement et lança son couteau qui siffla dans l'obscurité. La lame s'enfonça dans la terre, entre l'encadrement et le panneau qui buta contre le manche et finit par s'immobiliser en laissant un tout petit jour.

—Prises au piège, hein? interrogea Talia.

—Probablement, répondit Blanche dont le collier commença à briller.

Danièle se mit en marche, s'émerveillant de la rapidité des réactions de Talia. Le temps qu'elle-même comprenne ce qui se passait, le couteau de son amie bloquait déjà la porte.

—Comment fais-tu ça? demanda-t-elle.

—Fais quoi?

—Comment parviens-tu à te déplacer et à réagir aussi vite? Lorsque tu as combattu le loup, c'était comme si tu savais ce qui allait se passer avant même qu'il attaque. Et la façon dont tu as lancé ce couteau… Je n'ai jamais vu un être humain se déplacer aussi rapidement.

—Les fées, dit Talia d'une voix sans timbre.

—Pardon ?

—Mes parents ont payé des fées pour qu'elles assistent à la cérémonie de la désignation du nom, au baptême si tu préfères. Tu n'as jamais entendu parler de la Belle au Bois Dormant ? (L'évocation même de son nom la fit grimacer.) Ni de la manière dont les fées m'ont dotée d'une grâce exceptionnelle, d'une capacité à danser comme une déesse et d'une beauté incomparable qui ferait de moi la femme la plus désirable au monde ? Et qu'est-ce qu'un combat, sinon une autre sorte de danse ?

—Mais tu n'es pas…

Danièle se mordit les lèvres, mais il était trop tard.

—… belle ? ricana Talia.

—Non, tu es belle, ce n'est pas ce que je… c'est seulement que…

—Pas comme elle, oui je sais. (Du pouce, Talia désigna Blanche.) Les critères de beauté sont légèrement différents là d'où je viens. Là-bas, les hommes trouveraient que Blanche est trop pâle et trop maigre. Et puis, les goûts évoluent au fil des siècles.

—Mais si les fées t'ont donné la beauté, la force et la grâce, pourquoi les hais-tu autant ?

—Et ta belle-mère ? Elle t'a nourrie, t'a donné un toit et des vêtements. Pourquoi la hais-tu autant ?

Talia détourna la tête et, sans attendre de réponse, suivit le tunnel qui tournait sur la gauche.

Au bout d'un moment, des lames de parquet remplacèrent la terre battue et le tunnel prit une forme plus géométrique. Danièle apercevait encore des racines qui transperçaient le plafond et ressemblaient à de tout petits amas de fils blancs et terreux.

—Nous ne devrions pas nous trouver dans l'eau, depuis le temps que nous marchons ? demanda Danièle.

—Les trolls sont des génies en matière de tunnels, expliqua Blanche. Celui-ci a très bien pu creuser la roche en pleine mer, à seulement une épaisseur de doigt de l'eau, sans que nous courions le moindre danger. Nous sommes autant en sécurité ici que dans tes appartements, au palais. Davantage même, si l'on tient compte de ce qui s'est passé ce matin.

Le couloir débouchait sur une autre porte, presque identique à la première. La seule différence venait d'une sphère de verre qui la décorait en son centre. Talia chercha en vain un autre trou de serrure.

Blanche pressa son œil contre la sphère.

—Je vois une tenture qui couvre le fond de la pièce.

—Si on frappait? suggéra Danièle.

—De toute façon, il se méfiera. Les trolls détestent le soleil et le jour, expliqua Blanche. Ses clients ne sont pas assez stupides pour se présenter avant le crépuscule.

Talia martela la porte du poing. N'obtenant aucun résultat, elle recula et, y mettant toute son énergie, décocha un violent coup de pied.

—Plutôt coriace, grogna la jeune femme en s'appuyant contre le mur pour défroisser le genou et la cheville qui avaient porté le coup.

Un rayon de lumière jaillit à travers la sphère de verre. Un énorme œil jaune apparut et scruta l'entrée de tous côtés. Une voix rauque se fit entendre:

—Revenez à une heure décente, on essaie de dormir ici!

Blanche jeta un regard à travers la sphère.

—Très bien, dit-elle. Je croyais que tu serais heureux d'apprendre que la reine Béatrice a l'intention d'écrire au roi et à la reine de la Cité de Faërie pour les informer de la façon dont tu as violé le traité de Malindar.

—Qu'est-ce que c'est que cette histoire? Dégagez de là, vous, que je voie qui d'autre vous accompagne! (Blanche obéit et l'œil jaune examina attentivement les trois jeunes femmes l'une après l'autre.) Ah... Bien, laquelle d'entre vous, mes beautés, est celle que l'on surnomme Cucendron?

—J'imagine que c'est moi, dit Talia avant que Danièle puisse ouvrir la bouche.

Un rire secoua le troll.

—Non, je ne crois pas, mon joli pain d'épice.

Danièle garda une main sur son épée, plus dans un souci de confort qu'autre chose.

—Je suis la princesse Danièle. Êtes-vous le troll qui a aidé mes demi-sœurs?

—Brahkop, pour vous servir. Quant à l'affaire qui vous occupe, je regrette de ne pouvoir vous aider, mes transactions sont effectuées sous le sceau du secret.

—Charlotte a tenté de m'assassiner, dit Danièle. Sa sœur et elle ont tué ma mère. Si vous savez qui je suis, vous savez aussi que nous pouvons payer le prix que vous demanderez pour de telles informations.

—Attends, ce n'est pas ce qu'elle veut dire! (Talia saisit Danièle par le poignet et la tira brusquement en arrière.) Es-tu folle?

Danièle tenta de se libérer.

—S'il peut nous aider à trouver Armand, je suis certaine que la reine le…

—Aucun marché de fée n'est ce qu'il paraît, ce sont des marchés de dupes, dit Talia. Aussi vrai que ces créatures ne demandent pratiquement jamais d'argent. Ton âme, oui, ta joie de vivre, ton avenir… Ce qu'elles veulent, c'est le prix que tu n'es certainement pas disposée à payer!

—Ouh là, mais c'est totalement injuste ce que vous dites, renchérit Brahkop. Juger si mal tous ceux qui ont du sang de fée dans les veines en vous basant sur les racontars que votre roi fait colporter sur notre compte! Et puis d'abord, c'est quoi cette histoire de traité de Malindar? Ce sont ces donzelles qui ont tenté de faire disparaître la princesse, pas moi. Et vous ne pouvez pas prouver que j'ai passé le moindre marché avec ces filles.

—Ah, oui? Vous m'avez appelée Cucendron! rétorqua Danièle. Or, Charlotte et Stacia sont les seules à m'appeler ainsi.

—J'ai dit Cucendron? Je voulais dire… Nom d'un pet de dragon, vous m'avez eu!

Danièle avança jusqu'à la porte et regarda à travers la sphère. Elle ne vit rien d'autre que l'œil de Brahkop et la protubérance déformée d'un énorme nez.

Avant qu'elle ait pu prononcer un mot, des touffes grises et blanches s'abattirent du plafond et glissèrent le long de sa tête et de ses bras. Croyant qu'il s'agissait de toiles d'araignées, elle leva un bras au-dessus de sa tête pour les décrocher.

Les mèches se resserrèrent et immobilisèrent le bras tout en bloquant son coude au niveau de la tête. La jeune femme essaya d'esquiver en se baissant, mais elle se heurta à Blanche.

—On dirait un genre de filet, fit celle-ci d'une voix calme teintée de curiosité.

Les fils étaient presque invisibles. Danièle ne pouvait voir que les marques qu'ils laissaient sur la peau de son bras tandis que le filet se refermait sur les trois jeunes femmes en même temps.

Talia était tombée, et tentait de se faufiler sous le filet en glissant ses pieds de côté ; malheureusement, son torse et son visage étaient déjà enveloppés et les mailles blanches pressaient la jeune femme contre les jambes de Blanche. Elle sortit un couteau et tenta de scier les fils.

—C'est du solide, grommela-t-elle. Blanche ?

—Je réfléchis, répondit la jeune femme.

—Je vous promets une mort rapide, si cela peut vous consoler, les prévint Brahkop. Vous sentirez à peine les entailles lorsque mon filet vous découpera en petites bouchées appétissantes. Ce sera un peu le désordre, mais bon, ce n'est pas la première fois que je suis obligé de me défendre contre des intrus.

Danièle se retourna et rentra les épaules. Le filet se resserra rapidement autour d'elle, mais la jeune femme pouvait désormais atteindre la poignée de son épée. Cette lame avait tué un démon quand l'acier normal y avait échoué, elle pouvait peut-être aussi se charger du piège de Brahkop. Elle voulut tirer l'épée de son logement, mais ne parvint pas à dégager son bras.

Les miroirs au cou de Blanche se voilèrent et les fils ralentirent. Jusque-là, Danièle les avait à peine sentis, mais ils étaient devenus subitement froids, telles des lames de glace qui s'enfonçaient dans ses chairs.

—Pas mal, ma chair… et tendre! s'exclama Brahkop.

Les coudes de Blanche s'écrasèrent contre les côtes de Danièle alors qu'elle tentait de lutter contre le filet de Brahkop. Toujours à terre, Talia se tortillait, la tête pressée contre le genou de Danièle.

—Talia, tu peux tirer sur les couvertures autour de mon épée? demanda Danièle.

—Vais essayer.

Le couteau de Talia tomba. La jeune femme fit remonter sa main dans le filet jusqu'à fermer ses doigts sur un bout de la couverture. Elle tira sur le fourreau improvisé, dégageant l'extrémité de la lame seulement.

Danièle poussa la pointe de toutes ses forces, essayant d'en glisser le tranchant contre les mailles du filet. Il s'enfonça dans ses doigts, dessinant de fines lignes rouges; elle serra les dents et poussa plus fort.

L'arme toucha un fil qui se brisa net et se rétracta, puis un deuxième. Danièle fit pivoter l'épée pour s'attaquer aux fils transversaux.

—Cela n'est pas tenable, je dirais même plus: c'est insupportable! dit Blanche. (Elle semblait à peine contrariée, comme si elle venait de découvrir qu'elle avait taché son corsage.) Le sortilège est presque vivant! Il agit comme une sorte de boa constrictor. Chaque fois que je veux ajuster ma magie, il se resserre un peu plus!

—Pourtant, tu as des sorts plus puissants! gémit Talia. Tu ne peux pas détruire cette chose tout simplement?

—Oh, si, bien sûr, mais je croyais que tu tenais à la vie.

Sciant toujours avec la pointe de son épée, Danièle pratiqua une large ouverture dans le filet.

—Accrochez-vous! lança-t-elle.

Talia grogna:

—Comme si j'avais mieux à faire!

Danièle jaillit du trou, puis secoua son épée pour la libérer complètement des couvertures. Elle cisailla de haut en bas, avec précaution pour ne pas blesser Talia. La jeune femme en était à la moitié de son œuvre lorsque la chose sembla mourir et lâcha prise. Elle se désagrégea, recouvrant partiellement les trois jeunes femmes de fils inertes et tout mous. Danièle frissonna et s'empressa de les déloger d'un revers de la main.

—Savez-vous combien de temps il m'a fallu pour concevoir ce filet? se plaignit Brahkop. Tous ces nœuds si fins, si…

—Écartez-vous! commanda Talia.

Danièle et Blanche reculèrent.

Talia donna quelques petits coups secs à la sphère.

—C'est du cristal elfique, dit Brahkop. Il m'a coûté un bon petit paquet, mais ça valait la peine. Absolument incassable, à moins d'être un elfe détenteur des secrets de…

—Qui parle de le briser?

Talia pivota et décocha un violent coup de talon dans la sphère. Il y eut un bruit de bouteille qu'on débouche, un «pop», et l'œilleton jaillit de son logement. La force du coup le projeta droit dans l'œil du voyeur.

Le troll hurla.

Posée mais vive, Talia passa le bras à travers l'orifice. Elle se plaqua contre la porte et un déclic se fit entendre de l'autre côté.

—Et voilà, dit-elle tandis que le vantail s'ouvrait en grand sur une vaste pièce aux murs couverts d'étagères.

Les lanternes, suspendues au plafond par des crochets d'or, jetaient une lumière verte et blafarde sur divers sachets, fioles, grimoires et rouleaux de parchemin. Des herbes fraîches ou déjà jaunies séchaient, accrochées au mur du fond. Des rouleaux de corde scintillante occupaient tout un coin de la pièce et formaient une pile montant jusqu'à la taille de Danièle. Des tapisseries tissées dans le même matériau étincelant habillaient les murs.

Plié en deux, le visage entre les mains, Brahkop le troll se tenait pratiquement au fond de la pièce.

Danièle le regarda fixement.

—Les trolls sont toujours aussi poilus?

Brahkop se redressa. Il avait une fois et demie la taille d'un homme, et deux fois sa largeur. Son visage de troll était invisible: seul le nez, semblable à une patate bleu clair, pointait entre les flots de cheveux blanc argent lui tombant jusqu'aux chevilles. Par endroits, sa chevelure était ornée de tresses, décorées aux extrémités de perles et d'autres colifichets qui tintinnabulaient à chaque mouvement de tête.

Une main énorme et dodue émergea de la masse capillaire. Brahkop se dirigea vers Talia.

—J'ai dans l'idée que vous voulez m'obliger à gagner chèrement mon bifteck ? Eh bien, voyons comment…

Talia s'empara de l'œil de cristal et cogna sur les doigts du troll, lui écrasant les jointures. La créature recula en jurant : la jeune femme saisit cette occasion pour lui jeter la sphère en plein sur le nez.

Brahkop tituba. Danièle avait rejoint Talia en courant, l'épée à la main, prête à intervenir. Elle tenta d'imiter l'expression froide et déterminée qu'elle lisait sur le visage de Talia.

Brahkop renifla en grimaçant et se massa les mains :

—Ça suffit !

—Tu en es sûr ? (Blanche promenait un regard nonchalant sur le contenu des étagères. Elle s'empara d'une petite fiole contenant un liquide violet, plutôt épais et fangeux.) Justement, je cherchais l'occasion d'essayer ceci. J'ai toujours voulu voir l'effet que produisait le sang de wiverne coagulé sur un troll.

Un fluide bleu foncé s'écoula du nez de Brahkop et dégoulina sur ses cheveux.

—Absolument certain.

Talia croisa les bras.

—Dans ce cas, je crois que la princesse Danièle t'a demandé de l'aide.

—C'est impossible, dit Brahkop, j'ai passé un marché.

—Blanche ? fit Talia d'un air interrogateur.

Blanche sourit et déboucha la fiole.

—Inutile d'avoir recours à la violence, mesdames, insista Brahkop en s'essuyant le nez.

Danièle lui jeta un regard sidéré.

—Vous alliez nous manger !

—J'avais faim, plaida-t-il. (Il secoua la tête, faisant onduler sa chevelure argentée.) Comprenez-moi bien, j'aimerais vous aider.

Vous m'avez battu à la loyale, c'est indiscutable. Mais c'est impossible. Vos demi-sœurs ont passé un marché très strict dans lequel il est spécifié que je ne dois absolument rien dire sur l'endroit où elles se sont rendues, ni sur ce qu'elles ont l'intention de faire.

Blanche replaçait le flacon sur l'étagère du haut.

—Les êtres de sang féerique ne peuvent pas rompre un contrat, expliqua-t-elle sans lever les yeux. On peut le couper en morceaux, il ne parlera pas, c'est dans son sang!

—Essayons pour voir, proposa Talia en exhibant son couteau.

—Vous savez, vous êtes une représentante de l'espèce humaine fort désagréable, remarqua Brahkop.

—Avez-vous enseigné la magie à mes demi-sœurs? interrogea Danièle.

Brahkop secoua la tête.

—Je regrette, je ne peux rien pour vous.

—Quels étaient les termes exacts du contrat? demanda Blanche en s'emparant d'une chauve-souris momifiée dont l'envergure était aussi grande que ses deux bras tendus.

—Je ne peux pas le dire. Tout cela est très secret.

Blanche remit la chauve-souris à sa place sur l'étagère et saisit l'une des tapisseries aux motifs complexes qui était présentée dans un cadre octogonal en or. Les fils entrelacés dessinaient l'image d'un daim bondissant.

—C'est magnifique…

—Des cheveux de troll, expliqua Brahkop. Pratiquement indestructible. (Il montra une de ses tresses.) Ma sœur a lancé un maléfice contre moi à l'époque de mon exil forcé. Si je me rase le crâne, dans une heure, je serai exactement dans l'état où vous me voyez. Fort heureusement, j'ai réussi à me faire un nom dans le commerce de la corderie et du tissage de cheveux de troll. Si vous voulez, je peux vous tricoter une paire de moufles qui vous protégera du froid comme du feu d'un dragon. (Il pointa le doigt en direction de la porte.) Des filets comme celui-ci se vendent de coquettes sommes, soyez-en sûres!

91

—Et nous tuer? interrogea Talia. Cela faisait aussi partie du marché ou tu t'es spécialisé dans l'assassinat de têtes couronnées?

—Quelles têtes couronnées? J'ai devant moi trois voleuses qui ont tenté de pénétrer par effraction dans ma boutique! protesta Brahkop. Les membres de familles royales ne crochètent pas les serrures, ne réveillent pas les honnêtes trolls travailleurs au beau milieu de la journée et...

—Bien sûr que si! répondit Danièle. (Elle abaissa son épée et fit de son mieux pour capter le regard du troll, n'étant pas tout à fait certaine de l'endroit où se trouvaient ses yeux sous la tignasse.) Mes demi-sœurs ont payé pour votre aide. J'aimerais faire de même. Je comprends que vous ne puissiez pas nous dire où elles sont allées, mais que pouvez-vous me vendre qui nous aide à retrouver mon époux? Si par chance il se trouvait en leur compagnie, vous ne seriez responsable de rien, cela va de soi.

Brahkop releva la tête, il ressemblait à un bon gros chien de berger.

—Brillantissime! Vous êtes sûre de ne pas avoir un peu de sang de fée dans les veines?

—Certaine. (Danièle montra Blanche du doigt.) En revanche, elle, c'est une sorcière...

—Enchanteresse, corrigea Blanche.

—Elle est donc capable d'utiliser la magie que vous nous conseillerez. Je vous en prie...

—C'est une magie puissante, au pouvoir inégalé, expliqua Brahkop. Ce genre de sort n'est pas donné, vous savez...

—Je t'avais prévenue au sujet de leurs marchandages, rappela Talia. Il est en train d'essayer de te rouler! (Elle eut une moue dédaigneuse.) D'ailleurs, je doute même que son pouvoir lui permette de retrouver tes demi-sœurs...

—Oh, je vous en prie. (Les perles des cheveux de Brahkop s'entrechoquèrent tandis qu'il éclatait de rire.) Jouez à ce jeu avec un abruti de la caste des bêtes, si vous voulez, mais ne vous attendez pas à me berner. Je suis réglo en affaires: vous payez le prix, je vous aide à retrouver votre prince.

— Et quel est votre prix ? demanda Danièle.

— L'enfant ! répondit Brahkop.

Danièle considéra ses compagnes avec stupéfaction.

— Quel enfant ?

— Celui qui est niché dans vos entrailles, princesse.

Danièle eut l'impression d'avoir reçu un coup de poing au creux de l'estomac. Elle recula et faillit laisser tomber son épée.

— Je ne suis pas… Comment pouvez-vous…

— Nous sommes sensibles à ce genre de situation, déclara Brahkop. (Il tapota doucement un côté de son nez.) Il ne ment jamais. J'ai ouï dire que mon arrière-grand-mère pouvait deviner le sexe du bébé une semaine avant la conception. Le vôtre, je l'ai senti à l'instant où vous avez franchi cette porte. (Il renifla.) Enfin, juste avant que votre amie me refasse le portrait, bien entendu.

— Non, murmura Danièle.

— Ne vous inquiétez pas, je prendrai grand soin du petit prince, voulut la rassurer Brahkop. Nous adorons les changelins, ils sont traités comme des rois. Mieux que des rois, si j'en crois le traitement que vous, humains, infligez aux enfants nobles.

— Le petit prince ? répéta Danièle.

Un fils. Le sien et celui d'Armand.

— Pourquoi le peuple des fées tient-il tant à avoir des enfants humains ? interrogea Blanche. As-tu une idée du nombre de couches que tu vas devoir changer ? Et comment vas-tu le nourrir ?

— La plupart d'entre nous rencontrent quelques problèmes de stérilité, surtout dans les castes supérieures, expliqua Brahkop. Et puis, il y a ceux qui en aiment simplement la chair. Moi non, il n'y a pas assez à manger.

Blanche posa la main sur le bras de Danièle.

— S'il dit la vérité…

Danièle tressaillit à ce contact et s'écarta brusquement de la jeune femme.

— Vous voulez mon enfant ? dit-elle d'une voix blanche, presque inaudible.

—Je le crains, confirma Brahkop. Bah, si ça peut aider, je ne vois aucun inconvénient à ce que vous rendiez visite au garçon quand il sera plus grand.

Danièle saisit le troll aux cheveux et tira dessus pour le forcer à s'incliner à sa hauteur. Elle fourra la pointe de son épée dans la chevelure scintillante.

—Non, siffla-t-elle. Vous avez aidé mes demi-sœurs à assassiner ma mère, maintenant vous allez nous aider à trouver Armand !

Brahkop voulut secouer la tête, mais Danièle enfouit son épée plus avant, lui tirant un glapissement de surprise.

—En échange, poursuivit-elle, je vous laisserai la vie sauve.

Ses mains tremblaient à la fois de rage et de terreur. Le troll était assez fort pour la briser en deux. Pourtant ce n'était pas de lui qu'elle avait peur, mais d'elle-même. Car elle pensait chaque mot de sa menace et elle était prête à la mettre à exécution. Elle n'avait jamais songé à tuer quiconque jusque-là, mais elle n'hésiterait pas une seconde à plonger son épée dans la gorge du troll s'il le fallait.

—Nous n'avons pas besoin de lui, souffla Blanche.

—Je peux trouver Armand ! affirma Danièle en se tournant vers la jeune femme.

Aucun doute ne perçait dans la voix ferme.

—Eh bien voilà…, osa Brahkop. (Il recula, dégageant doucement ses cheveux de la prise de Danièle.) Le problème est résolu… Nous pouvons tous nous détendre maintenant et…

—J'exige que vous quittiez cet endroit, décréta Danièle, son épée toujours pointée contre le torse du troll.

—Comment ? demanda Brahkop.

—Vous oubliez que vous avez attenté à la vie de la princesse de Lorindar avec votre filet ? (Danièle avança, faisant reculer le troll d'un pas.) Demain matin, un bataillon entier de gardes royaux se rendra dans ces lieux avec l'ordre de démolir votre tanière jusqu'à la dernière pierre. Ce pont sera rasé et les tunnels seront comblés. Le reste sera brûlé !

—Vous ne pouvez pas…

—Et vous avec! acheva Danièle.

Brahkop se tenait à présent le dos au mur.

—J'irai me plaindre à la reine!

—Laquelle? s'enquit Blanche, d'une voix douce. La reine des fées qui t'a banni ou la reine Béatrice dont le fils a été enlevé par Charlotte et Stacia avec ton aide?

Brahkop ne répondit pas.

—Allez, Ton Altesse…, dit Talia en posant une main sur le bras de Danièle. Notre ami le troll va être extrêmement occupé s'il veut tout emballer d'ici à demain. Nous devrions le laisser vaquer à ses occupations. À moins que tu aies l'intention d'en finir une bonne fois pour toutes avec lui?

Son ton calme et détaché permit à Danièle de recouvrer son sang-froid; sa colère tomba. Elle pouvait tuer Brahkop si elle le décidait et personne ne s'y opposerait. Une légère poussée sur la garde enfoncerait la lame dans son cœur.

Elle secoua lentement la tête. Non, elle refusait de souiller le dernier cadeau de sa mère en tuant un troll désarmé, qu'il le mérite ou non. La jeune femme se détourna, encore bouleversée par l'intensité de ses réactions.

Elle avait à peine fait un pas que Talia l'agrippait par le bras et la tirait violemment, la déséquilibrant. Talia lui arracha l'épée de la main et virevolta.

La princesse de Lorindar tomba lourdement. En se retournant, elle vit Talia esquiver les énormes poings de Brahkop. La jeune femme fit tournoyer l'épée et ouvrit une profonde blessure sombre le long de l'avant-bras du troll.

Brahkop hurla et recula en titubant. D'un bond, Talia le suivit et lui trancha l'autre bras à hauteur du poignet. Elle se fendit vers le nez. Mais le troll tomba à genoux et évita le coup de justesse.

—Arrêtez, je vous promets que je n'essaierai plus de vous arrêter! Je pars ce soir! Vous avez ma parole de fée!

Talia enfonça son talon dans le torse de Brahkop. L'épée reposait tout contre le cou où poils et cheveux étaient tombés, révélant le bleu pâle de sa gorge. La jeune femme ne semblait pas exercer de pression sur l'épée, pourtant le fil était si tranchant que le sang perlait tout de même à la pointe de la lame.

— Tu es la princesse de Lorindar, proclama Talia. Tu as droit de vie ou de mort sur lui.

Danièle se releva ; son coude la lançait et elle aurait sûrement un bel hématome après une telle chute.

— Il est lié par sa promesse, il doit tenir parole, n'est-ce pas ?

— C'est inscrit dans son sang, confirma Blanche.

Danièle se retourna et sortit, elle ne sentait plus son corps. Blanche lui emboîta le pas, puis ce fut au tour de Talia qui ferma la porte derrière elle avant de rendre son épée à Danièle.

— La prochaine fois que tu tourneras le dos à un troll en colère, Altesse, tu te débrouilleras toute seule.

Secouant la tête, Talia s'éloigna en maugréant particulièrement contre les gamines naïves qui ne cherchaient qu'à se faire tuer.

Danièle écoutait à peine. C'était la voix de Brahkop qu'elle entendait encore et encore résonner dans son esprit.

Elle allait avoir un fils !

5

❄

Danièle se tenait devant le grand miroir de Blanche, se tournant et se retournant pour étudier son reflet. Ses cycles étaient devenus irréguliers depuis qu'elle avait emménagé au palais. La main sur son ventre, elle comptait les semaines. L'événement avait pu se produire à n'importe quel moment au cours du dernier mois de leur périple avec Armand. Leur séjour en Emrildale n'était qu'une hypothèse séduisante : ils avaient été bloqués par la neige, tous les deux, pendant trois jours et avec si peu de distractions…

Elle avait mis ce petit ventre rebondi sur le compte de son nouveau régime alimentaire. Bien sûr, elle avait pris du poids maintenant qu'elle prenait des repas complets et réguliers.

Elle se demanda si sa mère avait su. Si Brahkop avait pu sentir cet enfant à naître, l'esprit de sa mère en avait sans doute été capable aussi. Elle voulait y croire. L'idée que sa mère ait pu résister assez longtemps pour apprendre qu'elle aurait un petit-fils lui apporta un peu de réconfort.

Avec précaution, elle referma la main qui était encore sensible depuis l'attaque du démon.

— Voilà ! s'écria Talia en entrant dans la pièce. (Elle tenait un fourreau de cuir blanc.) Il sera peut-être un peu trop long pour ta lame, mais au moins tu pourras porter ton épée sans traîner ces couvertures partout.

—Merci, dit Danièle.

La jeune femme se saisit de l'épée et la fit glisser dans le fourreau ; elle esquissa un léger sourire en remarquant le flocon de neige imprimé dans le cuir et demanda :

—Blanche n'en a plus besoin ?

—Nan.

Blanche entra précipitamment.

—La reine sera là d'un instant à l'autre. (Et à l'intention de Danièle :) Je l'utilisais pour mon épée d'entraînement quand Talia essayait encore de faire de moi une guerrière. Je lui avais pourtant dit que je préférais la magie, mais elle a insisté pour que j'apprenne à me défendre.

—Que s'est-il passé ? demanda Danièle.

—Elle a triché, grommela Talia.

Blanche étouffa un rire derrière sa main.

—J'ai jeté un sort à mon épée. Je me suis fendue, elle a paré et quand nos lames se sont croisées, elles se sont transformées en fleurs géantes. Talia était si surprise que j'ai réussi à lui assener un grand coup de marguerite sur la tête. Elle s'est promenée avec des grains de pollen dans les cheveux toute la journée.

Danièle eut un petit sourire. Elle leva les bras tandis que Talia ceignait le fourreau autour de sa taille. Lorsqu'elle eut fini, Danièle laissa courir ses doigts le long des motifs en bois de coudrier incrustés sur la poignée.

—Danièle ?

Le visage de la reine était cramoisi et elle avait du mal à respirer. Sans un mot, elle traversa la pièce et attira Danièle à elle pour la serrer très fort dans ses bras. Elle reprit :

—Blanche m'a appris pour ta mère, et pour ton fils…

Danièle ne broncha pas. Une partie d'elle-même rêvait d'enfouir son visage au creux de l'épaule de Béatrice et de se mettre à pleurer, l'autre ne pensait qu'à se dégager de l'étreinte. Elle ne bougea pas et au bout d'un instant la reine fit un pas en arrière. Le regard de Béatrice se posa brièvement sur l'épée.

—J'aurais aimé la connaître. Ce devait être une femme extraordinaire.

La gorge de Danièle se serra. Elle parvint à hocher la tête. À son grand soulagement, la reine sembla remarquer son embarras et changea de sujet.

—Blanche m'a également rapporté que tu avais menacé de lâcher mes gardes sur cet horrible troll.

—Je n'avais pas l'intention d'outrepasser mes prérogatives, dit Danièle. Il a menacé…

—Je sais ce qu'il a dit.

Danièle prit une profonde inspiration.

—Jamais je n'avais ressenti une telle colère. Mais jamais je n'aurais pensé qu'il pourrait me prendre au sérieux. Je ne suis pas…

—Tu as fait preuve à son égard d'une mansuétude dont j'aurais été incapable, dit Béatrice les lèvres pincées. J'ai déjà donné consigne à mes hommes de suivre tes ordres. Demain, à la même heure, la maison de Brahkop ne sera plus qu'un tas de décombres.

Danièle réussit à acquiescer tandis qu'elle se rendait compte de ce que cela signifiait. L'idée même qu'elle puisse ordonner la destruction de la maison du troll, qu'elle ait ce pouvoir… Cela l'effrayait.

—Tu es la princesse de Lorindar! Tu te souviens? lui rappela Talia.

—Et cet enfant est mon petit-fils! ajouta la reine tandis que son expression s'adoucissait. Le futur héritier du trône! (Elle prit de nouveau Danièle dans ses bras et sourit.) Tu aurais dû voir la tête de Théodore quand je lui ai annoncé que c'était un garçon. Il s'entretenait avec le capitaine Belœil pour l'installation de canons supplémentaires sur la muraille nord. Il a renvoyé tout le monde au beau milieu du conseil. Apparemment, il ne sied pas à un roi d'avoir les larmes aux yeux devant ses hommes.

Un raclement sonore les interrompit. Blanche traversait la pièce. Derrière elle, la jeune femme traînait un lourd tabouret qu'elle installa devant le miroir.

—Je suis prête ! lança-t-elle.

—Viens, dit la reine, en posant une main douce sur l'épaule de Danièle. Essayons de trouver mon fils.

Alors que la princesse s'asseyait, la poignée de son épée s'enfonça sous ses côtes. Danièle fit tourner son arme d'un geste sûr et prit place.

Blanche se pencha vers elle, si près que son souffle lui chatouilla l'oreille.

—Regarde dans le miroir et pense à ton mari. N'importe quel souvenir fera l'affaire, mais plus il sera vif, plus nous aurons de chances de réussir.

La première chose qui lui vint à l'esprit la fit rougir jusqu'aux oreilles et elle décida de l'écarter au cas où Blanche lirait dans ses pensées. À la place, elle préféra se rappeler le lendemain du bal, lorsque Armand était venu lui rendre visite chez son père. Elle se souvint du contact de sa main sur la sienne lorsqu'il l'avait aidée à monter dans le carrosse. Ses demi-sœurs hurlaient, sa belle-mère fulminait, mais Danièle les entendait à peine…

… Ce ne fut qu'une fois la porte du carrosse refermée sur elle et le bruit des sabots des chevaux résonnant à ses oreilles qu'elle comprit qu'elle quittait cet enfer pour de bon. Des années de larmes retenues ruisselèrent sur ses joues. Elle essuya son visage et se détourna, espérant qu'Armand ne remarquerait rien.

Elle aperçut Charlotte et Stacia qui étaient sorties dans la rue. Une flaque de sang s'élargissait à leurs pieds. Danièle frissonna : que sa belle-mère ait été atroce avec elle pendant toutes ces années, c'était déjà terrible, mais qu'elle aille jusqu'à mutiler ses propres filles !

Armand se pencha et tira le rideau, le refermant à jamais sur son passé. Danièle tressaillit lorsqu'elle vit le sang frais sur les manches de la chemise princière. Des gouttes écarlates maculaient aussi le satin blanc de son pantalon.

—Je suis vraiment désolée, souffla-t-elle. Ma belle-mère, elle… (La jeune femme secoua la tête.) Il faut faire tremper ces taches dans l'eau froide avant qu'elles se fixent. On pourrait s'arrêter *Chez Héléna*, à la boutique de l'apothicaire, dans la rue des Jardins. Le venin de couleuvre aquatique dissout le sang et empêche les auréoles de se former, je peux…

À cet instant, elle se rendit compte que le prince riait. Le fou rire contenu secouait ses épaules et il tentait désespérément de garder la bouche close. Elle recula, troublée.

—Je t'en conjure mon amour, ne te vexe pas! dit Armand en jetant un coup d'œil à ses vêtements. Ce n'est rien. De toute manière, je n'ai jamais vraiment aimé cette tenue… Trop de fils d'or… j'ai l'impression d'être un véritable trésor de pirates ambulant!

Il fut pris d'un autre fou rire.

L'embarras de Danièle se mua en agacement.

—Qu'y a-t-il de si drôle?

—J'ai été cerné par les intrigues toute ma vie, répondit Armand, riant encore. Mes parents m'ont toujours farouchement et loyalement protégé. Mais je ne peux pas en dire autant de ma kyrielle de tantes, d'oncles, de cousins et autres parents dispersés aux quatre coins de Lorindar. Trahisons et coups fourrés ont été mon lot quotidien, avec les réunions du conseil et les visites diplomatiques. (Un petit grognement, fort peu princier au demeurant, s'échappa de son nez:) Et aujourd'hui, enfin, je rencontre une famille qui me rend la mienne tout à coup plus sympathique…

—C'est bon, ça ira comme ça! coupa Blanche.

Brutalement interrompue dans son évocation, Danièle sursauta et revint à la réalité. Elle s'essuya les yeux avec sa manche. Elle pouvait encore sentir la peau d'Armand contre la sienne, entendre son rire aussi. Était-ce le pouvoir du miroir qui donnait tant de netteté, de relief, à ses souvenirs?

Ses jambes se raidirent et la jeune femme lutta contre l'étrange sensation d'être happée par le miroir. Son reflet semblait grossir: elle eut l'impression que le miroir tombait vers elle.

Le murmure de Blanche était une brise agréable sur la joue de Danièle.

—«Miroir magique, miroir puissant. De la princesse, montre-moi l'amant.» (Elle pouffa.) En supposant que tu n'aies pas eu d'autres amoureux dernièrement?

Danièle secoua la tête, trop troublée pour s'offusquer.

—Concentre-toi, Blanche! dit Talia d'un ton sec.

Telles des rides à la surface de l'eau, des cercles noirs se formèrent au centre du verre argenté. Elles se répercutaient sur le bord du cadre et brouillaient le reflet de Danièle. Des couleurs et des formes apparaissaient et se bousculaient à la vitesse de l'éclair entre les cercles.

Le miroir s'assombrit. Danièle se pencha plus près encore, elle sentit son estomac se nouer.

—Qu'est-ce que ça veut dire? Pourquoi est-ce que je ne vois rien? Il est mort?

—Non, répondit Blanche. S'il l'était, nous verrions son… (Elle se mordit les lèvres, jeta un coup d'œil à la reine, puis reprit en adoucissant sa voix:) Nous le verrions quand même.

—Il a été soustrait à notre vue, expliqua Béatrice. Grâce à la magie. Le même phénomène s'est produit lorsque Blanche a fait appel à moi pour essayer de le retrouver.

Danièle agrippa la main de Blanche.

—Tu as affirmé que tu pouvais le trouver!

—Armand a vingt ans, répondit Blanche en dégageant sa main pour la poser sur le ventre de Danièle. Le lien qui attache un parent à un enfant s'affaiblit avec le temps. Quant au bébé qui se trouve ici, c'est une autre histoire, un mélange de ton essence avec celle d'Armand. Au fil du temps, il grandira dans sa propre identité d'homme, et le lien disparaîtra. Pour l'instant, en tout cas, cet enfant est la connexion la plus intime que nous ayons avec le prince. Encore plus intime que celle que tu entretiens avec lui, princesse.

La reine s'éclaircit la voix:

—S'il te plaît, Blanche, un peu moins de théorie et un peu plus de magie. Cela serait fort aimable de ta part.

—Désolée! s'excusa-t-elle en effleurant le cadre platine. «Miroir,

miroir, toi dont le pouvoir est si grand, fais-nous voir maintenant le père de l'enfant.»

Le verre s'éclaira. Des nuages filèrent à vive allure; ils se déplaçaient si rapidement que Danièle eut un mouvement de recul. Elle serait tombée au bas du tabouret si Talia ne l'avait pas retenue par les épaules.

Avec la sensation d'être un oiseau tournoyant très haut dans les airs, Danièle contempla les profondeurs d'un formidable abîme. Un pont d'argent jeté en travers du gouffre étincelait comme une toile d'araignée dans la rosée du matin. Ralentissant peu à peu, le reflet montra des palais raffinés de chaque côté du pont. Des flèches d'ébène et d'or se dressaient vers le ciel, s'étirant jusqu'à toucher les nuages. Elle vit d'immenses forêts profondes, des villes si bigarrées qu'un arc-en-ciel semblait s'y être pulvérisé en milliers d'éclats de couleurs. Un groupe de chevaux ailés survolait un champ vide en décrivant des cercles, ils étaient montés par d'étincelants cavaliers, si petits qu'ils pouvaient tenir jusqu'à six sur un seul cheval à la fois.

—Je ne peux pas m'approcher davantage, annonça Blanche. Il y a trop de magie.

—C'est largement suffisant, déclara Talia. Je t'avais dit que c'était un coup des fées!

Blanche leva les yeux au ciel.

—Le simple fait qu'il se trouve dans la Cité de Faërie ne signifie pas...

La Cité de Faërie! Danièle plissa les yeux, essayant d'apercevoir le moindre détail dans les images tourbillonnantes.

—Cela suffit! interrompit la reine. Je parlerai à l'ambassadeur Trittibar ce soir. Il vous obtiendra deux laissez-passer pour la Cité de Faërie. Vous partez demain matin.

—Je ne comprends pas..., dit Danièle. Si nous savons où il se trouve, pourquoi ne pas nous rendre auprès du roi ou de la reine des fées et leur demander de rechercher Armand? Le traité ne peut-il...

—Si nous pouvions prouver qu'un de leurs sujets a emmené de force un citoyen de Lorindar jusqu'à la Cité de Faërie, nous pourrions présenter des preuves au tribunal des fées, expliqua Blanche. Le traité les contraint à donner une réponse à toute requête de ce genre sous sept jours.

—Admettons que nous démontrions qu'un des leurs est mêlé à toute cette affaire, nous ne savons même pas à quelle cour nous présenter, ajouta Talia. Le roi et la reine ne sont pas en très bons termes. Nous pourrions passer des jours entiers à plaider notre cause auprès de la reine pour finalement découvrir que ceux qui ont aidé tes demi-sœurs étaient en fait sujets du roi!

—Eh bien, demandons audience aux deux! (Le regard de Danièle passa de l'une à l'autre, puis se posa sur la reine.) Implorez l'aide du roi et de la reine des fées pour qu'ils nous aident à trouver mon mari!

—Et pourquoi nous aideraient-ils? demanda Talia. Par pure bonté de cœur? Ils ont perdu la guerre. Les humains leur ont imposé un traité. On ne peut pas dire que nous soyons très bons amis, Altesse. Si nous voulons revoir Armand, Blanche et moi devrons aller le chercher.

—Alors, je viens avec vous!

La reine avait déjà secoué la tête en signe de refus, comme si elle avait anticipé la réaction de Danièle.

—Non, Danièle. Le démon dans cet arbre a failli te tuer. J'ai déjà perdu mon fils, je ne veux pas risquer de perdre ma belle-fille, ni mon petit-fils.

—Vous n'avez pas perdu Armand! affirma Talia en filant déjà dans l'autre pièce pour décrocher du mur les armes qu'elle voulait emporter. Nous vous le ramènerons!

—Je connais mes demi-sœurs, répliqua Danièle. Je connais leur façon de penser. Je peux vous être utile.

Béatrice effleura la joue de Danièle.

—Je sais parfaitement ce que tu ressens. S'il ne tenait qu'à moi, je serais déjà à cheval, sur la route de la Cité de Faërie. Mais nous avons d'autres responsabilités, princesse. Je réponds de Talia et de Blanche sur ma vie. Elles trouveront Armand.

—La Cité de Faërie est vaste, rétorqua Danièle. Et que feront-elles si Charlotte et Stacia décident d'emmener Armand ailleurs? Sans moi, elles n'ont aucune chance de le retrouver…

Talia était revenue dans la pièce et dissimulait de petits couteaux dans les plis et replis de ses vêtements.

—Elles ont assassiné ta mère, et elles t'auraient fait pareil si je ne t'avais pas sauvée. Deux fois. Viens avec nous et tu as plus de chances de vous faire tuer, ton fils et toi, que de sauver ton mari.

—La première tentative a été perpétrée dans ma propre chambre, expliqua Danièle. Tu crois vraiment que je serais plus en sécurité ici qu'avec vous deux pour assurer ma protection ?

Les regards de Blanche et de Talia convergèrent vers la reine, attendant sa décision. En son for intérieur, Danièle comprenait leur réticence à l'emmener. Elle n'était pas une guerrière, et la seule pensée de mettre son enfant en danger lui donnait envie de fondre en larmes.

—Ma mère est morte alors que j'étais trop jeune pour m'en souvenir, dit-elle encore en se levant lentement. Son esprit est resté auprès de moi, mais de toute ma vie je n'ai pu la toucher, entendre sa voix ou la serrer contre moi. Sa disparition a brisé mon père, il n'a plus jamais été le même. J'ai commencé à le perdre le jour où j'ai perdu ma mère. Lorsqu'il est mort, des années plus tard…

—Tu risques la vie du prince de Lorindar ! interrompit Talia.

—Je le sais.

Danièle frissonna en se souvenant de quelle manière Brahkop s'en était pris à elle. Si elle avait été seule en cause, elle serait partie sans l'ombre d'une hésitation. Elle ferma les yeux, se détourna, et ajouta :

—Je sais aussi que si mon père avait eu la moindre chance de sauver ma mère, et qu'il ne l'avait pas saisie à cause de moi, je ne le lui aurais jamais pardonné.

—Je pourrais t'ordonner de rester, dit la reine.

Danièle désigna Talia et Blanche du doigt.

—Vous avez dit que vous leur faisiez entièrement confiance, que vous répondiez d'elles sur votre vie. En répondrez-vous sur ma vie ? La mienne et celle de mon fils ?

La reine fit une moue désapprobatrice.

—Je crois que je te préférais avant, lorsque tu étais une jeune servante obéissante. (Un sourire adoucit ses paroles. Elle se tourna vers Talia.) Je te demande de protéger Danièle et te rends responsable de sa sécurité.

— Je savais que vous diriez ça! marmonna Talia.

Danièle croisa les bras.

— Merci, Votre Majesté.

Baissant de nouveau la tête, Talia repassa sous l'arche pour aller consulter la carte du plafond.

— Nous aurons besoin d'un bateau. Le *Philippa* est le plus rapide, mais en ce moment, il escorte un orfèvre le long des côtes de Lorindar et il n'est qu'à mi-chemin de son périple. Quant aux navires en mouillage ici, c'est le *Vif-Argent* notre meilleur choix. On devrait envoyer un messager au capitaine Jacques pour qu'il se prépare à appareiller.

— Trittibar vous fera parvenir toutes les autorisations nécessaires pour votre voyage à la première heure demain matin, déclara la reine. Allez dîner et préparez votre départ.

Talia secoua la tête.

— Armand a été emmené à Faërie, les fées sont forcément impliquées. Nous allons vraiment nous adresser à leur ambassadeur et compter sur son aide aux dépens de son propre peuple?

— Trittibar s'est toujours comporté en ami pour Armand… l'interrompit la reine.

Béatrice contempla le miroir sans le voir. Elle était perdue dans ses pensées. Puis elle sourit un instant au détour d'un souvenir, avant d'ajouter:

— Ces deux-là se sont souvent glissés hors du palais pour aller faire la tournée des tavernes et des tripots. On m'a rapporté que mon fils avait développé un talent certain au jeu de fléchettes. Il avait besoin de respirer un autre air que celui du palais et surtout il avait envie de voir le monde par lui-même. Tous les garçons ont besoin de transgresser les règles et de croire qu'ils sont plus malins que leurs parents.

— Vous saviez qu'ils sortaient en cachette? interrogea Danièle.

Le sourire de la reine s'élargit.

— Ma chère enfant, qui a donné l'idée à Trittibar à ton avis?

Talia garda le silence jusqu'aux appartements de Danièle. Comme la dernière fois, elle inspecta les lieux avant de faire signe d'entrer à Danièle et Blanche.

—Je vais nous chercher quelque chose à manger aux cuisines. Vous deux, restez ici ! Ne faites pas de bruit et restez éloignées de la fenêtre.

Elle ouvrit la porte et se figea dans son élan.

—Votre Majesté.

—Talia, n'est-ce pas ? dit le roi Théodore en entrant dans la chambre. Étrange… J'ai frappé il y a quelques instants, mais personne ne m'a répondu.

Deux gardes encadraient l'entrée. Danièle allait se justifier lorsque le roi lui prit la main avec une expression presque amusée.

—Chut, c'est inutile, je suis venu vous féliciter, pas vous interroger.

L'homme était plus grand que son fils ; ses cheveux bruns commençaient à se saupoudrer de gris. Ses lourdes bottes résonnant sur le dallage et sa veste à épaulettes lui conféraient un air encore plus imposant. Sa barbe soigneusement taillée encadrait un visage plus long et plus étroit que celui d'Armand mais lorsqu'il souriait, des fossettes se creusaient qui ne laissaient aucun doute sur leur parenté.

—Béatrice m'a dit qu'elle vous enverrait auprès de moi, mais je n'en pouvais plus d'impatience !

Il s'avança pour serrer délicatement Danièle dans ses bras, comme si elle s'était transformée en bibelot de porcelaine. Reculant pour la contempler, il fronça les sourcils et commenta :

—La journée a été bien remplie, je vois.

Danièle jeta un coup d'œil à ses vêtements souillés par la vase du Canal du Pêcheur et la saleté du passage secret.

—Bien remplie, oui, Votre Majesté.

—Ne me dites rien. Les secrets de mon épouse n'appartiennent qu'à elle !

Le roi jeta un coup d'œil à Talia et Blanche et sa voix se fit plus sombre lorsqu'il leur demanda :

—Avez-vous appris quelque chose à propos de mon fils ?

— La reine pense qu'il est peut-être séquestré dans la Cité de Faërie, avança prudemment Blanche.

— Je vois.

Il examina les trois jeunes femmes, une par une. Ses yeux noisette croisèrent ceux de Danièle. Elle eut l'impression qu'il lisait dans son esprit, et déchiffrait ses pensées, comme il aurait lu l'un des grimoires que Blanche conservait sur les étagères.

— Je marcherais avec mes troupes sur la Cité de Faërie dès ce soir, dit-il, si j'étais convaincu de le ramener.

— Vous ne feriez que précipiter sa mort, risqua Talia.

— Oui, je sais, répondit-il en prenant de nouveau Danièle dans ses bras. Je suis désolé, ma chère. Aujourd'hui aurait dû être un jour de liesse. Est-ce que…

Il tressaillit et se tut. Le pigeon, que tout le monde avait oublié, s'était mis à sautiller dans la pièce, traînant son aile bandée derrière lui. Le roi examina l'oiseau de plus près.

— Il a affronté Charlotte et c'est en partie grâce à lui que j'ai eu la vie sauve, expliqua Danièle en prenant l'oiseau et en lui caressant le cou. Son aile guérira, mais ce sera long. Il aura besoin d'un abri et de nourriture. Pourriez-vous…

Elle s'interrompit en se rappelant à qui elle parlait et voulut bredouiller des excuses.

— Bien sûr ! lança le roi en se saisissant du pigeon qui opposait une certaine résistance.

— Tout ira bien, dit Danièle pour le calmer. Sa Majesté va prendre bien soin de toi.

Non sans méfiance, le pigeon finit par s'installer au creux du bras royal.

— Vous joindrez-vous à nous pour le dîner ? s'enquit le roi tout en considérant son nouveau compagnon.

— Peut-être serait-il préférable que la princesse dîne dans ses appartements ? répondit Talia avec précaution, sur un ton balançant entre requête appuyée et communiqué officiel. Elle ne s'est pas sentie très bien ces derniers temps.

—Mais c'est faux! protesta vivement Danièle.

Bien sûr, elle avait été un peu barbouillée après avoir quitté Brahkop, et aurait préféré ne pas réescalader l'échelle, mais elle n'était certainement pas malade.

Ils ne lui prêtèrent aucune attention.

—Je comprends, répondit le roi. Dans ces cas-là, le repos est ce qu'il y a de plus indiqué. Je vais faire prévenir les domestiques que vous risquez d'être indisposée quelques jours.

—Merci, dit Talia.

—Je compte sur vous pour prendre bien soin d'elle, étant donné son… état.

—Bien sûr.

Il hocha la tête. Il prit la main de Danièle et déposa un baiser rapide sur ses phalanges.

—Portez-vous bien, princesse!

Talia emboîta le pas au roi qui sortait. Sur le seuil elle se retourna:

—Et par pitié, tâchez de ne pas vous faire tuer avant mon retour!

La porte se referma dans un claquement bref. Blanche avait déjà lâché ses sacs et se dirigeait vers la cheminée pour ranimer le feu.

—Je n'arrive pas à croire que tu aies demandé au roi de s'occuper de ton pigeon! J'aurais voulu que Béa voie ça! s'exclama-t-elle en soufflant sur les flammes.

Son expression valait son pesant d'or, et même la moitié du trésor royal de Lorindar. Au moins.

—Talia me déteste, poursuivit Danièle.

—Talia déteste tout le monde, dit Blanche en tisonnant les braises. N'en fais pas une affaire personnelle. Elle… Elle n'est à l'aise avec personne.

Danièle se rendit près de la fenêtre et tendit l'oreille aux cris des oiseaux au-dehors.

—J'aurais dû deviner que Charlotte tenterait quelque chose.

—Non, tu crois? répliqua Blanche.

Danièle cilla.

— Pardon ?

— Bien sûr que tu aurais dû deviner ! s'exclama Blanche en remettant une bûche dans la cheminée. Tu as vécu des années avec Charlotte et Stacia, pourtant ! Mais non, tu t'obstinais à croire que tout irait bien dans le meilleur des mondes… Que tes demi-sœurs s'en iraient tranquillement vivre leur bonne petite vie médiocre, tandis que tu te prélasserais le reste de tes jours bien au chaud avec ton chéri, en écoutant les pigeons roucouler et les petits oiseaux chanter de jolies chansons de paix et d'amour. J'ai commis la même erreur et mon réveil a été brutal, crois-moi : une vieille femme s'en est chargée en m'offrant une pomme empoisonnée…

Quelques instants plus tard, Talia revenait avec un plat d'anguilles cuites au four, des asperges et une bouteille de vin poussiéreuse.

Elles dînèrent en silence. Même si les chefs cuisiniers avaient fait des merveilles comme à leur habitude, Danièle sentit son estomac se soulever à cause de l'odeur des anguilles. Elle se força à manger quelques asperges avec un peu de pain, sans trop d'appétit. Elle ne cessait de penser à Armand, et à ce que Blanche lui avait dit.

Depuis le remariage de son père, Danièle avait toujours été sûre qu'un jour viendrait où elle serait libre, où elle pourrait faire ses propres choix et mener une vie heureuse. Elle s'était accrochée à cette certitude, l'érigeant en bouclier après la mort de son père pour se protéger des colères de sa belle-mère et des jeux cruels de ses demi-sœurs. De même qu'aujourd'hui, elle s'accrochait à la certitude qu'elle reverrait Armand et que leur fils connaîtrait son père.

Le souvenir de l'arbre mort et carbonisé de sa mère la hantait tandis qu'elle mangeait. La fumée dans la cheminée lui rappelait le Chirka se frayant un passage à coups de crocs brûlants dans les branches brisées du coudrier.

Talia ne s'embarrassa pas d'un gobelet et but le vin à longs traits, directement à la bouteille, avant de la passer à Blanche. Puis elle s'adressa à Danièle :

— Tu es toujours certaine de vouloir nous accompagner, princesse ? Un démon ou un troll par-ci par-là ne sont rien comparés aux

110

dangers de la Cité de Faërie. On ne sait même pas si nous pourrons trouver Armand une fois là-bas.

—Il m'a bien trouvée, lui! rétorqua Danièle.

—Il n'a pas eu à se battre avec un Chirka, objecta Blanche.

—Non, mais il a dû affronter ma marâtre. Je pars avec vous.

Talia se dirigea vers les sacs que Blanche avait ramenés des souterrains. Elle fouilla l'un d'eux pour en tirer une pipe de laque noire et une blague à tabac. Après avoir bourré le foyer noir de débris de feuilles brunes, elle utilisa un tison de la cheminée pour l'allumer.

—Il est tard. Tu devrais aller dormir, princesse. Je ne sais pas quand tu pourras te reposer la prochaine fois, et je parierais que ce ne sera pas dans de beaux draps tout propres comme ceux-là.

—Mon mari a disparu, ma mère s'en est allée à jamais. Tu crois vraiment que je peux dormir?

—Tu serais stupéfaite si tu savais au milieu de quoi les gens parviennent à dormir, affirma Talia avec amertume, avant de souffler un flot de fumée vers la cheminée. Toi aussi, Blanche.

—Et toi? demanda Danièle.

La lueur du feu rougeoya au fond des prunelles de Talia.

—J'ai du sommeil d'avance pour mes quatre prochaines vies.

Quelque chose dans son expression dissuada Danièle de protester. Elle attrapa deux chemises de nuit pour Blanche et elle, puis se changea en silence.

Elle refusait d'avouer à Talia qu'elle était exténuée, mais l'épuisement plombait chacun de ses gestes. Elle avait combattu un démon, traversé la moitié de la ville pour affronter un troll, sans compter l'interminable remontée des souterrains secrets. Seul son entêtement farouche l'avait empêchée de s'affaler sur l'un des bancs, en bas.

—Ne t'inquiète pas, la rassura Blanche tandis qu'elle grimpait dans le lit de l'autre côté, à la place habituelle d'Armand. Je ne ronfle pas.

La jeune femme eut un faible sourire tandis que sa gorge se serrait.

Blanche n'avait pas menti. Elle ne ronfla pas, mais elle vola les couvertures ; se tourna, se retourna et donna tant de coups de pied qu'elle faillit jeter sa compagne à bas du lit.

Danièle bâilla et jeta un regard alentour. Aucune lumière ne perçait de la fenêtre à travers les rideaux improvisés. Elle observa Blanche un instant et secoua imperceptiblement la tête : la jeune femme ne quittait pas son collier ras-du-cou, même pour dormir. Une lumière orangée tremblotait dans les petits miroirs ovales.

Loin du lit et de son baldaquin de soie, la silhouette de Talia se détachait en ombre chinoise devant le feu. Elle dansait. La jeune femme portait un pantalon étroit qui s'arrêtait aux genoux et une veste noire. Elle était pieds nus. Une lame longue et sinueuse brillait dans sa main ; l'arme était trop large pour être un couteau, mais pas assez longue pour être une véritable épée.

Talia pirouetta et fit virevolter l'acier en un arc de cercle étroit et fermé. En même temps, elle levait la jambe et frappait du talon avec force, le projetant d'un coup sec vers l'aine d'un ennemi invisible. Danièle grimaça de compassion pour l'adversaire imaginaire de Talia.

La jeune femme s'était déjà éloignée de la cheminée ; elle avait bondi, enchaînant une série de roulades silencieuses à travers la pièce, puis s'était relevée, l'arme à bout de bras, pour parer un coup en hauteur. Elle se retourna, enfonça la lame dans le ventre de son adversaire et pivota de nouveau pour frapper à main nue.

Danièle écouta le sifflement de la lame qui fendait l'air tandis que Talia se déplaçait autour la pièce. Chaque mouvement était exécuté avec une grâce et une précision qui ne laissaient aucun doute sur leur meurtrière efficacité.

—Que t'est-il arrivé ? murmura Danièle.

Une seule hésitation, presque imperceptible, lui indiqua que Talia avait entendu ; mais celle-ci se détourna aussitôt, saisit le bras de son ennemi impalpable et, d'un geste brusque, trancha la gorge invisible.

Danièle examina attentivement Talia en traversant la cour, ne décelant aucune trace de lassitude ou de fatigue chez la jeune femme. Blanche plissait les yeux dans la lumière de l'aube et bâillait encore. À chaque pas, Danièle sentait les muscles de ses jambes et de ses bras se rappeler à son bon souvenir, mais Talia semblait avoir passé la journée de la veille à lézarder au soleil.

Danièle s'arrêta pour tirer sur sa cape et dissimuler son épée. D'un coup d'œil, elle s'assura que personne n'avait rien remarqué. Il ne faudrait pas que quelqu'un se demande pourquoi la princesse se promenait armée de si bon matin.

— Alors comme ça, l'ambassadeur Trittibar vit au palais? lança-t-elle.

Elle avait rencontré l'ambassadeur des fées à deux reprises. C'était un homme de haute taille, d'une minceur extrême et dont le visage d'éternel adolescent était encadré de longs cheveux blancs. Ses yeux, aux reflets violets, brillaient comme le verre tout juste soufflé.

— Il a un appartement près de la fauconnerie, répondit Blanche en pointant l'index vers l'enclos de gros blocs de pierre qui abritait les faucons de chasse royaux.

— Cette information n'est pas de notoriété publique, ajouta Talia d'un ton ferme, et la reine aimerait qu'elle reste confidentielle.

Danièle acquiesça sans vraiment comprendre. La fauconnerie, une structure étroite adossée aux remparts, ressemblait à une petite maison sur pilotis. D'après ses dimensions, la jeune femme déduisit qu'une dizaine d'oiseaux pouvait y loger confortablement.

Le sol était jonché de duvet blanc et de plumes. Danièle pensa qu'il devait y avoir encore au moins un autre passage secret, comme celui de ses appartements. C'était forcé, puisque la reine n'était jamais sortie par la porte dérobée de ses toilettes. Combien de secrets abritait donc ce palais?

— Que sait exactement le roi Théodore à votre sujet? demanda doucement Danièle avec un geste vague vers ses deux compagnes. Il sait qui vous êtes et ce que vous faites pour la reine?

—Théo a ses propres espions dans tout Lorindar, expliqua Blanche. Il n'en dit pas un traître mot à Béa, alors pourquoi Béa devrait-elle le renseigner à notre sujet ?

—Sa Majesté le roi Théodore sait que je suis une servante attachée au service personnel de la reine, précisa Talia en regardant Blanche d'un air réprobateur, et il sait que Sa Majesté la reine Béatrice doit parfois régler certaines affaires qu'il est préférable d'ignorer. Il y a un accord tacite entre eux. D'ailleurs, elle lui a sauvé la vie en deux occasions, enfin, il en connaît au moins deux.

Un jeune homme vêtu du vert et argent de la famille Blanche-Rive s'inclina tandis que les jeunes femmes s'approchaient de la fauconnerie. Dans une main, il tenait une ficelle au bout de laquelle pendaient quelques lapins morts.

La jeune femme s'efforça de sourire. Elle avait espéré qu'elles passeraient inaperçues, mais à cette heure matinale les domestiques vaquaient déjà à leurs occupations.

—Bonjour, Pierre.

Pierre était l'apprenti du grand fauconnier depuis trois ans. Des gants de cuir épais protégeaient ses mains et ses avant-bras.

Le jeune homme se redressa.

—Vous nous quittez, Votre Altesse ?

Danièle jeta un coup d'œil au sac de voyage rebondi à l'épaule de Talia et à la couverture enroulée sur celle de Blanche. La princesse leur avait proposé son aide, mais elle aurait éveillé trop de soupçons à transporter ses affaires comme une simple servante.

—Je cherchais... En fait, j'avais envie d'aller pique-niquer, expliqua Danièle en rougissant. Sur la plage de la côte orientale. Nous passions simplement voir les oiseaux avant de nous mettre en route, voilà...

Pierre attendit, sans chercher une seconde à remettre ses dires en question.

—J'allais les nourrir, dit-il lentement. Si vous désirez en prendre un à la chasse, je peux...

—Non, non, ce n'est pas la peine, tu as autre chose à faire, l'interrompit Danièle.

Elle regarda autour d'elle, cherchant de l'aide, mais Talia se contenta de réprimer un petit sourire en coin.

Blanche venait de cueillir un petit bouquet de trèfles. Elle porta les petites feuilles à son visage et s'en caressa les lèvres et le menton.

—Avoue que tu n'es pas très douée pour ce genre de choses…

—Est-ce que tout va bien, Altesse? dit Pierre en posant les lapins par terre. J'ai entendu parler de l'attentat d'hier. Vous êtes sûre qu'il est sage de quitter le palais? Si vous le désirez, je peux aller chercher un des gardes pour vous escorter.

Il n'avait pas fait un pas que Blanche s'était approchée et lui brandissait un trèfle sous le nez.

—Tu ne trouves pas que ça sent bizarre?

Pierre renifla, battit des paupières et s'écroula brusquement. Talia l'attrapa juste à temps par le bras, et le fit pivoter pour qu'il tombe un peu plus loin, lui épargnant ainsi de se cogner contre la fauconnerie.

—Tu es la princesse de Lorindar! reprocha Talia. Il n'aurait jamais osé t'interroger comme ça si tu ne traitais pas n'importe qui comme ton ami. Il suffisait que tu lui ordonnes de partir et il t'aurait obéi.

—Tu ne lui as pas fait de mal, au moins? questionna Danièle.

—Presque pas, dit Blanche en souriant et en ramassant le trèfle. En revanche, il en est quitte pour faire une petite sieste. Et si jamais il se souvient de nous, il croira avoir rêvé.

Talia inspectait les environs au cas où quelqu'un se serait rendu compte de quelque chose.

—Les gens racontent leurs rêves, tu sais, dit-elle.

—Je peux te jurer qu'il ne le racontera pas, celui-là! affirma Blanche.

Blanche tira Danièle par la main, l'obligea à contourner Pierre, et elles s'approchèrent de la petite maison sur pilotis contre le rempart. À cet endroit, le lierre recouvrait la pierre et la fauconnerie protégeait la muraille du soleil. Blanche regarda autour d'elle pour s'assurer que personne ne pouvait les voir, puis elle pressa son visage contre un trou entre deux blocs de pierre dont le mortier s'était effrité.

—Tu veux que je te ramasse quelques trèfles?

Une toute petite voix s'éleva, trop faible pour que Danièle parvienne à distinguer le moindre mot. Blanche gloussa :

—Ce n'est pas la faute de Danièle, elle est seulement trop honnête pour son propre bien. Ne t'inquiète pas, Talia et moi allons lui apprendre. Bientôt, elle mentira comme tout bon courtisan qui se respecte !

—À qui parles-tu ? interrogea Danièle en s'efforçant de ne pas se sentir offensée.

Blanche recula, et un instant plus tard, un homme minuscule apparut dans la fissure.

Danièle écarquilla les yeux.

—Ambassadeur Trittibar ?

—À votre service, princesse.

Pas plus haut que l'index de Danièle, Trittibar s'inclina pour la saluer en se retenant à une feuille de lierre pour conserver son équilibre. Bien que beaucoup plus petit, il était exactement semblable au souvenir que Danièle avait de lui. Ses cheveux étaient tressés en une longue natte blanche, de même que sa barbe. Il portait une chemise d'un tissu vaporeux vert vif qui jurait abominablement avec son pantalon rouille. Une ceinture et une écharpe argentées venaient compléter cet ensemble du plus mauvais goût.

—Il semble, aux dires de la reine, que vous souhaitiez vous rendre dans la Cité de Faërie, fit-il en tripotant un petit sac accroché à sa taille. Pourquoi n'entreriez-vous pas quelques instants, gentes dames ?

—Dit le dragon à la jeune vierge, marmonna Talia.

Trittibar poursuivit, feignant de n'avoir rien entendu.

—Alors, vite avant que le jeune Pierre se réveille ! Il ne serait pas recommandé d'utiliser un autre enchantement. Trop de sortilèges en une seule matinée, ce n'est pas bon pour un garçon en pleine croissance.

—Mais comment entrer ? demanda Danièle.

Blanche se baissait déjà pour prendre ce que Trittibar lui tendait et le présenta à Danièle sur sa main ouverte. Une poussière minuscule de couleur sombre, pas plus grande qu'un grain de poivre, était posée au creux de sa paume.

—Avale ça !

Talia saisit le poignet de Blanche.

—On ne sait même pas ce que c'est!

—Vous ne croyez tout de même pas que vous pourrez passer le pas de ma porte avec cette taille-là tout de même? demanda Trittibar. Et même si vous y parveniez, vous imaginez les dégâts que vous infligeriez à mon mobilier?

—La reine lui fait confiance, remarqua Danièle.

Elle pressa le bout de son doigt contre la paume de Blanche et la poussière s'y colla. La jeune femme porta alors son doigt à ses lèvres pour le lécher. Quelle que soit sa composition, le grain fondit presque instantanément, laissant dans la bouche un léger goût d'amertume qui lui rappela vaguement celui des cornichons.

Un petit sourire malicieux illumina le visage de Blanche lorsqu'elle saisit la main de Danièle.

—Accroche-toi, princesse!

Tout à coup, les doigts de Blanche grossirent et se refermèrent sur la main de Danièle. Bientôt, ce ne fut plus que l'index qui retenait le petit poignet. Les murs s'étirèrent, tout comme Blanche et Talia. L'épaule de Danièle l'élança, car la jeune femme était suspendue à bout de bras, mais elle s'accrocha vite à Blanche qui lui assura une prise. Ses pieds battirent l'air, effleurant l'extrémité des brins d'herbe. À présent, Blanche tenait Danièle par la main entre son pouce et son index. Elle déposa la jeune femme au creux de la paume de son autre main. Danièle s'y assit, telle une poupée.

—C'est amusant, non? demanda Blanche.

Danièle s'agrippa au bord de la main. Elle savait qu'elle n'était pas plus haut qu'avant, mais si elle tombait, ce serait de plusieurs fois sa taille.

Blanche approcha la main du mur où Trittibar se tenait prêt à accueillir ses hôtes. Il offrit son bras à Danièle et la fit descendre, comme un cocher aidant une dame à sortir de son carrosse. Les épaules de la jeune femme effleurèrent les pierres de chaque côté.

—Soyez la bienvenue dans mon humble demeure, Votre Altesse. Je vous en prie, prenez garde aux araignées.

—Araignées, vous dites?

Danièle posa la main sur son épée qui avait rétréci en même temps qu'elle. Étant donné sa taille actuelle, même la plus petite des araignées ferait bien la grosseur de sa tête. Levant les yeux, elle scruta les ténèbres, guettant le moindre mouvement suspect.

Trittibar pouffa.

—La plupart des dames de votre condition auraient hurlé à ma petite plaisanterie. J'espère que vous me pardonnerez. Je vous donne ma parole qu'il n'y a aucune araignée chez moi. Les responsabilités de ma charge d'ambassadeur m'obligent à côtoyer assez de vermine comme ça!

Il se retourna et fit signe à Danièle de le suivre. L'étroit tunnel de pierre s'élargissait plus loin, ce qui lui permit de se faufiler devant elle pour revenir sur ses pas.

—Princesse Talia!

Il ouvrit les bras et attendit que Talia rétrécisse.

Talia ne prêta aucune attention à l'ambassadeur. Sans un mot, elle sauta hors de la main de Blanche et rejoignit Danièle dans la pénombre.

À l'extérieur, Blanche porta sa langue à son doigt. Elle ressemblait encore à une géante lorsqu'elle s'élança pour agripper le lierre sur le mur et affermir sa prise à mesure qu'elle rapetissait. La jeune femme saisit une feuille située juste au-dessus de la fente puis, la serrant des deux mains, elle balança ses pieds d'arrière en avant comme une enfant et sauta.

Trittibar tenta vaillamment de la rattraper, mais il ne réussit qu'à amortir sa chute. Ils tombèrent et roulèrent ensemble sur le sol; Blanche gloussa tandis qu'elle se dégageait des bras de l'ambassadeur pour se mettre debout.

—Toujours aussi gracieuse, princesse Ermillina! s'exclama Trittibar.

Il accepta la main de Blanche qui l'aida à se relever. Tout en ôtant la poussière de ses vêtements, il jeta un dernier coup d'œil à Pierre pour s'assurer que tout allait bien et demanda:

—Me ferez-vous le plaisir de me suivre, mesdames?

Les pierres du mur intérieur étaient aussi épaisses que le bras de Danièle était long lorsqu'elle avait sa taille normale. Le mur lui-même, large de trois pierres, pouvait abriter une demeure entière pour une créature de la taille de Trittibar.

À la droite de l'ambassadeur, dissimulant une entrée élégante, deux plumes blanches pendaient, suspendues par leur extrémité pointue. Elles étaient entrelacées, si étroitement liées, qu'on aurait dit une seule plume à deux tiges. Trittibar frappa dans ses mains et les plumes s'écartèrent pour révéler un appartement miniature.

—Veuillez laisser vos chaussures à la porte, précisa Trittibar en les devançant.

Danièle ôta ses bottes et le suivit à l'intérieur. Ses pieds s'enfoncèrent dans une douce fourrure de taupe.

—C'est très… haut!

Elle avait l'impression d'être debout à l'intérieur d'une tour. À la moitié du mur, deux blocs de pierre avaient été oubliés, créant ainsi un espace creux et de belle hauteur. Danièle se demanda si cette conception était d'origine ou s'il s'agissait d'un ajout postérieur.

Un escalier de bois montait en spirale sur la pierre ; elle savait qu'ils se trouvaient dans la muraille du palais et que cet espace représentait à peine la moitié de sa taille normale, mais à ce moment précis, elle avait l'impression que les marches s'étiraient à l'infini. De minces rais de lumière tamisée filtraient là où d'autres fissures conduisaient au monde extérieur. Des plates-formes de bois saillaient de la pierre : elles étaient fabriquées avec des poutres en brindilles de chêne et étaient suspendues par des fils d'or.

L'air sentait le sirop d'érable. À peine moins nombreuses que celles de la bibliothèque souterraine de Béa, des étagères garnissaient le mur du fond. D'un côté du mur étaient disposées des chaises en velours matelassé, de l'autre un foyer dont la flamme bleue chauffait une bouilloire d'argent.

—Il est difficile d'entretenir un feu à cette échelle, commenta Trittibar qui, s'emparant d'un tisonnier en métal terminé par un crochet, entreprit de retirer la bouilloire du feu. (Il sourit à Blanche.) Tu connais la vitesse à laquelle les brindilles se consument ! Les bûches rétrécies par magie brûlent moins vite que les rameaux. Avant, j'utilisais des bouts de chandelles de taille réelle, mais je préfère de loin ce système.

Il se versa une tasse de thé et s'assit sans quitter Blanche des yeux.

—En quoi tout cela concerne-t-il le prince Armand? demanda Talia.

Trittibar leva une main ; il regardait toujours Blanche.

—Eh bien ?

—Tu as ralenti la flamme, répondit Blanche qui se dirigea vers le manteau de la cheminée pour prendre trois autres tasses. (Incontestablement, la jeune femme était déjà venue auparavant.) C'est à peine si la flamme vacille.

—Très bien. Ravive la flamme, si tu peux, dit Trittibar en versant le reste du thé.

Blanche tendit les tasses à Danièle et Talia, puis elle s'agenouilla face au foyer. La jeune femme porta la main à son ras-du-cou et murmura quelques mots pour elle-même. Une lumière orange ondoya à travers la flamme puis disparut. Blanche prit une profonde inspiration et recommença.

—Souviens-toi, ce n'est pas de la sorcellerie, crut bon de préciser Trittibar. Tu fais face à de la magie.

—Je croyais que les sortilèges de protection disposés à l'intérieur des murailles faisaient obstacle à la magie des fées? commenta Danièle.

—Tout à fait, dit Trittibar en souriant. Heureusement que nous nous trouvons à l'intérieur même de ces protections. À quoi sert une cotte de mailles ? À protéger un guerrier des coups extérieurs. Pourquoi voudriez-vous qu'il se protège contre sa propre cotte de mailles ?

—Et la magie que vous utilisez pour nous rétrécir? s'enquit Talia.

—Elle aurait déclenché le système de protection si Blanche n'avait pas été là pour l'aveugler. (Il se tourna vers Blanche.) Le feu brûle toujours.

Blanche secoua la tête en signe d'impuissance.

—Je vois le sort, mais je n'arrive pas à le briser.

— Le truc n'est pas de rompre le sort, dit Trittibar. (Il claqua dans ses doigts et la flamme devint verte.) Redirige tout simplement la puissance.

— Nous n'avons pas le temps pour ça! décréta Talia.

— Continue, essaie encore, exhorta Trittibar en enroulant la tresse de sa barbe autour de l'un de ses doigts. D'après Béatrice, vous croyez qu'Armand se trouve dans la Cité de Faërie?

— Elle nous a annoncé aussi que vous nous aideriez, trancha Talia d'un ton sec. Allez-vous enfin nous dire comment entrer dans la Cité de Faërie ou allez-vous continuer à nous faire perdre notre temps avec ces jeux puérils?

— Talia, s'il te plaît, lança Blanche. Trittibar est…

— Pas la peine, ma chère, rétorqua Trittibar. (Il but son thé à petites gorgées.) Je connais le conte de la Belle au Bois Dormant. Sa haine est méritée. Mais avant de déchaîner votre colère contre moi, expliquez-moi une chose: si votre amie ne parvient pas à vaincre mes humbles pouvoirs, comment espérez-vous triompher des forces magiques de la Cité de Faërie?

Talia ne répondit pas. L'ambassadeur se tourna vers Danièle.

— La reine m'a fait savoir qu'on a attenté à votre vie?

— Trois fois, précisa Talia.

— Mes demi-sœurs ont tenté de m'assassiner dans ma propre chambre, expliqua Danièle. Elles ont aussi invoqué un démon, un Chirka, qui nous a attaquées lorsque nous nous sommes rendues à mon ancienne demeure. Enfin, un troll a essayé de nous tuer toutes les trois.

Elle goûta au thé, celui-ci était trop épais et trop sucré à son goût. Elle reposa la tasse sur la table.

— On finit par s'y faire, admit Trittibar. Ainsi, elles auraient emmené Armand jusqu'à la Cité de Faërie, mais comment comptent-elles obtenir le droit d'entrer? (Il continuait à tortiller sa barbe tout en murmurant pour lui-même entre ses dents.) Votre sang noble octroie ce droit à chacune de vous, mais vos demi-sœurs doivent se procurer une dispense spéciale auprès d'une fée de la caste pure.

—Charlotte a sauté de la muraille nord et elle s'est envolée pour échapper aux gardes, poursuivit Danièle. Est-ce si difficile que cela de se faufiler à l'intérieur de la Cité de Faërie ?

Trittibar pointa du doigt en direction de Blanche qui parlait toute seule, concentrant toute son attention sur le feu.

—Votre amie est une sorcière plutôt expérimentée, pourtant elle n'a pas encore brisé le contrôle que j'exerce sur les flammes.

—Peut-être que je finirais par y arriver si vous arrêtiez de me distraire, répliqua Blanche.

Danièle se leva sans un mot. Elle prit la théière, poussa Blanche du coude et renversa le contenu dans la cheminée. Une odeur suave s'échappa du bois tandis que le feu mourait dans une dernière étincelle. Se tournant alors vers Trittibar, elle demanda :

—Allez-vous nous aider maintenant ?

—Je comprends pourquoi Béatrice vous aime tant ! décréta Trittibar. Mais les remparts de la Cité de Faërie sont plus difficiles à franchir. (Il se leva et se dirigea vers l'escalier.) Mesdames, que savez-vous du traité de Malindar ?

D'un signe de tête, Talia désigna Blanche.

—Elle est sans doute capable de vous le réciter par cœur.

—La Cité de Faërie abrite la dernière colline féerique à des centaines de lieues à la ronde, expliqua Trittibar. (Il s'empara d'un grand livre relié en cuir incrusté d'argent. Sur le dos métallique, on avait gravé un motif semblable à un torrent.) À l'intérieur de ce tertre s'étend un autre monde, et c'est aussi là que jaillit la source même de notre magie. Comme vous vous en doutez, nous protégeons farouchement notre cité.

Il tapota l'ouvrage et la rivière d'argent se mit à couler. Des eaux scintillantes se déversèrent, éclaboussant le sol. Le métal liquide ruissela dans un flux continu, mais la petite flaque qui se formait au pied de la cascade ne grossissait pas alors que le métal de la couverture demeurait intarissable. Il ouvrit le volume et recula d'un pas, le laissant en équilibre sur les flots ondoyants.

—Je présume que vous connaissez cette image ?

La peinture rappelait la tapisserie qui décorait les appartements de Danièle. Une armée de chevaliers humains secondés par des magiciens faisait face aux plus robustes des créatures féeriques : des géants, des trolls, et même un ou deux dragons. Les morts des deux camps jonchaient l'herbe piétinée, et bien que le nombre de victimes soit supérieur dans le camp humain, celui-ci dépassait toujours en effectifs l'armée adverse.

—Vous êtes peu nombreux de votre espèce à avoir compris combien nous étions proches de la victoire, commenta Trittibar. Un jour de plus et tout Lorindar nous appartenait.

—Comment ça ? interrogea Talia en pointant l'index vers le tableau. Vous étiez en infériorité numérique. La cavalerie des Lances d'Argent du prince Réginald vous avait isolés au nord. Votre seule possibilité de retraite vous menait vers l'est, où la reine Céleste vous attendait avec une petite armée de sorcières.

Trittibar fit une moue désapprobatrice.

—Regardez de plus près !

Danièle ne comprit pas la raison de cette requête, mais fit ce qu'on lui demandait. Sa tête heurta presque celles de Talia et de Blanche tandis qu'elles se penchaient pour examiner minutieusement la toile qui était bien plus détaillée qu'aucun travail d'artiste humain. Détaillée et macabre.

L'œil de Danièle n'était pas entraîné à distinguer les différents régiments et à interpréter les stratégies militaires comme Talia. Pour elle, les fées étaient encerclées et en infériorité.

—Je les vois, murmura Blanche.

Elle désigna une zone de terre piétinée derrière la cavalerie du prince, à l'endroit où gisaient des corps en armure.

—Excellent ! fit Trittibar.

Talia grogna :

—Il n'y a rien !

—Mais si ! (Blanche effleura un archer abattu.) Une fée se cache derrière son cadavre. Trois autres sont accroupies ici, dissimulées par le cheval. Il y en a partout.

Danièle plissa les yeux.

—Je ne vois pas…

—Vous ne pouvez pas les voir parce qu'ils sont cachés, l'interrompit Trittibar. Ce sont mes ancêtres. Depuis longtemps déjà, les miens connaissent le secret qui leur permet de changer de taille. Au début de la bataille de la Cité de Faërie, la plupart de vos forces armées transportaient à leur insu des guerriers-fées dans leur paquetage, dans leur tente et parfois même dans leur armure. Chacun d'eux était prêt à donner sa vie plutôt que de vous laisser prendre cette colline.

—Je ne comprends pas, dit Danièle en désignant le cheval. C'est une peinture, comment faites-vous pour peindre une chose invisible ?

—Mais ils sont visibles puisqu'elle les voit, répliqua Trittibar en adressant un petit signe de tête à Blanche. (Il pinça les lèvres.) Malheureusement pour nous, Malindar les vit aussi. Il était malin ce Malindar ! Jeune et téméraire, mais intelligent. En nous démasquant, il nous aurait forcés à attaquer avant d'être prêts. Tout compte fait, cela revenait au même.

» Ce scélérat a préféré nous faire croire qu'il fuyait ; puis il est revenu furtivement jusqu'à la rivière avec une poignée de vos magiciens et de vos sorciers. Alors que nos forces se rassemblaient en vue de l'affrontement avec votre armée, il est parvenu à franchir nos lignes et à entrer dans la Cité de Faërie. Une fois dans la place, il a utilisé la magie de notre propre colline pour scinder l'île en deux. (Trittibar secoua la tête d'un air désolé.)

» Il aurait pu envoyer tout Lorindar au fond de l'océan, tuant ceux de votre espèce et exterminant la plupart d'entre nous. (Il tourna la page et Danièle put voir un jeune homme acceptant un sabre d'or à lame courbe d'une femme dont la peau était dorée comme le miel et qui portait une armure de bois vivant.)

» Nous avions sous-estimé l'ampleur de votre folie et la limite que vous, humains, êtes prêts à franchir pour éviter la défaite à tout prix. C'est ainsi que le roi et la reine acceptèrent vos conditions, sous réserve que jamais plus un seul représentant de votre espèce ne foulerait le sol de la Cité de Faërie. Nous ne pouvions pas prendre le risque de voir disparaître notre colline et c'était l'unique moyen de s'assurer que personne n'essaierait d'achever ce que Malindar avait entrepris des siècles auparavant.

» La seule exception concerne les personnes de sang royal. Vos dirigeants ont insisté. Ils voulaient se déplacer à leur guise sur toute l'île. Les autres doivent fournir une dispense de…

» Trittibar, tu n'es qu'un petit imbécile, mais un imbécile tout de même!

—Que vous arrive-t-il? demanda Danièle.

—Vos demi-sœurs ont enlevé le prince Armand et, *lui*, il peut leur faire franchir les remparts de la Cité de Faërie!

Danièle secoua la tête.

—Armand ne ferait…

—Si vos demi-sœurs ont recours à une magie suffisante pour faire apparaître un Chirka, elles sont assez puissantes pour troubler l'esprit d'un homme.

Il ferma le livre. Les chutes d'argent inversèrent leur cours, se déversant désormais sur la couverture du livre dans un bruit retentissant d'éclaboussures.

—Le traité protège les membres de votre noblesse. Aucune fée n'oserait aider vos demi-sœurs, mais admettons qu'Armand croie agir de son propre gré…

—Eh bien, et Brahkop? interrogea Danièle. Il a réellement tenté de nous tuer.

—Brahkop est un exilé, répondit Trittibar. Un sans-caste, coupé du pouvoir de la colline. Selon notre loi, il n'a pas plus de sang de fée que vous, Votre Altesse.

—Mais alors pourquoi emmener Armand jusqu'à la Cité de Faërie? interrogea Talia.

—Voilà une question qu'il vous faudra poser à ses ravisseurs, suggéra Trittibar. (Posant le livre sur sa chaise, il accompagna les jeunes femmes jusqu'à la porte.) Pierre a certainement recouvré ses esprits et il doit avoir fini de soigner les oiseaux à cette heure.

Danièle jeta un coup d'œil à Blanche et à Talia.

—Je ne comprends pas, allez-vous nous aider, oui ou non?

—Je suis l'ami d'Armand, Altesse, déclara l'ambassadeur. Je serai également le vôtre. Lorsque vous atteindrez les remparts de la Cité de Faërie, prononcez le mot «Taupinet» trois fois.

—Taupinet? (Talia écarquilla les yeux de surprise.) C'est le mot de passe pour entrer?

Trittibar relevait déjà le rideau de plumes pour pénétrer dans le couloir des blocs de pierre.

—Venez, mesdames. (Il riait dans sa barbe tout en marchant.) Votre équipage n'attend plus que vous!

Contrairement à ce que Danièle avait escompté, Trittibar ne leur avait pas rendu leur taille normale. Au lieu de cela, il avait grimpé le long du lierre jusqu'au toit de la fauconnerie contre le mur. La pente en était raide et rendait l'escalade difficile, mais pas impossible. Talia traversa les bardeaux de cèdre avec l'assurance d'un félin; Blanche et Danièle se déplacèrent avec beaucoup plus de précautions. Les muscles de Danièle la faisaient toujours souffrir depuis ses exploits de la veille, et cette ascension lui laissa des crampes dans les bras qu'elle tenta de soulager par un massage.

Trittibar rampa pour se hisser jusqu'au faîte du toit. Une main en visière au-dessus des yeux, il examina la cour avec attention en hochant la tête, puis descendit par petits bonds jusqu'à la deuxième rangée de bardeaux. Il toucha une des planchettes qui s'enfonça comme une trappe.

—Tenez, voici Karina! s'exclama-t-il. Grâce à elle, vous serez à la Cité de Faërie en fin d'après-midi.

—C'est de la folie! protesta Talia.

—Balivernes, protesta Trittibar en éclatant de rire. Elle est beaucoup plus rapide que n'importe quel cheval ou même navire, et elle vous protégera mieux qu'une bonne dizaine de vos gardes réunis.

—Si elle ne nous mange pas avant, rétorqua Talia.

Danièle se rapprocha de Talia pour regarder par le trou béant dans le toit. Une odeur de paille et de déjections emplit ses narines.

D'un simple coup d'œil, elle sut immédiatement quel était l'oiseau de Trittibar.

Karina était la plus petite de tous les faucons, même si elle était déjà assez grosse pour emprisonner les trois jeunes femmes dans ses serres. Son plumage était d'un blanc aussi immaculé que la neige fraîchement tombée, seule une petite tache rouge décorait l'extrémité de ses ailes. À la vue de Trittibar, elle poussa un cri de joie perçant ; pour manifester son contentement, elle se mit à s'agiter sur son perchoir en déployant ses ailes. Son poitrail était marbré de rouge et lorsqu'elle sauta sur un juchoir plus proche, Danièle put distinguer une huppe ambrée au sommet de sa tête.

—On appelle la marque rouge au-dessus de son sourcil « la couronne des fées », expliqua fièrement Trittibar. On dit que c'est une preuve que Karina descendrait du premier faucon apporté ici par le roi des fées, au commencement du monde.

La plupart des autres rapaces étaient occupés à déchiqueter les restes de leur petit déjeuner sur le sol. Trittibar porta les doigts à sa bouche et poussa un sifflement grave semblable à un gazouillis.

Karina bondit dans les airs et se dirigea droit vers l'endroit où se tenaient Danièle et le petit groupe. La jeune femme sursauta et recula. L'ouverture était trop petite et le faucon se briserait les ailes s'il tentait de sortir.

À la hâte, Trittibar enfonça un deuxième bardeau qui agrandit le passage vers l'extérieur.

Karina surgit du trou, heurtant le bardeau et l'envoyant cogner contre la toiture.

—Du calme, voyons ! la réprimanda Trittibar tout en lui souriant.

Karina atterrit et s'inclina pour enfouir le bec sous l'une de ses ailes. Trittibar leva la main pour lui gratter le poitrail. L'oiseau tordit le cou pour fourrager encore plus profondément si bien que ses plumes en furent tout ébouriffées et Trittibar put ainsi toucher directement la peau de l'animal.

À la lumière du jour, Karina était encore plus impressionnante. Bien que plus petite que les autres rapaces, quelque chose au fond de ses yeux de perle noire disait à Danièle que l'oiseau n'avait peur de rien. Dans ces prunelles, elle lisait toute l'énergie d'un enfant et toute la sagesse d'un ancien.

— Tu es magnifique!

Karina sortit brusquement la tête de dessous son aile.

— Il est hors de question que je chevauche un oiseau-fée à travers toute l'île! déclara Talia.

— Nous sommes bien d'accord là-dessus. (Trittibar gratifia le faucon d'une dernière caresse, puis alla remettre les bardeaux à leur place.) Vous serez harnachées à son poitrail.

Il fit descendre les jeunes femmes de l'autre côté. À cet endroit, une gouttière de pierre collectait les eaux de pluie dans un tonneau installé au pied de l'édifice. Trittibar s'arrêta à une tige de lierre qui poussait tout près de l'extrémité de la gouttière. Écartant les feuilles et les grappes, il sortit un très gros harnais de cuir et une gigantesque nacelle.

— Du saule séché provenant des forêts elfiques, précisa-t-il en tapotant le panier. Aussi léger que l'air et aussi résistant que l'acier!

Il plaça la nacelle d'un côté et entreprit de nouer les sangles de cuir sur le dos et les ailes de Karina.

Pour s'amuser, l'oiseau donna un petit coup de bec dans la barbe de Trittibar. Celui-ci se dégagea et donna une légère tape sur le bec du faucon.

— Pas maintenant, commanda-t-il. Nous sommes ici pour travailler. (Il ajusta le harnais et serra au maximum en tirant sur les sangles croisées sur le poitrail de l'oiseau, puis il souleva la nacelle.) Pourrais-tu me tenir cela, ma mie? dit-il en s'adressant à Blanche.

Blanche s'empara du panier deux fois plus grand qu'elle et le maintint fermement tandis que Trittibar renforçait l'installation à l'aide de courroies supplémentaires qu'il fit passer sous le fond de l'habitacle. Une pièce de cuir blanc épais couvrait la partie supérieure, juste sous le menton de Karina.

— On peut attacher ceci de l'intérieur comme de l'extérieur, précisa-t-il en leur indiquant les boucles de cuivre qui s'espaçaient régulièrement autour du rebord de la nacelle. Assurez-vous qu'elles soient bien serrées, sinon rien ne vous empêcherait de tomber de la nacelle si jamais Karina devait effectuer un piqué.

— J'y vais à pied, déclara Talia. On se donne rendez-vous à la Cité de Faërie.

Danièle s'avançait déjà vers Karina. Trittibar sourit à la jeune femme et présenta ses mains croisées pour lui servir d'appui et l'aider à se hisser dans la nacelle. Il était plus fort qu'il en avait l'air et la propulsa par-dessus le bord de l'habitacle. Danièle parut aussi légère qu'une plume, ce qui était presque le cas.

Coussins et couvertures garnissaient le fond du panier. Danièle se poussa d'un côté pour laisser la place aux deux autres. Le panier était suspendu et penchait bizarrement. Calant son dos contre le bord le plus éloigné, elle s'assit face au poitrail de Karina, ce qui lui parut plus confortable. La jeune femme chercha une position qui éviterait à son épée de passer à travers l'un des nombreux jours de la nacelle et finit par détacher le baudrier qui retenait l'arme à sa taille.

Blanche se glissa à côté d'elle en gloussant. À peine son pied eut-il touché le fond du panier que la jeune femme se retournait et se hissait en s'accrochant au bord pour voir Talia.

— Allez, ne fais pas ta poule mouillée, tu vas voir, nous allons bien nous amuser !

Pour toute réponse, elle reçut en pleine figure un des sacs que Talia venait de lancer dans la nacelle. Danièle vit Talia se détourner et s'adresser à Trittibar.

— Comment retrouverons-nous notre taille normale ? Il est hors de question que je recherche le prince dans cet état !

Trittibar s'empara d'une grosse bourse qui était dissimulée dans son écharpe ; l'objet était blanc et noir, avec une ligne de séparation bien marquée au milieu, comme si deux sacs avaient été cousus ensemble. Trittibar en sortit trois objets noirs de la taille et de la forme d'une noix.

— Ces spores vous rendront votre apparence normale, ainsi que votre moi surdimensionné… J'imagine qu'il est inutile que je vous précise d'attendre d'avoir atterri pour les utiliser ?

Talia jeta le reste de leurs affaires dans le panier près de Danièle et Blanche. Sans faire cas de Trittibar qui lui proposait de l'aider, la jeune femme bondit pour s'agripper au bord supérieur de la nacelle. Elle balança l'une de ses jambes par-dessus le panier et se laissa tomber avec souplesse à côté de Blanche.

La nacelle était déjà bien remplie avec ses trois occupantes, même de taille aussi réduite. Danièle tenta de se caler dans un coin pour faire de la place à ses deux compagnes de voyage.

Talia se leva et commença à tirer fermement sur les boucles, Danièle l'imita de son côté, faisant jouer le cuir épais et raide à travers les passants cousus dans la nacelle.

— Êtes-vous prêtes ? demanda Trittibar.

Talia s'allongea sur le dos et grommela en fermant les yeux :

— Je suppose que c'est trop demander à cette chose de courir simplement le plus vite possible au ras du sol ?

Trittibar pouffa. Il s'approcha de l'aile de l'oiseau pour lui donner une petite tape affectueuse.

— Emmène-les à la Cité de Faërie aussi vite que tu le peux, ma belle. Et vous, princesse… (Danièle hésita une seconde, n'étant pas certaine de savoir à quelle princesse il s'adressait.) Ramenez votre époux sain et sauf. Ainsi que vous-même !

Trittibar siffla et le monde sembla s'affaisser d'un seul coup. Le faucon effectua un virage serré sur la gauche et s'éloigna de la fauconnerie. Danièle vint heurter Blanche qui glissa sur Talia. Le vent s'engouffrait à vive allure, traversant la nacelle de part en part tandis que Karina s'élevait au-dessus de la muraille. L'oiseau décrivit des cercles au-dessus du palais, prenant de plus en plus d'altitude, jusqu'à ce que les silhouettes en dessous ne soient plus que des points minuscules.

Danièle eut le souffle coupé lorsqu'elle découvrit l'océan à perte de vue. La lumière du soleil étincelait à la surface de l'eau. Du givre se formait sur la crête des vagues qui léchaient la falaise tandis qu'au loin la mer ressemblait à une vitre bleue à la surface irrégulière…

Talia gémit.

— Si nous survivons à cette épreuve, je rentre de la Cité de Faërie à cheval !

Ce « si » resta gravé dans l'esprit de Danièle bien après que le palais eut disparu à l'horizon.

6

✳

anièle ne s'était jamais rendu compte de la taille du royaume de Lorindar. Allongée sur le ventre, les bras croisés sous le menton, elle observait le paysage défiler à travers les jours du panier. Même si le décollage s'était révélé un moment terrifiant, Danièle ne ressentait presque plus cette légère secousse au moment où Karina battait des ailes, ni le balancement du panier lorsque l'oiseau s'inclinait au gré des caprices du vent.

Talia, en revanche, s'était assise et avait remonté les genoux contre sa poitrine ; elle respirait lentement et profondément. La jeune femme était trempée de sueur.

— Ne t'inquiète pas, lui dit Danièle. Je suis sûre que nous y serons bientôt.

Blanche acquiesça.

— C'est à deux jours de cheval du palais, mais regardez en bas, vous voyez l'embranchement où la Voie Royale se sépare et bifurque vers l'est ? C'est la route qui mène au Sentier Côtier, ce qui signifie que nous sommes bien plus rapides. Nous devrions rejoindre la Cité de Faërie dans la journée.

— La Cité de Faërie, grommela Talia, quel nom stupide !

— Ce n'est pas le vrai nom, précisa Blanche. Le nom féerique signifie quelque chose du style « un chez-soi loin de chez soi, coincé entre deux gros rochers et encerclé par des champignons succulents qui vous donnent l'impression que vous vous transformez en flaque d'eau». Cela dit, « Cité de Faërie » est plus court.

Talia ramassa une touffe de duvet qui s'était glissée dans le panier. Elle s'y prit à deux mains pour faire passer la plume par l'un des interstices, puis elle s'essuya les paumes sur son pantalon.

— Je n'arriverai jamais à me débarrasser de cette odeur d'oiseau sur mes vêtements !

Danièle roula pour se tourner de son côté.

— Que t'ont-elles fait, Talia ?

— Qui ?

— Les fées. (La jeune femme avait voulu lui poser la question depuis qu'elles avaient quitté le palais, mais elle n'en avait pas trouvé le courage jusqu'à cet instant.) On m'a bien raconté toutes ces histoires, mais elles doivent cacher quelque chose d'autre. C'est toi-même qui m'as dit que les contes ne disaient pas toute la vérité.

— Je préfère ne pas en parler, répondit Talia.

— Je comprends, mais nous nous rendons dans la Cité de Faërie. Si j'en crois Trittibar, nous risquons d'être les seuls spécimens de l'espèce humaine à des lieues à la ronde et je me disais que…

— Je n'ai pas l'intention de piquer une crise de folie furieuse et de me mettre à arracher les ailes des pixies ou à balancer les nains dans le gouffre, si c'est ça qui t'inquiète. (Talia empoigna une outre remplie d'eau et but à longs traits.) Il ne faut pas leur faire confiance, c'est tout ce qu'il y a à savoir.

— Trittibar nous a aidées, poursuivit Danièle. La plupart des fées qui sont intervenues dans ton histoire ont essayé de t'aider. Même quand tu as été maudite, la dernière fée qui devait intercéder a fait de son mieux pour te protéger. À moins que les choses ne se soient pas passées exactement de cette façon ?

Blanche s'était intentionnellement éloignée de ses compagnes, elle farfouillait dans un paquet que Trittibar lui avait lancé au dernier moment. La jeune femme en sortit une sorte de grosse boule aux formes irrégulières de la taille de sa tête. La peau était transparente d'un côté, blanche de l'autre et contenait un épais liquide rouge. Blanche sortit son couteau et perça un trou.

—Un grain de grenade! s'exclama-t-elle en suçant le jus qui s'en écoulait. (Elle s'essuya le menton au creux de son poignet.) Tu devrais lui dire, Talia.

—Reste en dehors de ça!

Blanche posa une main tachée de jus sur le bras de Talia.

—«Le savoir est la meilleure des armes», avait coutume de dire le roi Philippe II. Plus Danièle saura de choses et mieux elle sera préparée.

—Philippe? Ce n'est pas celui qui s'est pris une flèche de la longueur d'une aune dans la gorge? (Talia dégagea son bras de la main de Blanche.) Le savoir peut être une bonne arme, mais c'est une bien mauvaise armure, conclut la jeune femme.

—Je ne voulais pas te faire de peine, risqua Danièle.

—Bien sûr que tu ne le voulais pas, comme tous les autres d'ailleurs… L'enfer est pavé de bonnes intentions, pas vrai? (Talia grogna et ramena quelques mèches de cheveux trempés de sueur derrière son oreille.) Oui, bien sûr que les fées m'ont offert ces «cadeaux». Certaines d'entre elles prennent grand plaisir à nous «améliorer», nous les modestes, les pauvres humains. Oui, elles m'ont fait don de la grâce, de la beauté, d'une voix angélique également… Enfin, de tout ce dont une princesse a besoin pour plaire à son futur époux.

Talia mit la main dans son sac et en sortit le fouet zaraque qu'elle avait emporté avec elle.

—Puis il y a eu ce maléfice, je devais mourir avant mon seizième anniversaire.

—Mais tu n'es pas morte, poursuivit Danièle à la place de Talia. La dernière fée t'a sauvée. Tu ne peux pas toutes les condamner à cause…

—C'est la dernière fée qui a causé ma perte, l'interrompit Talia. (Ses yeux noirs étaient inexpressifs et froids.) Elle a dénaturé le sort maléfique: plutôt que de me donner la mort, ce sortilège m'a plongée dans le sommeil éternel. Mais je n'étais pas toute seule: tous les habitants du palais se sont endormis aussi. Elle a fait pousser une haie d'épines tout autour de notre demeure afin de nous protéger du monde extérieur. Et, pendant un siècle, nous avons dormi.

—Jusqu'à ce que ton prince arrive, reprit Danièle.

Talia enfonça si violemment le manche du fouet dans la nacelle qu'elle arracha un cri de protestation strident à Karina.

—Avec la disparition de notre palais, mon oncle revendiqua la couronne bien évidemment. Des années durant, ils ont taillé et tranché la haie d'épines à coups de hache pour se frayer un chemin jusqu'au palais et ils ont fini par réussir. Mon «prince» n'est autre que l'arrière-arrière-arrière-petit-fils de l'homme qui a ordonné le meurtre de mes parents, de mes frères, de mes sœurs et de tous ceux qui pourraient un jour se réveiller et contester leur pouvoir.

» La seule raison pour laquelle ils m'ont laissée en vie est qu'ils craignaient que ma mort ait des conséquences fâcheuses à cause du sort jeté par la fée.

Danièle voulut se rapprocher de la jeune femme pour lui témoigner son soutien, même si parfois un geste peut se révéler bien futile et insignifiant, mais elle craignit que la jeune femme n'apprécie guère ce témoignage de compassion.

—Que s'est-il passé ensuite?

—Le prince m'a réveillée, poursuivit Talia. Là, au moins, les contes ne se trompent pas. (Elle se frotta les mains, comme si elle essayait de les laver.) Cent ans, vous m'entendez? J'ai dormi cent ans, et pas une seule fois ces fées ne sont revenues voir comment ça se passait, comment ma famille se portait! Celle qui a proféré la malédiction l'a fait par pure méchanceté, très bien! Mais ce sont l'aveuglement et l'indifférence de ses petites camarades qui nous ont anéantis.

Danièle se tourna vers Blanche, celle-ci avait posé le grain de grenade près d'elle et regardait fixement l'un des côtés de la nacelle.

—Cela s'est-il passé de la même manière pour toi? demanda Danièle. Ta vie semble effroyable dans les histoires que l'on raconte, mais on dit aussi qu'à la fin tu as trouvé le bonheur.

—J'ai vécu presque un an avec le chasseur que ma mère avait payé pour me tuer, raconta Blanche. Et puis un jour, elle a appris sa trahison et l'a torturé à mort. Alors je l'ai tuée à mon tour pour ce qu'elle lui avait fait subir. (Blanche haussa les épaules et allongea le bras vers un autre sac.) Aurions-nous apporté autre chose à boire?

—Les contes ont-ils tous des dénouements aussi terribles? demanda Danièle. Jack, le tueur de géants, est-il vraiment tombé dans le désespoir et le dénuement? Et les loups ont-ils tué le petit chaperon rouge pour se venger de la mort des membres de leur famille?

Talia grogna.

—Non, Vermeille a survécu, mais ce genre de choses laisse des séquelles… Cela vous change une femme.

—Qu'entends-tu par changer?

—La dame à la Chape Rouge est l'une des meurtrières les plus redoutées de ce côté d'Adenkar, répondit Blanche.

Danièle les considéra longuement, essayant de déterminer à leur expression si elles disaient la vérité.

—Vous plaisantez?

—C'est la pure vérité, riposta Talia. (Elle releva ses manches et toucha l'une des cicatrices sur son avant-bras.) Cette garce a failli assassiner la reine il y a quelques années.

Danièle se coucha sur le dos, elle repensait à tout ce qui lui avait été révélé et tentait de comprendre. La jeune femme réfléchit à sa propre histoire. Celle-ci s'était transformée et avait suivi un tout autre cours ces derniers mois. Leur seul point commun était cette vie parfaite qu'elles étaient toutes censées vivre, celle qu'elle aurait dû connaître après avoir épousé Armand. Elle posa les mains sur son ventre.

Talia s'essuya le visage.

—Je n'ai pas l'intention de contredire ce bon vieux roi Philippe, mais d'expérience je maintiens que la meilleure des armes, c'est encore un bon arsenal. (Elle saisit Danièle par le poignet et lui mit brusquement un couteau dans la main.) Normalement, je devrais commencer par un travail sur les déplacements, mais nous ne sommes pas ici dans ce qu'on peut appeler une véritable aire d'entraînement. Ton épée est presque aussi légère que ce couteau, sauf que tu la tiens comme un bûcheron saoul tiendrait sa hache. Tu es trop tendue et cela te ralentit.

Danièle essaya de relâcher sa prise.

—Non, plus serré tout de même! reprocha Talia. (De son poing fermé, elle porta un coup sec à la lame. Le couteau vola hors de la main de Danièle et la pointe perça l'une des couvertures en tombant.) Sers-toi du pouce et de l'index pour diriger l'estoc! C'est comme ça que tu prends le contrôle de ton arme.

Elle fit une démonstration, puis rendit la lame à Danièle qui tenta de l'imiter. Elle agita l'extrémité de la lame d'avant en arrière.

—Fais de petits mouvements. Tu n'es pas assez forte pour porter de grands coups brusques ou lancer une violente attaque de taille et d'estoc. Heureusement, tu n'auras pas à le faire avec ce type d'épée. Juste une caresse, un léger baiser de la pointe au bon endroit tuera ton homme aussi sûrement qu'une épée longue en plein cœur. (Talia mit la main à sa gorge.) C'est ça, ta meilleure cible, si tu peux l'atteindre. Une feinte au niveau du bas-ventre, ce n'est pas mal non plus si tu combats un homme. Menacer les bijoux de famille en fera reculer plus d'un et leur fera baisser la garde.

—Je ne veux tuer personne, fit remarquer Danièle, le regard rivé sur l'acier.

—Je suis certaine que tes demi-sœurs seront ravies d'apprendre ça. (Talia attrapa le poignet de Danièle et le lui tordit pour lui faire lâcher le couteau.) Ça veut dire que tu leur faciliteras les choses quand elles te tueront. (Elle fit signe à Danièle de sortir son poignard de son fourreau.) Cette fois-ci, lorsque j'attaque, balaie devant toi avec ta lame pour écarter la mienne et me désarmer. Vas-y doucement! Apprends d'abord les mouvements, tu t'occuperas de la vitesse ensuite.

Elles s'entraînèrent pendant près d'une heure. La jeune femme soupçonnait Talia de le faire autant pour elle-même, afin de se distraire de cette sensation désagréable qui la rendait malade, que pour lui enseigner quelque chose. Lorsque Karina se mit à tournoyer pour perdre de l'altitude, Danièle avait la main moite et endolorie par les crampes; son épaule la faisait souffrir de s'être entraînée aux différentes attaques et parades que Talia lui avait demandé de reprendre inlassablement.

Danièle rangea son poignard et se retourna pour observer le sol en contrebas. Une sorte d'effroi mêlé de crainte et d'admiration la saisit, chassant toute pensée et toute sensation tandis qu'elle contemplait le gouffre qui séparait l'île en deux parties. « La gloire de Malindar », comme certains l'appelaient. Le canyon courait sur toute la largeur de l'île et formait une vilaine entaille qui semblait s'étendre à l'infini. Même à cette altitude, la jeune femme ne parvenait pas à distinguer l'océan.

La végétation poussait aux abords de l'abîme, à certains endroits les arbres avaient pris racine à même la paroi et s'accrochaient verticalement en tentant de s'assurer une prise terriblement précaire. Lorsqu'elles survolèrent la crevasse, Danièle aperçut enfin l'eau tout au fond : on aurait dit un long ruban de verre bleu clair.

— La voilà ! s'écria Blanche en pointant du doigt.

Karina vira en direction de l'ouest et Danièle la découvrit : la Cité de Faërie. Une immense muraille dessinait un demi-cercle sommaire de chaque côté de l'abîme. Au centre, un pont d'argent faisait la liaison entre les deux moitiés de la cité des fées. Vu du ciel, le pont semblait tissé de fils de soie et de toiles d'araignées. Deux châteaux avaient été construits, chacun à une extrémité du pont. Au nord se dressait une véritable merveille de flèches opalescentes et de courbes majestueuses ; au sud, lui répondant dans une magnificence égalée, un édifice aux toitures d'ébène et aux arcs-boutants d'or.

Par endroits, le paysage semblait presque ordinaire : ici la verdure luxuriante de forêts, là une vaste étendue où paissait tranquillement un troupeau, mais parfois la Cité de Faërie semblait sortir tout droit d'un rêve : un petit lac de glace étincelait comme un joyau au soleil tandis que des arbres roses se serraient le long d'un chemin scintillant qui menait au palais d'ébène.

Karina volait désormais à basse altitude en direction des remparts nord.

— Ne pouvons-nous pas nous poser à l'intérieur de l'enceinte ? interrogea Danièle.

— Regarde au-dessus ! répondit Talia.

Danièle se déplaça sur le côté et, se serrant tout contre Blanche, colla un œil contre la paroi de la nacelle. De longues bandes de nuages dérivaient au-dessus de leurs têtes, mais elle ne vit rien de particulier à part…

Non, elle ne rêvait pas. Plusieurs de ces curieux nuages s'étaient inclinés pour suivre le vol de Karina.

—Des nuées patrouilleuses, expliqua Blanche. L'éclair qu'ils sont capables de produire est suffisamment puissant pour repousser un dragon.

—Ne t'inquiète pas, ajouta Talia. Ils ne se donneront sûrement pas la peine de faire tomber la foudre sur des choses aussi insignifiantes que nous; non, ils préféreront nous manger.

Il ne faisait aucun doute que des gardiens similaires protégeaient la Cité de Faërie contre tout intrus tentant de pénétrer par la rivière qui coulait en dessous.

Danièle s'arc-bouta lorsque Karina plongea en direction des remparts. Ce n'était pas *tout à fait* comme tomber vraiment, mais le contenu de l'estomac de Danièle tenta malgré tout une courageuse remontée en cherchant à se frayer un passage par sa gorge. À côté d'elle, les yeux bien fermés, Talia marmonnait quelque chose dans une autre langue.

Le vent sifflait à travers le panier, les arbres grossissaient. Une bande de terre battue défila à la vitesse de l'éclair, puis ralentit et repassa devant leurs yeux tandis que l'oiseau changeait de direction. Elles longèrent la route, descendant en piqué à une telle vitesse que Danièle crut qu'elles allaient s'écraser. La nacelle se mit à bringuebaler tandis que Karina battait énergiquement des ailes. Danièle retint son souffle. Talia s'accrocha au panier, le corps raidi et aussi dur que l'acier.

Elles touchèrent terre avec une telle douceur que Danièle n'en eut conscience que lorsque Karina cessa de battre des ailes.

Blanche s'était déjà relevée, détachant les sangles au-dessus de leurs têtes. Danièle se mit debout pour l'aider et grimaça de douleur en sentant les crampes dans ses cuisses. De l'air frais pénétra dans l'habitacle.

Blanche balança les sacs par-dessus bord, puis se précipita à leur suite, s'affalant de façon fort peu élégante. Le débarquement de Danièle ne fut pas plus gracieux : elle tomba avec lourdeur sur le sol et trébucha pour atterrir finalement dans un parterre de pissenlits sur le bas-côté de la route.

— Mais que se passe-t-il ? s'écria Talia.

Se déplaçant avec lenteur, mais infiniment plus de grâce que Danièle n'en déploierait jamais, Talia se glissa hors de la nacelle, exécuta un saut périlleux et retomba sur ses pieds en atteignant la chaussée.

— Ce faucon a besoin d'un pot de chambre !

Le temps que Danièle revienne, Blanche et Talia avaient terminé de décharger les bagages.

— Où allons-nous, maintenant que nous sommes arrivées ? s'enquit Danièle. Devons-nous informer le roi et la reine des fées de notre venue ?

— Non, pas tant que nous pourrons l'éviter, affirma Talia. Nous aurions droit à de grandes déclarations d'innocence et nous serions accusées de vouloir salir leur nom. Telles que je connais les fées, elles ne manqueront pas d'insinuer que nous avons tout inventé du début jusqu'à la fin pour leur nuire.

Danièle ajusta le baudrier de l'épée à sa taille et serra la boucle.

— C'est de la folie ! dit-elle.

— C'est de la politique de fées, répondit Blanche. Ne t'inquiète pas, je connais quelqu'un, un ami… Il devrait être en mesure de nous aider.

Danièle écouta à peine les propos des deux jeunes femmes. Une fois les «affaires courantes» réglées, elle avait concentré toute son attention sur les remparts de la Cité de Faërie.

Même à taille normale, Danièle aurait trouvé la muraille imposante. Elle était facilement deux fois plus haute que le palais de Lorindar. La pierre et le mortier avaient été remplacés par des plantes grimpantes et des buissons épineux.

Les plus grosses plantes avaient l'épaisseur d'un arbre et c'était leur écorce rugueuse qui leur conférait cette teinte brunâtre et terreuse que Danièle avait aperçue d'en haut. Les nuances des épines variaient du violet foncé au noir intense. Les piquants les plus petits étaient pratiquement transparents alors que les plus gros pouvaient atteindre la longueur d'une lance et arboraient des couleurs plus ternes ; ces derniers, d'ailleurs, avaient tendance à peler à leur base.

Danièle se tourna vers Talia qui serrait les mâchoires.

— Est-ce que ça va ?

— Les fées aiment manipuler les êtres vivants, s'exclama Talia. Les gens, les animaux, les plantes… Ils sont tous plus malléables et plus faciles à contrôler qu'un bloc de glace. Je constate que les haies d'épines ont remporté un franc succès depuis mon emprisonnement.

Tout près, à travers les broussailles, on apercevait le squelette d'un chien ou d'un loup suspendu à deux épines de taille moyenne. Une famille de moineaux avait élu domicile dans sa cage thoracique.

— Il était déjà là la dernière fois, poursuivit Talia. Oui, cela fait bien un an que nous sommes venues ici. À l'époque nous poursuivions un espion venu de Port Conque-Argent. Il possédait une ceinture magique qui lui permettait de se transformer en âne. Pendant presque un an, il s'est caché à notre insu dans les écuries… jusqu'à ce que Blanche se rende enfin compte de son petit manège. Nous avons passé une journée entière à le traquer dans les environs de la Cité de Faërie, à moins d'un jet de pierre de cette muraille. (À voix basse, si peu audible que Danièle eut du mal à entendre, elle ajouta :) Ça aussi, j'ai détesté.

— L'avez-vous capturé ? demanda Danièle.

— Il s'est écoulé moins de six mois avant que je le découvre, poursuivit Blanche qui venait de les rejoindre. Il nous a attirées tout près de l'abîme, au sud de la Cité de Faërie, puis s'est transformé en âne et a essayé de ruer pour nous précipiter dans le gouffre. (Elle sourit de toutes ses dents.) Nous dirons simplement que ses plans ont été légèrement contrariés car c'est plutôt nous qui lui avons botté les fesses !

— Si j'avais su que tu raconterais cette blague aussi souvent par la suite, je t'aurais poussée derrière lui, ronchonna Talia qui finissait de se préparer.

La jeune femme accrocha son épée courte à sa ceinture, puis fit pivoter celle-ci pour que la garde se plaque bien au milieu, au bas de son dos. Le fouet fut rangé dans un petit étui placé le long de sa hanche.

— Rabat-joie, va! (Blanche glissa l'une des spores magiques de Trittibar dans la main de Danièle.) Tiens, mange ça!

La spore avait l'apparence d'une graine à enveloppe fine. Blanche mâchouillait déjà la sienne. Talia lança sa spore dans les airs, celle-ci atterrit directement dans sa bouche grande ouverte.

Danièle les imita. L'enveloppe s'ouvrit dans un craquement et libéra sur sa langue de petites boules rondes et sèches au goût amer et plutôt aigre de champignon trop avancé. Elle se força à avaler.

— Tu ferais mieux de t'asseoir, précisa Blanche qui passa outre à son propre conseil et écarta les bras quand elle se mit à grandir.

Elle serra les pieds l'un contre l'autre et battit frénétiquement l'air de ses bras pour garder l'équilibre. La jeune femme chancela sur le côté et, avec un cri exalté, s'écroula dans l'herbe en riant à gorge déployée.

Talia se tint en équilibre sur la pointe d'un pied tandis que l'autre reposait légèrement sur la cuisse de la jambe opposée. Le don de grâce octroyé par les fées! La jeune femme tenait leurs sacs dans les bras et gardait les yeux fermés pendant que la magie de Trittibar redonnait une taille normale à son corps et à ses affaires.

Suivant les conseils de Blanche, Danièle s'assit jambes tendues au moment où la magie commença à opérer. Pourtant, elle bougea et se tortilla sur place lorsque la partie de son corps reposant sur le sol s'élargit. La jeune femme expérimenta une sensation des plus bizarres, celle de «se développer», et elle enfonça ses doigts en terre pour plus de sécurité. Elle retint son souffle, prit appui sur une jambe, puis sur l'autre, et alterna tout en essayant d'éviter que la terre tache ses vêtements pendant l'allongement de ses membres.

Alors qu'elle s'immobilisait complètement, Talia empoignait déjà l'une des outres qu'elles avaient apportées pour se rincer la bouche.

— La magie des fées a franchement un goût abo... MINABLE! se plaignit-elle en crachant de l'eau.

Danièle ôta la poussière et les brins d'herbe de ses vêtements. Il restait bien quelques traînées vertes sur une manche et dans le dos, mais un peu de vinaigre devrait arranger tout cela.

Karina s'envola vers la muraille végétale et atterrit en douceur sur l'une des épines les plus hautes de la haie. Elle déploya ses ailes et inclina la tête.

—Merci, dit Danièle. Tu dois être bien affamée après un vol aussi long! (Le petit faucon avait traversé la moitié de l'île en moins d'un jour.) Je suis certaine que tu trouveras de la nourriture sur le chemin du retour. Je t'en prie, remercie Trittibar de son aide.

Karina s'élança dans les airs en criant. Danièle la regarda s'éloigner dans la lumière qui s'estompait, puis se retourna pour faire face au mur d'épines.

—Comment allons-nous entrer? demanda-t-elle. Il n'y a pas d'entrée, ni de gardes, et aucune porte visible.

—C'est beaucoup plus sûr comme ça, commenta Talia, car les portes peuvent être brisées. Heureusement, Trittibar nous a donné le mot de passe. (Le dos droit comme une lance, la jeune femme se dirigea à grandes enjambées vers la haie d'épineux. Lorsqu'elle en fut suffisamment proche pour toucher l'un des piquants, elle éleva la voix et lança solennellement:) Taupinet… Taupinet… Taupinet!

—Que voulez-vous?

Danièle sursauta. Debout sur la route, au côté de Talia, se tenait un petit homme bleu à la tignasse noire et aux énormes oreilles pointues: un gobelin. Sa peau était beaucoup plus sombre que celle de Brahkop. Poignant de sa lèvre inférieure, des crocs s'incurvaient vers le haut, ce qui lui donnait l'air de sourire en permanence. Il portait une veste en cuir d'un violet tendre décorée de boutons en cristal. Des rubans violets assortis rehaussaient son pantalon noir. Un unique couteau de petite taille pendait à sa hanche.

—Qui êtes-vous? s'enquit Danièle.

—Taupinet, qui d'autre d'après vous? (D'énormes yeux jaunes détaillèrent Danièle.) Et à qui ai-je l'honneur?

—Nous devons entrer dans la Cité de Faërie, intervint Talia avant que Danièle puisse répondre. C'est tout ce que tu as besoin de savoir.

Taupinet renifla.

—Il n'est pas nécessaire de vous montrer discourtoise, Votre Altesse. Je fais juste mon travail.

—Si vous savez que c'est une princesse, pourquoi nous posez-vous la question alors ? interrogea Danièle.

Reniflant toujours, il fit quelques pas pour se rapprocher de Danièle.

—De sang plus commun, mais… (Il plissa son nez bulbeux.) Vous avez épousé un noble, c'est ça ? Il y a une petite brioche princière au four si mon nez ne m'abuse…

Danièle croisa les bras, essayant de dissimuler la gêne qu'elle sentait monter en elle. Décidément, les habitants de la Cité de Faërie allaient-ils tous se permettre de « renifler » son état ?

Taupinet s'intéressait déjà à Blanche.

—Nobles, toutes les trois. Mais cela ne me dit pas qui vous êtes ni pourquoi vous devez entrer dans la Cité de Faërie.

—Je regrette, annonça Blanche en feignant la confusion. Je ne me souviens pas du passage où, dans le traité de Malindar, il est stipulé qu'un membre de la caste des serviteurs jouit du droit d'interroger des nobles de l'espèce humaine avant de leur permettre un accès à la Cité de Faërie. En revanche, j'ai un souvenir précis de la page neuf, section quatre, selon laquelle les créatures féeriques tentant de refuser à des représentants de la noblesse l'accès légitime qui leur est dû seront passibles d'un châtiment pouvant aller jusqu'à l'entrave par des chaînes avant d'être jetées dans l'abîme par l'Homme Noir lui-même.

—Ouh là, on se calme ! exhorta Taupinet en levant les mains. Personne ne refuse rien à personne. J'étais curieux, voilà tout. Ce n'est pas tous les jours que trois princesses se présentent au pied de notre cité, tout de même, et vous me voyez enchanté de pouvoir vous aider à traverser les épines. Ce qui vous inclut, Altesse, dit-il en s'adressant à Danièle.

—Parfait, fit Talia en croisant les bras. Dans ces conditions, pouvons-nous poursuivre ?

Taupinet recula d'un petit pas.

—À ce sujet… (Il jeta un coup d'œil inquiet autour de lui, tel un animal traqué.) Vos amies peuvent entrer, mais je crains que vous deviez les attendre ici.

Talia replia un bras dans son dos et sortit si prestement son épée de son fourreau que sa rapidité arracha un glapissement au gobelin.

—Je suis la princesse Talia Malak-el-Dahshat. Chaque goutte de mon sang est aussi noble que celui de mes compagnes. Tu n'as aucune raison de me retenir ici, gobelin.

—Personne ne conteste la légitimité de votre sang, s'empressa de répondre Taupinet. (Sa voix était devenue aiguë et il avait reculé jusqu'à ce qu'une des épines se plante dans son cou.) Le problème est que vous êtes maudite par une fée. (Il tapota l'une de ses narines.) Peu importe ce qu'on vous a fait, cette puanteur persiste dans vos veines. Vous avez offensé quelqu'un qui détient un grand pouvoir, Talia Malak-el-Dahshat, et je n'ai pas l'intention de vous laisser…

—*Moi*, j'ai offensé…, répéta Talia dans un murmure.

Son épée brilla dans la lumière du jour finissant.

—Je suis sûre que ses mots ont dépassé sa pensée, osa Danièle.

—Pas du tout, répliqua Taupinet. (Il leva une main et se mit à tortiller nerveusement l'une de ses oreilles.) Je suis sûr qu'il ne s'agissait que d'un malentendu. Ce genre de choses arrive tout le temps. Des jeunes humaines séduisent des princes de sang féerique ou bien…

Blanche saisit le bras de Talia et éloigna son amie du gobelin.

—Taupinet a raison sur ce point. Il existe un codicille au traité qui leur donne une certaine latitude pour rejeter ceux qui ont été jugés coupables de crimes à l'encontre de citoyens d'identité féerique.

—Je n'ai commis aucun crime, affirma Talia d'un ton sec. (Son regard était rivé sur Taupinet.) Pas encore.

Le gobelin croisa les bras.

—Je suis désolé, Votre Altesse. Une fée beaucoup plus puissante que moi a exercé un maléfice contre vous. Je ne serai pas celui qui vous fera franchir la haie et permettra ainsi à une ennemie des fées d'errer à sa guise dans notre domaine.

—Je me porte garante pour elle, décréta Danièle. (En désignant Blanche, elle ajouta :) Nous, toutes les deux.

—Cela est très aimable et fort honorable, mais qui êtes-vous donc pour vouloir ainsi répondre d'elle ? (Taupinet eut un petit sourire en coin tandis que, d'un geste de la main, il désignait les vêtements de Danièle.) Votre sang révèle que vous êtes de condition royale… enfin presque. Mais votre tenue me dit que vous passez plus de temps dans la poussière que sur un trône.

Il y avait comme une pointe d'ironie dans ces paroles. Toute sa vie, Danièle avait subi pires railleries.

—Je suis la princesse Danièle Blanche-Rive.

Elle n'avait pas encore l'habitude de prononcer ce nom.

Taupinet la considéra.

—Qui ?

Dans un soupir, la jeune femme précisa :

—Cendrillon.

—Ah oui, d'accord. Celle aux fameuses pantoufles de verre. (Il pencha la tête vers elle.) Comment avez-vous fait pour danser avec de pareilles chaussures ? Ce doit être terriblement inconfortable. (Et avec un regard libidineux, il ajouta :) Ou peut-être qu'il s'agissait d'une tout autre danse ? De celles qui ne nécessitent aucune chaussure…

Danièle se tourna vers Talia. Au cours du mois qui venait de s'écouler, elle avait écouté suffisamment de politiciens grandiloquents, présomptueux et ampoulés pour reconnaître les artifices de leur discours et user à son tour de leur subtilité.

—Princesse Talia, mes oreilles me trompent-elles ou ce gobelin vient-il à l'instant de proférer l'insulte la plus outrageante qui soit à l'encontre du nom de Blanche-Rive, de laisser sous-entendre que je ne vaux guère mieux qu'une catin de taverne, ou même insinuer que le prince puisse avoir ce genre d'inclination ?

—Hé là, une seconde, ce n'est pas ce que…

—Si fait, princesse Danièle, répondit Talia en affichant un sourire féroce.

—Je suis témoin, moi aussi, ajouta Blanche en élevant la voix.

—Un affront des plus graves infligé à mon honneur, ajouta Danièle. De même que vous venez d'intenter à l'honneur de mon amie, la princesse Talia. (Elle secoua la tête.) La reine Béatrice sera on ne peut plus contrariée et vos dirigeants, je n'ose l'imaginer, ne devraient guère apprécier votre outrecuidance.

—Vous ne pourrez rien dire à ma reine si vous ne la rencontrez pas! (Taupinet se retourna, puis commença à rebrousser chemin en bondissant par-dessus la première barrière d'épines. Il semblait danser tandis qu'il se glissait de plus en plus profondément dans la haie.) Je vous aurai prévenues, ne tentez pas de me suivre! Les épines détestent les étrangers. Je suis sincèrement navré, princesses. L'une d'entre vous a été frappée par la malédiction d'une fée, c'est indéniable, et la reine a eu beaucoup trop d'ennuis avec les mortels par le passé. Les ordres sont stricts. Vous pouvez toujours vous rapprocher du domaine du roi, mais je doute que ses nains vous réservent un meilleur accueil.

Danièle fit un signe de la main à Talia qui abaissa son épée. Taupinet avait raison, il ne faisait que son travail. Un travail ingrat, qui plus est. Un gobelin, un seul, était chargé d'accorder ou non l'accès de la Cité de Faërie aux visiteurs. Parmi les heureux élus, ils devaient être peu nombreux à prendre la peine de remercier une telle créature pour le passage. Et combien devaient passer leur colère sur lui après se l'être vu refuser?

—Dites-moi Taupinet, comment êtes-vous devenu le gardien de cette haie?

Le petit gobelin haussa les épaules.

—Une bande de malandrins a tué Pirrok lorsqu'il a refusé de les laisser passer. Ensuite, nous avons tiré à la courte paille.

—Et c'était la vôtre? tenta de deviner Danièle.

—Nan, celle de Grint. Comme il n'était pas satisfait du résultat, il m'a roué de coups et a cassé mon allumette. Finalement, c'est bien moi qui avais la plus courte.

Danièle sourit.

—J'ai dans l'idée que ce Grint se serait bien entendu avec mes demi-sœurs.

Finalement… À bien y réfléchir, non. Ses demi-sœurs préféreraient encore mourir plutôt que d'être vues avec des individus tels que les gobelins. Pourtant, les mauvais traitements que les uns et les autres infligeaient étaient les mêmes. La jeune femme se demanda à quelles autres tâches Taupinet avait été astreint. Nettoyer après le passage des autres ? Préparer leurs repas ? Et personne, pas même une âme tendre et affectueuse pour l'aider à supporter son triste sort ou à y échapper ? Quelle noble personne pouvait tomber amoureuse d'un gobelin et le soustraire à cette vie-là ? Il semblait plus probable que Taupinet continuerait à garder la haie jusqu'à ce que quelqu'un comme Talia soit suffisamment en colère pour le transpercer de son épée.

— Le traité stipule que tu peux refuser de laisser entrer Talia, poursuivit Danièle, mais il ne précise pas que tu dois obligatoirement le faire. Que pourrions-nous donc te proposer pour que tu changes d'avis ?

— Pour commencer, vous pourriez dire à votre amie de rengainer son épée, répliqua sèchement Taupinet.

Danièle fit signe à Talia. Celle-ci se renfrogna, mais obéit.

— Et si nous te donnions de l'argent ?

Taupinet émit un grognement, puis s'essuya le nez à l'aide de l'une de ses manches.

— Les gardes gobelins n'acceptent pas les pots-de-vin, précisa-t-il d'un ton dédaigneux.

Danièle observa le gobelin, la façon dont son regard toujours en mouvement ne se posait jamais à un endroit précis, la façon aussi dont ses épaules avaient tendance à s'affaisser.

— Non, bien sûr que tu ne peux pas accepter. Grint et les autres gobelins auraient tôt fait de te voler.

— Un truc dans ce goût-là. (Il tripota les boutons de sa veste.) Grint n'hésiterait pas à me dépouiller de mes vêtements s'il pensait une seconde qu'ils pouvaient lui aller.

D'une certaine manière, le système était parfait. Taupinet n'était pas corruptible et si elles décidaient de le tuer, cela ne changerait rien, elles seraient toujours bloquées devant la muraille végétale. Les autres gobelins n'auraient plus qu'à choisir le pauvre malheureux qui prendrait la place de Taupinet.

—Et si nous pouvions te donner une chose de très grande valeur, proposa Danièle. Une chose que les autres gobelins ne pourraient te voler en aucun cas?

Se tenant au bord de la haie, Taupinet tendit la main vers Danièle.

—Que tout le monde se prenne par la main et que personne ne lâche prise, sauf si vous voulez finir à la broche, comme un cochon!

Danièle entrelaça ses doigts avec ceux du gobelin. La peau de la créature féerique était froide et rugueuse au toucher à cause des cals et des verrues. Ses ongles, rongés et mal taillés, étaient noircis par la saleté et griffaient le poignet de la jeune femme. Blanche prit l'autre main de Danièle, et Talia, fermant la marche, les sacs à l'épaule, saisit celle de Blanche.

—Allons-y, commanda Taupinet. (Il entra dans la haie en se baissant pour passer sous la première plante grimpante.) Faites attention où vous mettez les pieds surtout! Ces épines me connaissent et elles resteront à leur place sans chercher à vous embrocher. En revanche, si vous posez le pied sur l'une d'entre elles, vous pouvez être sûres qu'elle vous le percera. Une fois que ces mignonnes vous cramponnent, comme qui dirait, elles ne vous lâchent plus.

Danièle rentra les épaules et se retourna pour tenter de regarder autour d'elle. Des épines acérées l'attrapèrent par la manche, mais elles n'égratignèrent pas sa peau. L'une d'entre elles, semblable à un sabre recourbé, s'emmêla dans ses cheveux puis, fléchissant, reprit sa place initiale pour permettre à la jeune femme de se dégager.

—Ne vous inquiétez pas, c'est seulement sa façon à elle de vous rappeler qui commande ici, expliqua Taupinet. Tant que vous restez avec moi, vous êtes en sécurité. Enfin, je crois.

Danièle serra la main du gobelin encore plus fort, pour se sentir protégée mais aussi pour conserver son équilibre: les ronces les plus épaisses rampaient sur le sol et il lui aurait été facile de tomber tandis qu'elle se penchait et se contorsionnait à la suite de Taupinet.

L'atmosphère qui régnait dans la haie était plus sinistre qu'à l'extérieur et l'air y était chargé d'une odeur fétide qui rappelait celle de la viande avariée. Elle aperçut une longue file de fourmis noires escaladant une plante de la grosseur de son poignet. Une épine avait été arrachée et les fourmis grouillaient et s'agglutinaient autour d'une croûte de sève séchée ressemblant à une ancienne galle. De temps à autre, la jeune femme apercevait encore quelques os ou des morceaux de métal, mais ceux-ci se firent de plus en plus rares à mesure que le petit groupe s'enfonçait plus profondément dans la jungle hérissée.

—Voici l'ogre Yamma, précisa Taupinet en pointant l'index en direction d'un énorme squelette suspendu à une épine tout aussi gigantesque. Il complotait contre la reine des fées. Lorsque celle-ci eut vent de la conspiration, elle le laissa s'enfuir et attendit qu'il se soit enfoncé jusqu'au cœur de la haie pour retourner les épineux contre lui. Une mort assez pénible, il faut bien l'avouer, mais ce bon vieux Yamma constitue aujourd'hui un excellent point de repère. Vous savez, il est facile de s'égarer et de finir par tourner en rond, dans le coin…

Danièle pouvait entendre Blanche murmurer derrière elle. La jeune femme jeta un coup d'œil par-dessus son épaule. Blanche parlait à Talia qui gardait les yeux fermés. Elle se cramponnait des deux mains au poignet de Blanche.

—Nous y sommes presque, chuchota Blanche. Tu te débrouilles très bien. (La jeune femme obligea le groupe à ralentir la marche et à se rapprocher de Talia. Danièle releva la main jusqu'à l'épaule de Blanche si bien que celle-ci, utilisant sa main ainsi libérée, tenta d'atteindre les sacs que portait Talia.) Attendez un instant, un piquant est accroché à l'une des bandoulières… Voilà, ça y est !

—Merci, souffla Talia dont la voix était si tendue que Danièle eut du mal à la reconnaître.

Blanche étreignit le bras de son amie.

—Je réduirais cette haie en cendres avant qu'elle te mette le grappin dessus, Talia !

Taupinet jouait toujours les guides, faisant remarquer d'autres points de repère et diverses curiosités : ici, un gigantesque essaim d'abeilles suspendu entre deux épines, là une plante grimpante qui s'était brisée en deux sous son propre poids et d'où se reformaient de jeunes pousses qui s'enroulaient petit à petit à partir de la cassure...

— Hé, regardez là. Un chat-perché !

Danièle leva les yeux et aperçut un élégant chat gris qui se faufilait furtivement entre les tiges et les rameaux supérieurs. La longue queue de l'animal tremblait furieusement à chacun de ses pas.

— Ces chats des haies chassent les oiseaux et les écureuils qui nichent dans les épineux, expliqua Taupinet. La plupart de ces félins restent au bord, mais il leur arrive de s'aventurer loin à l'intérieur, la chasse y est plus fructueuse.

— Quelqu'un a traversé cette haie dernièrement ? s'enquit tout à coup Danièle. Deux jeunes femmes, des humaines probablement accompagnées d'un homme ?

— Pas par ici, répondit Taupinet. En tout cas, pas depuis que j'ai pris la suite de Pirrok. Cela dit, ces personnes sont peut-être passées par le domaine du roi. Pour le savoir, il faudrait demander aux nains.

— Et il n'existe aucun autre moyen d'entrer dans la Cité de Faërie ?

— Pas que je sache, à moins d'escalader l'abîme. (Taupinet feignit de trembler.) Ce chemin est semé d'embûches et vous expose à de graves dangers... En comparaison, cette haie d'épines est un petit lit douillet. Si vous escaladez par le versant de la reine, vous avez de grandes chances de vous retrouver dans le labyrinthe. Et le versant du roi est pire : le nid du dragon se trouve de ce côté-là. Il y a plus de soleil là-bas, vous comprenez.

Les tiges des plantes grimpantes s'amincirent et Danièle put entrevoir le ciel au-dessus de sa tête, orangé par endroits. Combien de temps avaient-ils marché dans cette haie ? Les lianes que Taupinet écartait sur leur passage se firent également plus minces. Des boutons rouge violacé étaient parsemés sur les rameaux. Quelques pas plus loin, les bourgeons avaient éclos et s'épanouissaient en fleurs semblables à des tasses à thé de par leur forme et leur taille. Elles embaumaient le miel frais.

—Prenez garde où vous mettez les pieds, prévint Taupinet. Il serait dommage de vous faire empaler si près du but!

Le gobelin sauta sur une grosse liane de l'épaisseur de son corps et entraîna Danièle et les autres à sa suite.

Sous leurs pieds, l'enchevêtrement des tiges et des racines fit place à la roche, puis Danièle se retrouva soudain sur une route pavée de blocs de pierre taillée dont le bleu-vert étincelait comme l'océan. Des pétales jonchaient le sol. De chaque côté de la route se dressaient des tentes rudimentaires qui, peintes pour la plupart, illustraient des scènes de bataille ou de carnage. Un groupe de gobelins était assis au beau milieu de la route et jouait aux cartes en mangeant les restes rôtis d'un quelconque volatile.

—Taupinet est de retour! annonça l'un d'eux.

Un autre rit en brandissant un pilon déjà bien entamé.

—Ça tombe bien. J'ai encore faim!

—Bah, il n'y a pas assez à manger dessus! Il n'en vaut pas la peine, conclut un troisième larron.

—Hé, dites à la demi-portion d'avorton d'aller me chercher dare-dare...

Les provocations des gobelins cessèrent brusquement lorsque Danièle s'agenouilla et, posant ses deux mains sur les joues de Taupinet, l'embrassa directement sur la bouche. Son haleine était fétide et répugnante, ses lèvres horriblement gercées, mais elle tint à prolonger son baiser suffisamment longtemps pour être certaine que tous les gobelins seraient témoins de la scène. En s'écartant, elle annonça à voix haute :

—Merci, Taupinet. Sans votre aide, nous étions perdues.

Blanche était la suivante et, prenant son rôle très à cœur, elle se jeta sur Taupinet en bousculant Danièle qui se retrouva à terre.

—La façon dont vous avez combattu ces horribles ravisseurs... C'était... C'était époustouflant! (Blanche caressa les oreilles de Taupinet, puis les prenant entre ses doigts, l'attira à elle et l'embrassa si longuement que le pauvre gobelin eut du mal à reprendre son souffle lorsqu'elle eut terminé.) Toute ma vie, je me souviendrai de la façon dont vous avez surgi de la haie, tel un dieu-guerrier d'autrefois, assoiffé de vengeance envers ces bêtes immondes qui, sans vous, nous auraient volé notre vertu.

— Volé notre…

Talia toussota et détourna le regard.

Blanche rougit, mais continua à couvrir d'éloges le petit gobelin. Le sourire de Taupinet était crispé, comme si une partie de lui voulait fuir tandis qu'une autre était suspendue aux lèvres de Blanche.

Danièle jeta un coup d'œil à Talia qui se renfrogna. Elle lui fit un petit signe de tête pour désigner Taupinet. Talia plissa les yeux.

— *J'ai promis*, articula silencieusement Danièle.

— *Pas moi*, répondit Talia sur le même mode.

— Qu'est-ce que ces femelles humaines sont en train de raconter, Taupinet ? interrogea le premier gobelin. Tu ne sais même pas par quel bout on tient un couteau, sans parler de…

— Il n'a pas eu besoin de couteau, avança Talia en jetant un dernier regard à Danièle. Il a bondi sur le premier pendard, le repoussant avec ses dents et ses griffes. Puis, il a dérobé son épée à ces canailles et les a rouées de coups jusqu'à ce que toutes fuient comme des moutons. Pas une seule de ces immondes créatures n'a échappé à son courroux.

Taupinet tourna son visage vers la jeune femme, les yeux ronds et ses lèvres bleues légèrement entrouvertes.

— Pardonne-moi, vaillant gobelin, poursuivit Talia, les mâchoires contractées. J'aimerais te récompenser à la mesure de ton exploit, mais dans mon esprit je te vois tel que tu étais au cœur de la bataille, les crocs rouges de sang. Le souvenir d'une telle violence me ferait presque défaillir…

Blanche toussota à son tour.

Talia se pencha pour déposer du bout des lèvres un baiser rapide au sommet du crâne de Taupinet.

— Porte-toi bien, valeureux gobelin !

Danièle sourit. Elle déposa un baiser dans le creux de sa main et souffla sur sa paume en direction de Taupinet.

—Grâce à ton courage, tu as gagné la reconnaissance d'une future reine.

—Merci à vous, nobles dames, fit Taupinet. (Il s'inclina et, à voix basse, s'adressa à Danièle :) Faites très attention ! Vous, en particulier, princesse Blanche-Rive. Cet enfant que vous portez est un morceau très prisé par ici. Enfin, je veux dire « prisé », « apprécié », pas « goûté »... À l'exception tout de même de quelques sorciers, à l'est. Et puis, il y a aussi cet ogre vivant dans les marécages du roi... On dit qu'il apprécie le goût des jeunes humains, mais je le soupçonne de répandre lui-même cette rumeur, car il n'aime pas les visites. La plupart des habitants de la Cité de Faërie ne sont pas friands de chair humaine. Trop filandreuse. À moins d'être servis avec une bonne sauce aux champignons, vous, humains, laissez en bouche un horrible arrière-goût. Ainsi, à votre place, je ne m'inquiéterais pas outre mesure...

—Merci, répondit Danièle d'une voix ferme.

Laissant Taupinet au milieu de ses compagnons, elle tourna les talons, entraînant Blanche et Talia derrière elle sur la route de la Cité de Faërie.

7

✳

Se protégeant les yeux, Danièle contempla l'horizon. Peut-être avait-elle passé trop de temps dans la pénombre de la haie.

—Je me trompe peut-être, mais quand je me suis réveillée ce matin, il n'y avait qu'un soleil.

Elle jeta un coup d'œil de l'autre côté de la route pour vérifier ses dires. Des ombres jumelles s'étiraient à côté d'elle. Elles étaient toutes les deux plus claires que l'ombre qu'elle avait l'habitude de voir, à l'exception de leur jonction, au niveau de ses pieds.

Blanche désigna le soleil le plus bas qui touchait déjà l'horizon.

—Le soleil de la reine se couche toujours avant celui du roi. Elle règne sur le matin, mais à la tombée de la nuit, le soleil du roi demeure le maître.

—Les fées ! grommela Talia en secouant la tête d'un air exaspéré.

Danièle s'était chargée d'un des sacs lorsqu'elles avaient quitté le camp des gobelins. Elle posa celui-ci à ses pieds et examina le ciel.

—Comment peut-il y avoir deux soleils ? Nous n'avons fait que traverser la haie.

—Le roi et la reine ne s'entendent pas très bien, expliqua Blanche. Les nobles-fées ont tendance à être passionnés, jaloux, mesquins et un peu fous. Ils sont aussi extrêmement puissants. Il y a quelques siècles, un poète a comparé le pouvoir du roi à la splendeur du soleil et la beauté de la reine à celle de la lune. Les fées se sont mises à parler du soleil du roi et de la lune de la reine. Bien évidemment, l'un voulut ce que l'autre avait ! Si vous me demandez mon avis, je dirai que cette illusion est un extraordinaire gaspillage de magie, mais elle a le mérite de préserver la paix.

—Si tant est qu'on puisse parler de paix et de tranquillité avec des fées, ajouta Talia.

—Attends de voir le lever des lunes, poursuivit Blanche. La lune de la reine est d'argent et celle du roi est d'or. As-tu jamais remarqué notre lune dans un ciel nuageux, lorsque la lumière forme comme un halo ? Ici, si les lunes sont suffisamment proches, les halos se croisent pour former un arc-en-ciel nocturne. J'en ai quelques illustrations dans un de mes livres.

—Si elles sont suffisamment proches ? répéta Danièle. Tu veux dire qu'elles se déplacent ?

—Elles se rapprochent jusqu'à se toucher à chaque solstice d'été et d'hiver. Au cours de ces deux nuits, les croissants de lune se lèvent ensemble et forment un disque unique dans le ciel. Cette période est un grand moment de liesse et d'espièglerie.

—Si nous sommes encore là au solstice d'été, l'interrompit Talia, je me jette moi-même dans l'abîme.

Le paysage qui succéda à celui du campement des gobelins était tout aussi insolite que le ciel. Des arbres fruitiers de toutes espèces bordaient la route. Certains, bien connus, produisaient des pommes et des poires, d'autres en revanche étaient totalement étrangers à Danièle. Elle découvrit de curieux globes vert-jaune de la grosseur de son poing, des baies minuscules poussant en grappes brillantes et denses, ainsi que des melons à la croûte dorée, et si gros qu'ils faisaient ployer les branches. Une odeur doucereuse de fruits gâtés emplissait l'air.

—Le commerce des gobelins était prospère, commenta Blanche. Ils vendaient les fruits aux humains de passage, mais cela remonte à une époque antérieure au traité. De nos jours, avec aussi peu de visiteurs se rendant à la Cité de Faërie, ils se cantonnent à la production d'un vin au demeurant fort mauvais.

Un craquement sonore provenant du bas-côté de la route fit sursauter Danièle. L'un des arbres vacilla, menaçant de tomber sur la chaussée. Avant même que Danièle ait pu réagir, Talia l'avait saisie par le poignet et tirée brutalement en arrière. Les deux jeunes femmes tombèrent lourdement tandis que l'arbre s'effondrait...

... et disparaissait. Des gloussements et des ricanements haut perchés se firent entendre depuis une touffe frémissante où s'épanouissaient des fleurs sauvages noires.

— Des brownies ! s'exclama Blanche qui n'avait prêté aucune attention à l'arbre illusoire. (Elle pointa du doigt une minuscule silhouette à forme humaine qui disparaissait, vive comme l'éclair, dans le verger.) Ce sont de petites créatures pleines de malice, mais elles ne nous feront aucun mal. La route qui traverse la Cité de Faërie est protégée et, à moins que vous vous en écartiez, rien ne peut vous atteindre.

— Je le savais ! grommela Talia en aidant Danièle à se relever.

Elles marchèrent en silence pendant un moment. Danièle avait l'impression de descendre une colline, mais chaque fois qu'elle se retournait, la route était aussi plane que la surface de la mer un jour de beau temps. Peut-être que la voie elle-même les incitait à poursuivre leur chemin ?

— Tout cela est très bien, mais où allons-nous comme ça ? s'enquit Danièle.

— Blanche a un contact au sein même de la Cité de Faërie, lui répondit Talia. Un genre de gnome qui graviterait dans l'entourage de la reine des fées. D'après elle, il serait assez puissant pour arracher le prince des griffes de tes demi-sœurs.

— Il s'appelle Arlorran, précisa Blanche. C'est l'invocateur de la reine. Arlorran m'a confié un jour qu'il passait beaucoup de temps parmi les gobelins, il est donc possible qu'il traîne dans les parages.

— À propos, tu ne m'as jamais vraiment expliqué comment tu avais rencontré ce gnome, souligna Talia.

— J'ai fait sa connaissance il y a quelques mois par l'intermédiaire de mon miroir. En fait, j'essayais de voir Allesandria, mais en arrivant pratiquement à la fin du sort, j'ai toussé et je me suis retrouvée avec un petit gnome désorienté qui me dévisageait d'un air hébété.

Talia s'arrêta brusquement de marcher.

— Quelques mois? Tu as bavardé avec cette créature féerique pendant tout ce temps et tu ne m'en as rien dit? Et si c'était un espion? Et s'il essayait de t'enchanter grâce à ton miroir?

— Grâce à mon miroir? (Blanche rit de bon cœur.) Je voudrais bien voir ça! En plus, il est craquant comme tout pour un gnome!

— Penses-tu qu'il nous aidera? s'inquiéta Danièle.

— Oui, je crois. (Blanche jeta un coup d'œil autour d'elle.) Il m'a invitée à venir lui rendre visite. J'aurais juste aimé qu'il me dise où il habite.

Talia émit un grognement.

— Tu veux dire que tu n'as pas pris la peine de lui demander où il vivait avant de quitter le palais?

— Bien sûr que je l'ai fait! s'empressa de répondre Blanche en rougissant. Je veux dire que j'ai essayé, mais je n'ai pas réussi à établir le contact. Nous n'avons pas beaucoup discuté ces derniers temps. Je me fais du souci pour lui, j'ai l'impression qu'il déprime un peu.

— Un gnome qui a le cafard, s'écria Talia. Bravo, Blanche, de mieux en mieux!

Un muret de vieilles pierres traversait les bois pour s'interrompre de chaque côté de la route. Les moellons faisaient à peine une trentaine de centimètres de hauteur, ce qui pouvait suffire à arrêter quelqu'un de la taille réduite de Trittibar, mais guère plus. Il n'y avait ni ciment ni mortier. De la mousse bleu-vert comblait les interstices. Danièle donna un petit coup de pied dans un des moellons et constata que le mur était aussi solide que ceux du palais de Lorindar.

— Une frontière! s'écria Blanche. La plupart des espèces de fées en érigent. Leur instinct de défense territoriale est très développé. Ce muret doit délimiter le territoire des gobelins.

— On ne peut pas vraiment appeler ça un territoire, contesta Talia. Nous ne marchons pas depuis très longtemps.

Danièle jeta un coup d'œil à la route derrière elle.

—Je me demande si nous ne ferions pas mieux de rebrousser chemin. Qui sait, Taupinet aurait peut-être une idée pour nous aider à trouver Arlorran?

—J'en doute, répondit Blanche. Les gobelins n'ont cure des étrangers. C'est particulièrement vrai lorsqu'il s'agit des castes supérieures, comme celle d'Arlorran.

Danièle s'arrêta pour changer son sac d'épaule.

—En fait, tout ce dont nous avons besoin, c'est…

—Non! hurla Talia.

—… d'un guide, acheva Danièle. (Elle battit des paupières.) Quoi? Un problème?

Blanche partit d'un grand éclat de rire. Talia se frotta le front et soupira.

Avant que Danièle ait eu le temps de reposer sa question, son attention fut attirée par une lumière blanche qui semblait danser dans le lointain. La lueur dévala la route à vive allure, progressant par bonds réguliers, comme un jouet d'enfant. Sa vitesse était supérieure à celle du cheval le plus rapide.

Au même moment, un homme au teint pâle et à la haute stature, arborant une tenue de voyageur d'un autre temps, surgit d'un bouquet d'arbres sur leur gauche. Sa tunique de soie était rentrée à la taille dans un pantalon qui bouffait sur des bottes noires lui montant jusqu'aux genoux. Il cala sa canne de bois poli sous un bras, ôta son chapeau violet orné d'une plume aussi longue qu'il était grand et s'abîma dans une profonde révérence.

De l'autre côté de la route, une petite vieille toute bossue surgit alors de l'herbe. Elle brossa la poussière et les vers de terre de ses guenilles et adressa son plus beau sourire édenté aux trois jeunes femmes. Son œil gauche était chassieux et regardait vers l'extérieur.

—Ne sollicite jamais les services d'un guide pour la Cité de Faërie, lui conseilla Talia.

D'autres apparurent. Un crapaud de la taille d'une grande assiette plate bondit sur le bord de la route. Son corps recouvert de verrues débordait sur les quatre pattes, masquant complètement ses pieds.

Un renard sortit en rampant de derrière un bosquet situé près de l'homme. Le goupil observa l'assemblée présente, huma l'air et retroussa les babines à la vue du batracien. Alors qu'il traversait furtivement la route, la vieille femme se jeta sur lui et l'empoigna par la peau du cou. Le renard grogna férocement et fit claquer ses mâchoires plusieurs fois, mais la femme le tenait fermement à bout de bras. De sa main libre, elle caressa le dos et la queue de l'animal.

—J'aurais bien besoin d'une nouvelle écharpe, se réjouit-elle.

—Mesdames, soyez les bienvenues dans la Cité de Faërie, proclama l'homme. (Il s'inclina de nouveau.) Timothée Galland, pour vous servir. Ce serait pour moi un privilège, que dis-je, un insigne honneur si vous me permettiez de vous conduire là où…

La boule ardente s'écrasa violemment sur le dos de Timothée Galland et le propulsa tête la première dans l'herbe sur le bas-côté de la route.

—Je retire ce que je viens de dire sur le besoin de faire appel à un guide, s'écria Talia. Je sens qu'on va s'amuser !

Timothée roula dans l'herbe et, de l'extrémité de sa canne, frappa d'un grand coup le ballon ardent qui, rouge vif, se mit à clignoter avant de tomber à terre.

—Vous l'avez tué ! s'écria Danièle.

—Pas du tout, je lui ai seulement donné une petite leçon, voulut la rassurer Timothée tout en donnant au ballon de petits coups de canne.

Brillant faiblement, la créature se mit à rouler en zigzag de façon désordonnée et s'enfuit en dévalant la route.

Un hurlement de fureur ramena l'attention de Danièle sur la lutte qui s'était engagée entre la vieille femme et le renard. Finalement, l'animal était parvenu à se tortiller suffisamment pour enfoncer ses crocs dans le pouce de la sorcière. Elle le projeta violemment au loin, mais le renard atterrit tout en douceur sur ses pattes et considéra son adversaire avec ce que Danièle dut qualifier… de sourire suffisant.

—Princesses, je vous en conjure, pardonnez mes compagnons. (La voix, caverneuse et rauque, provenait du crapaud qui avait sauté au milieu de la route.) Noble de condition moi-même, je ne peux que vous exhorter à faire montre de la plus extrême prudence à l'égard de cette racaille. Le comportement de ces manants est tout à fait déplacé envers des dames de votre qualité et…

Timothée mit son bâton sous le bras et, de ses deux mains, empoigna le crapaud.

—Vous voyez? s'écria celui-ci. De la vermine, tous, sans exception!

Timothée leva le batracien au-dessus de sa tête.

—Attendez! cria Danièle.

Il hésita, et pendant ce court laps de temps, le crapaud décida de contre-attaquer.

De l'urine se répandit le long de la manche de soie de l'élégante chemise de Timothée Galland. Avec un hurlement d'indignation, l'homme envoya dinguer le crapaud qui atterrit plus loin dans les bois.

—Arrêtez-vous, tous autant que vous êtes! ordonna Danièle d'un ton brusque.

Timothée, le renard et la vieille femme se regardèrent, mais aucun ne tenta la moindre attaque.

—Nous sommes à la recherche d'Arlorran, le gnome, précisa Danièle.

—Et je serais enchanté de vous mener jusqu'à lui, répliqua Timothée en présentant son bras.

Son geste aurait été beaucoup plus galant si son poignet n'avait pas dégoutté de pisse.

Le renard glapit et lorsque Danièle le regarda, elle aurait juré qu'il lui avait fait un clin d'œil.

—Ne fais pas attention à eux, conseilla la vieille. (En désignant l'animal, elle ajouta:) Ce coquin te fera tomber dans un piège et il te mangera toute crue. Quant à cet individu ici présent, il se paiera en nature sur ta personne.

Talia posa la main sur la poignée de son couteau.

—Si jamais ce bellâtre essaie d'attenter à ma vertu, moi j'attenterai à ses attributs!

—Je ne prends que ce qui est accordé de plein gré, précisa Timothée.

Blanche examina ce dernier de la tête aux pieds.

— Plutôt mignon, mais je ne crois pas que ce soit mon genre, conclut-elle. Beaucoup trop imbu de sa personne.

— Dégage, crapule ! ordonna la vieille femme. Ces dames ne sont pas intéressées.

— Et toi, que demanderais-tu ? interrogea Danièle.

Elle commençait à comprendre comment les choses fonctionnaient : de toute évidence, rien n'était gratuit.

— Moi ? (demanda la femme en se frottant le menton qu'elle avait poilu et en galoche.) J'aimerais jouer à un jeu avec toi, ma jolie.

— Cela ne nous intéresse pas, s'empressa de répondre Talia. Nous trouverons Arlorran toutes seules.

— Comment ? s'enquit Danièle. Combien de temps allons-nous laisser Charlotte et Stacia pratiquer leur magie pendant que nous errerons sans but à travers la Cité de Faërie ? (Elle croisa les bras et se retourna vers la vieille femme.) De quel genre de jeu veux-tu parler ?

— Vous perdrez, prévint Timothée d'une voix moqueuse et chantante.

— Pas très loin d'ici, la route se divise en trois, expliqua la vieille. Devine celle qui te mènera à Arlorran. Si tu trouves, je serai ta dévouée servante pendant toute la durée de ton séjour. Chacun de tes souhaits sera pour moi un ordre, de l'instant même où tu donneras ta réponse à celui où tu quitteras la Cité de Faërie. Tu auras besoin d'alliés ici et mon pouvoir n'est pas de ceux dont on peut se moquer.

Le renard plissa le nez, confirmant la fausseté de ses dires.

— Et si je me trompe ? demanda Danièle.

— Si tu ne devines pas le bon chemin, tu me donneras le fils que tu portes.

Danièle leva les yeux au ciel.

— Les enfants à naître, c'est vraiment tout ce qui vous intéresse, vous, le peuple des fées ! (Puis se tournant vers Talia et Blanche, elle demanda :) Elle dit la vérité ? Elle sera inconditionnellement dévouée à mon service si je devine la direction à prendre ?

— Tu ne peux pas prendre ce risque, il s'agit de l'héritier du trône, princesse.

— Du sang de fée coule dans ses veines, répondit Blanche. Si elle passe un marché avec toi, elle n'a pas d'autre choix que celui de le respecter. Cela dit, Talia a raison. Tes chances de réussite sont de deux contre une et tu ne peux pas risquer…

Danièle sourit.

— C'est d'accord, jouons à ton jeu !

La jeune femme vit Talia fermer les yeux dans une grimace de dégoût, même Blanche semblait inquiète, ce qui était inhabituel chez elle, mais Danièle n'avait pas peur. Pas cette fois-ci.

— Excellent ! jubila la vieille femme en se frottant les mains. Une route conduit au sud, une autre oblique vers l'ouest, quant à la troisième, elle file vers le nord. Ton ami t'attend sur l'une de ces voies.

Danièle se tourna vers Timothée.

— Sais-tu où se trouve Arlorran ?

D'un signe de tête, il répondit par l'affirmative.

— Dis-moi quelle route est la bonne et je lui ordonnerai de te servir « à l'instant même où je donnerai ma réponse jusqu'à celui où je quitterai la Cité de Faërie ».

— Hé, cria la vieille femme. Tu n'as pas le droit !

Le renard glapit, le bruit ressemblait étrangement à un rire. Lentement, un sourire apparut sur le visage de Timothée. Levant sa canne, il désigna la route.

— Emprunte la route du sud, celle qui te conduira à la Forêt Primordiale. Arlorran fréquente bien souvent une taverne nommée *Au Chêne Pompette*. Tu ne peux pas la rater.

Le soleil de la reine avait presque disparu lorsqu'ils atteignirent l'embranchement des trois routes que la vieille femme leur avait décrit.

— Ils nous avaient bien dit que la route se séparait, souligna Blanche.

Talia leva les yeux au ciel.

— Ils auraient pu nous donner un tout petit peu plus de détails tout de même !

La route centrale continuait tout droit. Celle du nord s'enfonçait sous terre dans un tunnel dont l'entrée était signalée par un cercle de pierres. La branche méridionale conseillée par Timothée grimpait dans les arbres.

Des chênes séculaires poussaient de chaque côté de la route. À l'endroit où elle quittait la terre comme un pont, les antiques racines s'entortillaient sur les bords externes d'une chaussée aussi mince que la main de Danièle. Plus loin, les arbres servaient de piliers jusqu'à ce que la voie de plus en plus haute devienne un simple fil d'émeraude, à peine visible au cœur du feuillage. Des branches s'entrelaçaient de chaque côté en guise de rampe. Danièle voyait toute la structure se balancer doucement au gré de la brise.

— Les deux soleils favorisent la végétation, commenta Blanche.

Talia se dirigeait déjà vers la route. Danièle posa la main sur son épée et la suivit. La garde était tiède au toucher et même si l'arme lui était peu utile face aux dangers de la Cité de Faërie, ce simple contact la réconfortait.

— Je t'en conjure, veille sur Armand! murmura-t-elle en se demandant si sa mère pouvait toujours l'entendre. Protège-le jusqu'à ce que nous soyons près de lui…

En un rien de temps, la route les avait conduites au niveau des branches supérieures. Les jeunes femmes avançaient dans un tunnel végétal. Malgré la montée, Danièle avait toujours l'impression de marcher en retenant son pas, comme si elle descendait une colline. Ses genoux et ses cuisses commençaient à être douloureux.

Elles finirent par franchir les branches supérieures et atteindre la cime des arbres. Danièle en eut le souffle coupé. L'étendue de feuillages faisait comme une mer bruissante sous les étoiles. Au loin, des lueurs tremblotantes et multicolores dansaient à travers les arbres. Ici et là, quelques branches solitaires émergeaient de la canopée, se dressant encore plus haut. Derrière elles, la noire silhouette de la haie s'incurvait comme un arc gigantesque de chaque côté de l'abîme. La lueur orange des feux de camp signalait le territoire des gobelins, puis le verger trop fertile, enfin les ombres rétrécies de la lisière de la forêt alentour. De l'autre côté, au loin, elle distinguait à peine les flèches de dentelle du château de la reine et les sombres profils de celui du roi.

—Quelle est l'étendue de ce monde ? demanda-t-elle dans un murmure.

—Le dernier recensement officiel dénombrait une population de fées dépassant tout juste les trente mille individus, lui répondit Blanche. Bien sûr, leurs comptes sont un peu particuliers. Ceux de la caste des bêtes dont fait partie notre ami le renard y sont recensés à cause de leur intelligence, mais les animaux « normaux » en sont exclus. De même, la caste des sans-nom n'apparaîtra dans aucun sondage, mais ils ne sont qu'une poignée. Ceux qui sont dépourvus de circulation sanguine, comme le ballon ardent, ne représentent qu'une infime partie. L'un dans l'autre, les divers chiffres obtenus sont assez fiables.

—Trente mille, répéta Danièle. Pourtant, la majeure partie de la Cité de Faërie demeure à l'état sauvage. Où donc vivent-ils tous ?

—Souviens-toi, les fées peuvent se propager à travers le pays, dans n'importe quelle dimension, dit Blanche. Les trolls et les kobolds creusent et vivent sous terre tandis que les griffons et les elfes s'installent en altitude, à la cime des arbres et dans les falaises. Et ne me demande pas comment ils comptabilisent les nuées patrouilleuses et leurs chevaucheurs qui ne touchent terre qu'une fois l'an.

—Est-ce qu'ils comptent aussi les mortels ? interrogea Talia. Ceux qui tombent par hasard sur la Cité de Faërie et ne retrouvent jamais le chemin de la sortie ?

Blanche répondit par l'affirmative d'un signe de tête.

—La plupart finissent comme esclaves. Ces personnes ont été répertoriées à l'annexe B du recensement.

—Blanche, tu dois vraiment trouver d'autres passe-temps, déclara Talia. (La jeune femme s'adossa aux branches pour fouiller dans son sac et en ressortit un paquet enveloppé dans du papier. Elle le déballa et tendit à Danièle une épaisse tranche de poisson séché, elle-même enveloppée dans ce qui ressemblait à des algues.) Crois-moi, c'est meilleur que la nourriture des fées !

Danièle remercia d'un signe de tête, reconnaissante de la pause. Elle n'avait rien voulu dire, mais elle avait beaucoup de mal à tenir le rythme de ses compagnes.

— C'est vrai, ce qu'on dit sur la nourriture des fées ? Si nous en mangions, nous ne pourrions plus jamais quitter cette cité ?

— Pas ici, répondit Blanche. Nous sommes encore dans notre monde, même s'il est un peu modifié par la magie des fées. Par contre, si jamais tu devais traverser la colline féerique, là tu devrais être très prudente.

— Alors, pourquoi…, commença-t-elle.

— Parce que la cuisine des fées a un goût de vase, l'interrompit Talia.

Danièle essaya d'avaler une bouchée, mais elle dut se précipiter jusqu'à la rambarde où elle se plia en deux pour recracher la nourriture tout en se retenant de vomir. L'algue avait un goût âcre, une saveur à la fois piquante et salée propre aux produits de la mer. Quant au poisson, on aurait dit qu'il avait été fumé au bois de noyer blanc et assaisonné de diverses épices. L'estomac de Danièle se révulsa puis, petit à petit, se calma et retrouva son état normal.

— Finalement, elle se serait peut-être sentie mieux avec la vase, fit remarquer Blanche.

Talia remit une outre de vin entre les mains de Danièle.

— Je suis désolée, princesse, j'aurais dû savoir que le nadif serait trop fort pour toi.

— Non, non, ce n'est pas ça. En fait, c'est vraiment très bon, mais le poisson associé aux épices, c'est juste que… (La simple évocation du nom suffit à la renvoyer directement à la rambarde. Quelques gorgées de vin plus tard, Danièle s'essuyait les yeux et demandait :) Mais enfin, qu'est-ce que c'est ?

— Une épice du nom de nadif, expliqua Talia. C'est une recette que j'ai rapportée de chez moi. La reine adore ça, mais il faut s'y habituer. (Elle mordit à belles dents dans son morceau de poisson et sourit.) La nourriture que l'on mange à Lorindar est tellement insipide !

— Peut-être, mais elle ne te troue pas les lèvres, lâcha Blanche en se précipitant pour arracher l'outre des mains de Danièle.

Talia saisit un morceau d'agneau fumé et le tendit à Danièle.

— Tiens, prends ça, c'est plus doux.

Danièle mangeait en marchant. Le « doux » était encore suffisamment puissant pour lui dégager les sinus, mais au moins elle n'avait pas l'impression d'avoir la tête en feu.

—Regardez ça ! dit Blanche en pointant un doigt.

Devant elles, un arbre tombé barrait le chemin. Les branches s'étaient brisées ou avaient été coupées, ne laissant sur place qu'un tronc énorme. Il avait été un géant parmi les géants. Et normalement, il aurait dû défoncer la route dans sa chute. Pourtant, même si elle ployait à l'endroit où l'arbre était tombé, la chaussée ne semblait pas abîmée. Seulement déformée. À peine.

—Diriez-vous que nous sommes là en présence d'un « chêne pompette » ? demanda Blanche.

Et, sans attendre de réponse, elle se précipita vers le tronc immense en riant. Ses miroirs renvoyaient une lumière d'étoile scintillante.

—Elle se comporte comme si nous étions en pique-nique ! marmonna Talia avant de se mettre à courir derrière la jeune femme.

Danièle engloutit le reste de son repas, regrettant que Blanche ne lui ait pas rendu l'outre de vin avant de s'éclipser. Sa langue picotait toujours depuis qu'elle avait goûté ce nadif. Avec un peu de chance, elle trouverait sûrement quelque chose de doux à boire au *Chêne Pompette*.

Touchant son épée, à la fois pour qu'elle lui porte chance et pour se rassurer, elle s'empressa de rejoindre les autres.

De plus près, le tronc de l'arbre faisait largement deux fois la hauteur de Danièle. Le feuillage avait été coupé à l'endroit où celui-ci dépassait légèrement de la route. De jeunes pousses jaillissaient de l'écorce, les faisant paraître ridiculement petites comparé au tronc.

—Bien, et maintenant comment fait-on pour entrer ? interrogea Danièle.

Talia désigna un écoulement de sève qui gouttait d'un côté de l'arbre. La jeune femme empoigna une branche cassée et s'attaqua au tronc. Un gros morceau de bois et d'écorce s'en détacha, dévoilant un trou aux contours irréguliers. Talia enfonça d'abord son épée dans l'obscurité, puis elle jeta un coup d'œil furtif à l'intérieur.

—Hou! hou! Les gnomes, vous êtes là?

Sa voix se répercuta en écho, puis s'affaiblit et mourut.

—Es-tu certaine que ton ami Timothée a dit la vérité? demanda Talia en se hissant dans l'entrée.

—Aucun doute, répondit Blanche. S'il avait menti, la vieille femme aurait pris l'enfant de Danièle, tu te souviens?

Danièle mit un pied sur l'arbre.

—Quelqu'un a une bougie?

Blanche posa une main sur son ras-du-cou et le miroir au centre se mit à luire.

—Merci, dit Danièle.

L'intérieur de l'arbre n'était pas assez haut pour pouvoir marcher en se tenant debout, mais la jeune femme pouvait ramper sans trop de difficultés sur les coudes et les genoux. À sa grande surprise, le tronc était tapissé d'écorce, comme à l'extérieur. Elle vit même quelques grappes de glands suspendues en hauteur dans le tunnel. Danièle posa son sac dans l'entrée de l'arbre et, escaladant le tronc, s'engouffra dans le passage à la suite de Talia.

Il faisait frais dans le tronc et une agréable odeur de noisettes flottait dans l'air. Elle avança un peu pour faire de la place aux autres. Le tunnel descendait avec une forte déclivité et bientôt Danièle remercia le ciel qu'on ait placé là cette écorce rugueuse qui lui écorchait les mains et les genoux, car un sol lisse aurait été beaucoup trop glissant.

—Qu'est-ce que c'est? demanda Danièle en désignant sur leur gauche une ouverture ronde dans la partie supérieure de la paroi.

Blanche se faufila devant elle pour diriger la lumière de son ras-du-cou dans le trou. Un passage plus petit semblait monter et bifurquer.

—Tiens, on dirait un… un embranchement!

Talia ramassa un gland et le jeta dans sa direction.

Les jeunes femmes continuèrent leur descente, passant devant d'autres galeries latérales à mesure qu'elles progressaient. Le seul moyen de les explorer aurait été de faire marche arrière et d'utiliser les spores réductrices de Trittibar.

Danièle commença à avoir mal à la tête. La longue descente en rampant faisait affluer le sang dans son crâne où il battait sourdement.

— Mais enfin, pourquoi voudrait-on rendre l'accès à une taverne si pénible ?

— Bienvenue dans la Cité de Faërie ! répondit Talia, comme si ça expliquait tout.

Un rire haut perché fut le premier indice confirmant aux jeunes femmes qu'elles atteignaient leur but. Puis l'air commença à sentir la fumée et Danièle entendit un bourdonnement sourd qui lui rappela le bruit des colibris.

— Nous y sommes ! s'exclama Blanche tandis que la lumière de son collier s'éteignait.

Devant elles, une large ouverture à même le sol palpitait au rythme de lumières multicolores, passant du bleu au rose puis au vert à chaque pulsation.

— Laissez-moi passer devant, ordonna Talia. (Elle tira son épée et rampa jusqu'au bord du trou.) Oh, splendide !

— Qu'y a-t-il ? demanda Danièle.

Talia rangea son arme et hocha la tête.

— Un bar de pixies.

— Pourquoi Arlorran fréquenterait-il un bar de pixies ? interrogea Blanche.

Talia la saisit par les poignets.

— C'est ce que nous allons découvrir ! (Prenant appui avec une jambe sur le bord opposé du trou, Talia fit descendre Blanche à l'intérieur. Elle lui passa ensuite les sacs qui contenaient leurs effets, puis regarda Danièle.) À ton tour, princesse !

Danièle se rapprocha avec précaution du bord. Un rayon bleu balaya l'espace sous ses pieds et disparut.

Talia referma les mains sur celles de Danièle.

— Vu d'ici, je dirais qu'il y a une sacrée marche. Plie les genoux, laisse tes jambes absorber le choc et tout ira bien.

Danièle acquiesça en essayant de se détendre. En dessous, elle apercevait le sol jonché de pétales de fleurs défraîchis et de cupules de chêne. Blanche s'était déjà écartée sur le côté et s'employait à ôter les petits débris qui s'étaient accrochés à son pantalon.

Talia donna une petite secousse, déséquilibrant Danièle. La jeune femme retint son souffle tandis qu'elle glissait dans le trou, retenue à bout de bras par Talia. Ses épaules l'élancèrent un instant alors qu'elle se balançait, puis Talia lâcha prise.

Les jambes de Danièle la trahirent et elle roula sur le dos, assez brutalement pour se faire quelques bleus.

Talia suivit. Elle amortit sa chute en s'accroupissant au dernier moment et, restant dans cette position, se retourna un moment pour inspecter le bar à sa guise. La jeune femme poussa un soupir et aida Danièle à se relever.

C'était donc ça un bar de pixies! Il n'y avait ni table, ni serveuse cherchant à se frayer un passage dans la foule. La pièce était plutôt ronde, de la taille de sa chambre au palais. De petites ouvertures étaient percées çà et là dans les murs d'où émergeaient des bancs à toutes les hauteurs. D'autres sièges sillonnaient la pièce. Le banc le plus grand passait sous le nez de Danièle, il était occupé par un petit homme qui tapait du pied avec impatience.

—Alors, on est perdues? s'enquit l'homme pressé.

Il fit battre ses ailes arachnéennes, produisant une lumière verte d'où s'échappaient des étincelles qui s'évanouirent avant même de toucher le sol. Il était pieds nus, vêtu d'un ample pantalon marron et portait sur son torse un petit haut en forme de X qui disparaissait entre ses ailes. Des cheveux verts jaillissaient de sa tête comme une touffe de pissenlit.

Danièle jeta un regard alentour. La plupart des pixies la dévisageaient. Leur regard plein de curiosité lui rappela la toute première fois où elle était entrée au palais pour le bal. Même parée de ses plus beaux atours, elle était persuadée que toute l'assemblée avait deviné, sous ses beaux vêtements, la souillon vêtue de haillons qu'elle était réellement.

Comme elle l'avait fait cette nuit-là, Danièle repoussa tout au fond d'elle ce manque d'assurance. Regardant le pixie droit dans les yeux, elle répondit :

— Eh bien, cela dépend. Nous trouvons-nous au *Chêne Pompette*?

Un épais sourcil broussailleux se souleva légèrement.

— Bien sûr!

— Alors nous ne sommes pas perdues.

Talia se racla la gorge.

— Auriez-vous, à tout hasard, quelque chose à boire qui ne se servirait pas dans un dé à coudre?

Le pixie s'esclaffa.

— Ma petite dame, j'ai un hydromel d'étouffe-dragon qui vous fera pousser des ailes à la première gorgée. Osez une deuxième lampée et vous vous prendrez pour la reine des fées. Pour sûr, à condition que vos boyaux humains puissent supporter ce véritable nectar de lutins!

Talia lui rendit son sourire et voulut répliquer, mais Blanche la saisit par le bras et lui chuchota à l'oreille:

— Le prince, tu n'as pas oublié?

Talia soupira.

— Nous cherchons un gnome du nom d'Arlorran. Il est là?

Sans mot dire, le pixie se retourna pour indiquer l'un des bancs supérieurs, à l'endroit le plus sombre du bar. Sous le toit, un gnome était assis. Il dominait les pixies de sa hauteur, bien qu'il soit tout au plus moitié moins grand que Danièle. Il était habillé de rouge, à l'exception d'une casquette plate bleue qu'il avait rabattue sur l'œil droit. Sa barbe blanche était jaunie au pourtour des lèvres, à cause de ce qu'il buvait ou de la pipe en ivoire qu'il fumait. Deux femmes pixies étaient assises à ses côtés et sirotaient leur verre.

— Comment fait-on pour…?

Danièle ne termina pas sa phrase. Talia grimpait déjà en direction du gnome, se servant des bancs pour se hisser jusqu'à lui. Danièle fit de son mieux pour la suivre. Les bancs étaient bien assez larges, mais ils se croisaient à des angles si bizarres parfois qu'elle devait se contorsionner pour passer de l'un à l'autre. Elle fit son possible pour ne pas prêter attention aux pixies qui l'observaient d'un air manifestement amusé.

Un pixie émettant une lumière de gaieté dans les tons bleus se pencha vers un ami.

—La prochaine tournée est pour moi si elle y arrive sans tomber! déclara-t-il.

Arlorran ne semblait pas les avoir remarquées. Toute son attention était concentrée sur ses deux compagnes pixies.

—Je te le dis, ma jolie, susurra-t-il à sa voisine de gauche qui se mit à briller en jaune vif. Lorsqu'on a goûté au gnome, on ne cherche plus qu'à jouer les binômes!

Il oscillait légèrement tandis qu'il se penchait vers la jeune pixie, les lèvres en avant dans une tentative de baiser. Les ailes de la créature féerique battirent d'un coup sec, et firent jaillir des flammes de la pipe d'Arlorran, mettant le feu à sa barbe.

—Par tous les peloteurs de postérieurs à la recherche de l'épine magique! jura-t-il en versant un peu du contenu de son verre sur son menton pour éteindre les flammes.

Les deux pixies glissèrent du banc et prirent leur envol en gloussant. Arlorran porta l'extrémité de sa barbe à sa bouche et aspira le liquide jusqu'à ce qu'elle soit sèche.

Talia s'immobilisa assez longtemps pour jeter un coup d'œil à Blanche.

—Rassure-moi, il y a un autre gnome dans le coin.

Arlorran semblait avoir récupéré de l'attaque lutine à présent. À l'exception d'une zone noircie dans sa barbe, il ne paraissait pas en trop mauvais état.

—Vous êtes Arlorran? interrogea Danièle.

Il cilla.

—Pour une dame de votre condition, jeune et digne représentante de l'espèce humaine dans ses formes les plus désirables, je serai qui vous voudrez!

—Nous voulons Arlorran, intervint Talia.

—Oh, et Arlorran veut bien de vous, ma charmante. (Il tapota le banc à côté de lui.) Pourquoi ne posez-vous pas vos mignonnes petites fesses juste là? Ensuite nous verrons ce que nous pouvons faire l'un pour l'autre.

Blanche gloussa, mais s'interrompit immédiatement lorsqu'elle croisa le regard de Talia. Elle se hissa et s'adressa au gobelin :

—Arlorran, c'est moi !

Le gnome souleva sa casquette et son visage s'illumina.

—Blanche ? C'est vraiment toi ? (Il se mit à rire.) Je croyais que tu n'accepterais jamais mon offre. Et voilà que tu amènes tes amies avec toi !

—Pourquoi as-tu cessé de me parler ? demanda-t-elle.

Le sourire d'Arlorran disparut.

—J'ai été pas mal occupé ces derniers temps. N'y vois rien de personnel, ma belle.

—Ne pourriez-vous pas régler vos querelles d'amoureux plus tard si ce n'est pas trop demander ? les interrompit Talia.

—Bon, Arlorran, nous avons besoin de ton aide, expliqua Blanche. (Mais avant que le gnome ait pu répondre, elle s'était glissée près de lui sur le banc et ajoutait plus bas :) Je ne parle pas de cette aide-là !

Danièle s'assit près de lui à son tour, mais de l'autre côté. Elle se tenait au bord du banc pour éviter de tomber et, dans cette position, la poignée de son épée s'enfonçait dans ses côtes.

—Le genre athlétique, ce qui n'est pas pour me déplaire, commenta Arlorran. (Il décocha un sourire admiratif à Talia tandis que la jeune femme s'asseyait à côté de Blanche. Le banc craqua légèrement sous le poids des trois jeunes femmes réunies, mais le bois était plus résistant qu'il en avait l'air.) C'est mon jour de chance, et le vôtre aussi. Pas vrai ?

—Je suis mariée, crut bon de préciser Danièle.

—Parfait. Vous savez donc à quoi vous attendre, ma belle ! Je n'ai pas de temps à perdre avec des débutantes.

—C'est ça ton contact dans la Cité de Faërie ? questionna Talia. Un vieux gnome impotent doublé d'un ivrogne ?

Arlorran fronça les sourcils.

—J'suis pas impotent !

—Touchez ma jambe encore une fois et vous le deviendrez, répliqua Talia.

173

—Inutile, déclara Arlorran. (Il vida sa coupe, puis la lança en l'air. Un rai de lumière violette surgit du bar ; une femme pixie se matérialisa et saisit à deux mains sa coupe en plein vol.) Apporte-m'en une autre ! commanda Arlorran. Ce sont mes amies qui régalent.

Serrant les dents, Talia mit la main à sa poche et lança une pièce d'argent à la pixie qui la rattrapa dans la coupe et disparut.

—Tu aurais dû me dire que tu venais me rendre visite, dit Arlorran en s'adressant à Blanche tout en caressant la partie brûlée de sa barbe.

—J'ai essayé ! rétorqua-t-elle. Mais tu as interrompu toute communication, tu te souviens ?

—Ma foi, c'est vrai ! J'ai eu quelques soucis ces dernières semaines et je suis fort étonné que tu n'aies pas oublié ce pauvre vieil Arlorran.

Blanche prit la barbe des mains du gnome et l'enroula autour de ses doigts.

—Dis-moi donc comment je pourrais oublier un adorable petit gnome tel que toi ?

Arlorran pouffa et se tourna vers Danièle.

—Ainsi… hmmm… voici l'élue ! (Il se pencha pour regarder les bottes de la jeune femme et il serait tombé si Danièle ne l'avait pas empoigné par le col pour le remettre à sa place.) Franchement, si vous me demandez mon avis, on ne dirait pas que c'est du verre.

Blanche haussa les épaules.

—Il voulait que je lui parle du mariage. À le voir comme ça, il a tout d'un petit vieux lubrique alors qu'en réalité c'est un incorrigible romantique !

Arlorran secoua la tête.

—Désolé, ma jolie. Je suis lubrique, tellement lubrique qu'il n'y a pas plus lubrique. Je serai heureux de te le prouver… quand tu voudras…

—Blanche nous a assuré que vous pouviez nous aider, déclara Danièle.

—C'est possible. Qui cherchez-vous ?

Danièle jeta alternativement un coup d'œil à Blanche et à Talia.

—Comment savez-vous que nous recherchons quelqu'un ?

—Je suis l'invocateur royal attaché au service de Sa Majesté la reine, proclama solennellement Arlorran tout en se redressant sur son siège. Telle est ma fonction, et le don que j'ai reçu des dieux si vous voulez. La plupart du temps, je me cantonne à l'enchantement d'un nouveau gobelin, pour que ceux qui désirent traverser la haie puissent lui faire appel.

La pixie violette revint avec la commande d'Arlorran.

—Merci, Fraxxle, dit Arlorran. (Il but une longue gorgée, puis soupira.) Je m'occupe des affectations spéciales pour la reine et je m'acquitte de temps à autre de quelques tâches à titre privé… Lorsque le prix est correct… Je peux invoquer une dryade par-delà l'abîme pour qu'elle vienne batifoler avec les satyres, par exemple. Ah, cet abîme que les vôtres ont créé, une véritable catastrophe! Les dryades se sont retrouvées sur le domaine du roi tandis que la reine conservait les satyres pour elle toute seule. Parfois, les uns ou les autres passent en douce par le pont, mais la solution que je propose est nettement plus rapide et plus sûre.

—Cela signifie-t-il que vous allez nous aider? interrogea Danièle.

—À d'aussi jolies jeunes femmes, je serais disposé à porter assistance pour une bien modique somme. Voyons, ça pourrait être quelque chose comme…

Talia étendit le bras et lui arracha la coupe des mains. Faisant fi de ses braillements, elle but une gorgée rapide avant d'articuler:

—Prenez votre temps, mais réfléchissez bien avant de terminer votre phrase, gnome.

—Très bien. (Arlorran émit un grognement et ses yeux se posèrent sur le ventre de Danièle. Ses yeux s'illuminèrent.) Dans ce cas, que diriez-vous…

Cette fois-ci, ce fut au tour de Danièle de l'interrompre.

—Si vous me demandez quoi que ce soit concernant l'enfant que je porte, je laisserai Talia vous bourrer dans votre propre pipe.

—Ah, ces humains! grommela le gnome. Certains d'entre vous traitent leurs gamins comme de l'or de dragon. D'autres vendent leur rejeton pour boire un bon coup, et parfois même un bien mauvais coup… En parlant de ça, je crois que ceci est à moi. (Il se pencha en avant pour reprendre sa coupe à Talia.) Et puis, vous ne m'avez toujours pas dit après qui vous couriez.

—Mon mari, le prince Armand, l'informa Danièle en baissant le ton.

Les bancs les plus proches étaient vides, mais qui sait si l'acuité auditive des pixies n'était pas supérieure à celle des humains.

Arlorran leva sa coupe.

—Un beau salaud, vous abandonner ainsi, dans votre état! Prenez un gnome, il restera fidèle et loyal envers sa compagne. Pas de sortie en douce la nuit, oubliant…

—Il a été enlevé, l'interrompit Talia. Ses ravisseurs l'ont emmené dans la Cité de Faërie.

Levant sa coupe, Arlorran but à longs traits. D'une voix douce, il expliqua :

—Vous formulez une grave accusation. Nous n'avons pas pour habitude d'autoriser des criminels à séjourner entre ces murs. Ces kidnappeurs étaient humains?

Danièle acquiesça.

—Alors, ils ont nécessairement eu recours à la magie pour entrer. (Il tira sur sa pipe, mais les braises étaient mortes. Il se racla la gorge et tendit son instrument à Blanche.) Si cela ne te dérange pas, ma biche?

Blanche toucha son miroir et une flamme minuscule apparut à l'extrémité de son doigt. Elle tisonna le fourneau de la pipe jusqu'à ce qu'un filet de fumée s'en élève.

—Voilà qui est mieux. Alors, dites-moi, qui sont les ravisseurs qui ont enlevé votre mari?

—Ma demi-sœur, répondit Danièle.

—Quel sort?

—Charlotte s'en est vantée, mais Stacia doit être également impliquée. Je ne suis pas sûre…

—Non, non, l'arrêta-t-il en levant les yeux au ciel, pas «sœur», «sort»… Je veux dire : a-t-elle utilisé un sort?

Danièle hésita.

—J'imagine que oui.

Arlorran tira sur sa pipe, puis souffla la fumée en direction d'une pixie rose située sur un banc au-dessus d'eux.

—Je ne peux pas vous aider. Je regrette.

—Pourquoi ? interrogea Blanche.

—L'invocation est une magie liée au tempérament, tenta d'expliquer Arlorran d'une voix douce. Les gobelins sont des créatures faciles, ces petits avortons bleus n'ont pratiquement pas de volonté pour ainsi dire. Je peux aussi utiliser cette magie pour la grande majorité des humains. Enfin, je le pourrais si le traité ne me l'interdisait pas. Mais les sorcières, c'est une autre affaire. Si elles sont assez puissantes pour emmener votre mari et lui faire traverser la haie, elles le sont aussi pour le contraindre et se l'attacher. J'aimerais pouvoir vous aider, mais je ne pourrai pas l'arracher à vos demi-sœurs.

Danièle se tourna vers Blanche, la suppliant en silence d'essayer de le convaincre.

—Je ne comprends pas, risqua Blanche. Tu m'avais affirmé que tu étais le plus puissant invocateur de tous les temps, que tu pouvais faire apparaître les poux d'un mendiant même s'il se trouvait à l'autre bout du monde.

—C'est exact, et j'ai également dit à ces adorables petites pixies roses que je n'avais qu'un siècle. Où tu veux en venir ?

—Tu as menti ! murmura Blanche.

—Oui les gens font ça souvent, commenta Talia en secouant la tête d'un air écœuré. Allez, nous avons assez perdu de temps. On va se débrouiller toutes seules !

—Dites donc, ne le prenez pas sur ce ton-là ! se fâcha Arlorran. Vous, mesdames, vous ne pouvez pas comprendre, belles comme vous êtes… Mais moi, hein, quelqu'un comme moi, tout vieux, tout ratatiné et tout ridé, quel autre moyen ai-je à ma disposition pour attirer l'attention d'une aussi jolie femme ?

Danièle vit Blanche qui souriait en tentant de le cacher à Talia derrière l'une de ses mains.

—Je suis invocateur pour la reine, ça c'est vrai, mais la magie a ses limites et vous le savez. (Il tira une autre bouffée de sa pipe. La fumée brûlait les yeux de Danièle.) Je regrette, jeune dame, j'aurais aimé vous aider et je suis sincère.

—Vous n'avez même pas essayé, reprocha Danièle. Charlotte et Stacia sont des novices en matière de magie, elles n'ont peut-être pas songé à protéger Armand contre un sort d'invocation. Ou, si elles l'ont fait, elles ont peut-être commis une erreur. Vous ne pouvez pas abandonner aussi facilement!

—Eh bien, si, je peux, rétorqua Arlorran. C'est mon droit en tant que vieux gnome aigri et aviné, de laisser tomber quand je veux. (Il sourit et termina sa coupe.) Et quand je serai complètement saoul, j'aurai également le droit de rentrer chez moi et de m'écrouler ivre mort sur mon lit, jusqu'à ce qu'il soit l'heure d'enchanter de nouveau un de ces gobelins mangeurs de rats, crasseux et à l'haleine pestilentielle!

Blanche avança une main qu'elle posa sur le bras du gnome.

—Je t'en prie, dit-elle sur un ton enjôleur. Essaie, pour moi… J'ai toujours rêvé de voir la magie des gnomes de mes propres yeux. (Elle battit des cils.) Il y a tellement de choses que tu pourrais m'apprendre et, me semble-t-il, ce serait bien le moins que tu puisses faire après la manière dont tu m'as trompée.

—Pas cette nuit, belles dames! (Il sauta du banc et se laissa tomber lourdement sur un autre banc plus bas.) J'espère que vous trouverez votre gars, je vous le souhaite de tout mon cœur, mais si les choses ne se passaient pas comme vous vouliez, si jamais vous vous retrouviez désemparées… avec l'envie… le besoin d'être réconfortées… (Il leur lança une œillade des plus suggestives tandis qu'il glissait jusqu'au banc suivant.) Maintenant, si vous voulez bien m'excuser, cria-t-il en s'éloignant.

—Où allez-vous? demanda Danièle en hurlant également pour se faire entendre.

Arlorran tapota sa bedaine.

—Arroser les arbres. Un léger trop-plein de jus de pixie.

Il leur adressa un petit salut en levant sa coupe vide, puis courut sur le banc jusqu'à des rideaux de satin qui cachaient une petite ouverture dans le mur où il disparut.

Blanche dégrafait déjà son collier. Elle le tint devant elle, plissa les yeux pour ajuster sa vision et attendit. Comme rien ne se produisit, elle donna quelques petits coups d'ongle sur le verre.

Une image floue se composa à la surface du minuscule miroir et le visage de Béatrice apparut.

—Vous êtes dans la Cité de Faërie ?

La voix de la reine semblait se doubler d'un étrange écho qui ponctuait ses paroles de petits tintements de carillon.

—Arlorran ne peut pas localiser le prince, répondit Blanche. Vous connaissez quelqu'un d'autre à qui nous pourrions nous adresser ?

—La plupart des communications que nous entretenons avec la Cité de Faërie sont établies dans le plus strict respect du traité. (Le visage de Béatrice se déplaça dans le miroir, comme si la reine essayait de regarder par-delà ses limites pour entrevoir l'endroit où les jeunes femmes se trouvaient.) Est-ce que Danièle va bien ?

Danièle prit le miroir des mains de Blanche.

—Tant que Talia ne cherche pas à me faire manger du nadif…

La reine sourit.

—Je me souviens de la première fois que j'y ai goûté, et la première fois aussi que j'en ai saupoudré sur les œufs de Théodore sans qu'il le sache. (Son visage se rembrunit.) Je vais parler à Trittibar. En attendant, Blanche pourrait faire une nouvelle tentative en utilisant l'enfant pour retrouver Armand.

Sa voix se brisa légèrement lorsqu'elle prononça le nom de son fils. Elle détourna le regard un instant.

—Surtout prenez garde toutes les trois !

—Comptez sur nous !

Le miroir tressaillit et l'image se troubla, bientôt Danièle ne vit plus que son propre reflet. Elle rendit le collier à Blanche, puis se laissa glisser du bout du banc. Un pixie s'écarta de son chemin d'un battement d'ailes tandis qu'elle atteignait un banc plus bas.

—Où vas-tu? demanda Talia.

—Me changer les idées!

Danièle sauta sur la plate-forme qu'Arlorran avait empruntée et se précipita dans le passage à travers le mur.

—Il se conduit de cette façon-là depuis des siècles, Danièle! affirma Blanche en lui emboîtant le pas. S'il dit qu'il n'est pas assez puissant pour briser les sorts de tes demi-sœurs, c'est…

—Il a déjà menti une fois, riposta Danièle. Charlotte et Stacia ont bien essayé de t'empêcher de voir Armand, mais elles n'ont pas réussi. Pas complètement. Tu es parvenue à retrouver sa trace jusqu'à la Cité de Faërie, n'est-ce pas? (En son for intérieur, elle savait que Blanche avait probablement raison, mais elle ne pouvait tout simplement pas se résoudre à abandonner le combat.) Je connais mes demi-sœurs, Blanche. Elles sont loin d'être courageuses! Surtout Charlotte!

Charlotte n'avait jamais levé le petit doigt pour s'occuper de la maison. Enfant, Danièle était tombée malade pendant une semaine. Elle avait été incapable de vaquer à ses corvées ou de prendre soin des autres et pendant tout ce temps-là, Charlotte ne s'était même pas brossé les cheveux. Ils étaient si emmêlés que Danièle avait été obligée de couper certains nœuds dans la chevelure lorsqu'une fois guérie, elle avait repris son service.

En revanche, Charlotte n'avait pas manqué d'enthousiasme pour battre Danièle ensuite, en punition de cette prétendue insulte. Et auparavant, elle n'avait pas montré la moindre répugnance à harceler Stacia afin que celle-ci prenne en charge la cuisine et la vaisselle le temps que Danièle guérisse. Ce fut l'une des rares fois où Stacia avait montré quelque bonté à l'égard de Danièle, lui apportant du thé et des médicaments afin de hâter sa convalescence.

Danièle écarta les rideaux et entra dans le passage étroit qu'Arlorran avait utilisé. Brusquement, un courant d'air frais lui glaça les mains et le visage. Elle poursuivit son escalade en rampant. L'air se fit de plus en plus froid jusqu'à ce que les ténèbres s'ouvrent finalement sur une plate-forme rudimentaire en bois qui faisait saillie du tronc. Au-dessus de sa tête, elle aperçut l'endroit où un deuxième arbre était tombé sur le premier, sans doute celui par lequel elles étaient entrées. Les deux avaient poussé ensemble et fusionné au niveau de la couronne pour former un feuillage unique. Elle regarda autour d'elle et découvrit de petits cabanons en bois adossés à l'écorce.

Arlorran n'avait pas pris la peine d'utiliser ces commodités. Il se tenait à l'extrémité de la plate-forme, une main agrippée à la corde servant de rambarde tandis qu'il se soulageait.

Il jeta un coup d'œil par-dessus son épaule.

— On ne peut pas dire que cela sent la rose là-dedans, se justifia-t-il tout en fronçant le nez en direction des cahutes. Les pixies les ont construites pour les pauvres malheureux comme nous qui sont incapables de voleter vers des endroits plus intimes où ils pourraient se délester allégrement comme des oiseaux. Enfin, ceux qui ne seraient pas trop saouls pour voler, ma foi !

Il montra du doigt une flaque d'un liquide vert fluorescent près du bord de la plate-forme.

— Qu'est-ce que c'est ?

— De la pisse de pixie, répondit le gnome en finissant ses petites affaires.

Il se tourna tout en remettant sa chemise dans son pantalon. La plate-forme vibra légèrement à l'arrivée de Blanche et de Talia. Blanche rajustait son collier ras-du-cou. Aucune des deux femmes ne dit mot.

Danièle prit une profonde inspiration :

— Qu'est-ce que cela coûte d'essayer ?

— Je vous l'ai expliqué, s'entêta Arlorran. Contre deux sorcières, il n'y a rien…

— Je ne vous demande pas de me promettre quoi que ce soit, tenta Danièle, je vous supplie d'essayer. Contre de l'or… des bijoux… (Elle contempla sa face rubiconde.) Du vin… Il y a certainement quelque chose que vous désirez plus que des femmes ou un nouveau-né. Donnez-moi votre prix !

— Je ne suis pas tenu à une promesse de résultat ? s'informa Arlorran en la dévisageant. Aucune garantie à fournir ? J'essaie, rien ne se passe et vous me payez ? Pas de coups bas, aucune plainte déposée auprès de votre reine ?

—Je l'aime ! insista Danièle.

Arlorran secoua la tête.

—Parce que vous croyez que l'amour peut avoir une quelconque incidence sur les lois de la magie, jeune dame ? Je vous le dis, toute sorcière digne de ce nom…

—D'accord, si cela ne marche pas, vous aurez ce que vous avez demandé et nous vous laisserons tranquille, fit Danièle d'un ton brusque. Allez-vous nous aider à trouver mon époux, oui ou non ?

—Tu commets une erreur, marmonna Talia, mais elle ne fit rien pour l'empêcher de poursuivre.

Arlorran jeta un regard interrogateur à Blanche, puis soupira :

—Des ailes.

—Pardon ? (Danièle regarda tour à tour Blanche, puis Arlorran.) Je ne comprends pas.

—Des ailes ! (Paumes en l'air, il croisa ses pouces et mima des battements d'ailes.) Une fois, rien qu'une fois, j'aimerais voltiger de-ci, de-là, comme ces petites bestioles luminescentes. J'aimerais voir le monde à travers leurs yeux. (Il haussa les épaules et se détourna.) Ma magie est limitée à un seul domaine et les quelques sorcières de la Cité de Faërie ne sont pas le genre de créatures auxquelles j'aimerais demander une faveur. Donnez-moi des ailes pour voler et je ferai tout mon possible pour vous aider.

—Blanche ? interrogea Danièle.

Blanche secoua la tête.

—Je n'ai jamais essayé la magie de transformation jusqu'à maintenant…

Arlorran haussa les épaules et fit un pas devant elles, dans l'intention de les quitter.

—Mes miroirs renferment toute la magie que ma mère possédait, ajouta Blanche avec précipitation, butant sur les mots. Je ne m'intéresse pas beaucoup à ces sorts, parce que certains d'entre eux sont… désagréables. Toutefois, ma mère s'est transformée lorsqu'elle est venue m'empoisonner. Il ne s'agissait pas d'une illusion, sinon je m'en serais rendu compte. La métamorphose était bien réelle, ce qui veut dire que le sort doit toujours être présent dans le miroir. Je devrai travailler un peu pour l'adapter et te fabriquer des ailes, mais je suis presque certaine de réussir. (Elle sourit.) Bien sûr, il faudra que tu fasses un petit séjour au palais. Et nous serons obligés de passer pas mal de temps ensemble afin que je puisse préparer le sort convenablement.

—Voilà une offre rudement alléchante! se réjouit Arlorran. Mais si tu échoues, je me retrouverai sans rien!

Blanche croisa les bras.

—Comment? Tout ce temps passé en ma compagnie, tu trouves que ça n'est rien?

Arlorran recula et s'adossa contre la rambarde, au bord de la plate-forme.

—Pourquoi les risques que vous prenez devraient-ils être différents des miens? demanda Danièle.

Le gnome la considéra, puis éclata de rire.

—C'est assez juste. (Il saisit la main de Danièle tout en maintenant la jeune femme entre lui et Blanche.) Restez près de moi, cela peut aider pour l'invocation. Vous l'aimez après tout…

—Vous n'avez pas dit tout à l'heure que l'amour n'avait aucune espèce d'importance? demanda Danièle.

Un large sourire apparut sur les lèvres d'Arlorran, mais il garda la main de Danièle dans la sienne. Le gnome leva le menton, ferma les yeux et prononça distinctement:

—Armand Blanche-Rive.

Rien ne se produisit.

—Je regrette, jeune dame, fit Arlorran d'un ton désolé en lui tapotant la main. C'est comme je vous ai dit, vos demi-sœurs le tiennent pieds et poings liés, liés magiquement entendons-nous bien.

—C'est tout?

Danièle contemplait Arlorran d'un air médusé. Elle sentit sa poitrine se serrer. Malgré toutes les mises en garde de Blanche et d'Arlorran, une toute petite voix au fond d'elle s'était élevée, lui assurant qu'il réussirait.

—Vous voulez un gros coup de tonnerre et de la fumée de couleur ? Je peux vous faire ça, rétorqua Arlorran, mais pour ce type d'effet spécial, il faudra compter un supplément, même si cela ne fait aucune différence au bout du compte. (Il l'entraîna en direction de l'arbre.) Allez, venez, je vous offre un verre. Les pixies préparent une excellente boisson à base de menthe et de gland qui devrait…

—Invoquez Charlotte ! ordonna Danièle en retirant prestement sa main. Je vous en prie !

Elle leva son visage vers les frondaisons au-dessus de leurs têtes. Paresseuse ou non, Charlotte ne courrait pas le risque de perdre Armand. Pas après tout ce qu'elle avait fait pour l'enlever. Mais penserait-elle à jeter un sort de protection pour elle-même ? Stacia, sûrement, oui, mais Charlotte était bien différente de sa sœur.

Arlorran soupira.

—Quel est son nom de famille ?

—Charlotte… (Danièle hésita. Pendant des années, elle avait porté le nom de Charlotte Laverrie, mais elle n'avait jamais accepté Danièle, ni son père.) Charlotte Dubourg.

Arlorran cracha dans ses mains et frotta ses paumes l'une contre l'autre.

—Vous avez intérêt à me réserver un bon petit lit douillet pour mon séjour au palais… Et je veux une chambre avec vue sur l'océan !

—Je vous donnerai la mienne, promit Danièle. Je vous en prie, essayez !

Il hocha la tête et répéta le nom.

—Hé, hé… Pincez-moi les oreilles en pointe et appelez-moi très respectueusement « fils d'elfe », je vous prie !

Le cœur de Danièle se mit à battre plus fort dans sa poitrine.

—Ça a marché ?

Dans leur dos, la voix de Charlotte s'éleva.

—Ça a marché.

Puis un vent d'une force extraordinaire projeta Danièle en direction du bord de la plate-forme.

8

✻

Alors que Danièle basculait, elle vit Talia dégainer son fouet. La jeune femme heurta la rambarde à mi-hauteur et tenta de s'y retenir, mais elle allait trop vite.

Le fouet de Talia vrombit, la corde décrivit un cercle autour du bras de Danièle et toucha le biceps ; la force du coup plaqua le fouet qui s'enroula en trois tours avant de comprimer le muscle. Le vent balançait violemment le corps de la jeune femme tandis que le fouet le lui disputait, resserrant son étreinte à mesure que Talia tirait. Danièle attrapa le fouet d'une main et se raccrocha à la rambarde de l'autre.

—Non ! hurla Charlotte.

Elle sortit un couteau, le saisit par la lame et leva le bras pour le lancer.

—Charlotte Dubourg ! appela Arlorran.

Charlotte disparut pour réapparaître à quelques pas d'Arlorran. L'arme tournoya dans les airs, traversa la plate-forme sans blesser personne et termina sa course dans le feuillage qu'il déchiqueta dans sa course.

Le vent s'apaisa. Tirant toujours sur la corde, Talia parvint à éloigner Danièle du bord tout en dégainant son épée.

Charlotte avait agrippé son collier des deux mains et murmurait une incantation lorsqu'un objet d'argent vint se ficher dans son avant-bras. Hurlant de douleur, la jeune femme se précipita pour arracher un flocon de neige métallique légèrement plus petit que la paume de sa main. Du sang gicla à l'endroit où s'était enfoncée l'une des pointes acérées.

Elle fit une nouvelle tentative, levant son bras valide vers le collier, mais la botte de Talia vint heurter son estomac. Charlotte tomba et avant qu'elle ait pu faire le moindre geste, Talia l'avait saisie par la main et lui tordait le bras, l'obligeant à se retourner sur le ventre. Ses hurlements cessèrent brusquement lorsque l'épée de Talia vint se poser sur sa nuque.

—Une autre attaque de ce genre, qu'elle soit «ordinaire» ou «extraordinaire», et tu es morte avant même que tu te sois rendu compte que j'ai bougé le petit doigt.

Charlotte cessa de se débattre.

—Montre-moi ton bras, demanda Blanche en s'agenouillant auprès d'elle. (Elle déchira la manche ensanglantée de Charlotte et la roula pour en faire une boule de tissu.) Il ne faut jamais arracher la lame de sa blessure, marmonna-t-elle. Ça ne fait qu'empirer les choses en aggravant les saignements. (Elle utilisa son pansement de fortune pour comprimer la plaie.) Danièle, j'ai un paquet de chiffons propres dans mon sac, tu peux m'en rapporter un ?

Danièle finit de détacher le fouet de son bras. Elle en serait quitte pour un vilain bleu et quelques brûlures dues à la morsure du fouet, mais c'était préférable à l'autre possibilité. La jeune femme jeta un coup d'œil par-dessus le rebord de la plate-forme et frissonna.

Le sac de Blanche se trouvait près de l'entrée du bar, à l'autre bout du belvédère. Danièle en fouilla le contenu, poussant les robes, écartant les capes et laissant de côté des morceaux de soie qu'elle jugea bon de ne pas déplier, jusqu'à ce qu'elle découvre les bandages avec le nécessaire de premiers secours de Blanche.

—Dis donc, c'est une véritable collection de chiffons, là-dedans !

—On voit que tu n'as pas l'habitude de voyager avec Talia, expliqua Blanche. (La jeune femme banda le bras de Charlotte et utilisa le reste du tissu pour nettoyer le sang sur le flocon de métal.)

N'est-ce pas mignon? Talia m'en a fabriqué toute une série l'année dernière, précisa-t-elle. (Lorsque le flocon de neige fut parfaitement propre, elle le glissa dans une poche secrète située sur le côté de son pantalon.) Pour mon anniversaire.

Blanche attacha les poignets de Charlotte à l'aide d'une autre bande de tissu. Ce ne fut que lorsqu'elle eut terminé que Talia retira son pied du torse de Charlotte pour aller récupérer son fouet. Danièle la suivit.

—Merci, dit Danièle en s'adressant à Talia. Si tu n'avais pas été là pour me rattraper…

—Tu aurais dû t'attendre à une surprise de ce genre! reprocha Talia en secouant la tête. Moi aussi d'ailleurs…

—Tu excelles au maniement de cette… chose, commenta Danièle en désignant le fouet du menton.

—Un fouet zaraque est la dernière… chose que j'ai vue avant de m'endormir, et la première arme que j'ai appris à maîtriser après mon réveil. (Un rire bref et amer s'échappa de la gorge de Talia.) En fait, il s'agissait d'une tentative d'assassinat ratée. Mes parents ont tout fait pour me protéger. Nous avions des gardes du corps et des sorciers, des goûteurs et même des chiens de garde très entraînés. Tous les matins, chaque membre de ma famille buvait un cocktail de contrepoisons mélangé à du jus de cactus. (Elle fit la grimace.) Entre nous, le jus de cactus était franchement plus infect que ces antidotes. Mais ça n'a rien changé du tout. Le poison qui se trouvait au bout de l'aiguille de ce fouet zaraque contenait un composant magique. J'avais déjà sombré dans un profond sommeil avant même de toucher le sol.

—Tu veux dire que quelqu'un a tenté de t'assassiner? interrogea Danièle. Mais tu n'étais qu'une enfant…

—J'étais une princesse, dit Talia en enroulant son fouet à petits coups de poignet secs et précis. On m'a raconté que l'histoire de la Belle au Bois Dormant s'est propagée dans votre pays par l'intermédiaire d'un livre de contes, d'abord. Personne ne savait comment traduire le mot «zaraque», alors ils en ont regardé des images et décidé que ça devait être quelque chose d'équivalent au fuseau équipant les rouets, chez vous. Je me suis longtemps demandé comment ces fameux rouets pouvaient tuer d'une simple piqûre au doigt.

Blanche souleva Charlotte par les épaules pour la faire asseoir.

— Tout cela est très intéressant, mais tu ne crois pas que Danièle préférerait avoir des nouvelles du prince Armand ?

Talia leva les yeux au ciel.

— Alors, princesse, quel sort réservons-nous à ta demi-sœur ?

Danièle considéra Charlotte. Depuis qu'elles avaient quitté le palais, une partie de la princesse avait refusé de croire à toute cette histoire. Qu'importe le degré de haine que Charlotte et Stacia nourrissaient à son égard, elle ne parvenait pas à se convaincre que ses demi-sœurs voulaient sa mort. La jeune femme avait trouvé des excuses à la précédente tentative de Charlotte : sa demi-sœur était manipulée, ses tout nouveaux pouvoirs lui étaient montés à la tête ou elle avait juste eu l'intention d'effrayer Danièle.

Pourtant, la première chose que Charlotte avait tentée après être apparue sur les instances d'Arlorran, c'était bien de l'assassiner une nouvelle fois.

Danièle s'agenouilla à côté de Charlotte. Le visage de la prisonnière était tourné de telle sorte que seul son œil abîmé était visible.

— Tout doux, l'avertit Talia qui changea la position de son épée pour que Charlotte puisse apercevoir les courbes sinueuses de sa lame.

— Mais enfin, Charlotte, pourquoi ? interrogea Danièle.

Des larmes roulèrent sur les joues de Charlotte. La jeune femme la regardait, abasourdie. Pas une seule fois elle n'avait vu sa demi-sœur pleurer, pas même à l'enterrement de sa propre mère.

— Ce n'est pas juste, murmura Charlotte. Tu avais tout !

Danièle en fut si stupéfaite que, pendant quelques instants, elle demeura bouche bée.

— Comment ça, j'avais tout ? Je devais préparer tes repas, nettoyer ta maison, te peigner, te…

— C'est moi qui aurais dû être la princesse de Blanche-Rive ! cracha Charlotte. Je le serais devenue si vous n'aviez pas triché, toi et l'esprit de ta mère !

Danièle tressaillit.

—Ma mère est morte. Anéantie à tout jamais par le Chirka que tu as invoqué.

—Anéantie? (Charlotte leva les yeux et la compassion chassa la haine de son regard l'espace d'un instant. Bientôt, son expression se durcit de nouveau.) Ça n'a plus d'importance, tu m'as tout pris.

—C'est pour ça que tu as enlevé Armand? interrogea Talia. Pour récupérer ce que tu pensais être à toi?

Un pixie jaune surgit du tunnel. Son vol était mal assuré, il tournoyait dans les airs, pirouettant et dessinant des boucles dans tous les sens. Il faillit heurter Talia avant de lui passer sous le nez. Le pixie bredouilla une vague excuse, mais la vitesse à laquelle il s'exprimait était si rapide que Danièle ne parvint pas à saisir ce qu'il disait. On aurait dit un moineau secoué de hoquets.

—Ce lieu n'est peut-être pas idéal pour un interrogatoire, suggéra doucement Arlorran.

Talia acquiesça d'un signe de tête.

—Alors emmenez-nous dans un meilleur endroit!

Le gnome se caressa la barbe.

—Je vous ai déjà proposé de venir chez moi, mais vous avez décliné mon invitation. Et puis, vous ne devriez pas plutôt vous inquiéter de cette sorcière, là?

—Arlorran, nous avons besoin de votre aide, déclara Danièle. Nous avons passé un marché.

—Pour sûr, et j'ai rempli ma part du contrat puisque j'ai fait apparaître la fille.

Blanche leva les yeux, un sourire innocent éclairait son visage.

—Techniquement, ce ne sont pas les termes exacts du marché. Tu as dit: «Donnez-moi une paire d'ailes pour me permettre de voler et je ferai mon possible pour vous aider.» Tu n'as jamais précisé quel type d'aide.

Arlorran souleva sa casquette et se gratta le sommet du crâne.

—J'ai vraiment dit ça? Humm, tout ça ne me paraît pas très juste... profiter ainsi d'un pauvre gnome aviné. Je voulais dire...

—Et toutes les fées qui abusent de la crédulité de pauvres mortels naïfs depuis des siècles? cracha Talia. Vous avez donné votre parole et tant que nous aurons besoin de votre aide, vous serez prié de nous la fournir!

Arlorran se renfrogna, il écrasa sa casquette entre ses doigts de toutes ses forces. Il était beaucoup trop petit pour atteindre le cou de Talia, mais il semblait prêt à lui sauter à la gorge pour l'étrangler. Qu'importe la taille! Il semblait à deux doigts de bourrer de coups les genoux de la jeune femme en guise de punching-balls.

—Je vous en supplie! insista Danièle.

Arlorran jeta sa casquette à terre.

—J'aurais dû vous pousser par-dessus la rambarde moi-même! grommela-t-il. Quant à toi, Blanche, ajouta le gnome en jetant un regard furieux à la jeune femme, c'est la dernière fois que je passe une nuit à te faire le récit des amours légendaires chez les gnomes! (Dans une colère noire, il s'avança au centre de la plate-forme.) Eh bien, qu'attendez-vous? On ne va pas y passer l'année!

Danièle jeta un regard à ses compagnes. Blanche haussa les épaules et aida Charlotte à se mettre debout.

—Pas si fort, idiote empotée! se plaignit Charlotte.

Combien de fois Danièle avait-elle entendu cette insulte?

Talia rassembla leurs affaires sans perdre Charlotte de vue.

—Prenez-moi la main, demanda Arlorran. Nous devons tous nous toucher. Un petit peu plus près si cela ne vous fait rien. Je voudrais n'oublier personne.

Danièle saisit les doigts du gnome et posa les siens sur le bras de Blanche. Talia fit de même de l'autre côté et Blanche se retrouva libre pour tenir Charlotte. Cette dernière tenta de se dégager, mais un tiraillement sec sur ses poignets immobilisés la calma rapidement. Elle ronchonna et jura à voix basse.

—Ce serait tellement mieux avec des ailes! grogna Arlorran.

Il soupira, murmura quelque chose entre ses dents et tous tombèrent en chute libre.

Danièle n'avait pas encore repris son souffle qu'elle se retrouva debout, dans l'obscurité, sur ce qui lui sembla être de la pierre.

Elle avait plié les genoux en prévision du choc, mais celui-ci ne vint pas. Seule la poigne du gnome l'empêcha de perdre complètement l'équilibre. Une odeur de poisson séché emplit ses narines et lui noua l'estomac.

—Doucement, gentes dames, conseilla Arlorran. Accordez-moi un instant… que j'allume une lanterne.

Avant qu'il puisse s'exécuter, une lumière avait jailli du collier ras-du-cou de Blanche.

—Effectivement, comme ça, ça marche aussi très bien, fit remarquer Arlorran. Navré pour l'odeur.

Il baissa la tête pour passer sous une arche ouverte dans le mur. Le sol de la pièce suivante était recouvert de peaux d'agneau qui amortissaient le bruit des pas. Il y eut un son métallique, puis il revint quelques instants plus tard en se frottant les mains.

—J'ai rouvert les conduits de cheminée, nous devrions bientôt avoir un peu d'air frais, ajouta le gnome d'un air penaud. J'ai fait griller du kraken avec du riz hier soir. Une vieille recette ondine… Assez épicée pour vous embraser la langue, mais l'odeur est persistante.

—Tout à fait ton genre de cuisine, on dirait! remarqua Blanche à l'adresse de Talia.

Celle-ci ne répondit pas.

—Où sommes-nous? demanda-t-elle.

—Chez moi. Dans ma chambre, pour être tout à fait exact. Où voudriez-vous que j'aille en compagnie de quatre jeunes femmes aussi charmantes? (Il montra Charlotte du doigt.) Assurez-vous qu'elle reste attachée, celle-là. Trop sanguinaire à mon goût!

—Et vous, vous êtes trop petit et trop moche pour moi! répliqua Charlotte.

—Enlève-lui son collier, ordonna Danièle. Je ne sais pas ce que c'est, mais ça lui permet de jeter des sorts!

—Voilà!

Talia arracha la pierre au cou de Charlotte pour la tendre à Blanche. Ensuite, elle se saisit de Charlotte elle-même avant de se retourner vers Arlorran.

—Je voulais dire : où sommes-nous exactement dans la Cité de Faërie ?

—Voyons, à une vingtaine de kilomètres à l'ouest du poste de contrôle des gobelins, précisément à la frontière entre la terre des gnomes et les bois revendiqués par les satyres, la renseigna-t-il en lançant un clin d'œil à Blanche. On dit que j'ai du sang de satyre dans les veines. Je ne te l'avais pas dit ? Certains prétendent que ça explique pourquoi j'ai la tête aussi dure, mais ce ne sont pas mes seuls points communs avec eux… si tu vois ce que je veux dire !

Charlotte fronça le nez et se détourna.

—Cet endroit ne vaut pas mieux qu'un trou à rats ! fit-elle d'un air dégoûté.

Danièle regarda autour d'elle. La demeure d'Arlorran ressemblait à une petite grotte. Le gnome les avait fait apparaître au centre de la chambre à coucher, à l'endroit où le dôme du plafond était le plus haut ; malgré tout, la tête de Danièle touchait presque la pierre. Du quartz rose tapissait les murs et le plafond, scintillant à la lumière du collier de Blanche.

Danièle examina une plaque de quartz de plus près. Ce qu'elle avait pris tout d'abord pour une taille brute de la pierre à cause de ses irrégularités étaient en fait de très fines sculptures : dragons, chevaux, fées et châteaux s'y côtoyaient ; la plupart d'entre eux n'étaient pas plus grands que son pouce, tous gravés avec un luxe de détails confondant.

—C'est merveilleux ! s'exclama Danièle. Est-ce vous qui avez réalisé pareil chef-d'œuvre ?

Arlorran opina du chef en souriant de toutes ses dents.

—Celle-ci, sur votre gauche, me montre avec la reine, le jour où elle m'a nommé invocateur royal. Vous voyez, là, avec un fil d'or autour de la tête… Je n'ai pas réussi à faire mieux pour la couronne.

Toutes les sculptures étaient inversées, les personnages semblaient se tenir debout au plafond, la tête en bas. Danièle pencha la tête en arrière pour étudier de plus près les minuscules silhouettes. La plus petite ressemblait à Arlorran même si la barbe était plus courte ; la plus grande représentait une femme aux proportions harmonieuses dans une robe longue au drapé fluide. Le cercle d'or sur le front constituait l'un des rares détails qui n'étaient pas sculptés dans le quartz.

—Il faut s'allonger pour pouvoir les admirer convenablement, expliqua Arlorran en désignant le lit. (Il sauta sur le matelas installé presque au ras du sol et tapota le dessus-de-lit à côté de lui.) Ça vous dirait de venir vous allonger près de moi ? Je vous montrerais toutes sortes de merveilles...

Blanche gloussa et sauta sur le lit à côté de lui. Elle y mit tant d'énergie qu'en atterrissant sur le matelas elle le projeta à terre. La lumière de son collier lui donnait un teint encore plus pâle qu'à l'habitude et la faisait ressembler à un fantôme.

—Regarde Talia, des griffons ! s'exclama-t-elle en désignant un endroit sur le mur où un troupeau de lions ailés à tête d'aigle semblait voler en formation, dessinant un V dans le ciel.

—Tu ne penses pas que nous devrions plutôt interroger notre meurtrière potentielle avant de passer à des considérations d'ordre... plus artistique ? demanda Talia. Déjà, est-ce que tu peux nous en dire plus sur ce collier ?

—Il est lié par le sang à Charlotte et à quelqu'un d'autre, mais je ne suis pas certaine de l'identité de cette seconde personne, répondit Blanche.

—Stacia ? suggéra Danièle.

—Non, répondit-elle sans hésiter. (Elle observa la pierre à la lumière.) C'est un truc d'apprentissage, une façon d'aider une jeune sorcière dans sa formation. La pierre est liée à la personne qui aide Charlotte dans sa pratique de la magie.

—C'est le troll qui te l'a donné ? demanda Danièle.

Charlotte pinça les lèvres et détourna la tête.

—Blanche, peux-tu utiliser cette pierre pour découvrir l'identité de l'initiateur ? interrogea Talia.

Blanche fit « non » de la tête.

—À moins qu'elle s'en serve elle-même, là oui je pourrais le savoir, mais je ne crois pas que ce soit ce que nous voulions.

Elle glissa le collier dans sa poche et jeta un coup d'œil à Arlorran.

—En parlant de truc… Dis-moi, comment as-tu fait pour nous amener jusqu'ici ?

—C'est de la magie d'invocation, ma chère ! répondit Arlorran en brossant ses vêtements tandis qu'il allait s'asseoir sur une vieille malle.

Blanche fronça les sourcils.

—Je croyais que tu pouvais uniquement faire apparaître les autres, ou les enchanter pour qu'ils répondent à une injonction, comme tu l'as fait pour Taupinet…

Arlorran s'absorba dans la contemplation des sculptures qui décoraient le mur face à lui.

—N'existe-t-il pas des lieux qui te sont particulièrement chers, auxquels tu te sens inéluctablement liée, princesse ?

—Ma bibliothèque ! déclara Blanche tout de go.

Danièle pensa immédiatement à la maison de son père, avant qu'il se remarie. La demeure vibrait de couleurs : la lumière du soleil étincelait sur les vases, les bouteilles et les carreaux des vitres qu'il fabriquait de toutes les tailles et de toutes les teintes. Elle se rappelait également l'odeur de la fumée et la façon dont l'air se brouillait quand son père alimentait le feu pour souffler un nouvel objet.

—Il n'existe que quelques endroits où je peux me faire apparaître et disparaître. *Au Chêne Pompette* en est un. Le palais de la reine en est un autre. Et puis, il y a cette vieille tanière… (Arlorran tapota affectueusement le mur.) Je l'ai construite moi-même, vos grands-parents devaient encore apprendre à marcher à cette époque-là. Il n'y a ni entrée ni sortie, à moins d'utiliser la magie. Alors, faites tout ce que vous voulez avec qui vous voulez, mais si la moindre chose fâcheuse m'arrivait, vous risqueriez bien de rendre votre dernier soupir dans ce trou.

En disant cela, il regarda Charlotte bien droit dans les yeux.

—Vous voulez dire que nous sommes coincées ici ? s'inquiéta Charlotte en regardant intensément le plafond, comme si elle craignait qu'il s'effondre à tout moment. Enterrées vivantes comme des bêtes ?

— Dis-nous où se trouve Armand, tenta de marchander Talia, et peut-être qu'un jour tu reverras cette bonne vieille lumière du soleil.

Charlotte secoua la tête.

— Je ne *peux* pas!

Talia émit un grognement de dégoût et se tourna vers Blanche.

— Assure-toi qu'elle ne nous réserve pas d'autres vilaines surprises magiques!

Blanche s'agenouilla au pied du lit et considéra Charlotte. Pendant un long moment, aucune des deux jeunes femmes ne bougea. Puis, sans la moindre once de pudeur ni même de gêne, Blanche tendit la main et tira sur le col de Charlotte, déchirant le corsage.

— Fais donc attention, empotée! souillon! lança-t-elle hargneusement.

Charlotte essaya de se dégager, mais Talia la tint fermement.

Blanche tira encore pour dénuder l'épaule gauche de Charlotte. Une tache de couleur fraise de la taille d'une pièce de monnaie apparut.

— La marque des fées, expliqua Blanche. (La lumière de son collier semblait devenir plus vive maintenant que la marque était visible.) J'avais lu quelque part que ça existait, mais je n'en avais encore jamais vu. C'est l'équivalent humain d'un pacte passé avec une fée. Si Charlotte ne respecte pas le marché, des choses fort désagréables peuvent lui arriver.

— Quel genre de choses? s'enquit Danièle.

— Tout dépend de la fée. (Blanche enfonça un ongle dans l'épaule de Charlotte. La peau autour de la tache blanchit, mais la marque ne s'altéra pas.) Elle pourrait perdre ses cheveux, être transformée en truite, être couverte de furoncles saignants ou son sang se mettrait à bouillir. Elle pourrait également être frappée d'incontinence.

— Ah non, hors de question, pas de ça dans ma chambre! protesta vivement Arlorran.

Charlotte jeta un regard furieux au gnome, son expression était si haineuse qu'Arlorran recula d'un pas.

— Blanche-Neige manque singulièrement d'imagination! se moqua-t-elle.

—On dirait que tes amis ne te font pas confiance pour la fermer, fit remarquer Talia. Blanche, tu peux nous dire qui est à l'origine de cette marque? Nous aurions la preuve que les fées sont impliquées dans cette histoire!

Blanche pinça la peau de Charlotte.

—Cela va prendre du temps. Et puis, un humain aurait très bien pu faire apparaître cette tache avec un peu d'entraînement. (Elle ferma les yeux.) Je ne sens plus aucune magie sur elle. Elle est inoffensive maintenant.

—Si ce n'est pas trop te demander, fit Talia en poussant un soupir, tu pourrais lui retirer aussi le couteau attaché à sa jambe?

Blanche s'empara du couteau.

—Tu m'avais dit de la fouiller pour vérifier sa magie, mais rien d'autre!

—Oui, bon…, enchaîna Talia. Maintenant, Charlotte, tu vas nous dire où trouver le prince. (Elle leva l'index pour interrompre la captive qui tentait de protester.) Tu as attenté à la vie de la princesse et tu as enlevé son mari. Ces crimes de lèse-majesté me donnent le droit de t'exécuter sur-le-champ, sans autre forme de procès. Et deux fois de suite. Alors, quel que soit le maléfice associé à cette marque, Blanche qui est ici va faire tout son possible pour te protéger, mais je te préviens, elle ne pourra absolument rien contre moi!

—Et ça vous avancera à quoi? (Charlotte se tourna vers Danièle.) De toute façon, il ne t'aime plus!

Le ton de Charlotte était beaucoup trop venimeux pour être sans fondement. Elle disait la vérité, Danièle en était sûre. Trittibar l'avait bien prévenue que Charlotte et Stacia pouvaient s'être servies d'Armand afin de pénétrer dans la Cité de Faërie.

De toute leur vie commune, jamais Danièle n'avait donné à Charlotte le plaisir de savoir à quel point il lui arrivait de la blesser. Mais jamais non plus il ne lui en avait coûté autant pour conserver un ton de voix calme et ferme.

—Oui, nous savons pour le sortilège d'amour, déclara-t-elle en priant de se tromper, tout en sachant pertinemment au fond d'elle que c'était vrai, hélas. Nous avons parlé à Brahkop. Nous savons ce que vous avez fait, Stacia et toi.

Charlotte écarquilla les yeux et se mordit les lèvres. Contrairement à Danièle, Charlotte n'avait pas appris à dissimuler ses émotions et jusqu'à ce jour, sa mère était la seule personne dont elle ait eu peur. Danièle se sentit mal en découvrant qu'elle inspirait désormais ce même effroi à sa demi-sœur.

Elle s'agenouilla près du lit.

—Je peux comprendre pourquoi tu voulais me prendre Armand, mais pourquoi tuer ma mère?

—Tu as bien assassiné la mienne!

Talia se rapprocha.

—Ta mère s'est détruite elle-même! Son égocentrisme et sa soif de pouvoir l'ont perdue. C'était une grande malade!

Lentement, Charlotte leva les yeux vers Talia.

—En voilà une autre, de grande malade, déclara Charlotte d'un ton narquois en se retournant vers Danièle. Tu aimerais savoir comment Armand et moi avons passé notre première nuit ensemble? C'est vraiment un amant passionné… je n'aurais pas cru ça de lui, si poli et si convenable en public! (Elle sourit.) Et il est très doué aussi! Il a dû collectionner les conquêtes féminines avant toi, ma pauvre fille!

Danièle ne s'était pas rendu compte qu'elle avait agrippé son épée jusqu'à ce que la chaleur de la poignée chauffe ses doigts. Elle se ressaisit avant de répondre. Charlotte jouait à un autre jeu, elle cherchait à la déstabiliser. La jeune femme lâcha son arme.

—Blanche, et mon fils? On peut l'utiliser pour retrouver Armand puisque nous sommes dans la Cité de Faërie?

Blanche fit signe que non.

—J'ai déjà essayé. Ton mari a été mis au secret le plus absolu. Rien à espérer de ce côté-là.

—Et Stacia? (Danièle se tourna vers le gnome.) On peut l'invoquer? Si elle ne peut plus compter sur l'aide de Charlotte, elle sera peut-être plus disposée à nous conduire jusqu'à Armand.

— Fais attention, la prévint Charlotte, ton précieux prince a juré de te tuer si jamais il te revoyait. Il sait que tu vas essayer de nous séparer, lui et moi, et il tient trop à moi pour te laisser faire !

— Il a pitié de toi, rétorqua Danièle. Seul ton sortilège lui fait croire qu'il t'aime !

— Par amour ou par pitié, peu importe ! Il te tranchera la gorge si tu essaies de le sauver.

Danièle secoua la tête en signe de dénégation.

— Armand ne me ferait jamais de mal.

— Malheureusement, j'ai bien peur que si, intervint Blanche. Un sortilège d'amour comme celui-là renferme autant de possessivité et de jalousie qu'un véritable sentiment. La simple pensée de perdre Charlotte peut suffire à le pousser à commettre un meurtre.

— Ah, tu vois ! triompha Charlotte.

— Cela dit, elle ment lorsqu'elle se vante d'avoir couché avec lui, ajouta Blanche.

— Comment oses-tu ? s'écria Charlotte offusquée.

— Tu as raison, confirma Arlorran en pouffant. J'aurais dû m'en rendre compte tout seul !

Danièle fit face au gnome. Elle s'était doutée que Charlotte mentait, mais lui, comment pouvait-il le savoir ?

— Je ne comprends pas…

— Charlotte est vierge, annonça Blanche avec une compassion sincère. La virginité peut dénaturer certains sorts, c'est pour ça que nous apprenons très tôt à en reconnaître les symptômes. La pauvre chérie !

— Ça m'est égal ! affirma Charlotte. Tu ne le reverras jamais !

Mais elle mentait mal et Danièle sentait la douleur sous le venin.

— Eh bien, c'est ce que nous allons voir ! dit-elle en se relevant. Arlorran, essayez de faire apparaître Stacia, je vous prie !

Arlorran recula.

— Préparez-vous, alors ! Charlotte était une vraie furie à son arrivée, alors si Stacia fait pareil, vous serez contentes de la mettre hors d'état de nuire. (Il secoua la tête d'un air sérieux et prévint :) Je vous tiendrai pour responsables de toute détérioration du mobilier au cours de cette opération!

Danièle tira son épée. Talia ne broncha pas, son arme résolument pointée sur la gorge de Charlotte. Blanche traversa la pièce pour se placer au côté d'Arlorran.

— Stacia Dubourg! murmura Arlorran. (Il se gratta la tête sous sa casquette.) Saperlipopette! Je l'avais presque, mais elle a renforcé son sort de protection juste au dernier moment.

— Nous détenons encore Charlotte, fit remarquer Talia. (Elle se tourna vers la demi-sœur de Danièle.) Dis-nous où trouver Armand et ta sœur, sinon je te livre à la reine des fées! (Elle donna un petit coup d'épée sur l'épaule de Charlotte, à l'endroit de la marque.) Je ne sais pas comment tu as réussi à convaincre le troll de t'aider, mais la reine des fées est liée par le traité. Lorsque nous lui aurons dit que tu as enlevé un prince humain et que tu l'as amené jusqu'à la Cité de Faërie, rien au monde ne te protégera plus. Crois-moi, il ne fait pas bon se trouver à l'autre bout d'un maléfice féerique.

Charlotte lança un regard furieux à Danièle.

— Avoue que cela te plairait, hein?

— Je ne tiens pas à ce qu'on te punisse, avoua Danièle surprise de constater qu'elle le pensait réellement. Je veux seulement que tu disparaisses de ma vie.

— En revanche, le peuple des fées est d'un naturel beaucoup plus vindicatif, reprit Talia. Blanche, peux-tu entrer en contact avec la reine des fées d'ici?

Blanche détacha son collier et leva le miroir central à hauteur de son visage.

— «Miroir, miroir, ô ma beauté, montre-moi donc la reine des…»

— Attends! s'écria Charlotte.

Blanche referma la main sur le miroir et leva les yeux au ciel.

— Je sais, je sais, «beauté» ne rime pas vraiment avec «fée», mais c'est un sort élémentaire alors ce n'est pas très important. C'est plus la fluidité de la phrase qui compte.

À son tour, Charlotte leva les yeux au ciel.

—Pauvre imbécile! grommela-t-elle.

La jeune femme tendit la main vers Danièle qui la prit sans réfléchir. Talia se rapprocha en silence, mais la pointe inflexible de son épée était un avertissement on ne peut plus clair.

—Laisse-le! souffla Charlotte. (Ses doigts étaient fins et sa peau humide de sueur. De longs frissons parcouraient les épaules de la jeune femme qui évitait le regard de Danièle.) Tu ne peux pas le sauver! Si tu essaies, tu ne feras qu'empirer les choses.

—Empirer pour qui? interrogea Talia.

Charlotte l'ignora.

—Danièle, je jure sur la tombe de ma mère que je dis la vérité. Fuis la Cité de Faërie!

Talia soupira.

—Appelle la reine, Blanche!

—Attends! s'écria Danièle. (Elle tentait de se souvenir si Charlotte l'avait jamais appelée par son prénom auparavant. Oui, peut-être au tout début, avant le décès de son père, mais cela remontait à une éternité.) Charlotte, je ne peux pas abandonner mon mari.

—Il sera heureux, répliqua vivement la jeune femme. La potion garantit au moins ça. Ce n'est pas ce que tu désires le plus au monde? Que l'amour de ta vie soit heureux? Je t'en supplie, il faut me croire! Tu dois t'enfuir au plus vite!

—Pourquoi? s'enquit Talia. Tu nous as déjà menti et le fait que tu aies tenté de tuer la princesse ne plaide pas vraiment en ta faveur…

—Mettre un terme à cette bouffonnerie de princesse d'opérette est une chose, l'interrompit brutalement Charlotte. (Elle s'adressa de nouveau à Danièle.) Par contre, tu peux me faire confiance: si jamais tu t'obstines à retrouver Armand, tu me supplieras bientôt d'abréger tes souffrances.

Danièle retira sa main de celle de Charlotte.

—De quoi as-tu peur, Charlotte? Dis-le-moi!

—Si seulement je pouvais te le dire… (Charlotte toucha la marque sur son épaule.) Tu ne peux pas imaginer…

Elle eut un hoquet et se hissa tant bien que mal à la tête du lit, les yeux écarquillés et rivés sur l'entrée : deux rats venaient de se précipiter en se faufilant entre les jambes d'Arlorran.

— Dehors, sales bêtes ! cria Arlorran. (Il agrippa un chandelier sur le buffet et le lança violemment en direction du rat le plus proche qui fit un écart.) Ces satanées bestioles passent de temps à autre par les cheminées. J'ai bien installé une grille pour les en empêcher, mais vous seriez sidérées du peu d'espace qu'il leur faut pour s'y glisser. La plupart du temps, ces sacs à puces tombent et se cassent le cou. Mais parfois ils réussissent à descendre jusqu'ici et en général, je suis… en agréable compagnie à ce moment-là. Autant dire que ça gâche complètement l'ambiance !

Les deux rats filèrent vers le lit à toute vitesse. Blanche les regarda, troublée. Sa main chercha son couteau.

— Talia… Le rat noir… Tue-le !

Talia n'hésita pas. Elle s'écarta du lit à la vitesse de l'éclair et fit tournoyer son épée. La lame siffla dans les airs et s'abattit violemment sur le dos du rat dans un bruit sourd. Le second animal détala.

Talia leva de nouveau son épée. Le rat secoua la tête. Le coup avait aplati le milieu de son corps, mais il paraissait ne pas s'en soucier. Sa queue rose fouetta l'air une fois et il se mit à grossir. Sa fourrure sembla absorber la lumière, jusqu'à ce que l'animal devienne un petit peu plus grand qu'une ombre et qu'il s'étire ensuite progressivement pour prendre la forme d'un jeune garçon.

L'autre rat fit de même, mais grossit plus encore pour adopter l'apparence d'une femme humaine.

— Stacia !

Danièle leva son épée. La lame de verre brilla lorsqu'elle la pointa vers sa demi-sœur.

— Oh la petite rusée ! murmura Arlorran. Elle ne bloquait pas mon injonction. Elle l'a suivie jusqu'au seuil de ma porte, mais elle s'en est dégagée à la dernière minute. Vous m'aviez bien dit que vos demi-sœurs étaient des apprenties sorcières ?

—Oui, c'est ce que je croyais…, répondit Danièle d'une voix à peine audible.

Seulement, la femme calme et assurée qui se tenait devant elle n'avait presque plus rien à voir avec la Stacia de ses souvenirs.

Elle portait une robe de velours rouge sang bordée de cuir noir. Une ceinture d'argent soulignait sa taille épaisse. Telle une toile d'araignée, des entrelacs de délicates chaînes d'or et de rubis décoraient ses épaules. Son décolleté était mis en valeur par un rubis en forme de goutte de sang qui reposait entre ses deux seins. On lui avait tatoué la joue et le tour de l'œil de spirales roses pour masquer un peu les cicatrices, souvenirs des blessures infligées par les oiseaux le jour du mariage.

La marâtre de Danièle aurait fait une crise d'apoplexie si elle avait vu sa fille dans cette tenue.

Derrière Stacia, le garçon restait dans l'ombre, mais ce que Danièle distinguait de lui suffisait pour se rendre compte qu'il n'était pas humain. Ses membres étaient trop longs et ses mouvements trop fluides, comme si ses os avaient été remplacés par de l'eau.

—Par Sa Très Glorieuse, Très Douce, Très Miséricordieuse Majesté! murmura Arlorran tandis qu'il examinait le garçon à la dérobée. Toutes mes excuses, mesdames, mais je dois vous quitter maintenant. Allez, à la prochaine et bonne chance!

Sur ce, Arlorran tourna les talons et détala à toutes jambes.

D'un geste brusque, Talia fonça sur Stacia, mais l'ombre fut plus rapide. Elle bondit pour s'interposer et faire bouclier. L'épée s'écrasa violemment contre son torse et s'y enfonça. Le garçon des ténèbres saisit la lame entre ses doigts en tombant et manqua d'arracher l'arme des mains de Talia.

—Voilà qui n'était pas amical! s'exclama Stacia. (Elle désigna Talia du doigt.) Tue-la!

L'ombre se releva, écarta l'épée d'un geste brutal et sauta. Talia décocha un vigoureux coup de pied, visant les mâchoires. L'ombre bascula, mais elle se reçut comme un chat pour repartir à l'attaque avant même que le pied de Talia ait touché le sol.

—Arrière! ordonna Blanche.

La lumière de son ras-du-cou se mit à briller d'une telle intensité qu'elle en était presque aveuglante. L'ombre leva les mains et décampa. Danièle fonça sur elle pour aider Talia quand Charlotte lui décocha un méchant coup de pied au côté.

Danièle s'écroula sur Blanche, la lumière de son collier faiblit. Aussitôt, l'ombre contre-attaqua.

Talia esquiva dans un plongeon suivi d'une pirouette et se releva le couteau en main. Une arme dans chaque poing, elle se retourna, menaçant le visage de l'ombre avec de grands gestes rapides, ce qui fit reculer momentanément cette dernière.

Charlotte marmonnait en pointant Talia du doigt. Danièle pivota sur ses hanches pour frapper le poignet de la jeune femme du plat de sa lame. Sa demi-sœur hurla.

— C'est ta faute aussi, si tu n'étais pas aussi gourde, triple buse! la houspilla Stacia.

— Elles m'ont pris mon collier, rétorqua Charlotte. Je fais ce que je peux!

— Je sais, et c'est ça qui est affligeant, justement, conclut sa sœur. (Stacia pointa le doigt vers le lit et une des couvertures s'enroula comme une corde autour de la taille de Danièle.) En voilà une arme intéressante! s'exclama-t-elle. Un cadeau d'adieu de ta très chère et très défunte mère?

Elle recroquevilla son doigt et les bords de la couverture claquèrent comme des fouets avant de s'entortiller autour des bras de Danièle. La jeune femme s'arc-bouta et se tordit les poignets jusqu'à ce que le fil de son épée touche la couverture. L'épais tissu fut tranché net dès le plus léger contact avec la lame : la couverture tomba. Danièle leva son arme pour frapper.

Les yeux de Stacia s'agrandirent de terreur, Danièle hésita.

L'ombre en profita pour l'attaquer de côté et la plaquer au sol. Des mains froides se cramponnèrent à son bras armé.

Danièle vit Blanche porter la main à son ras-du-cou, mais avant qu'elle ait pu jeter un sort, Charlotte l'empoigna par les cheveux de sa main valide… puis disparut.

—Tu n'as pas un peu fini de me faire apparaître comme ça, crétin de gnome! hurla Charlotte depuis la pièce d'à côté. Danièle entendit le gloussement d'Arlorran.

Grâce son collier, Blanche libéra Danièle de l'emprise de l'ombre. La jeune femme remarqua que son bras était faible et lourd, mais il ne saignait pas. Elle roula sur le côté et enfonça la pointe de son épée dans la jambe de son adversaire.

L'ombre laissa échapper un cri semblable à celui d'un enfant, c'était le premier que Danièle l'entendait pousser; la créature battit en retraite et fila au côté de Stacia. La demi-sœur de Danièle ouvrit la bouche pour jeter un autre sort, mais elle dut esquiver le couteau de Talia. L'arme ricocha sur le mur derrière elle.

Stacia fit une nouvelle tentative, mais Talia s'était déjà emparée du chandelier tombé et l'avait jeté après le couteau. La base du candélabre heurta Stacia sur le côté du crâne. Elle tomba à genoux et un filet de sang ruissela sur son visage.

—Ha! ha! Alors il n'y a que ton copain qui soit invulnérable! s'exclama Talia. C'est bon à savoir, ça!

Elle fit tournoyer son épée et avança vers Stacia à grandes enjambées.

Comme une flèche, l'ombre s'interposa de nouveau entre les deux jeunes femmes.

—Attaque-la par le flanc! ordonna Talia en s'adressant d'un ton brusque à Danièle. Elle ne peut pas nous combattre toutes les deux en même temps. Hé, Blanche, vire-moi cet avorton ténébreux du passage!

Cette fois-ci, bien que terrorisée, l'ombre ne s'enfuit pas devant la lumière de Blanche. Elle gémit et leva la tête en direction de Stacia, mais refusa de quitter sa maîtresse.

Stacia porta la main à l'endroit où le chandelier l'avait blessée. Du sang s'écoulait abondamment, dessinant une horrible réplique du tatouage de l'autre côté de son visage. Elle vacilla tandis qu'elle battait en retraite vers l'entrée.

Danièle tenta de l'intercepter. Du sang noir et visqueux souillait la pointe de son épée qui avait frappé l'ombre.

—Stacia, au secours! hurla Charlotte dans la pièce d'à côté. Cette espèce de nabot abruti n'arrête pas de danser et de gesticuler en m'invoquant n'importe où… Je vais être malade!

—Imbécile! marmonna Stacia.

Elle porta son doigt ensanglanté à ses lèvres qui remuèrent.

Une autre couverture vint se nouer autour des jambes de Danièle. La jeune femme abaissa son épée avec maladresse pour se libérer. Le geste mal maîtrisé fut pourtant couronné de succès, bien qu'il ait manqué de lui coûter un pied. Son bras, toujours sans force, n'avait pas récupéré de l'attaque de la créature des ténèbres.

Mais déjà, Stacia faisait volte-face. Son corps fut saisi de convulsions, puis se ratatina avant de se transformer en rat de nouveau.

—Viens! ordonna-t-elle à sa sœur qui poussa un couinement en se métamorphosant.

L'ombre suivit.

D'un geste vif, Talia récupéra son couteau et le lança. La lame fendit l'air, droit sur Stacia, mais l'ombre sauva de nouveau sa maîtresse.

—Bon sang! grogna Talia en s'élançant à la poursuite des rats.

Blanche et Danièle franchirent la porte derrière elle; l'arche donnait sur une pièce plus vaste où deux ouvertures cerclées de fer avaient été creusées dans le mur. Danièle aperçut un bout de queue rose qui disparaissait dans le trou le plus proche.

—Où est Charlotte? demanda-t-elle.

—Elle a été changée en rat et a mis les bouts avec les autres, la renseigna Arlorran.

—Pouvez-vous sceller le sommet de ces cheminées, d'ici? cria alors Talia.

Arlorran se précipita sur une petite roue près des conduits, mais il retira les mains aussitôt pour fourrer les doigts dans sa bouche.

—Au-fi-brû-lant-que-l'a-fier-tout-vus-te-for-gé, baragouina-t-il en hurlant, la bouche pleine.

Danièle rengaina son épée et fit demi-tour précipitamment. Elle courut jusqu'à la chambre et s'empara de la couverture déchirée.

Elle s'en couvrit les mains tandis qu'elle passait devant les conduits de cheminée. De la fumée s'éleva de la couverture, une odeur de laine brûlée emplit la pièce, mais la roue tourna petit à petit.

—C'est trop tard! lâcha Arlorran. Un bond et ils seront à l'air libre! Et même si on avait été plus rapides, je n'aurais pas été chaud, si je puis dire, à l'idée de me retrouver ici avec des gens dans leur genre. (Il s'éloigna, secouant sa main brûlée.) J'ai vraiment besoin d'un remontant, là!

—Faites revenir Charlotte! exigea Talia.

Arlorran marmonna le nom de Charlotte, puis secoua la tête d'un air navré.

—Désolé, l'une des deux a pensé à protéger Charlotte cette fois.

Il baissa la tête en franchissant une porte voûtée. Danièle entrevit des parois de pierres apparentes et des tonneaux de bois. Quelques instants plus tard, Arlorran réapparaissait avec une bouteille contenant un liquide bleu clair et refermait la porte à clé derrière lui. Il poussa doucement la couverture du pied.

—Du véritable poil de licorne, parfaitement mesdames! Du moins, c'est ce qu'a prétendu le gars qui me l'a vendue, précisa-t-il. (Il huma l'air.) Pourtant, on dirait bien que ça ressemble à de l'agneau!

Du regard, Danièle chercha un endroit où elle pourrait s'asseoir. La pièce ressemblait à un bureau. Le plafond était recouvert de quartz comme la chambre mais ici, il avait été taillé en multiples facettes plates. Cela réfléchissait la lumière du candélabre jusqu'à l'autre bout de la salle où était installé un vieux fauteuil à bascule trop bien rembourré et tout usé. La poussière et les éclats de pierre jonchaient le sol. Danièle distinguait les minuscules empreintes de pattes témoignant des allées et venues des rats. Une étagère chargée de marteaux et de ciseaux de sculpteur était accrochée à l'un des murs.

—J'ai l'intention de me sculpter une cuisine digne de ce nom un de ces jours. Il faut juste que je m'y mette, mais je ne trouve jamais le temps!

Arlorran se dirigea vers le fauteuil, mais Blanche fut plus rapide. Elle saisit Danièle par le bras et la conduisit jusqu'au siège.

—Remonte ta manche, ordonna Blanche. Fais-moi voir ce bras!

—Ce n'est rien. (Danièle fit fonctionner le membre blessé pour montrer que tout allait bien.) Tu lui as fait lâcher prise avant…

—C'est moi la guérisseuse ici! l'interrompit Blanche sans la moindre trace d'humour. C'est à moi de dire si c'est grave ou non!

Elle lui ôta l'épée des mains pour la poser sur le sol. Ensuite, elle déboutonna la manche de Danièle et la replia.

—Mais cela ne fait même pas mal…

—Écoutez votre amie, ma jolie, conseilla Arlorran. On ne plaisante pas avec des blessures infligées par une telle créature.

Blanche siffla en aspirant l'air entre ses dents serrées, cette fois Danièle considéra attentivement son bras.

—C'est grave? murmura-t-elle.

Il n'y avait aucune trace de lésion sur la peau, mais Danièle pouvait situer l'endroit exact où l'ombre l'avait saisie. La peau dépigmentée et sèche avait déjà commencé à se détacher par squames. La jeune femme toucha l'une des marques brunes qui rappelaient des taches de vieillesse.

Blanche lui pinça doucement le bras, puis relâcha sa pression. La peau, morte et ridée, conserva l'empreinte des doigts de Blanche le temps de plusieurs battements de cœur.

—Cette chose, qu'est-ce que c'était? demanda Danièle.

Arlorran secoua la tête d'un air résolu.

—Écoutez, princesses. J'ai fait le vœu de vous aider, que cela me plaise ou non. (Il but une longue gorgée à la bouteille.) Alors je vais vous dire une chose… Votre demi-sœur vous a donné un excellent conseil. À votre place, je quitterais la Cité de Faërie. Et le plus tôt serait le mieux!

Le gnome jetait des coups d'œil furtifs, constamment, vers les cheminées fermées.

—Sa peau ressemble à la sienne, remarqua Talia en désignant Arlorran. Elle a l'air… vieille!

—Dites donc vous, un peu de respect! (Arlorran se dirigea vers Blanche.) Par contre, elle a raison au sujet de la vieillesse. Si j'étais toi, je me servirais de mes jolies petites lumières encore une fois. Elles aideront peut-être à détruire ce qui reste dans la blessure ? Ou peut-être pas. Qui sait ? Vous avez eu de la chance qu'il ne vous tienne pas plus longtemps.

Danièle détourna le visage tandis que la lumière irradiait. Une chaleur comparable à celle du soleil se répandit sur son bras, envoyant des picotements à travers la peau flétrie.

— Les effets ne sont pas très profonds, expliqua Blanche en posant la main sur le bras de Danièle et en fermant les yeux. Il a frôlé le muscle. Bon, tu risques de te sentir un peu faible, mais d'ici à quelques semaines, lorsque la peau et le muscle auront repoussé, il n'y paraîtra plus.

— Vous ne nous avez toujours pas dit ce que c'était, insista Talia.

Arlorran prit un air maussade et posa sa bouteille à terre.

— Un ténébreux, répondit-il lentement. Un rejeton de l'Homme Noir lui-même.

— J'ai lu quelque chose à ce sujet, commenta Blanche. C'est un serviteur de la reine des fées. On dit qu'il peut dessécher un homme en un rien de temps, l'espace d'un battement de cils, simplement en le touchant. S'il fait preuve de mansuétude, il n'altérera qu'un membre de la personne ou transformera ses yeux en poussière.

— La reine est finalement impliquée ? lança Danièle.

Arlorran nia vigoureusement d'un signe de tête.

— L'Homme Noir sert la reine et personne d'autre. Par contre, ses enfants, c'est une autre histoire. Ce sont des êtres malfaisants, farouches et difficilement contrôlables. De plus, ils n'appartiennent à aucune caste.

— L'Homme Noir est l'assassin de la reine, poursuivit Blanche en se tournant vers Arlorran, mais je n'avais jamais entendu dire qu'il avait des enfants.

— Il y a bien des choses que les humains ignorent sur les fées, précisa Arlorran.

— Pourquoi un ténébreux servirait-il Charlotte et Stacia ? demanda Danièle qui essayait de comprendre toutes les subtilités d'un monde qu'elle découvrait ce jour-là.

À peine quatre mois auparavant, elle était chez elle, subissant les petites persécutions ordinaires de ses demi-sœurs. Charlotte et Stacia semaient ses couvertures de cendres ou cachaient des œufs pourris au fond de sa malle, jusqu'à ce que leur odeur nauséabonde imprègne tous les vêtements de Danièle. La jeune femme regarda son bras et frissonna. Que se serait-il passé si Blanche n'avait pas repoussé le ténébreux ? S'il lui avait tenu le bras plus longtemps ? Elle baissa sa manche pour cacher la peau vieillie avant l'heure.

— C'est la partie croustillante de la chose, si je puis dire…, répondit Arlorran. Les ténébreux ne servent ni la reine ni le roi. L'Homme Noir lui-même n'a aucun contrôle sur eux. La reine a ordonné que tous les bâtards ombrageux qui oseraient pénétrer dans son domaine soient exterminés. Il faut dire que peu de gens ont envie de louer les services d'un ténébreux, et encore moins de se mesurer à lui.

— Alors, qui servent-ils ? s'enquit Talia.

Arlorran hocha la tête.

— On dirait bien qu'ils sont au service des demi-sœurs de la princesse, si je ne m'abuse. (Il se mit à faire les cent pas en décrivant des cercles qui l'éloignaient petit à petit des cheminées.) Je vous le dis, le prix à payer est beaucoup trop élevé pour vous. Charlotte n'est peut-être pas un foudre de guerre en matière de magie, mais Stacia était suffisamment puissante pour rectifier à son avantage ma propre invocation. Croyez-moi, pas une sorcière sur cent n'est capable d'obtenir un résultat pareil. Si, en plus, elle a des ténébreux à sa botte…

— Vous avez promis de nous aider, rappela Danièle et je dois savoir où ils sont allés.

— Mais je vous aide, princesse ! Vous n'avez certainement pas envie de trouver ces bestioles, je vous le promets !

Danièle ramassa son épée. Le sang du ténébreux souillait toujours la lame de verre.

— Nous l'avons blessé autant qu'il m'a blessée, fit-elle remarquer.

Elle marcha jusqu'à la cheminée et saisit la couverture à la recherche d'un endroit propre qui lui permettrait de nettoyer son arme. Arlorran secoua la tête d'un air désolé, mais ne répondit pas. Derrière lui, Blanche fit un clin d'œil à Danièle.

—C'est ici que tu t'installais pour discuter avec moi, fit-elle en posant une main sur l'épaule du gnome.

Elle le guida vers le fauteuil à bascule. Le siège était assez large pour qu'elle puisse se glisser à côté de lui. Elle pointa du doigt en direction du plafond et remarqua :

—Ton image était toujours baignée de cette teinte rosée. Je ne m'étais pas rendu compte que tu pouvais enchanter le quartz et t'en servir comme boule de cristal.

—Il m'a fallu des années de polissage pour le rendre suffisamment lisse et brillant afin de retenir le sort, commenta Arlorran.

Il tourna la tête d'un côté pour éructer discrètement.

—Alors, dis-moi, pourquoi as-tu coupé toute communication entre nous, hmm ? (La lèvre inférieure de Blanche s'avança légèrement dans une sorte de moue.) Cela fait bientôt un mois. Sais-tu à quel point je peux me sentir seule dans ma grande bibliothèque là-bas ?

Arlorran secoua doucement la tête.

—Ma belle, j'ai plus de deux siècles derrière moi, alors si tu crois vraiment que tu vas me tirer les vers du nez avec ces battements de longs cils et ces gros…

—Eh bien, voyons ça…, l'interrompit Blanche. (Elle déposa un baiser sur l'extrémité de son oreille, puis entortilla sa barbe autour de son index.) Tu m'as vraiment manqué, tu sais.

—Ces derniers temps ont été plutôt difficiles pour moi, confia Arlorran en caressant la main de la jeune femme.

Talia eut un petit ricanement.

—Et pour nous alors ? La poursuite d'assassins, les combats avec les démons et les ténébreux, ça vous dit peut-être quelque chose ?

—Tsss, sois sympa ! dit Blanche en lui tirant la langue.

—Tu es une gentille fille, décréta Arlorran. Vous êtes toutes de gentilles petites. (Il fronça les sourcils en regardant Talia.) Oui, enfin, presque toutes. Le fait est que je ne voudrais pas qu'il vous arrive du mal.

Blanche sourit et laissa courir un ongle sur le rebord de l'oreille du gnome.

—Arlorran, crois-tu vraiment que mes amies soient du genre à laisser tomber et à rentrer à la maison ? Nous allons nous lancer à la poursuite de Charlotte et de Stacia, et c'est moi qui serai responsable de notre protection contre leur magie tout le temps. Tu ne penses pas que ce serait mieux de savoir à quoi m'attendre, de savoir contre quoi je vais me battre ?

—Le mieux pour toi, ce serait que tu partes le plus loin possible… (Il jeta un coup d'œil à Danièle, puis à Talia.) Par le troisième téton de Mallenwar, vous êtes beaucoup trop têtues toutes les trois pour votre propre bien, pas vrai ?

Blanche l'embrassa sur la joue.

—Plutôt, oui, tu as tout compris !

—Suivez-moi ! décréta Arlorran en retournant dans la chambre à coucher. (Il étendit les bras.) La personne que vous cherchez se trouve ici, gravée dans le quartz. Je vous donne une heure. Trouvez la bonne sculpture et je vous aide à retrouver vos demi-sœurs. Si vous échouez, vous rentrez chez vous et vous vivez suffisamment longtemps pour jouer les petites grands-mères grincheuses.

—Je déteste les fées ! soupira Talia.

Danièle promena son regard sur le quartz étincelant. Il devait y avoir des centaines, voire des milliers de sculptures. Il leur faudrait des jours et des jours pour les passer au crible.

—Le temps que nous trouvions la bonne, mes demi-sœurs auront pris la poudre d'escampette depuis belle lurette ! s'exclama Danièle.

—Ne t'inquiète pas, princesse ! la rassura Blanche en lui souriant. (Elle monta sur le lit.) « Ô mon sage miroir, ô miroir clairvoyant, montre-nous la sculpture d'un trait resplendissant. »

—Hé, mais c'est de la triche, ça !

Arlorran se précipita pour arrêter Blanche, mais c'était trop tard. La lumière chaude d'un rayon de soleil traversait l'espace et une silhouette se mit à rutiler au plafond.

Des morceaux de métal lancèrent quelques éclats dans cet océan de quartz. La main en visière pour se protéger du miroir légèrement éblouissant, Danièle tendit le cou et essaya de déchiffrer l'image à l'envers.

Arlorran avait creusé avec soin une fissure presque verticale dans le morceau de quartz pour figurer une falaise. Au sommet de cet escarpement se tenaient le roi et la reine des fées, la tête ceinte d'une couronne d'or. Des hommes et femmes ailés et minuscules les entouraient ou flottaient dans le vide ; leurs ailes étaient si minces que Danièle aurait pu les briser net d'un doigt. De fines tiges de quartz pratiquement invisibles rattachaient les fées voletantes au plafond. Tout en bas, au pied de la faille, Arlorran avait incrusté une couche de quartz transparent. Danièle pouvait y distinguer des formes de poissons roses nageant dans l'eau. La jeune femme se demanda comment le gnome avait réussi ces superpositions de couches, un vrai tour de force. Une telle habileté aurait fasciné son père s'il avait pu admirer ce chef-d'œuvre.

— La Danse d'Aiguail ou, si vous préférez, la Danse de Goutte de Rosée, précisa Arlorran. (Il désigna l'une des silhouettes ailées.) Aiguail était un pixie, l'un des danseurs aériens les plus doués de tous les temps. Il avait organisé ce spectacle pour célébrer le centième anniversaire du règne de la reine. (Le gnome secoua la tête avec tristesse.) C'est après cette fête qu'il a commencé à espionner la reine pour le compte du roi. Lorsqu'elle le découvrit, la reine le fit jeter en pâture aux griffons, mais Aiguail était capable de voler à la vitesse d'un dragon au printemps, parfaitement !

— La lumière de Blanche ne désignait pas Aiguail, fit observer Danièle.

Elle scruta la scène de plus près. La lueur s'était insinuée à l'intérieur même de la fissure, presque tout au fond… là. Le quartz transparent avait pris une teinte plus fumée à cet endroit, mais elle distinguait un visage sous l'eau. Une femme aux longs cheveux regardait la danse au-dessus d'elle, attentivement. Un cercle d'argent couronnait son front.

— Qui est-ce ? demanda-t-elle.

—Maudite soit mon intégrité d'artiste qui me pousse toujours à un tel souci du détail! tempêta Arlorran.

—Cette fissure est censée représenter l'abîme, la Splendeur de Malindar, n'est-ce pas? interrogea Talia.

Blanche diminua l'intensité de sa lumière en se rapprochant.

—Et pourquoi a-t-elle une couronne? Je n'ai jamais entendu parler d'une autre fée de rang royal.

—Elle n'est pas de rang royal, confirma Arlorran.

Danièle tendit la main pour toucher l'eau. Le quartz était aussi froid et lisse que le verre. Ce n'était pas une cité humaine qui vibrait là sous ses yeux en s'étendant peu à peu à travers le pays. C'était la Cité de Faërie, un monde où les habitants vivaient dans toutes les dimensions, qu'il s'agisse de pixies fréquentant une taverne nichée à la cime des arbres ou d'Arlorran dans son antre souterrain.

—À quelle profondeur descend la crevasse? Mais surtout, qu'y a-t-il sous l'eau? s'enquit Danièle.

—Sous l'eau? Les os de ceux qui ont fourré leur nez là où ils n'auraient pas dû, fit Arlorran d'un ton brutal. Des créatures des ténèbres qui vous mettront en pièces avant même que vous ayez pu penser: «J'aurais dû écouter ce bon vieil Arlorran!»

—Nous avons trouvé! fit remarquer Danièle en tapotant la sculpture. Dites-nous maintenant ce que nous devons savoir!

Lentement, Arlorran hocha la tête.

—Un marché est un marché, reconnut-il en se laissant tomber lourdement derrière son bureau. Bon, eh bien allons-y! Nous aurons besoin de temps pour tout expliquer, et puis si vous voulez rejoindre l'abîme avant vos demi-sœurs, vous aurez besoin d'aide.

—Merci, dit Danièle.

Arlorran hésita.

—Ne me remerciez pas, princesse. Je ne vous rends pas service!

Sur ces mots, il prit leurs mains et Danièle se retrouva une fois de plus plongée au cœur des ténèbres.

9

*

Ils émergèrent au bord d'une route boueuse et glissante où se dressait une énorme tour de métal. Elle était reliée à sa jumelle de l'autre côté par de nombreuses passerelles et autres couloirs tubulaires, formant une gigantesque échelle. Des nappes de brume refroidissaient l'air et le rendaient humide.

Des pixies scintillant d'une vive lumière s'affairaient autour des passerelles pour s'agripper aux parois. La plupart d'entre eux semblaient occupés à polir les murs.

Des aiguilles de toutes dimensions hérissaient les tours. Près du sol, elles étaient de la taille d'une lame d'épée et devenaient de plus en plus imposantes à mesure qu'elles s'élevaient dans les airs, aussi haut que le regard pouvait porter. Les trois énormes lances qui faisaient saillie à l'extrémité de chaque tour auraient pu embrocher un géant. Aussi austères et cruelles que ces tours paraissent, elles se fondaient parfaitement dans la grande haie derrière elles.

— Chacune de ces aiguilles est réglable de l'intérieur. Celles d'en haut peuvent même être tirées sur les assaillants et les éventuels intrus. (Arlorran se lécha les lèvres.) Du bien bel ouvrage ! Je n'ai jamais visité l'intérieur, mais je donnerais cher pour voir comment ils réussissent certains trucs !

— Où sommes-nous ? demanda Talia en regardant le ciel.

Les deux quartiers de lune jumeaux se faisaient face au-dessus de l'horizon.

— Dans le domaine du roi, répondit Arlorran. Ce sont les tours des nains.

— Nous sommes de l'autre côté de la Cité de Faërie, souligna Danièle, mais c'est à l'abîme que nous devons nous rendre.

— Arrêtez de vous plaindre, s'écria Arlorran d'un ton hargneux. Je vous l'ai dit, il n'y a pas beaucoup d'endroits où le lien est suffisamment fort pour que je puisse me faire apparaître. Si vous voulez rejoindre l'abîme avant que vos demi-sœurs passent leur colère sur le prince, nous sommes au bon endroit. À moins que vous vouliez tenter votre chance par la route ? Certains membres de votre espèce sont connus pour y avoir erré toute leur vie sans jamais retrouver leur chemin.

— Je croyais que nous étions protégées tant que nous restions sur cette voie, s'inquiéta Danièle.

— Protégées ? Oui, la rassura Arlorran. Mais cela ne signifie pas pour autant que la route vous conduira où vous le souhaitez.

Il fourra les doigts dans sa bouche et siffla deux coups aigus. L'un des pixies lui répondit par un autre sifflement, puis disparut par une fenêtre camouflée au-dessus d'une lance.

— Satanés nains ! grommela Arlorran. Elle reviendra dès qu'ils l'auront autorisée à nous parler.

La pixie réapparut avant même que Danièle ait pu ouvrir la bouche pour poser une question à Arlorran. Volant plus vite que n'importe quel oiseau, l'étincelle jaune laissa derrière elle une traînée lumineuse fugace avant de s'immobiliser dans les airs juste devant Arlorran.

— Que veux-tu, gnome ? demanda-t-elle.

— Content de te revoir aussi, Nexxle ! (Arlorran fit un geste en direction de Danièle et de ses deux compagnes.) Mes amies ont besoin d'un moyen de transport.

— Une chance qu'elles aient des pieds alors !

— Il leur faut quelque chose de beaucoup plus rapide. (Il montra Danièle du doigt.) Elles doivent porter secours au mari de celle-là. Des puissances maléfiques sont à l'œuvre, et elles ont besoin de toute la vitesse et de toute l'aide dont elles peuvent disposer.

Les ailes de Nexxle s'immobilisèrent, ce qui lui fit perdre un peu d'altitude et effleurer le sol boueux.

— Quel genre de forces ?

Arlorran baissa la voix.

— Ils ont lâché un ténébreux chez moi, Nexxle ! Cette saleté aurait bien pu me tuer !

La mine renfrognée de la pixie resta impassible, mais sa lumière se fit légèrement plus vive.

— Peut-être qu'il réussira la prochaine fois, avec un peu de chance !

— Nous aiderez-vous ? demanda Danièle.

Nexxle cracha par terre.

— Certains maris ne valent pas la peine d'être secourus !

— Vais-je devoir en référer au conseil des anciens ? demanda Arlorran.

La lumière de Nexxle diminua d'intensité jusqu'à menacer de s'éteindre.

— Tu oserais, n'est-ce pas ? Tu n'as jamais supporté qu'on te dise « non ». Stupide gnome ! Restez là. Je vais trouver quelqu'un pour vous emmener jusqu'aux écuries.

Elle bondit dans un vrombissement d'ailes et fila en direction de la fenêtre pour disparaître de nouveau dans la tour.

— Où est-elle partie ? interrogea Danièle.

Arlorran s'essuya le visage des deux mains.

— Demander aux nains l'autorisation de nous accompagner. La totalité de la lignée a perdu un pari contre les nains il y a des siècles de cela. Si les pixies avaient gagné, ils auraient pris le contrôle des tours et supplanté les nains dans leur fonction de gardes du roi.

— Qu'ont-ils perdu ? demanda Danièle en regardant les petites créatures ailées travailler.

— Une génération de servitude. Une génération de nains, fort heureusement pour eux. Les générations de pixies se mesurent en siècles. (Arlorran eut un rire dénué d'humour.) Je dois leur reconnaître ce mérite : ces tours tiennent debout depuis des centaines d'années et je ne crois pas les avoir jamais vues aussi propres.

— Qui est Nexxle et pourquoi te hait-elle autant ? s'enquit Blanche.

Arlorran pinça les lèvres.

— C'est… Enfin, c'est ma belle-mère.

Le corps de Blanche se figea.

— Tu es marié ?

— Oh ! oh ! fit Talia entre ses dents.

— J'ai *été* marié, s'empressa d'ajouter Arlorran. Il y a longtemps. Elle est morte jeune, il y aura cinquante ans ce mois-ci. (Il se détourna de Blanche et s'absorba dans la contemplation de la tour.) Un peu volage sur les bords, même pour une pixie, mais je l'aimais. En fait, tu me la rappelles.

— Je suis désolée, souffla Blanche.

Arlorran hocha la tête.

— Inutile de dire que les pixies prennent les liens de parenté très au sérieux. J'ai encore quelques droits ici, bien qu'ils aient du mal à le reconnaître. (Il prit une profonde inspiration frémissante.) Allez, ça suffit comme ça avec mes problèmes !

» Bon, vous devez savoir qui détient votre prince. Peut-être que ce que je vais vous dire à propos de la duchesse vous remettra les idées en place… (Il prit le bras de Danièle et entraîna la jeune femme.) Ne vous inquiétez pas, Nexxle nous rattrapera. (De sa main libre, il attrapa Blanche. Quelques instants plus tard, le gnome se promenait, balançant les bras des deux jeunes femmes comme un enfant marchant entre ses parents.)

» C'est une vieille histoire que celle de la duchesse. Elle remonte à l'époque où la Cité de Faërie n'était rien de plus qu'un lopin de terre, encerclé par des champignons vénéneux. À cette époque-là, le couple royal demeurait dans les limites de la colline féerique et ne sortait qu'une fois par an pour chasser.

—Chasser? Quel gibier? demanda Blanche.

—L'humain, principalement. (Arlorran haussa les épaules d'un air contrit.) C'était un sport, enfin un petit peu plus que cela. Le roi et la reine capturaient leurs favoris parmi les plus beaux et les plus élégants spécimens de votre espèce, afin d'en faire leurs jouets pour l'année à venir. Les autres devenaient esclaves. Bien souvent, les humains choisissaient de rester avec nous, même après avoir accompli leur année de servitude. Ce n'était pas comme si nous les tuions, vous comprenez?

—Non, je ne comprends pas, répliqua Talia. On ne peut pas dire que la bonté et la compassion vous étouffent, vous les fées!

—Bah, c'est notre nature! (Arlorran pressa la main de Danièle.) Revenons donc à cette époque, où une petite lutine dévorée par l'ambition espérait prendre la place de la reine. Elle était très douée. Illusions, enchantements, magie terrestre… On dit qu'elle avait même quelques rudiments en magie d'invocation. Bref, elle se transforma en homme, le plus beau de tous, et s'esquiva avant la partie de chasse annuelle. Elle attendit dans les bois et lorsque le roi et la reine arrivèrent… eh bien, évidemment, la reine tomba sous le charme de tant de perfection féminine, je veux dire masculine. Zut alors, comment est-on supposé raconter une histoire lorsque le personnage principal change tout le temps de… genre?

» Quoi qu'il en soit, la reine le réclama pour elle seule, ce qui ennuya considérablement le roi. Il ne parvenait plus à se concentrer sur sa magie et la jeune fille qu'il avait tenté de prendre au piège cette nuit-là lui avait filé entre les doigts. Il faut bien comprendre les choses, le roi avait également un joli tableau de chasse à son actif… Finalement, le roi et la reine retombaient toujours dans les bras l'un de l'autre ; mais cet adonis-là était un tantinet trop mignon si vous voyez ce que je veux dire… (Il fit claquer sa langue.) Il m'arrive la même chose lorsque je retourne en ce bon vieux pays des gnomes… (Danièle jeta un coup d'œil à Talia qui roula de grands yeux.)

» Donc, la reine emmena sa prise avec elle au palais et elle, enfin, il se comporta comme n'importe quel humain normalement constitué :

il était bouleversé et confus. La reine était sur le point de le mettre au lit lorsque le roi fit irruption. Sa jalousie avait été plus forte que lui, comme c'était souvent le cas. Bref, aussi rapide qu'un nain descendant une pinte, le roi jeta sa lance.

» Alors voilà, avoir une lance plantée dans le dos, ça distrait un peu, vous voyez ? Le sort de la duchesse se défit sur-le-champ, la laissant nue et blessée. Elle perdait son sang et tenait à la main le couteau d'argent qu'elle avait prévu d'utiliser pour trancher la gorge de la reine.

» La reine était quelque peu froissée, comme vous vous en doutez. Personne n'aime les assassins. (Il leva les yeux vers Danièle.) J'imagine que vous pouvez comprendre ça. Cela dit, aucune créature au monde n'est capable de rivaliser de tempérament avec un être féerique de sang royal. La reine était toute disposée à mettre cette lutine en pièces lorsque le roi décida de s'interposer. Il expliqua qu'il était impressionné par les capacités magiques déployées par cette petite maligne pour abuser la reine. Il ajouta qu'il cherchait toujours des jeteuses de sorts talentueuses comme elle. Entre nous, je crois qu'il voulait juste la garder en vie pour se venger de la reine.

» La reine avait déjà perdu la face dans cette mauvaise farce, aussi plutôt que de risquer un affrontement direct avec son époux, elle céda. Cependant, elle jura que la lutine serait torturée pendant un millier d'années si jamais elle reparaissait devant elle. Le roi accepta, promettant de la lier à des tâches qui la tiendraient éloignée de la souveraine.

— Et ensuite, que s'est-il passé ? s'enquit Blanche.

Arlorran rit de bon cœur.

— Elle joua avec le roi au même jeu qu'avec la reine. Elle le séduisit et le mit dans son lit la nuit même, lui susurrant des mots doux à l'oreille pour gagner sa compassion. Le roi refusa de la libérer, mais il l'autorisa à formuler un vœu, un seul. Alors, elle demanda à voir le soleil se lever une dernière fois en tant que femme libre ; ensuite, elle le servirait de son plein gré. À l'instant même où il accepta, elle s'enfuit. Le roi se lança à sa poursuite, mais elle était trop rapide. Elle plongea dans la terre et s'y enfouit profondément. Elle n'est pas remontée à la surface depuis. Tant qu'elle demeurera sous terre et ne contemplera aucun lever de soleil, elle restera une femme libre.

—J'ai lu tout ce que Lorindar peut contenir d'ouvrages sur les fées, y compris une grande partie de la bibliothèque de Trittibar, affirma Blanche, jamais je n'avais entendu parler de la duchesse jusqu'à aujourd'hui.

—Ceux qui connaissent cette histoire sont très peu nombreux, même à l'intérieur de la Cité de Faërie, et vous me feriez une grande faveur de la garder pour vous. Le roi et la reine n'apprécient guère de passer pour des imbéciles. Ils ont fait tout ce qui était en leur pouvoir pour que l'affaire ne s'ébruite pas et que la duchesse se tienne tranquille. C'est devenu plus difficile depuis la guerre car lorsque l'abîme s'est ouvert, la duchesse y a emménagé au pied des falaises. Ensuite, elle a commencé à attirer à elle quelques créatures des ténèbres parmi les plus redoutables de la Cité de Faërie.

—Veut-elle toujours renverser le roi et la reine ? interrogea Talia.

—Sans l'ombre d'un doute.

Danièle s'absorba dans la contemplation de la route. Elle essayait d'imaginer ses demi-sœurs se liguant avec une usurpatrice mythique du trône des fées.

—Comment avez-vous appris l'existence de la duchesse ?

—La reine m'a raconté cette histoire elle-même, répondit Arlorran. Cela remonte à l'époque où elle m'a nommé invocateur. Le premier ordre qu'elle me donna fut de faire apparaître la duchesse. Régulièrement, tous les deux ou trois ans, je dois réessayer, car la reine espère toujours que la duchesse baissera sa garde, un jour ou l'autre.

—Pourquoi invoquer la duchesse ? interrogea Danièle.

—Parce que, de cette façon, la reine la verra, et elle pourra mettre sa menace à exécution, répondit Talia.

—Exactement. (Arlorran tremblait, et ce n'était pas seulement pour donner du poids à son histoire.) Je vous le dis, il n'y a pas plus rancunier qu'une fée de sang royal !

—Et ils ne l'ont pas exilée ? questionna Blanche.

— En l'exilant, ils la libéreraient de tout lien l'attachant à la Cité de Faërie, expliqua Arlorran. Notamment de son serment prêté au roi.

Danièle se frictionna les bras, luttant contre un frisson.

— Alors, pour quelle raison la duchesse voudrait-elle enlever Armand ?

— Oh, mais elle ne le veut pas, objecta rapidement Arlorran. C'est toujours une fée, elle doit respecter le traité, comme nous tous. Cependant, il n'y a rien dans ce traité qui lui interdise d'héberger vos demi-sœurs, tant qu'elle ne cause activement aucun mal à un être de l'espèce humaine.

Mais quel est donc son intérêt dans tout ça ? se demanda Danièle en essayant d'imaginer ce que ses demi-sœurs auraient bien pu offrir à une fée telle que la duchesse. Sa marâtre avait pratiquement dilapidé tout le bien de sa famille au fil des ans et elle avait dépensé l'argent qui restait dans les préparatifs pour le bal. Charlotte et Stacia n'avaient plus rien. Quant à leur magie, elle serait loin d'impressionner une fée qui détenait assez de pouvoir pour défier le roi et la reine des fées.

Un vrombissement d'ailes annonça le retour de Nexxle. Elle transportait un sac en toile de jute trois fois plus gros qu'elle. Décidément, ces ailes scintillantes étaient plus solides que Danièle l'avait imaginé !

Nexxle lança le sac à Arlorran. Celui-ci fit de son mieux pour l'attraper au vol, mais l'impact fut tel que le gnome fut cloué au sol.

— Merci ! (Il arracha le cordon et fourragea à l'intérieur pour en sortir quelques pommes jaunes et rouges par endroits.) Tenez, attrapez, annonça-t-il en lançant un fruit à Danièle, puis un à Blanche ; le dernier fruit fut intercepté en plein vol par Talia.

— Vous n'auriez pas autre chose, à tout hasard ? demanda Talia. Blanche est… allergique.

Danièle jeta un coup d'œil à la jeune femme, qui était encore plus pâle qu'à son habitude. Elle s'efforçait de sourire.

— Rien que le goût me donne des haut-le-cœur et j'ai l'impression d'étouffer.

En repensant à l'histoire de la jeune femme, Danièle ne pouvait pas l'en blâmer. Si sa propre mère avait essayé de la tuer au moyen d'une pomme empoisonnée, elle éviterait sûrement ces fruits désormais !

—Elles ne sont pas pour vous, précisa Nexxle. (Volant au ras du sol, la pixie donna une tape sur la tête d'Arlorran et fit tomber sa casquette par terre.) Allez, c'est parti !

Elle les conduisit sous un bouquet de sapins aux aiguilles brillantes comme de l'argent. La lumière jaune de Nexxle scintilla dans les branches sur son passage. Danièle toucha l'un des sapins, s'attendant à moitié que les aiguilles percent sa peau, mais elles se révélèrent encore plus douces que celles de chez elle. La jeune femme suivit Nexxle sur un sentier étroit.

—Cela n'a jamais été un chemin, grommela Nexxle. Pfffttt, ces nains stupides et leurs grosses bottes ! Autant planter des panneaux de signalisation !

Danièle termina sa pomme en suivant la lumière de Nexxle dans les ténèbres. Elle hâta le pas pour rattraper Arlorran.

—Vous ne nous avez toujours pas dit pourquoi elle vous déteste autant, fit remarquer Danièle.

—Oh, c'est simple, elle voulait que sa fille épouse un brave garçon pixie, expliqua Arlorran. Elle voulait des petits-enfants qui auraient papillonné autour d'elle en tous sens, comme des lucioles ivres. Et voilà qu'à la place, sa fille chérie quitte la famille pour s'enfuir avec un vieux gnome tout ridé. (Il gloussa, mais son rire ne fut pas assez rapide pour dissimuler le désir inassouvi qui avait assombri l'expression de son visage.) Et même si nous avions pu avoir des enfants tous les deux, vous me voyez élever une ribambelle de bambins batifolant dans les airs ?

—Vous auriez toujours pu les rappeler en utilisant votre pouvoir d'invocation, souligna Danièle.

—Ah, c'est vrai, ma foi ! Mais je ne me sentais pas de taille pour une tâche de cette ampleur. Vous, en revanche, vous ferez une bonne mère. En supposant que la duchesse ne vous tue pas ou ne vous réduise pas en esclavage, bien sûr !

Danièle secoua la tête.

— Tout ce que je sais de l'amour maternel, je le tiens d'un arbre.

Arlorran eut un large sourire.

— Tout cela est assez étrange pour ressembler à un vrai conte de fées!

— Dépêchez-vous! les interrompit Nexxle d'un ton brutal. Les nains veulent que je termine de graisser leurs lances au dix-huitième étage et je dois avoir fini avant le lever du soleil.

La forêt se fit tout à coup moins dense tandis qu'ils escaladaient une large colline. Lorsque Danièle parvint au sommet, le spectacle réussit presque à chasser toute pensée de son esprit, que ce soit pour ses demi-sœurs, pour la duchesse ou même pour Armand.

Des collines couvertes d'arbres se déployaient tout autour en cercle, créant en leur centre une cuvette herbeuse. En face paissait un petit troupeau de ce qui semblait être des chevaux colorés par les lumières de quelques pixies. Toutefois, ils ne ressemblaient à rien de ce que Danièle avait pu voir jusqu'ici en matière d'équidés.

Des ailes de plumes immenses reposaient à plat le long de leurs flancs. Même repliées, elles étaient si longues qu'elles dépassaient l'arrière-train des bêtes, rappelant d'interminables queues d'oiseaux.

Nexxle émit deux sifflements brefs pour appeler l'un des pixies qui vola à leur rencontre, rapide comme l'éclair. C'était un pixie bleu, aux cheveux collés par la sueur et aux habits froissés. Il se laissa tomber sur le sol devant Arlorran, puis promenant un long regard appréciateur, il jaugea tour à tour les trois princesses. Le pixie donna un coup de poing dans la jambe d'Arlorran.

— Eh bien, pour un vieux gnome, tu ne t'en fais pas dis donc!

— La ferme, Pouic, dit Nexxle. Ces trois-là ont besoin d'une monture. Occupe-toi d'elles!

— Nous allons monter sur le dos de ces animaux? souffla Danièle.

Son cœur battit plus vite, à la fois de peur et d'envie.

— Rien ne vous conduira à l'abîme plus vite qu'un aviar, sauf un dragon, affirma Arlorran.

Il sortit une pomme du sac et la jeta de toutes ses forces en direction de la pâture. Sans perdre un instant, quatre aviars déployèrent leurs ailes et bondirent. Leurs hennissements étaient plus aigus que ceux des chevaux normaux. Ils rappelaient de façon désagréable des cris humains. Des sabots non ferrés battirent l'air et les coups de pied fusèrent tandis qu'ils se disputaient le fruit. Un étalon bai et blanc donna un dernier battement d'ailes vigoureux qui plaqua une jument grise au sol. L'animal prit délicatement la pomme entre ses mâchoires et atterrit, puis galopa un peu plus loin à l'écart pour déguster sa friandise.

—Nous allons vraiment chevaucher ces créatures? demanda à nouveau Danièle, sur un ton différent cette fois-ci.

—Je vous souhaite bien du plaisir! lança Nexxle en souriant pour la première fois depuis sa rencontre avec la jeune femme.

Elle riait de bon cœur en disparaissant dans les bois vers la tour. Arlorran saisit une autre pomme.

—Faites-moi confiance! Traversez la Cité de Faërie seules et vous rencontrerez toutes sortes d'ennuis et de problèmes. Ces bestioles vous emmèneront à destination directement, sans anicroche et, le plus important, en toute sécurité.

—Allons-y! proposa Pouic. Voyons si nous trouvons chaussure à votre pied, mesdames.

Les aviars reculèrent lorsque Danièle et les autres suivirent Pouic dans le pré. Des froissements d'ailes se firent entendre. L'étalon bai et blanc hennit doucement et décocha une ruade. Les ailes déployées, il se tint en équilibre sur ses membres postérieurs qui étaient beaucoup plus longs que ceux d'un cheval normal.

—Comment les montez-vous? demanda Danièle.

—Nous? Nous utilisons un genre de voiture.

Pouic désigna un aviar moucheté presque à l'arrière du troupeau. Un engin long en forme de panier était attaché à son dos. À l'intérieur, deux pixies étaient assis, leur lumière bien visible à travers les hublots triangulaires. Un troisième se tenait à la base de l'encolure, les mains et les bras entortillés dans la longue crinière. À sa ceinture pendait une fine cravache deux fois plus longue que son corps.

—Ce ne sont pas des agneaux, gentes dames, reprit-il. Lorsque les pixies sont en guerre, on peut entasser jusqu'à cinq ou six guerriers dans chacune de ces voitures et tirer des flèches ou jeter des sorts dans toutes les directions pendant que le cavalier dirige l'animal. Et les dégâts infligés sont inférieurs à ce qu'un aviar bien entraîné peut causer lors d'un combat !

—Cela dit, il n'est pas question que vous chevauchiez l'une de ces bêtes de guerre, précisa Arlorran d'un ton sérieux, presque sévère. N'est-ce pas, Pouic ?

Le pixie lui tira la langue.

—Tu sais que tu n'es plus drôle !

Il émit une série de pépiements stridents en direction de quelques pixies qui entreprirent de rabattre des aviars vers eux. Arlorran glissa une pomme dans la main de Danièle, puis dans celles de Blanche et de Talia.

—Pas de bruit ni de gestes brusques, conseilla Pouic. Au sol, ces gaillards sont encore plus craintifs que vos chevaux.

Danièle sourit et tendit sa pomme. Au loin, elle apercevait les autres aviars : certains s'ébrouaient et piaffaient dans leur direction, mais les pixies les tenaient à distance. Elle s'avança vers celui qui se tenait à l'extrémité du troupeau, une jument grise dont les ailes et la crinière étaient aussi noires que l'océan au plus sombre de la nuit. Ses grands yeux bleus ne clignèrent pas une fois lorsqu'elle flaira la pomme. Lentement, elle retroussa ses lèvres et cueillit le fruit dans la main de Danièle.

Les aviars sentaient le foin fraîchement coupé, avec une note légèrement plus âcre mélangée à une odeur de noix.

—Puis-je la toucher ?

—Difficile de faire autrement si vous voulez la monter, répliqua Pouic.

Danièle tendit la main pour caresser le pelage du cou de la jument. L'animal rejeta une oreille en arrière.

—Tu es magnifique ! chuchota Danièle en flattant son encolure.

La peau de l'aviar était chaude, presque fiévreuse, et son pelage plus raide qu'il y paraissait.

Un pixie orange vola à la hauteur de la tête de l'aviar. Il attendit que l'animal finisse de manger sa pomme, puis glissa un mors de cuivre dans sa bouche. L'aviar fit un pas en arrière, mais le pixie, plus rapide, fit prestement le tour de sa tête pour fermer la boucle de la bride légère. Les rênes semblaient normales même si elles étaient un peu plus longues que celles dont Danièle avait l'habitude. Une troisième lanière courait juste au-dessus des naseaux, nouée au centre des rênes, à l'endroit où le cavalier devait se tenir. Danièle examina attentivement le harnachement. Le mois précédent, elle ne s'était pas sentie vraiment à l'aise sur le dos d'un cheval.

— Comment est-ce que je… ?

Elle ne termina pas sa phrase. La jument secoua brusquement la tête et éternua. De la salive, mêlée de morve et de morceaux de pomme, gicla sur le visage et le torse de Danièle.

— Ils n'aiment pas trop le mors, déclara Pouic en réprimant un sourire.

Elle s'essuya la figure avec sa manche. À sa gauche, Talia avait déjà enfourché sa monture à la robe baie et aux ailes noires. Danièle nettoya le plus gros de la saleté qui avait atterri sur son corsage.

— Bon, comment fait-on pour conduire un aviar ? interrogea-t-elle.

Pouic s'envola pour se placer au départ de l'encolure.

— Si vous étiez un pixie, vous utiliseriez les tresses dans sa crinière. Dans votre cas, je suggérerais les rênes.

Danièle laissa courir ses doigts dans les crins et trouva l'une des tresses. Elle était à peine plus épaisse qu'une cordelette, et beaucoup trop mince pour lui offrir une prise suffisante.

— Ne vous inquiétez pas ! Si ces gros benêts de nains peuvent les monter, vous devriez vous en sortir, dit Pouic en prenant les rênes pour s'assurer qu'elles étaient assez longues entre les mains de la princesse. Vous les guidez à gauche ou à droite de la même façon que vos chevaux. (Il tira sur la rêne gauche et fit décrire un cercle étroit à l'animal.) Assurez-vous de conserver la commande de vol bien lâche. (Il désigna la troisième rêne.) Pour voler plus haut, modifiez votre prise comme ceci. Dirigez la tête et vous dirigez l'animal.

Il fit glisser les mains vers l'arrière, jusqu'à ce qu'elles touchent le nœud de la commande de vol. La longueur des rênes était réglée pour que cette lanière se tende avant elles. Pouic tira, l'animal redressa la tête et fit quelques pas rapides avant de s'élancer dans les airs. Le brusque courant d'air provoqué par les ailes de l'animal fit reculer Danièle d'un pas. Le pixie guida le cheval ailé vers le sol en criant :

— Ensuite, glissez vos mains vers l'avant sur les rênes, tirez pour lui faire baisser la tête et le ramener sur la terre ferme. Vous n'êtes pas du genre à pousser des cris pour un rien, j'espère ? Ils détestent ça et à moins d'avoir des ailes dans le dos, vous n'avez pas intérêt à les agacer lorsque vous serez là-haut.

Il sauta à bas de sa monture et tendit les rênes à Danièle avec un clin d'œil.

— Un coup de main ?

Il n'y avait pas de selle et les ailes étaient trop hautes pour qu'elle puisse s'en servir. Danièle examinait toujours l'aviar, cherchant comment grimper sur sa monture, lorsqu'elle sentit des mains minuscules l'attraper par le col. Ses cheveux se rabattirent sur son visage, soufflés par les ailes de Pouic, et tout à coup ses pieds quittèrent le sol. Sa chemise s'enfonça sous ses aisselles tandis que le pixie la transportait au-dessus de l'aviar. Elle semblait aussi légère que l'air, à voir le peu d'efforts que le pixie fournissait.

— Les ailes des pixies sont magiques, expliqua Blanche, déjà sur le dos de sa propre monture. Ils peuvent porter vingt fois leur poids, exactement comme les insectes.

— Je vous demande pardon ? s'écria Pouic. (Il eut une moue dédaigneuse, puis concentra de nouveau toute son attention sur Danièle.) C'est l'une des plus vieilles juments, probablement la plus accommodante que nous ayons ! Les femelles se calment généralement lorsqu'elles ont passé l'âge de mettre bas, mais la puissance de leurs ailes est toujours aussi impressionnante. (Il s'éloigna en secouant la tête tout en grommelant :) Des insectes, vraiment !

L'aviar suivit Pouic. Danièle se pencha en avant, entourant l'encolure de l'animal de ses bras pour éviter de tomber. Les formidables ailes faisaient saillie juste derrière ses cuisses, la poussant plus vers l'avant que sur le dos d'un cheval normal. Il n'y avait pas la place pour une selle et la colonne vertébrale de l'aviar promettait toutes sortes de bleus, contusions et meurtrissures avant la fin de la nuit.

Talia dirigea sa monture pour rejoindre Danièle.

— Que se passe-t-il, princesse ? Tu ressembles à une marionnette dont on aurait coupé la moitié des fils.

Danièle rougit jusqu'aux oreilles. Ses mains étaient moites sur les rênes tandis qu'elle s'efforçait de se redresser et d'imiter, en vain, l'attitude décontractée de Talia. L'animal fit un écart à ce moment précis. Danièle serra les jambes sous les ailes pour se maintenir en selle.

— Détendez-vous ! conseilla Arlorran. (Il tenait une autre pomme au-dessus de sa tête. La jument cessa de bouger pour lui arracher le fruit des mains.) Gardez vos genoux pliés exactement comme ça, sous les ailes. Elle non plus ne veut pas que vous tombiez. Plus vous serez détendue et à l'aise, plus il vous sera facile de trouver la bonne position sur son dos.

Pouic volait à ses côtés, esquivant les petits coups de queue nerveux de l'aviar.

— Faites attention à votre épée ! Évitez que le fourreau lui donne des coups sous les ailes.

Il grimaça en regardant Danièle tâtonner avec les rênes. Talia trottait à côté d'elle, comme si elle avait chevauché des aviars toute sa vie.

Danièle tira un peu sur les rênes pour juger de l'effet. L'aviar fit un autre écart, manquant de renverser Arlorran. Pouic le regarda, l'air sceptique.

Danièle ferma les yeux. Elle n'y arrivait pas. Elle parvenait tout juste à monter un cheval normal et là, elle sentait grandir le malaise de l'animal à chaque nouvelle maladresse. La jeune femme prit une grande inspiration et se tourna vers Pouic.

— Comment s'appellent-ils ? demanda Danièle.

Le pixie désigna la monture de Blanche.

— Votre amie au teint de porcelaine monte Minuit et la fille à l'air renfrogné a choisi Chaussette.

Talia s'avança vers Pouic.

—Chaussette?

Le pixie sourit de toutes ses dents.

—C'est un des gamins qui l'a nommée comme ça. (Il montra le pelage blanc aux extrémités des pattes de l'aviar.) C'était ça ou L'Aviar Botté! (Ses lèvres laissèrent échapper un léger «pouic» tandis qu'il se retournait vers Danièle.) Quant au vôtre, c'était Zoé avant, mais l'un des nains l'a rebaptisée. Aujourd'hui, nous l'appelons Zirdiclav.

Danièle fit de son mieux pour imiter les pépiements du nom.

—Qu'est-ce que cela signifie?

—Difficile à traduire dans votre langue, répondit Pouic en détournant les yeux. En gros, cela revient à quelque chose comme «Chasse-Tempête».

Arlorran rit dans sa barbe.

—Les pixies ne comprennent pas toutes les subtilités de la langue des nains, mais pour ma part, j'en ai quelques rudiments. (Il hocha la tête.) *Zir* signifie plutôt «briser»; par contre *clav* est bien un mot nain pour parler d'une rafale de vent inopinée.

—Alors, elle s'appelle… (Danièle mit une main devant sa bouche.) Brise-Vents?

—Elle vous ira très bien, dit Pouic. Mais vos amies n'apprécieront peut-être pas de voler juste derrière elle.

—Je l'appellerai Vent, décréta Danièle.

Elle se pencha en avant, plaquant son corps contre l'encolure de l'aviar. Elle n'avait jamais essayé de communiquer avec un animal d'une taille aussi imposante auparavant. L'aviar la comprendrait-elle? Et même si c'était le cas, il n'y avait aucune certitude qu'elle veuille bien l'écouter.

—S'il te plaît, chuchota Danièle. (L'oreille de Vent pivota vers l'arrière.) Je dois me rendre jusqu'à l'abîme. Mes demi-sœurs s'y trouvent et elles y ont emmené mon mari… mon compagnon.

L'aviar poussa un grognement. Danièle n'aurait su dire si elle la comprenait ou non.

—Je sais que je suis maladroite. Je fais de mon mieux, mais dis-moi, tes poulains galopaient-ils et volaient-ils aussi gracieusement quand ils sont nés?

L'oreille obliqua de nouveau en arrière et l'aviar hocha légèrement la tête pour libérer les rênes des mains de la jeune femme.

—Je comprends, poursuivit Danièle en priant pour que ce soit vraiment le cas.

Elle allongea la main jusqu'à toucher la boucle de métal. D'un coup sec, elle relâcha la sangle de la têtière, puis elle fit passer les rênes par-dessus la tête de l'animal pour l'en débarrasser. Vent balança la tête d'avant en arrière et, crachant le mors, lança la bride en direction de Pouic.

—À quoi jouez-vous, ma jolie? interrogea Arlorran en se précipitant près de Danièle. Elle va vous jeter à terre comme une vulgaire…

L'aviar bondit, ses ailes se refermèrent avec tant de force qu'Arlorran fut renversé sur le dos. Danièle enlaça le cou de l'animal et serra ses jambes sous les ailes. La poussée était trop importante et elle crut qu'elle allait basculer dans le vide si jamais elle desserrait sa prise.

—Eh bien, c'est d'accord, alors! conclut Arlorran en se brossant les fesses pour ôter la poussière de ses vêtements. Après tout, qu'est-ce que je connais, moi, de l'équitation aérienne?

Vent hennit en franchissant la cime des arbres, puis elle étendit ses ailes pour planer en décrivant de grands cercles lents. Elle inclina légèrement la tête en arrière et, à ce moment-là, Danièle aurait juré de voir de l'amusement dans l'œil bleu océan.

Petit à petit, Danièle relâcha ses muscles et laissa glisser ses jambes le long des flancs de Vent, jusqu'à ce que les ailes cessent de frapper l'arrière de ses cuisses. Elle sentait les muscles puissants se contracter tandis que l'aviar maintenait son altitude.

Pouic volait derrière elle, tenant toujours la bride abandonnée qui flottait au vent.

—Et comment avez-vous l'intention de la conduire, jeune écervelée qui ne pense pas plus loin que le bout de son nez?

—Je n'ai pas l'intention de la diriger, dit Danièle en déglutissant et en espérant ne pas faire d'erreur. J'ai décidé de lui faire confiance. (Elle baissa la voix, s'adressant uniquement à l'aviar.) Tu peux me ramener auprès de mes amis ?

Les ailes de l'aviar se déployèrent complètement, ralentissant leur vol. Danièle se raidit tandis qu'elles plongeaient en piqué, mais Vent fut aussi légère qu'un moineau à l'atterrissage.

—Voilà qui est mieux, lança Talia, mais tu es toujours aussi raide qu'une statue ! Continue à te tenir comme ça et tu auras l'impression qu'un ogre t'a massée avec son gourdin.

—Oh, tais-toi ! fit Blanche. Tu es seulement jalouse parce que tu dois tenir les rênes, toi !

Elle frappa dans ses mains en adressant un sourire lumineux à Danièle.

—Princesse Danièle ?

Danièle regarda Arlorran du haut de sa monture.

—Je vous en prie, oubliez les « princesse » !

Arlorran se retourna pour regarder Blanche et Talia qui se chamaillaient. Il attira Vent à l'écart avec une autre pomme, jusqu'à ce qu'ils soient totalement hors de portée d'oreilles indiscrètes.

—Vous avez devant vous un chemin bien dangereux à parcourir. Je vous en prie, veillez sur elles, noble dame ! supplia-t-il en baissant la voix.

Danièle le regarda, interloquée.

—Moi ? Talia peut tuer un géant avec un lacet de soulier et Blanche est une enchanteresse assez puissante pour…

—C'est sûr, elles sont passées maîtresses dans leurs arts, l'interrompit Arlorran, mais je connais bien Blanche et je vous ai vues à l'œuvre, Talia et vous. (Il tapota doucement la jambe de Danièle.) Croyez-en ce bon vieil Arlorran, c'est à vous de veiller sur ces deux-là !

Avant que Danièle puisse répondre, Talia s'était approchée.

—Allez, plus vite nous serons parties et plus vite je poserai le pied sur la terre ferme.

— Les aviars se débrouilleront pour rentrer, précisa Pouic. Prononcez juste le mot «maison» une fois à destination.

Danièle allait demander comment elles-mêmes étaient censées rentrer, mais elle se ravisa. Ça n'avait aucune importance. Si elles trouvaient Armand, il n'y aurait qu'à contacter Béatrice qui organiserait les secours en intervenant auprès de la cour des fées. Sinon…

— Merci, dit Danièle. (Elle se tourna vers Arlorran.) Et merci à vous, ajouta-t-elle.

— Rappelez-vous ce que je vous ai dit, insista Arlorran, et n'oubliez pas mes ailes!

Tandis qu'elles s'élevaient vers les nuages, Danièle se rendit compte qu'elle tremblait. Les pixies n'étaient guère plus gros que des étincelles désormais, et une simple bourrasque pouvait la précipiter dans une chute vertigineuse. Mais très vite, quelque chose en elle accepta l'inévitable. Si elle devait tomber, elle tomberait. Elle n'avait pas le choix, il fallait faire confiance à Vent pour arriver à bon port, saine et sauve.

La peur fit place à une sensation d'exaltation irréelle. Danièle frissonna dans l'air froid de la nuit, malgré la chaleur de Vent amplifiée par l'effort. Cette expérience était beaucoup plus grisante que son vol jusqu'à la Cité de Faërie, car elle avait voyagé bien à l'abri dans la nacelle de Karina. Là, l'air froissait sa chemise, cinglait son visage et rejetait ses cheveux en arrière, emmêlant les longues mèches emportées par la course.

— Regardez les lunes! cria Danièle.

Le vent emporta ses paroles, mais l'aviar sembla avoir entendu. Il s'inclina sur la gauche pour offrir à Danièle une meilleure vue: les lunes jumelles se faisaient face, leurs croissants d'or et d'argent se touchant presque aux extrémités.

La jeune femme se retourna pour apercevoir la sombre silhouette des deux tours. Au loin, la haie disparaissait. À cet instant, Danièle prit conscience de l'étendue de la Cité de Faërie. Elle jeta un coup d'œil vers l'est où d'énormes toitures émergeaient à travers les arbres.

— Des géants! s'écria Blanche. (Elle sourit et rapprocha son aviar de celui de Danièle.) Il n'y a que les elfes qui sachent faire pousser des arbres assez grands pour les maisons des géants. En échange, les géants ne les mangent pas.

Talia et Chaussette dépassèrent Danièle sur la droite.

— Allez! hurla Talia. Vous visiterez lorsque nous aurons retrouvé Armand!

En quelques vigoureux battements d'ailes, son aviar passa nettement en tête. Danièle et Vent suivirent. Danièle gloussa, prise d'une euphorie soudaine, tandis qu'elles volaient toutes les trois : elles étaient si haut dans les cieux, si rapides et si… libres. Elle se coucha sur l'encolure de l'animal pour humer l'odeur de noix mêlée de musc si caractéristique de l'aviar. Elle aurait pu chevaucher ainsi une éternité.

Puis Vent commença à transpirer. Danièle ne s'en rendit compte que lorsqu'elle rattrapa Blanche. La jeune femme avait voulu sortir sa main de la crinière et lui faire un petit signe. Au moment où elle avait levé le bras, le vent avait rafraîchi sa manche humide, la faisant frissonner.

Bientôt, la sueur salée de l'aviar trempa ses bras et le devant de son corsage; elle la sentait s'infiltrer à travers son pantalon. Elle se serra encore plus fort contre le corps de Vent pour se réchauffer à sa chaleur. Le pelage raide était glissant et humide, et la crinière se collait continuellement à son visage, mais il faisait trop froid pour qu'elle songe à se redresser.

En dessous, le paysage défilait lentement, émaillé de petites lueurs qui témoignaient de la présence de feux de camp et de lanternes. Mais la vitesse du vent sur son visage démontrait qu'elles se déplaçaient plus vite qu'avec n'importe quel cheval terrestre.

Plus haut devant, un lambeau de nuage fila, étincelant comme la mer tandis qu'il ondulait vers le petit groupe de chevaux ailés. L'aviar de Danièle poussa un long cri chevrotant, imité par les autres montures.

— Une nuée patrouilleuse! cria Talia. (Elle tira sur les rênes pour éloigner Chaussette du danger.) Elle nous avertit de ne pas nous approcher du palais.

Danièle tourna la tête. Les tours noires du château du roi des fées étaient plus difficiles à distinguer dans l'obscurité. Elle apercevait le pont d'argent et, au-delà, les lumières du palais de la reine. Son aviar vira pour suivre Talia. Danièle distingua un scintillement fulgurant. L'éclair illumina la longue silhouette ailée de l'intérieur, puis la nuée s'envola pour rejoindre la masse nuageuse au-dessus des jeunes femmes.

— Posons-nous dans le domaine de la reine! hurla Talia. Si tes demi-sœurs sont à pied, nous les aurons prises de vitesse. On devrait pouvoir les suivre quand elles descendront dans l'abîme.

— Comment ça? (L'abîme s'étendait sur des kilomètres dans les deux directions.) Elles peuvent se trouver n'importe où. Nous ne pouvons pas surveiller toute la largeur de la Cité de Faërie!

— Qui a dit ça? cria Blanche avec un sourire espiègle.

Elle conduisait déjà Minuit au-dessus de l'abîme. Tout en bas, la rivière réfléchissait des éclats de clair de lune.

Danièle frissonna et se colla davantage à l'encolure de Vent. Ses cuisses et ses mollets étaient courbaturés et gercés par le froid tandis que le bas de son dos l'élançait à chaque battement des formidables ailes.

Au bord de l'abîme poussait une végétation dense constituée principalement d'une espèce de saule pleureur à fleurs. De loin, on aurait dit un décor miniature : un rideau végétal d'arbres identiques sur près de deux kilomètres de part et d'autre du palais de la reine.

— Par ici! indiqua Talia en conduisant Chaussette vers les arbres.

Aspirant l'air glacé entre ses dents serrées, Danièle regarda dans la direction prise par Talia. Il n'y avait aucun espace dégagé où atterrir. Les branches pendaient jusqu'au sol, voire s'étiraient encore plus bas pour s'accrocher comme des sangsues à la paroi rugueuse de la falaise.

Les ailes parfaitement immobiles, Chaussette s'approcha le plus près possible des arbres. Au dernier moment, l'aviar rentra la tête et referma ses ailes d'un coup sec, dans un bruit semblable à celui que ferait un géant battant un tapis. L'animal et sa cavalière plongèrent dans les branchages et disparurent, seules quelques branches abîmées témoignant de leur passage.

Blanche suivit, tête baissée, tandis que son aviar fonçait dans les feuillages. Puis ce fut le tour de Danièle qui enfouit ses doigts dans le pelage de Vent et plaqua son visage contre les crins poissés de sueur.

Des branches minces et souples fouettèrent ses bras et son crâne, mais l'instant d'après Vent galopait sur la terre ferme, les ailes ouvertes pour ralentir son allure. Danièle serra les dents plus fort, car cet ultime galop ajoutait de nouvelles contusions à son postérieur, tandis que sa vessie encaissait chaque secousse.

—Ce n'était pas si terrible! déclara-t-elle d'une voix tremblante et mal assurée.

Elle serra les mâchoires pour retenir un cri en passant une jambe par-dessus le dos de Vent pour sauter à terre. Ses jambes se dérobèrent sous elle et elle tomba de tout son long dans la poussière.

Brise-Vents choisit cet instant précis pour mériter son nom…

Le ras-du-cou de Blanche brillait déjà, indiquant l'endroit où les arbres avaient été taillés et rabattus pour former une large entrée voûtée. Des boutons de fleurs violets recouvraient le bout des branches et emplissaient l'air d'un parfum de nectar. Le feuillage filtrait la lumière des lunes qui transformait les grains de poussière en minuscules flocons de diamant flottant dans l'air. Des arbres aux branches étroitement entrelacées dessinaient un tunnel et servaient aussi de palissades.

Talia avait mis pied à terre sans montrer le moindre signe d'inconfort. Elle jeta les sacs à terre, puis rejoignit Blanche pour l'aider à descendre de sa monture.

—Approche-toi le plus près possible du bord. Plus près, je te dis, tout près…

—Tout près? Mais j'y suis, tout près!

Blanche passa devant Danièle sans s'arrêter. Elle, au moins, avait la correction de montrer une certaine raideur dans les jambes!

—Tu es trop contractée en selle, fit remarquer Talia à Danièle tandis qu'elle l'aidait à se mettre debout. Il faut te détendre, faire corps avec ton cheval; enfin, l'aviar…

—Merci, répondit simplement Danièle.

Elle s'agrippa à l'un des arbres pour tenir debout. Les branches étaient plus solides que ce qu'elle avait imaginé et les feuilles griffèrent sa main. Elle avait l'impression qu'un millier de pixies plantaient leurs minuscules couteaux dans ses jambes chaque fois qu'elle bougeait. La jeune femme serra les dents de nouveau et se força à faire un pas, puis un autre. Le temps qu'elle trouve un endroit plus ou moins intime pour se soulager, elle grelottait de froid. Lorsqu'elle releva le devant de sa chemise trempée de sueur et qui lui collait à la peau, un nouveau frisson la parcourut, lui donnant la chair de poule.

—Nous avons apporté plein de couvertures avec nous, l'informa Talia lorsqu'elle la vit revenir.

La jeune femme eut pitié de Danièle et lui en lança une avant que celle-ci ait fait la moitié du chemin vers les sacs.

Enveloppée dans le tissu grossier, Danièle fit demi-tour pour clopiner vers l'endroit où Blanche se penchait au-dessus de l'abîme. Là, les branches ne formaient plus qu'un mince voile vert qui ondulait dans la brise.

—Que fais-tu ?

—Je surveille tes demi-sœurs, répondit Blanche.

La jeune femme avait retiré son collier. Sa gorge nue apparaissait étrangement vulnérable. Elle fit courir ses doigts sur les surfaces polies, les caressant comme des animaux familiers. Elle tapota la dernière d'entre elles et le fil d'or qui la retenait se dénoua.

La glace tomba et rampa lentement vers le précipice. Elle avait l'air d'un insecte étincelant avec les quatre fils d'or qu'elle traînait derrière elle. D'un doigt, Blanche tapota de nouveau la surface brillante qui revint se loger dans sa paume. La jeune femme souffla dessus pour éteindre son éclat, de la même façon qu'on souffle une chandelle.

—Va ! chuchota-t-elle.

Le miroir bondit sur les branchages et plongea dans l'abîme.

—La sculpture d'Arlorran représentait la duchesse regardant d'en bas sous le pont, expliqua Talia. Son repaire doit être dans ce coin-là.

Blanche hocha la tête tandis qu'elle libérait un deuxième miroir. Celui-ci se précipita dans un arbre qu'il escalada, avant de disparaître dans les branchages.

— J'en envoie trois en bas pour chercher la duchesse et trois dans les arbres pour surveiller les demi-sœurs. Si je ne parviens pas à trouver la grotte moi-même, nous pourrons au moins suivre Charlotte et Stacia lorsqu'elles s'y rendront.

Blanche décida de garder le dernier miroir et remit son ras-du-cou en place. La lumière en était plus faible, mais les yeux de Danièle s'étaient habitués à l'obscurité depuis longtemps.

— Qu'est-ce qu'on fait en attendant? s'enquit Danièle.

— Manger et dormir, répondit Talia, avant de préciser: enfin, nous allons manger et *vous* allez dormir.

Elle s'éloigna en entraînant les aviars à sa suite dans le tunnel de verdure.

— Où sommes-nous? demanda Danièle qui tendait une main pour toucher les feuilles veloutées.

— Dans le labyrinthe de la reine, la renseigna Blanche. Il entoure le palais. La reine aime y jeter les intrus après les avoir rendus aveugles. Après, elle attend un peu avant de lancer les loups à leurs trousses. Ceux qui parviennent à survivre sont libérés, bien sûr!

Danièle déglutit et s'éloigna du ravin. Elle imaginait trop facilement un malheureux prisonnier fuyant les hurlements de loups affamés et traversant par hasard le rideau de feuilles avant de tomber dans l'abîme.

Blanche fronça le nez.

— Viens, dit-elle en traînant Danièle vers les sacs. Je ne sais pas ce que tu en penses, mais moi j'ai envie de me changer.

Plus loin devant elles, Talia fit entendre un grognement tandis qu'elle bouchonnait les aviars:

— Blanche emmène toujours trop de vêtements. Elle pourrait sans doute habiller toute la cour de la reine des fées et ne pas manquer de tenues avant une bonne semaine.

— J'aime être préparée à toute éventualité, un point c'est tout, décréta Blanche.

Talia lâcha sa brosse et revint vers les sacs pour en sortir une étoffe de satin bleue.

—Prête à quoi ? Tu crois qu'Armand est emprisonné dans une salle de bal costumé ?

Blanche lui tira la langue et lui arracha le vêtement avant de le faire disparaître au fond du sac. Elle y fourragea encore pour lancer un pantalon et une chemise propres à Danièle, ainsi que des sous-vêtements. La petite culotte avait trop de dentelles au goût de la jeune femme et la blouse était ornée de nombreux rubans et froufrous au niveau du col, mais elles avaient l'avantage d'être sèches et propres. Sur Danièle, les vêtements se révélèrent un peu trop serrés à la taille et lâches à la poitrine, mais ils feraient l'affaire.

Blanche jeta un coup d'œil à Talia qui était repartie brosser les aviars. Entraînant Danièle à l'écart, elle chuchota :

—J'ai un autre dessous, tout en dentelles. Si tu veux je te le prêterai lorsque nous irons sauver Armand. Les hommes adorent ce genre de choses ! (Les joues de Danièle s'enflammèrent.) Allez, raconte-moi ! Vous deux, ça s'est passé comment quand vous vous êtes rencontrés ?

Blanche saisit un peigne incrusté de coquillages et entreprit de démêler ses cheveux.

—C'était… étrange, reconnut Danièle.

Elle s'assit et étira les jambes en se mordant les lèvres pour ne pas crier. La première nuit, quand elle s'était glissée hors de la maison pour assister au bal, Danièle ne pensait même pas à attirer l'attention du prince sur elle. Tout ce qu'elle voulait c'était fuir sa marâtre, s'étourdir de musique et de danse, et admirer à loisir le raffinement des toilettes et l'étalage du luxe.

—La première fois que je l'ai vu, poursuivit Danièle, je ne l'ai pas reconnu. Il avait l'air si jeune ! J'ai cru qu'il s'agissait du fils d'un membre de la cour, ou d'un noble de petite condition…

Ce fut seulement quand elle vit tout le monde s'écarter de la piste de danse pour leur faire place que la jeune femme comprit enfin qui était son cavalier.

—Je lui ai marché sur le pied, avoua-t-elle. Les pantoufles de verre ne sont vraiment pas faites pour la danse!

Blanche pouffa et proposa son peigne à Danièle qui soupira. Une fois de plus, Blanche avait l'air absolument parfaite. Les mèches de cheveux trempées de sueur tombant sur son visage ne faisaient que la rendre plus séduisante. Danièle passa la main dans sa propre chevelure. Elle aurait de la chance si elle ne s'arrachait que la moitié des cheveux en les démêlant.

—Mon Roland m'a paru tellement vieux la première fois que je l'ai vu! confessa Blanche. Vieux et si velu… Sa toison était aussi épaisse que celle d'un chien de berger, toute noire sauf quelques touffes grises. Celles-ci le contrariaient tellement qu'il les arrachait quand il en trouvait, mais de nouvelles apparaissaient dans son dos et… à d'autres endroits.

—Qui était Roland? demanda Danièle.

—L'homme qui était chargé par ma mère de m'arracher le cœur, répondit Blanche, souriant toujours d'un air mélancolique.

—Mais il ne l'a pas fait?

Danièle se rendit compte de la stupidité de sa question au moment où celle-ci franchit ses lèvres.

Blanche gloussa de nouveau.

—J'étais jeune, mais suffisamment femme déjà pour qu'il le remarque. Il m'a emmenée dans les bois pour me protéger. J'ai appris à chasser et à me nourrir moi-même. Lorsqu'il me laissait seule, j'exerçais ma magie, mais nous pratiquions un autre genre de magie lorsqu'il rentrait.

Son sourire faiblit légèrement.

—Ma mère nous a découverts un an plus tard. Elle s'est déguisée en vieille femme pour me rencontrer. Une seule bouchée de cette pomme empoisonnée et j'avais tout compris, mais il était trop tard. Elle jetait déjà le sort qui allait m'emprisonner dans un cercueil de cristal. Je ne pouvais plus bouger, je ne pouvais même plus respirer.

—Je suis désolée, souffla Danièle.

Ne sachant que dire, elle avança la main pour prendre celle de Blanche et la serrer dans la sienne.

—Par contre, j'entendais tout ce qui se disait. Elle a donné le choix à Roland : finir le travail pour lequel il avait été payé, ou subir le même sort. Il a essayé de se battre, mais elle était trop puissante. Finalement, il a pris son couteau et ouvert mon cercueil. Il aurait pu sauver sa vie, mais il a choisi de me libérer. Le temps que je récupère suffisamment pour combattre ma mère, elle l'avait déjà tué. (Blanche désigna les branchages au-dessus de leurs têtes.) Cet endroit me rappelle notre petite chaumière. Au cœur de la forêt, loin des tracas et des vicissitudes de ce monde, à l'abri de…

—Nous sommes dans le labyrinthe de la reine des fées ! intervint Talia en fourrant un gâteau dans la main de Danièle. « À l'abri » n'est pas vraiment l'expression que j'utiliserais.

—Ne sois pas si rabat-joie ! rétorqua Blanche. (Elle se servit un muffin et prit l'outre qui pendait à l'épaule de Talia.) La reine des fées n'envoie presque jamais personne la nuit dans le labyrinthe et les gardiens restent aux abords du palais. Nous serons bien ici.

Danièle mordit dans son gâteau. C'était un biscuit sec avec une couche de fromage de chèvre fondu, et les petits raisins à l'intérieur étaient aussi durs que du bois. Une nourriture ordinaire et simple, comme les tranches d'agneau séché que Talia lui tendit ensuite. Mais son estomac semblait préférer ces aliments plus communs ces temps-ci ; et de toute façon, c'était meilleur que tous les restes que lui jetait sa belle-mère autrefois. Ce repas lui rappelait des temps plus simples, quand son père vivait encore. Bien avant les bals, les princes et les demi-sœurs qui exerçaient la magie noire.

—Les aviars sont attachés tout près d'ici… Ils broutent le labyrinthe ! annonça Talia. J'espère que la reine n'est pas trop à cheval sur la tenue de ses jardins… Bien, comme nous ne savons pas quand les demi-sœurs montreront le bout de leur nez, vous devriez dormir maintenant, pendant que vous le pouvez.

Blanche tendit son ras-du-cou à Talia.

—Le miroir clignotera à leur approche. (Quelques miettes tombèrent sur son menton tandis qu'elle parlait.) Réveille-moi à ce moment-là, je pourrai apprendre où elles se trouvent exactement.

—Si elles ne viennent pas cette nuit, nous commencerons à fouiller l'abîme à la recherche de la duchesse demain dans la matinée, déclara Talia.

Elle sortit son épée et approcha le ras-du-cou de Blanche pour vérifier à sa lumière le tranchant de l'acier.

—Qu'est-ce que nous allons faire si mes demi-sœurs utilisent d'autres ténébreux? demanda Danièle.

—Eh bien, mourir probablement… (D'un geste vif, Talia retourna son épée pour examiner l'autre bord. Elle passa un ongle sur le fil et fit claquer sa langue. S'emparant d'une pierre à aiguiser dans sa poche, elle s'assit et entreprit d'affûter sa lame.) Et maintenant, dormez, princesses.

10

✳

Peut-être était-ce la magie de la Cité de Faërie, mais les rêves de Danièle se transformaient en cauchemars. À moins que l'enfant dans son ventre y soit pour quelque chose… ou alors, la peur et l'angoisse des derniers jours.

Dans ses rêves, Danièle se retrouvait sur son lit de camp, dans le grenier de sa vieille maison. Ses demi-sœurs riaient et dansaient autour d'elle tandis que leur ténébreux la ligotait à son lit avec de vieux chiffons sales.

Lorsqu'il eut terminé, il grimpa sur son ventre enflé et devenu aussi protubérant que les collines à l'extérieur de la ville. Brandissant une pelle en argent, la créature des ténèbres en enfonça le tranchant dans l'estomac de la jeune femme pour en ressortir une pleine pelletée de gâteau qu'il jeta à côté d'elle. Charlotte et Stacia se précipitèrent, se goinfrant des raisins éparpillés. Danièle essaya de crier, mais le ténébreux la bâillonna d'une main visqueuse. Ses lèvres et sa langue se desséchèrent, vieillirent et se ratatinèrent comme les raisins qui jonchaient le sol.

Le ténébreux se remit au travail, extrayant de plus en plus de gâteau jusqu'à tenir debout à l'intérieur de l'abdomen de Danièle.

Il s'en extirpa péniblement et disparut dans l'obscurité. Face à face, Stacia et Charlotte tournaient autour de Danièle ; soudain Charlotte exhiba une poignée de graines qu'elle lui lança dans le ventre. Une énorme tige de maïs jaillit et se mit à pousser, transperçant le plafond bas et laissant entrer le clair de lune. De nouveaux ténébreux glissèrent le long de la tige jusque dans le ventre de Danièle. Au supplice, la jeune femme se tordait et tentait de hurler, ne parvenant qu'à émettre un faible halètement.

Une main froide se plaqua sur sa bouche.

— Pour l'instant, je préférerais que nous n'annoncions pas notre visite à l'ensemble de la communauté de la Cité de Faërie, si cela ne te dérange pas, murmura Talia.

Danièle se libéra d'un geste sec et recula jusqu'à ce que son dos heurte les branches. Elle porta une main à sa bouche, puis à son ventre. Ses vêtements étaient trempés de sueur, mais elle était saine et sauve.

— Ce n'était qu'un mauvais rêve, expliqua Talia, dont la voix trahissait un étrange mélange d'agacement et d'envie.

Elle portait le ras-du-cou de Blanche et le miroir solitaire brillait en donnant à son visage un air cauchemardesque.

Danièle jeta un coup d'œil à Blanche. Si elle avait fait du bruit, elle n'avait pas troublé le sommeil de la jeune femme. Celle-ci dormait roulée en boule, sa couverture étroitement ajustée tout autour d'elle.

À travers les branches, au-dessus de leurs têtes, le ciel était toujours sombre. Danièle réprima un bâillement.

— J'ai dormi combien de temps?

— Quelques heures. Ce n'est pas assez. Tu as besoin de récupérer, princesse.

La seule pensée qu'elle pourrait retourner dans ce rêve la fit tressaillir.

— Qu'est-ce que tu as fait pendant que nous dormions? demanda Danièle.

— J'ai fini de panser les aviars et je les ai nourris. Tout ça, en évitant de respirer. (Elle fronça le nez.) Pouic ne plaisantait pas lorsqu'il parlait de Brise-Vents. (Un faible sourire passa sur les lèvres de Danièle.) J'ai aussi rangé le désordre que vous avez laissé toutes les deux.

Talia montra les vêtements qu'elle avait mis à sécher sur les branches, un petit peu plus loin sous l'arche végétale.

— Excuse-moi, j'aurais dû…

— Tu n'es plus une esclave, mets-toi bien ça dans la tête, l'interrompit Talia d'un ton brutal. Cesse donc de te comporter comme telle! (Elle ramassa l'épée de la jeune femme et la lui tendit.) Suis-moi!

Danièle eut un pauvre sourire.

— Si tu essaies de me convaincre que je ne suis plus une esclave, pourquoi tu n'arrêtes pas de me donner des ordres?

— Tu es manifestement trop bouleversée pour dormir, observa Talia en souriant. Je vais y remédier. D'ailleurs, ça te fera du bien de faire circuler ton sang et de détendre tes muscles.

Danièle haleta en essayant de se lever. Son épée en guise de canne, elle boitilla derrière Talia jusqu'à l'embranchement d'un couloir du labyrinthe. À sa droite, elle pouvait voir les trois aviars. Ils dormaient debout, serrés les uns contre les autres, les ailes de chacun posées comme des couvertures sur le corps de ses voisins.

— Par ici! dit Talia en la conduisant au bout du couloir de gauche. Assieds-toi et écarte les jambes.

Danièle haussa les sourcils, imaginant ce que Blanche dirait, mais elle obtempéra et serra les dents lorsqu'elle tendit les muscles froissés et endoloris de ses cuisses.

— Bien. Penche-toi d'un côté. Tu dois te décontracter sinon tu ne pourras plus bouger demain matin.

Talia obligea la jeune femme à réaliser toute une série d'exercices. Pour la démonstration, Talia les exécuta elle-même avec une telle souplesse que Danièle eut envie de la bourrer de coups de poing. Ce qui aurait été une excellente idée, selon elle.

Quand elles eurent fini, Talia bondit, tira son épée et fit face à Danièle. De sa main libre, elle tapota le miroir étincelant à son cou.

— Voici ta cible, montre-moi ce que tu sais faire!

— Je peux à peine marcher, et puis je ne veux pas risquer de t'égorger.

— Tu ne risques pas! la rassura Talia en souriant de toutes ses dents. Pourtant j'aimerais que tu essaies.

Lentement, Danièle dégaina son épée.

—Et le bruit?

—Blanche a un sommeil de plomb. (Talia replia le bras gauche derrière elle. La lame de son épée pointait à la verticale dans son dos.) Plie les genoux et attaque!

Danièle jeta le fourreau de son épée et tenta de se mettre en position comme Talia. De nouvelles douleurs fusèrent dans ses cuisses, mais elle se contint et se força à plier les jambes. Elle baissa la pointe de son épée jusqu'à la hauteur du miroir et fit un grand pas en avant.

La souffrance dans ses cuisses fut telle qu'elle ne put réprimer un glapissement, mais elle parvint à pousser son épée en avant, comme le lui avait enseigné Talia.

Elle escomptait que Talia recule ou pare le coup en écartant son arme, mais il n'en fut rien. À la place, la jeune femme fit un pas en avant et évita habilement la lame. Elle referma les doigts de sa main libre sur le poignet de Danièle et piqua la pointe d'acier juste sous le menton de son adversaire, l'obligeant à loucher pour ne pas perdre la menace de vue.

—Essaie de te décontracter, conseilla Talia. (Elle libéra Danièle et abaissa son arme.) Tu te crispes avant l'attaque et ton bras part en arrière pour prendre de l'élan. Autant crier: «Attention c'est moi, je vais frapper!»

Danièle fit une nouvelle tentative, une attaque plus mesurée qui sollicita moins ses jambes et fut donc moins douloureuse. Cette fois, Talia pivota pour se dérober et frappa légèrement Danièle au coude du plat de sa lame.

—Tu servais des repas à ta marâtre et à tes demi-sœurs, pas vrai? demanda Talia.

—Depuis que j'ai l'âge de porter un plateau, répondit Danièle.

—As-tu jamais renversé quelque chose?

L'espace d'un instant, elle entendit les cris hystériques de sa belle-mère la traitant de tous les noms, «misérable incapable!», «pauvre gourde!», «espèce d'empotée!», tandis que ses demi-sœurs riaient du spectacle dans l'embrasure de la porte.

—Pas si je pouvais l'éviter.

—Bien. (Talia battit en retraite.) C'est la même chose. Ton torse doit rester droit et immobile. Présente-toi de profil pour t'exposer le moins possible. Utilise tes hanches et tes jambes pour te déplacer. Essaie de me suivre… et détends-toi!

—Détends-toi, qu'elle dit! grommela Danièle.

Se déplaçant à pas lents et tranquilles, Danièle fit de son mieux pour calquer son allure sur celle de Talia. Celle-ci recula plus vite et Danièle la suivit en accélérant son rythme. La pointe de son épée oscilla à peine.

—C'est mieux, répéta Talia. Tombe maintenant!

—Comment?

—Tu portes du vin sur ton plateau et tu trébuches. Fonce pour retrouver ton équilibre. Et ne me renverse pas ce vin!

Danièle fit son possible pour obéir. Elle se laissa déséquilibrer, esquissa quelques pas d'une drôle de danse, puis le corps bien droit, pointa brusquement son épée sous le nez de sa compagne.

L'épée de Talia vint heurter la sienne d'un coup sec et assez puissant pour désarmer la jeune femme. Rouge de honte, Danièle s'agenouilla pour récupérer son arme.

—Pas mal! commenta Talia. Bouge comme tu viens de le faire, les épaules droites et souples pour que ton adversaire ait du mal à deviner la suite. Tu n'es pas en train de couper du bois. La force brute peut donner des résultats, mais c'est maladroit et ça demande beaucoup d'énergie. Ton épée est aussi affûtée qu'un rasoir. Avec de l'entraînement, une caresse, un baiser de cette lame, seront bien plus mortels que de grands moulinets. Maintenant, voyons voir si tu sais parer.

Danièle se prépara. L'attaque de Talia était d'une lenteur trompeuse. Danièle balança son épée latéralement pour écarter la lame avant qu'elle atteigne sa cible.

—Bien, encouragea Talia. Maintenant, je te montre ce qui arrive dans un vrai combat.

Talia attaqua de nouveau avec la même grâce et la même lenteur que la première fois. Danièle tenta de contrer, mais la lame de son adversaire plongea sous la sienne, s'enroula autour et caressa les phalanges de Danièle avec douceur.

—Un ennemi t'aurait tranché la main, évidemment, précisa Talia. Bloque le haut de ma lame avec la partie inférieure de la tienne, et ne mets pas autant d'amplitude dans ton geste. On dirait un enfant jouant à la balle. Il faut dévier mon épée juste assez loin pour qu'elle ne te blesse pas, princesse.

Danièle serra plus fort la poignée de son arme. Qu'espérait donc Talia ? Danièle n'avait jamais touché à une épée de sa vie avant que sa mère lui en fasse cadeau. Et ce n'était pas comme si elle avait reçu le don de l'utiliser en prime ! Elle tenta en vain de bloquer une autre attaque mais reçut un coup à plat sur le coude en retour qui faillit lui faire lâcher son arme.

—Tu es encore tendue, observa Talia. (Elle pointa l'extrémité de son épée en direction du poing de Danièle.) Tes articulations sont blanches, princesse.

—C'est peut-être parce que tu n'arrêtes pas de me frapper !

—Il vaut mieux que ce soit moi plutôt que tes demi-sœurs ! rétorqua Talia. Une prise ferme sur la poignée exige à la fois vitesse et maîtrise.

Elle fit tournoyer son épée au-dessus de sa tête, puis l'abaissa doucement vers la gorge de Danièle.

Danièle leva sa lame pour parer, mais elle contra trop haut. Alors Talia appuya la sienne, faisant tourner les épées l'une contre l'autre jusqu'à faire sauter la sienne des mains de Danièle. Le verre résonna contre la base d'un arbre.

—Ramasse-la et recommence ! ordonna Talia.

Danièle se raidit. Elle commençait à comprendre pourquoi Blanche avait abandonné l'entraînement avec Talia. Ce ton impérieux faisait grincer Danièle des dents. C'était comme si elle avait de nouveau affaire à ses demi-sœurs. Elle allait suivre l'exemple de Blanche et envoyer Talia ferrailler ailleurs lorsqu'elle remarqua quelque chose d'étrange.

Talia souriait. Il ne s'agissait pas d'un large sourire. D'ailleurs, elle ne semblait pas particulièrement heureuse, mais son regard s'était adouci. Là, tandis qu'elle faisait tournoyer son épée d'un air absent, elle semblait tout simplement contente. Lentement, Danièle récupéra son épée et s'appliqua à prendre la bonne position. Elle fut récompensée par un autre sourire bref.

—Traditionnellement, on devrait étudier d'abord les douze déplacements fondamentaux d'attaque et de défense. Mais vu la situation, je pense que nous allons prendre les choses tranquillement et nous en tenir aux quatre coups et parades de base. (Talia plia les bras, puis se mit en garde.) Quand on en aura fini avec ça, je peux te jurer que tu n'auras aucun problème pour te rendormir.

Lorsque Blanche la secoua le lendemain matin, les bras et les épaules de Danièle étaient si raides qu'elle pouvait à peine les remuer. L'état de ses jambes était pire encore. Elle s'assit et essaya d'étirer ses muscles comme Talia le lui avait appris. Ces exercices étaient douloureux, mais ils lui permettaient au moins de bouger.

Blanche partit d'un éclat de rire.

—Je vois que Talia t'a travaillée au corps la nuit dernière. Allez, essaie de te décontracter.

Danièle grogna.

—Tu sais combien de fois j'ai entendu ça, cette nuit ?

Blanche glissa prestement derrière Danièle et entreprit de lui masser le cou et les épaules.

Danièle ferma de nouveau les yeux, et haleta lorsque Blanche s'attaqua à un nœud à la base de son cou.

—Mes demi-sœurs ont-elles donné signe de vie ? demanda Danièle au bout d'un moment.

—C'est pour ça que je t'ai réveillée, répondit Blanche en tapotant son ras-du-cou.

En se tournant, Danièle vit que tous les miroirs sauf deux étaient revenus. Celui du centre étincelait comme s'il réfléchissait le soleil du matin.

—Elles sont un petit peu plus au sud par rapport à nous et volent à grande vitesse, l'informa Blanche.

—Comment ça, volent? (Danièle jeta un coup d'œil autour d'elle.) Ne devrions-nous pas nous préparer? Nous pouvons les arrêter avant...

—Pour quoi faire? (Talia jeta les sacs à terre.) Nous ne savons toujours pas où vit la duchesse. Si nous arrêtons tes demi-sœurs ici, elles peuvent faire venir des renforts, ou même nous filer encore entre les doigts. Non, on va les attendre et les laisser nous conduire à la duchesse. Ensuite, on les suivra et on en profitera pour jeter un petit coup d'œil dans les parages.

—Qu'est-ce qui t'a pris hier soir? demanda Blanche. Tu trouves vraiment que Danièle est assez en forme pour partager ton amour de la torture?

—Elle s'est mieux débrouillée que toi la première fois, répliqua sèchement Talia. Si elle veut voyager avec nous, Danièle doit pouvoir se défendre toute seule. Et puis, j'y vais doucement avec elle...

—Ah oui, je me souviens très bien de ta façon d'y aller doucement, rétorqua Blanche.

Talia fit semblant de ne pas avoir entendu. Elle lança un gros morceau de fromage et un hareng fumé sur les genoux de Danièle.

—Il faut manger vite, princesse!

Pour le salut de son estomac, Danièle retourna immédiatement le hareng à l'expéditrice, mais elle dévora le fromage. Elle engloutit aussi un gros morceau de pain trempé dans du miel avec l'agneau de la nuit précédente. Mais quand Blanche voulut lui offrir le dernier gâteau, le souvenir de son cauchemar était encore si présent qu'il faillit lui coûter son repas.

—Je file préparer les aviars, annonça Talia.

Blanche fit un ballot des couvertures pendant que Talia nourrissait les aviars avec un reste de pommes. Danièle mangea aussi vite que possible, mais avant qu'elle ait fini son fromage, les deux jeunes femmes avaient terminé leurs tâches.

—Excusez-moi, dit Danièle, je n'avais pas l'intention de dormir autant. J'aurais...

—Ne t'inquiète pas, l'interrompit Blanche. De toute façon, j'avais besoin de temps pour contacter la reine Béa. Et il est tout à fait normal qu'une femme enceinte dorme plus que la moyenne, surtout quand Talia passe toute la nuit à l'éreinter.

— D'abord, nous n'y avons pas passé toute la nuit, insista Talia. Quant aux étirements, ils étaient nécessaires pour que ses jambes récupèrent après la chevauchée.

Blanche leva les yeux au ciel. Elle prit les rênes de Minuit et le conduisit à la limite du labyrinthe. Danièle suivit, la main posée sur l'encolure de Vent pour s'y appuyer.

La formidable créature allait et venait, piaffait d'impatience et ébouriffait ses ailes. Rêvait-elle de s'envoler de nouveau ou ressentait-elle la tension de Danièle ? Impossible de le savoir.

— Elles arrivent ! annonça Blanche en fermant les yeux. Ce ne sont plus des rats. Elles se sont transformées en oiseaux. Deux faucons et un corbeau, à la cime des arbres.

— Attendons-les ici, ordonna Talia.

Danièle hocha la tête. Une part d'elle-même désirait s'envoler et quitter le labyrinthe au plus vite. Elle voulait fondre sur ses demi-sœurs, les obliger à se poser puis les forcer à libérer Armand.

Entre son extrême fatigue et ses piètres capacités de cavalière, elle devrait s'estimer heureuse de ne pas tomber de sa monture lors de cette nouvelle chevauchée.

— Elles vont très vite, précisa Blanche. Elles ont dû se reposer cette nuit. Impossible de garder une telle allure sur une distance aussi longue.

Talia monta Chaussette pendant que Blanche enfourchait Minuit, les yeux clos.

Danièle posa une main sur l'aile de son aviar et l'autre sur la longue encolure. La dernière fois, Pouic l'avait hissée sur le dos de Vent.

— Je ne veux pas te blesser, murmura-t-elle.

Vent grogna et se laissa tomber sur les genoux, avec précaution. Elle resta parfaitement immobile tandis que Danièle se hissait sur son dos. La jeune femme se mordit les lèvres lorsque les contusions de la veille se rappelèrent à son bon souvenir.

—Les voilà! prévint Blanche. Elles rasent la falaise et piquent droit vers la rivière. On dirait qu'elles ont l'intention de plonger directement dans... Hé, alors ça c'est astucieux!

—Quoi donc? demanda Danièle.

—Au pied de la falaise, il y a une grotte peu profonde. Je pense qu'elle est recouverte d'algues ou d'une sorte de plante grimpante. (Elle ouvrit les yeux et un grand sourire illumina son visage.) Voilà pourquoi elles ont attendu le matin! Même si elles étaient arrivées hier soir elles n'auraient pas pu passer. La rivière est en fait un bras d'océan, il est soumis aux marées! L'entrée de la grotte est donc périodiquement inaccessible.

—Elles auraient très bien pu se transformer en poisson, non? intervint Talia.

—Stacia ne sait pas nager, l'informa Danièle. Elle est terrifiée par l'eau. Charlotte avait l'habitude de la tourmenter à ce sujet. Un jour, avant le mariage de leur mère avec mon père, Charlotte a failli la noyer dans son bain. Elle s'est justifiée en disant qu'elle voulait juste nettoyer la laideur de Stacia.

—Elle aurait dû frotter plus dur, regretta Talia. (Avant que Danièle ait pu répliquer, Talia avait donné un petit coup sec sur les rênes, incitant Chaussette à avancer.) Elles sont passées?

Blanche acquiesça.

—Elles viennent d'entrer dans la grotte.

—Garde un œil sur elles! ordonna Talia. Je ne crois pas que la duchesse apprécie les visites, mais on ne devrait pas avoir de problèmes avant la grotte. Sauf si elle tient vraiment à signaler sa présence en bas.

Minuit trotta à travers les feuillages et plongea dans le vide. Le cri strident d'exultation de Blanche s'évanouit rapidement.

—En parlant de discrétion..., marmonna Talia. Bon, allons-y, princesse!

Danièle se pencha en avant.

—C'est parti!

La première fois, Vent avait décollé d'un espace à découvert, et s'était élevée lentement et en douceur dans les airs. Cette fois, c'était

251

différent : les parois du labyrinthe étaient si étroites que les aviars ne pouvaient pas étendre leurs ailes. Des feuilles bruissèrent lorsque Vent atteignit le bout du chemin. Danièle apercevait l'autre côté de l'abîme à travers les branchages. Sa gorge se serra et ses articulations blanchirent quand elle referma les mains sur la longue crinière de Vent.

Une fois au bord du précipice, l'animal se jeta d'un bond dans le vide.

Les muscles de Danièle se tétanisèrent pour devenir aussi rigides que l'acier tandis qu'elles tombaient en chute libre. Lentement, les ailes de l'aviar se déployèrent en s'inclinant vers la gauche, puis se stabilisèrent à l'horizontale. La jeune femme sentit son petit déjeuner lutter pour remonter dans sa gorge. Elle déglutit et le força à rester là où il était.

La houle se brisait sur les rochers, des gerbes d'écume blanche giclant et s'écrasant au pied de la falaise. L'aviar et sa cavalière étaient si près de l'eau que Danièle reçut des embruns sur le visage avant que Vent amorce sa remontée à la suite de Blanche.

Le cheval ailé tourna la tête vers Danièle et hennit. La jeune femme eut alors la nette impression qu'il se moquait d'elle.

— Voilà qui n'était pas très gentil ! lança Danièle en desserrant l'étreinte douloureuse de ses mains.

Plus haut, Blanche se maintenait en vol stationnaire. Elle désignait un endroit au pied de l'à-pic. D'abord, Danièle ne distingua rien, à part la roche humide et les éclaboussures de la rivière. Puis elle vit deux points étincelants à la surface et comprit qu'il s'agissait des deux derniers miroirs, apparaissant et disparaissant au gré des vagues. Blanche tendit la main. L'un des miroirs se précipita, et marcha sur l'eau comme un insecte aquatique pour aller escalader la falaise. Blanche se rapprocha et le miroir sauta dans sa paume ouverte.

— Là ! indiqua la jeune femme en pointant le doigt.

Son autre miroir nageait en direction de l'escarpement rocheux.

— Je vois l'entrée, déclara Danièle.

Une végétation grimpante aux tiges enchevêtrées tombait dans l'eau et dissimulait la caverne aux regards. La poussière et la mousse coloraient les longues herbes du même brun gluant que le reste de la falaise. De grandes algues montaient vers les lianes pour s'y entrelacer. Le plafond de la grotte était à hauteur d'homme, mais la cavité était beaucoup plus large que les couloirs du labyrinthe qu'elles venaient de quitter.

— Pas de garde en vue, remarqua Talia. Blanche ?

L'interpellée fronça les sourcils en observant son dernier miroir atteindre la base de la falaise. Il se laissa glisser à travers les algues. Lorsque Danièle l'aperçut pour la dernière fois, il escaladait la paroi à l'intérieur de la grotte.

— Camouflage, règle numéro un, annonça Blanche : les sentinelles regardent rarement en hauteur.

Talia tira sur les rênes pour s'orienter face à la falaise. Elles voltigèrent juste au-dessus de la grotte, suffisamment près de la paroi pour que personne de l'intérieur ne puisse les apercevoir sans être obligé de se montrer à travers les algues. Danièle se demanda combien de temps les aviars pouvaient tenir ainsi sans s'épuiser. Le plus souvent, ces créatures se contentaient de planer dans les airs ; faire du surplace exigeait plus d'efforts.

— Encore un peu, encouragea-t-elle Vent en flattant son encolure.

— Je ne vois personne, dit Blanche. Tes demi-sœurs se sont engouffrées dans la grotte sans franchir un seul contrôle. Il est possible que l'entrée ne soit pas gardée, ou que les gardes se trouvent plus loin. Certaines fées détestent s'approcher aussi près du soleil.

— Quelle est la profondeur de cette grotte ? demanda Talia.

Blanche ferma les yeux.

— Je dirais une vingtaine de pas. Ensuite, ça monte et le boyau tourne à gauche.

Talia acquiesça.

— S'il s'agissait de ma propre forteresse souterraine, je placerais mes gardes plus loin et je les cacherais aux visiteurs. Le son porte très bien dans une grotte, mes hommes les entendraient arriver et ils auraient tout le temps pour leur tirer dessus ou aller chercher des renforts.

— Et puis, s'ils étaient plus près de l'entrée, ils auraient les pieds mouillés à marée montante, ajouta Blanche.

— Je suis sûre que la duchesse est très soucieuse du degré d'humidité des bottes de ses gardes, ironisa Talia. (Elle conduisit Chaussette d'un côté de la grotte, et passa sa jambe de l'autre côté en se contorsionnant pour éviter les battements d'ailes tandis qu'elle se préparait à sauter.) L'eau est peu profonde ici. Maintenant, Blanche, fais très attention à tout ce qui semble anormal. On va envoyer ton miroir en éclaireur pour éviter les surprises dans ce tunnel et ensuite…

Talia toucha l'eau de la pointe du pied, et au même instant la rivière sembla exploser. Les plantes jaillirent et se jetèrent sur la jeune femme et sa monture pour s'enrouler autour d'elles. L'une d'elles agrippa l'aile de Chaussette. Entraîné dans l'eau, l'animal hurla, battant de son autre aile avec frénésie.

— Ça, c'est anormal ! cria Blanche en tirant sèchement sur les rênes.

Fouettant l'air, des lianes tentaient de les atteindre, elle et Danièle. Vent fit marche arrière si violemment qu'elle déséquilibra sa cavalière. Danièle serra les jambes sous les ailes de l'aviar, s'accrochant de toutes ses forces. En vain. Une de ses jambes glissa.

Vent fit une embardée, ralentissant suffisamment pour que Danièle retrouve son assiette. Profitant de l'occasion, l'une des tiges saisit la patte antérieure de l'aviar. Une autre serpenta en direction de son cou. Vent hurla et battit des ailes plus fort encore.

— Ne lutte pas ! cria Danièle en priant pour que Vent l'écoute. Tu vas te casser la jambe ! Ne bouge pas et laisse-moi t'aider !

Elle enfonça la main dans l'épaisse crinière pour s'y agripper et, de l'autre, tira son épée le plus loin possible de l'aviar. Elle se hissa sur l'encolure, jusqu'à toucher du nez les oreilles de Vent, et elle frappa. Malgré l'angle défavorable, la lame sectionna facilement la liane autour du pied de l'animal.

Vent s'élança vers les cieux aussitôt la seconde liane tranchée. Dès qu'elles furent hors d'atteinte, Danièle regarda par-dessus son épaule. Blanche était tombée à l'eau et s'éloignait à la nage de son aviar pris au piège tandis que les algues tentaient de s'accrocher à elle. L'aviar de Talia avait du mal à garder la tête hors de l'eau. Talia était accroupie sur son dos et tentait de tailler dans les tiges avec son épée, mais sans succès. Elle repoussait les plantes grimpantes sans parvenir à les sectionner. Lorsqu'un autre groupe de lianes se jeta à l'assaut, Talia plongea et se mit à nager pour s'éloigner de la grotte.

—Allez! s'écria Danièle.

Vent s'élança en direction de Talia, frôlant l'eau du bout des ailes tandis que Danièle tendait son bras armé en direction de la végétation hostile.

Talia refit surface à quelque distance de la grotte.

—Qu'est-ce que tu fais?! Éloigne-toi de ce piège tout de suite!

Danièle fit la sourde oreille, brandit son épée et accentua jusqu'à la frénésie ses moulinets tandis qu'elles se rapprochaient de Chaussette. La jeune femme se pencha, tenant fermement la crinière de sa monture alors qu'elle tentait de libérer l'animal paniqué sans le toucher. Vent hennit, ses yeux bleus agrandis de terreur, mais elle vola plus bas. De nouvelles lianes surgirent pour les capturer, Danièle parvint à les couper avant qu'elles touchent leur cible.

—Je le vois!

Danièle se pencha encore et la pointe de son arme cingla lianes et algues sans relâche. Chaussette refit surface dans une gerbe d'éclaboussures. Ses ailes étaient ensanglantées et il lui manquait des plumes, mais il était libre. Danièle s'éloigna et se tourna pour apercevoir Blanche qui venait de saisir une plante grimpante et se dirigeait vers la falaise. Elle s'assit sur un bloc de glace qui se formait lentement sous ses pieds. Les extrémités des algues traversaient l'eau gelée: elles frémissaient et se tendaient vers Blanche, mais ne parvenaient pas à se dégager pour l'emprisonner.

Talia se cramponnait d'une main au bord du bloc de glace tandis que de l'autre elle faisait signe de s'enfuir à Danièle. Minuit jaillit à la surface, faisant gicler l'eau autour de lui, puis nagea loin de la grotte.

—Va, retrouve Arlorran! hurla Talia. Qu'il contacte la reine Béa!

Danièle se dirigeait déjà droit sur Blanche et Talia. Les gigantesques ailes de l'aviar interdisaient plus d'un cavalier sur le dos de l'animal; y asseoir trois jeunes femmes était tout simplement inconcevable. En revanche, si Danièle rejoignait ses amies, elles arriveraient peut-être à s'agripper à ses jambes. La jeune femme pourrait ensuite les hisser hors de l'eau et les déposer dans un endroit sûr.

D'autres plantes surgirent et les attaquèrent. Elles poussaient et s'allongeaient démesurément. Danièle en trancha une tandis qu'une autre se cramponnait à l'avant-bras de Blanche où elle gela instantanément.

—Il y a du cheveu de troll autour de ces lianes! s'écria Blanche, avec irritation. (L'air qu'elle expirait se muait en buée blanche. Elle tourna son bras et une nouvelle couche de givre se répandit sur la tige.) Encore une emplette à l'ancienne boutique de Brahkop; c'est ça qui rend ces plantes si résistantes!

—Talia! Attrape! cria Danièle en lançant son épée.

Talia laissa tomber la sienne sur la glace et attrapa l'épée au vol, par la poignée. Elle disparut sous l'eau, puis en surgit encore plus haut. Un seul coup libéra le bras de Blanche. Un autre sectionna deux nouvelles lianes à l'instant où elles atteignaient Talia.

Un brouillard s'était levé tout autour de Blanche. Danièle voyait la jeune femme claquer des dents, mais elle ne bougeait pas. L'écume des vagues se transforma en flocons de neige. Talia empoigna l'une des plantes grimpantes gelées et se hissa sur la glace à la force des bras.

—Emmène Blanche avec toi! décida Talia.

—Et toi? demanda Danièle.

—Ta monture est épuisée, princesse. Elle ne peut pas nous emmener toutes les trois. Blanche ne pèse pas plus lourd qu'une gamine et tu n'es guère plus grosse qu'elle.

—Dis donc, protesta Blanche, je ne suis vraiment plus une gamine!

Blanche jeta un coup d'œil à ses vêtements trempés : ils collaient à sa peau en apportant la preuve formelle de ce qu'elle avançait.

Danièle secoua la tête.

— Hors de question de t'abandonner !

— Bon sang, princesse ! Je suis assez grande pour m'occuper de moi, s'écria Talia. (Elle lança l'épée dans sa direction. Danièle la rattrapa de justesse par la lame : c'est par miracle qu'elle n'eut pas la main tranchée. Talia ramassa ensuite sa propre épée et la pointa vers les chevaux ailés.) Je vais nager derrière les aviars et tu me récupéreras lorsque Blanche sera en sécurité.

Le regard de Blanche allait de l'une à l'autre. La plupart des plantes grimpantes avaient été coupées ou congelées.

— Vous pouvez débattre un petit peu plus vite toutes les deux ? pria-t-elle. Cette eau est glacée et les gardes de la duchesse ne vont pas tarder !

— Cela m'étonnerait beaucoup, la duchesse préfère ne pas se mêler de nos petites querelles de famille ! (Le ton sarcastique de Stacia était identique à celui que Danièle avait entendu chez sa marâtre pendant des années. L'arme végétale s'était entrouverte comme un rideau pour laisser passer Stacia, Charlotte et leur ténébreux.) Tu es arrivée plus vite que je l'espérais, Cucendron !

Talia avait déjà dégainé son couteau. Elle le lança, mais le ténébreux fut plus rapide et sauta pour protéger Stacia. L'arme rebondit sur son épaule et se perdit dans un « plouf ». Ensuite, la créature escalada de nouveau le bloc humide et glacial pour revenir auprès de sa maîtresse.

Stacia se mit à rire.

— Tu n'as pas compris que tu ne peux pas…

Avant que le ténébreux ait repris sa place, Blanche avait projeté un de ses flocons de neige. Stacia poussa un hurlement tandis que les pointes se fichaient dans sa cuisse.

— Ça fait mal, hein ? dit Charlotte dont l'avant-bras était toujours bandé depuis leur combat dans la maison d'Arlorran.

— Tu vises toujours trop bas, Blanche, commenta Talia.

Un sourire sinistre aux lèvres, Blanche toucha son ras-du-cou et récita une incantation. Un rayon de lumière blanche darda du fond de la grotte et transperça le ténébreux. Les grondements de la créature se muèrent en cris de douleur et sa peau se mit à fumer. Danièle ne comprit pas tout de suite d'où venait cette magie, puis elle se souvint du miroir solitaire que Blanche avait envoyé dans la grotte. Mais pourquoi ne les avait-il pas prévenues de l'arrivée de Stacia et de Charlotte ?

Stacia frappa des mains et la lumière disparut. L'instant d'après, Danièle entendait le bruit d'un verre qu'on brise.

—Elle a brisé mon miroir ! s'exclama Blanche, les yeux écarquillés de stupeur. C'est impossible, elle ne devrait pas être capable de faire ça !

Talia plongea et refit surface non loin de leurs adversaires. Elle se hissa et fit tournoyer son épée si vite que les deux demi-sœurs reculèrent en chancelant. Le ténébreux s'ébrouait comme un chien. De la fumée blanche s'échappait toujours de son corps. Talia lui décocha un coup de pied dans la tête qui le projeta contre la paroi de la grotte.

Danièle se pencha en avant et donna quelques petites tapes sur l'encolure de son aviar.

—Dans la grotte, ma belle !

Vent s'éleva puis fonça sur le rideau végétal tout effiloché. Le ténébreux pivota et bondit pour l'intercepter. Des doigts noirs se tendirent vers la gorge de Danièle.

La jeune femme leva son épée, balayant l'espace, mais la créature parvint à changer de trajectoire et à l'éviter. La lame ne lui trancha que le bout des orteils. Il atterrit brutalement, roulé en boule, et agrippa son pied des deux mains.

Danièle mit pied à terre, son aviar se repliait vers la lumière. Elle repéra Talia qui forçait Stacia à s'enfoncer toujours plus profondément dans le tunnel. Charlotte décida d'attaquer Talia de côté, mais celle-ci riposta par un coup de pied au visage, suivi d'un coup de coude à la gorge.

Charlotte à terre, Talia jeta un coup d'œil derrière elle et aperçut Danièle.

— Tu es folle ou quoi ? Fous le camp d'ici tout de suite ! cria-t-elle aussitôt.

— Plus autoritaire qu'elle, tu meurs ! constata Blanche dans le dos de Danièle. Pour qui elle se prend ? Une sorte de princesse ? (Elle sourit et s'avança vers le ténébreux. De fins traits de lumière vinrent frapper le rocher, tout autour de la créature. Blanche voulut dire quelque chose, mais une lueur tremblota dans ses miroirs. Elle toucha son ras-du-cou et la lumière se stabilisa.) Mais qu'est-ce qu'ils ont, ces trucs ?

Les miroirs de Blanche semblaient avoir emprisonné le ténébreux malgré leur dysfonctionnement apparent. Danièle se retourna pour aider Talia. Avant qu'elle ait pu faire un geste, la roche derrière cette dernière se mit à frémir. De petits morceaux de pierre se détachèrent et tombèrent en poussière pour se désintégrer avant même de toucher le sol.

— Talia, derrière toi ! hurla Danièle.

Talia fit un bond de côté et se mit en garde contre cette nouvelle menace, mais elle ne fut pas assez rapide, cette fois.

Brahkop le troll sauta à bas du rocher ; ses longues tresses s'entortillaient autour du bras et de l'épée de Talia. Sa chevelure avait triplé de longueur depuis la dernière fois où Danièle l'avait vu. Les nattes d'argent projetèrent Talia dans les airs et la clouèrent au plafond. L'épée de la jeune femme tomba dans un cliquetis.

— Merci, mon cœur ! s'exclama Stacia en boitillant vers Brahkop.

Elle glissa une main à travers l'abondante chevelure pour caresser le bras du troll.

Danièle et Blanche se regardèrent.

— Ta demi-sœur a des goûts bizarres en matière d'hommes, osa Blanche.

Talia voulut crier, mais une autre mèche s'enroula autour de sa tête, étouffant sa voix.

— Lâchez-la ! ordonna Danièle en menaçant Brahkop de la pointe de son épée.

—À moins que je la mette en pièces? répliqua Brahkop. Nous avons un compte à régler depuis la blessure qu'elle m'a faite.

Danièle hésita. Charlotte ne s'était toujours pas relevée et Blanche avait immobilisé le ténébreux. Stacia avait l'air meurtrie et fourbue, mais elle pouvait toujours avoir un ou deux sorts en réserve.

—Je vous croyais banni de la Cité de Faërie! commença-t-elle pour gagner du temps.

Quelque part sous cette masse de cheveux, Brahkop haussa les épaules.

—Je le suis toujours, mais le mariage transcende tout ici, dans la Cité de Faërie. Ma femme est une invitée de la duchesse, je suis donc le bienvenu. Une bonne chose lorsque l'on pense à ce que vous avez fait de ma maison!

—Vous êtes mariés? demanda Danièle en se tournant vers Stacia.

Aussi ridicule que cela puisse paraître, Danièle se sentait blessée que Stacia ne lui ait pas fait part de son mariage.

—Tout le monde ne peut pas gagner, princesse! déclara Stacia d'une voix grinçante de douleur et de haine. Brahkop est un bien meilleur compagnon que toi ou Charlotte n'en aurez jamais! Fort, loyal, puissant… Il m'aime et il est prêt à mourir pour moi! (Stacia jeta un coup d'œil à Charlotte.) La sorcellerie, c'était son idée, mais dès qu'il nous a vues, Brahkop a su immédiatement qui était la plus forte de nous deux.

Sur ces mots, Stacia prit une profonde inspiration et souffla comme si elle essayait d'éteindre une bougie. La lumière qui éclairait la grotte s'affaiblit et le ténébreux se précipita hors de sa prison.

—En voilà une jolie lame, chère demi-sœur, minauda Stacia. (Sa voix devint plus grave.) *Donne-moi ça!*

À sa grande horreur, Danièle ne put s'empêcher d'obéir. Elle entendait Blanche et le ténébreux s'affronter dans son dos, mais si elle voulait désespérément se retourner et porter secours à son amie, son corps, lui, refusait de coopérer. Elle ne pouvait rien faire d'autre qu'étendre le bras et offrir l'épée de verre à sa demi-sœur. Stacia afficha un large sourire lorsqu'elle arracha l'arme à Danièle.

—Je pense que je vais commencer par tes pieds, déclara Stacia en faisant siffler la lame dans les airs. Ça conviendra à merveille après ce que Charlotte et moi avons enduré!

Danièle essaya de reculer. À présent qu'elle avait obéi à l'ordre de Stacia, elle reprenait le contrôle d'elle-même. Elle n'avait fait qu'un pas lorsqu'une mèche de cheveux de Brahkop glissa autour de ses chevilles et la renversa.

—Après les pieds, ce sera le tour de tes yeux… Tu vas perdre la vue comme notre mère qui a été aveuglée par tes maudits oiseaux. (De la lame, elle toucha le bout des bottes de Danièle.) Bientôt, tu souhaiteras ne jamais…

Avec un juron, elle lâcha l'épée et ramena sa main vers elle, la paume couverte de sang. Danièle s'étira au maximum pour atteindre l'arme tombée à terre tandis que Brahkop tirait la jeune femme vers lui, manquant de peu de lui briser les chevilles. Celle-ci saisit la garde malgré tout et se libéra d'un seul coup maladroit.

Le visage de Stacia était presque aussi rouge que son tatouage.

—*Laisse tomber ça…*, commença-t-elle à hurler, furieuse.

Une boule de ténèbres vint la percuter violemment au ventre, lui coupant le souffle. Blanche se frottait les mains tandis qu'elle suivait le ténébreux à grandes enjambées.

—Ah, tu croyais bien pouvoir mettre tes sales pattes toutes griffues sur moi, hein? grommela-t-elle. Je vais t'expédier dans le désert et t'allonger très inconfortablement sous le soleil jusqu'à ce qu'il te réduise en cendres!

—Reculez! s'écria Brahkop. (Il souleva une Talia qui se débattait encore, mais les cheveux du troll avaient formé comme un nœud autour de son cou.) Rendez-vous ou je la…

Danièle se fendit et frappa exactement comme Talia le lui avait enseigné. Sa lame fit des coupes nettes et claires dans la chevelure d'argent.

—Arrgh, bouse fumante! laissa échapper Brahkop.

Talia enchaîna une série de roulades pour s'éloigner de son adversaire et récupéra au passage son arme tombée. Elle se réceptionna sur les genoux, puis fit un saut de côté pour éviter d'être de nouveau capturée par Brahkop. Elle atterrit près de Stacia et la tint en respect à la pointe de sa lame, qu'elle lui posa juste sous le menton.

—Non! dit Brahkop en levant son énorme main. Vous avez gagné! Ne faites pas de mal à ma femme!

Talia lécha le sang qui coulait de sa lèvre meurtrie.

—Blanche, viens par ici! Il faut apprendre où ils séquestrent Armand maintenant.

Blanche se hâta de rejoindre Talia qui jeta un coup d'œil à Danièle.

—Surveille Charlotte! Elle a l'air abattue, mais c'est peut-être un piège: je ne m'y fierais pas!

Danièle se rapprocha de Charlotte et pointa son épée sur le torse de la jeune femme.

—Je t'en prie, ne bouge pas! dit-elle à sa demi-sœur.

Charlotte éclata de rire, sa voix était si rauque et si aigrie que Danièle eut presque pitié d'elle. Du sang coulait de son nez meurtri par le coup de pied de Talia.

—Regarde-toi! souffla Danièle. (Des taches de sang maculaient la chemise de Charlotte, elle qui détestait plus que tout porter un vêtement taché.) Qu'as-tu fait de toi, Charlotte?

Du coin de l'œil, elle vit Blanche se pencher sur Stacia. La jeune femme avait saisi un des miroirs de son ras-du-cou et murmurait un sortilège.

—Dépêche-toi! la pressa Talia. Nous sommes des intruses chez la duchesse. D'ailleurs je suis étonnée de ne pas déjà crouler sous les ténébreux à l'heure qu'il est!

—Ce n'est pas la duchesse que vous devez craindre, chuchota Charlotte.

Danièle posa un genou à terre.

—Qu'est-ce que tu veux dire?

—Tu aurais dû m'écouter! répliqua Charlotte en pinçant les lèvres.

Derrière elle, Brahkop trépignait avec nervosité.

—Que lui fais-tu, sorcière?

— Enchanteresse, rectifia Blanche. (Elle embrassa le miroir, puis plaça la glace contre le front de Stacia.) Je ne veux pas la blesser, je la calme tout en posant une barrière qui l'empêchera d'utiliser la magie contre nous.

Talia recula, son épée à la main.

Charlotte tourna la tête et regarda Stacia longuement.

— Je suis allée chez Brahkop après la mort de Mère. J'espérais qu'il me donnerait un moyen de la contacter. Nous avons essayé, mais…

— *Tais-toi!* hurla Stacia.

Les mâchoires de Charlotte se serrèrent.

— Pas de ça! s'exclama Blanche en donnant un coup sur le nez de Stacia. Plus vite tu cesseras de résister, plus ce sera facile…

— Tu oses utiliser la magie des miroirs sur *moi*?

Stacia se mit à rire, d'une façon que Danièle n'avait jamais entendue de sa bouche jusqu'ici. C'était un rire plein de rage qui frisait la folie. Danièle se leva et fit face à Stacia.

— Que lui est-il arrivé? demanda-t-elle.

Charlotte ferma simplement les yeux et secoua la tête.

Blanche fronça les sourcils.

— Comment fais-tu cela?

Le miroir qu'elle tenait dans la main se brisa. Les éclats de verre blessèrent le visage de Stacia mais la jeune femme n'y prit pas garde. Elle leva la main et toucha le ras-du-cou de Blanche. Les miroirs se détachèrent un par un. Ils se fracassèrent presque tous sur les rochers. Le dernier atterrit directement dans la paume de Stacia.

Talia leva son épée.

— *Toi, en arrière!* cria Stacia.

Talia vola à travers la grotte, comme si une violente force invisible l'avait projetée et atterrit brutalement près de l'entrée. Son arme se fracassa au sol tout près d'elle.

— Que se passe-t-il? s'écria Danièle. Charlotte, dis-le-moi!

Celle-ci se tint coite. Danièle n'aurait su dire si elle se taisait sous le coup de la terreur ou si elle obéissait à l'ordre magique de Stacia.

Blanche referma la main sur celle de Stacia. Aucune des deux ne prononça un mot. Elles luttaient pour prendre le contrôle du dernier miroir.

— Pitoyable! murmura Stacia.

Elle se redressa, tordit le poignet et se dégagea d'un geste qui envoya Blanche à terre.

— Lâche ce miroir! ordonna Talia.

Elle venait de dégainer un couteau et était prête à le lancer.

— Sinon quoi? demanda Stacia. Toute cette magie de fée coulant dans tes veines te rend bien arrogante. Que ferais-tu, je me le demande, si tu étais privée de tous ces dons?

Talia lança le couteau. Il fendit l'air… et manqua sa cible. Talia regarda ses mains. Elle fit un pas, faillit tomber et dut s'accrocher à la paroi de la grotte pour recouvrer son équilibre.

Stacia se mit à rire.

— C'est impossible, ce n'est pas toi, murmura Blanche, tu es morte!

— Et toi, tu n'es qu'une petite sotte!

Stacia mit le miroir dans sa paume et joignit les mains tandis que Blanche sortait son couteau.

La magie de Stacia fut plus rapide.

Les doigts toujours fermés sur la poignée de son arme, Blanche s'écroula. Les éclats des miroirs brisés se faufilèrent sur le sol et entourèrent la jeune femme. Lentement, ils se multiplièrent. Leur bruit rappela à Danièle celui d'un millier de pierres jetées contre des vitres d'un seul coup. Ils s'élevèrent, de plus en plus haut, adoptant la forme d'un cercueil étincelant.

Danièle s'écarta, mais ne quitta pas pour autant Stacia du regard.

— Talia, est-ce que ça va?

— Je ne peux plus marcher!

La voix de Talia était celle d'une enfant effrayée.

Danièle s'autorisa un bref coup d'œil, qui lui permit de voir que Talia était debout, les deux mains appuyées contre la paroi.

Stacia tendit le bras au-dessus du cercueil ouvert et frappa le bras de Blanche.

—Comme cette pauvre Blanche-Neige, ton amie Talia a encore en elle les traces d'un puissant maléfice. Il devrait être facile de le raviver et de la plonger dans un nouveau siècle de sommeil. (Elle sourit.) Je vais avoir ma propre collection de princesses!

—Qui es-tu? souffla Danièle.

—Ne t'inquiète pas, ma chère Cucendron, la rassura Stacia, nous avons des projets pour toi. Des projets qui, malheureusement, m'empêchent de te réduire en cendres.

—Sauve-toi, princesse! cria brusquement Talia.

Elle lâcha le mur et tituba comme un tout petit enfant commençant à marcher. Les bras bien tendus à l'horizontale pour garder l'équilibre, elle semblait sur le point de s'effondrer à chaque pas. Son apparence avait changé également. Ses cheveux avaient perdu leur brillant, sa peau était devenue rugueuse et tannée. Des cicatrices d'acné recouvraient ses joues et son front.

—Que veux-tu? demanda Danièle.

La jeune femme brandit son arme et se dirigea vers Talia. Stacia plissa les yeux lorsqu'elle les posa sur l'épée. C'était une bonne chose, cela signifiait que Danièle n'était pas complètement démunie.

—Pauvre Charlotte! se moqua Stacia. Sans sa chère mère pour veiller sur elle, la petite chose était un véritable désastre ambulant! Perdue et tellement désespérée! Maintes fois, elle et Stacia ont essayé d'invoquer la vieille bique. En vain. Heureusement, je n'étais pas loin! (Elle jeta un regard mauvais à Charlotte.) Il leur a fallu quatre tentatives avant de savoir jeter le sort correctement. Charlotte est une idiote, mais Stacia s'est révélée une élève presque aussi douée que ma propre fille!

—Votre propre… (Danièle regarda le cercueil de verre où reposait Blanche.) Vous êtes la mère de Blanche!

—La reine Rose Curtana d'Allesandria. Et j'ai renié cette misérable fille il y a des années, déclara Stacia d'un ton acerbe. J'ai essayé de l'élever selon mes principes, de la former afin qu'elle suive mes traces, mais elle s'est détournée de mes enseignements. Elle s'est enfuie, préférant vivre avec cet ignoble gueux!

— Les choses auraient pu se passer autrement si vous n'aviez pas ordonné que son cœur lui soit arraché, souligna Talia parvenant à la sortie de la grotte.

La lumière de l'extérieur la transforma en ombre.

— J'imagine que tu as raison. (Stacia examina son reflet dans la glace prise à Blanche.) Quel dommage que la plus jolie des deux n'ait pas été assez forte pour m'invoquer! (Les yeux de Stacia se révulsèrent.) Elle aurait été tuée la première fois qu'elle s'est lancée aux trousses de Cucendron si je n'avais pas été là pour lui venir en aide!

Un léger changement dans sa voix fit comprendre à Danièle que c'était Stacia qui parlait et non Rose à cet instant. Elles étaient présentes toutes les deux, même si Rose semblait être la plus forte.

Le ténébreux tenta de se ruer sur Talia, mais Danièle s'interposa, brandissant son épée pour le tenir éloigné.

— Vous disiez que vous n'étiez pas loin…, reprit Danièle. (Plus elle gagnait du temps et plus Talia pouvait s'habituer à son corps déserté par la grâce des fées.) Je croyais que Blanche vous avait tuée!

— Ermillina a détruit mon enveloppe charnelle, mais elle n'a pas eu le cœur de finir le travail! Je l'ai suivie toutes ces années à son insu, guettant l'occasion de réclamer son corps pour le faire mien. Un juste retour des choses, n'est-ce pas? (Elle tambourinait de ses doigts sur le bord du cercueil.) Malheureusement, les sorts de protection qu'elle avait tissés avec mon miroir étaient trop serrés pour que je puisse les transpercer.

— Pourquoi enlever Armand?

Stacia éclata de rire une nouvelle fois.

— Pour te capturer, répondit Talia. Tout ça n'était qu'un piège pour t'attirer dans la Cité de Faërie. (Elle s'agrippa à l'une des tiges cassées pour se maintenir en équilibre.) Je t'avais bien dit que tu serais plus en sécurité si tu restais au palais!

— Qu'avais-je à faire d'une petite servante de rien du tout, même mariée à un homme de sang royal? demanda Stacia. (Non, pas Stacia. C'était Rose qui parlait à cet instant.) Au début, c'était bien Armand que nous voulions, et lui seul!

» Sans corps, je suis dépossédée de la plus grande partie de mes pouvoirs. (Son port de tête était différent, plus royal, et elle parlait avec un léger accent.) L'âge aura bientôt raison de la beauté de ma fille et puis, dans ce pays, elle ne vaut guère plus qu'une gueuse ! Alors j'ai pensé qu'il n'y aurait pas meilleur hôte que l'héritier d'un royaume. Armand aurait engendré un enfant dans ce corps et j'aurais grandi pour revendiquer cette terre comme mienne. Ni Brahkop ni Stacia n'étaient enthousiastes à cette idée, mais j'étais en mesure de… les persuader.

Danièle se tourna vers Charlotte.

— Tu as dit qu'Armand avait été enchanté pour t'aimer toi, pas Stacia.

Charlotte détourna le visage, mais Danièle eut le temps de voir des larmes dans ses yeux.

— Elle ? (Stacia partit d'un nouvel éclat de rire.) Pourquoi choisir une mère aussi faible ? Le don de Stacia aurait été transmis par le sang à mon enfant et j'aurais été encore plus forte ! Charlotte a tenté de faire ses preuves en te tuant. Heureusement pour nous tous, ce fut un lamentable échec. Car c'est alors que mon cher mari a eu la bonté de nous donner de tes nouvelles. (Elle sourit et s'avança vers Danièle, une main tendue vers le ventre de la jeune femme.) Tu ne peux pas imaginer ma joie lorsque j'ai appris que j'allais bientôt être tante !

Danièle leva son épée. Elle ignorait ce qu'elle ferait si Stacia avançait encore, mais quelque chose sur son visage dut convaincre cette dernière de ne pas essayer. Stacia recula.

Puis elle se dirigea vers Brahkop et passa les doigts dans les cheveux du troll.

— Pourquoi se contenter d'un bâtard royal alors que je peux avoir le véritable descendant du prince Armand et de la princesse Danièle ? Tout le monde est gagnant ! Je possède un héritier légitime et Brahkop n'a pas à vivre avec l'insoutenable pensée que ton mari puisse… trouver ce corps à son goût !

Danièle secoua la tête.

— Béatrice va…

—Elle va quoi ? questionna Stacia. Déclarer la guerre à la Cité de Faërie ? La demeure de la duchesse est bien protégée, mon enfant. Imagine la pauvre Béatrice… On enlève son fils et sa belle-fille. Puis, miracle, quelques mois plus tard, son petit-fils est sauvé par une fée bienveillante qui passait par là. Imagine sa reconnaissance. La reine Béatrice accueillera à bras ouverts le seul lien qui lui restera avec son défunt fils et j'aurai toute une vie pour récupérer ce que ma traîtresse de fille m'a volé !

Danièle lança un coup d'œil par-dessus son épaule. Même si elle sortait de la grotte, Rose pouvait toujours lui jeter un sort. La facilité avec laquelle elle avait vaincu Blanche et anéanti Talia en témoignait. La sorcière pouvait aussi envoyer Brahkop ou le ténébreux la récupérer, tout simplement.

Stacia jeta un regard dégoûté à Charlotte.

—Debout !

Charlotte se leva, tête basse.

Danièle contempla Charlotte, incapable de ressentir autre chose que de la pitié pour la jeune femme. Par deux fois, celle-ci avait tenté de l'assassiner pour faire ses preuves et obtenir Armand.

—Cela n'aurait été qu'une illusion. Il ne t'aurait jamais réellement aimée.

Charlotte ne releva pas la tête.

—Je m'en serais contentée.

—Assez ! décréta Stacia. Lâche ton arme et je laisse la vie sauve à ton amie Talia.

—Pour que je puisse dormir encore une bonne centaine d'années ? intervint cette dernière.

—C'est à prendre ou à laisser, déclara Stacia. Tu sais, ces choses ne sont pas vraiment aussi précises qu'on voudrait, mais tu dormiras sans vieillir… Et jusqu'à ce qu'un héros fringant vienne te réveiller !

—Non merci, Votre Majesté, répondit Talia d'une voix tremblante. J'ai déjà été « sauvée » une fois !

La jeune femme regarda la rivière et Danièle comprit ce qu'elle allait faire.

—Talia, non!

Danièle fit un geste vers Talia, mais à peine s'était-elle retournée que le ténébreux se jetait à ses trousses. La jeune femme fit volte-face et agita son épée pour le repousser.

Si Talia marchait à peine, elle saurait encore moins nager!

—Béatrice enverra quelqu'un te ranimer, hurla Danièle. Ne…

—Désolée, princesse, lança Talia. (Elle avait traversé les plantes grimpantes et le soleil illuminait son visage devenu ordinaire. Elle semblait fragile et vulnérable, comme un enfant apeuré.) C'est au-dessus de mes forces!

Avant que Danièle ait pu réagir, Talia s'était jetée à l'eau. Danièle se précipita. Un raclement de griffes sur la roche la fit se retourner.

Le ténébreux bondit.

Danièle frappa de toutes ses forces, tranchant le bras de la créature qui la heurta violemment et la renversa, mais n'attaqua pas. Hurlant de douleur, il se réfugia vers Stacia.

—Brahkop, empare-toi d'elle! cria celle-ci.

Danièle reculait en direction de l'eau tandis que le troll se rapprochait. Elle devait rejoindre Talia avant que…

—*Arrête-toi immédiatement!* ordonna Stacia. *Lâche ton épée!*

Même si elle luttait de toutes ses forces, Danièle ne put que regarder ses doigts s'ouvrir et son épée tomber à terre.

En un clin d'œil, Brahkop était sur elle. Les grosses tresses s'enroulèrent autour de ses membres et la hissèrent dans les airs.

Elle avait l'impression qu'il lui broyait les os. Elle ferma les yeux et tenta de faire fi de la douleur.

Aide-moi, Vent! supplia-t-elle en silence. En de rares occasions, les oiseaux et d'autres créatures avaient devancé son appel au secours. Le jour de son mariage, quand elle les avait suppliés d'arrêter leur attaque contre sa marâtre et ses demi-sœurs, ils avaient aussi fini par l'écouter. Certaines colombes avaient repris leur envol avant même qu'elle ait pu prononcer un seul mot. *S'il te plaît!*

Sur les trois aviars, seul celui de Danièle pouvait encore l'aider. À condition qu'il ne se soit pas déjà envolé pour retrouver les pixies… qu'il veuille risquer sa vie pour elle… et surtout qu'il puisse l'entendre !

Stacia sortit un couteau dissimulé dans son dos. La longue lame triangulaire avait été forgée dans un métal sombre presque aussi noir que les ténébreux eux-mêmes.

— *Ne bouge pas !* commanda-t-elle.

Danièle résista, mais elle ne put même pas ciller tandis que Stacia s'approchait.

Un hurlement perçant emplit la grotte. Des sabots résonnèrent sur la pierre tandis que Vent traversait le rideau de lianes.

Brahkop laissa tomber Danièle, fit face à l'aviar et se dirigea vers lui. Sa chevelure se déploya comme une gigantesque et bien étrange toile d'araignée tandis que quelques mèches folles cherchaient à s'enrouler autour de l'aviar. Si le troll les avait attaquées ainsi à sa boutique, Danièle et ses compagnes n'auraient jamais pu le vaincre. Il avait dû se retenir délibérément pour les laisser s'échapper et se précipiter ensuite à la Cité de Faërie.

Va ! demanda silencieusement Danièle. *Aide Talia ! Vite, avant qu'elle se noie ! Ramène-la auprès d'Arlorran !*

Vent caracolait, cherchant un chemin à travers la toile de Brahkop.

Elle va mourir ! poursuivit Danièle. *Je t'en prie, rejoins-la !*

Et, tout à coup, l'aviar s'élança au galop. Danièle entendit le bruit de l'eau qui giclait en éclaboussures sous ses sabots, puis plus rien, à part le bruit des vagues. Elle pria pour que Vent ait été assez rapide.

— Charlotte, va prévenir la duchesse que nous nous sommes occupés des indésirables ! ordonna Stacia. Mais ne dis pas…

— … qui vous avez capturé, marmonna Charlotte. Je sais, je sais.

Danièle la suivit du regard. Bien sûr, ils ne pouvaient pas dire à la duchesse qu'ils avaient capturé le prince et la princesse de Lorindar. La duchesse aurait été obligée d'agir, car elle risquait sinon de violer le traité de Malindar. En revanche, tant que personne ne mentionnait de nom, elle pouvait jouir du privilège de l'ignorance…

La lumière du soleil se réfléchit sur le couteau de Stacia, attirant le regard de Danièle. La captive retint son souffle, redoutant le premier coup. Contre toute attente, Stacia releva sa manche et s'entailla le bras. Son regard brûlant transperça Danièle lorsque, lentement, elle se mit à tourner autour de la jeune femme en formant un cercle autour de ses pieds avec les gouttes de son sang.

— Tu croyais vraiment que tu deviendrais princesse ? questionna Stacia. (Et à ce moment-là, incontestablement, c'était bien sa demi-sœur qui parlait.) Que le destin t'offrirait le trône de Lorindar ? « Reine Cucendron ». Quelle idée ridicule ! (Elle se pencha pour se rapprocher de sa demi-sœur jusqu'à ce que leurs joues se touchent.)

» Je sais combien tous ces derniers mois ont été pénibles pour toi, vilain petit canard pataud essayant de surnager parmi les cygnes beaux et majestueux ! Ne t'inquiète pas, ma chère demi-sœur, grâce à la magie que la reine Rose m'a enseignée, je serai heureuse – que dis-je, comblée – de te rendre à ta véritable condition !

11

❄

Danièle fredonnait tout en passant un chiffon savonneux sur le parquet de la chambre de Stacia. Le chantonnement la dérangeait beaucoup plus que le nettoyage. Son esprit lui appartenait, mais le sort jeté par Stacia contraignait son corps à obéir aux demi-sœurs, et Stacia préférait que son esclave soit d'humeur joyeuse.

Elle ne pouvait même pas tourner la tête pour éviter les émanations caustiques de la lessive de soude qui s'élevaient du sol. La duchesse mêlait ses savons d'essences de rose et de chèvrefeuille afin d'adoucir l'odeur, mais pour Danièle, ce mélange de parfums était pire que la senteur du savon seul. Elle avait des nausées depuis… une éternité.

Elle serra les lèvres et tenta de respirer le moins possible. En vain. Elle ne put que regarder le maigre contenu de son estomac se répandre sur le sol qu'elle venait de nettoyer.

Dans un gémissement, Danièle remit le chiffon dans le seau et se releva. Elle s'étira tout en contemplant l'étendue des dégâts.

Un léger bruit d'éclaboussures attira son attention vers le coin de la chambre, à l'endroit où une cascade miniature coulait du mur en un mince filet et se déversait dans un petit bassin triangulaire. L'eau produisait une lumière bleue qui scintillait lorsqu'elle tombait dans la vasque, si bien que les chambres n'étaient jamais vraiment plongées dans l'obscurité.

Un couple de poissons de couleur pâle et aux yeux roses fit de nouveau jaillir l'eau dans le bassin. Stacia se préoccupait rarement de les nourrir, et comme prendre soin des animaux de compagnie de Stacia ne faisait pas partie des attributions de Danièle, la jeune femme ne pouvait rien faire. Sans la présence d'algues poussant sur les pierres, les poissons seraient morts de faim depuis longtemps.

La vue du bassin lui rappela la marche dans la grotte de la duchesse, derrière Stacia et Charlotte, après leur affrontement. Elle avait gardé les yeux baissés, déjà devenue une esclave asservie par la magie. Toutefois, elle avait entrevu la grande chute d'eau qui coulait sur la paroi de la grotte et se déversait dans un lac immense, baignant les alentours d'une douce lumière bleue.

Combien de temps s'était-il écoulé depuis? Son ventre avait beaucoup grossi. Piégée ici, dans des galeries qui débouchaient sur la caverne de la duchesse, où soleil et ciel n'étaient plus que de vagues souvenirs, elle ignorait si des semaines, voire des mois, étaient passés. Si Talia avait survécu, elle avait dû rejoindre Béatrice depuis long-temps déjà. Le fait que rien ne se produise signifiait…

Danièle essaya de chasser ces sinistres réflexions de son esprit pour songer à des choses plus agréables, mais même ses pensées refusaient de lui obéir. Oui, sans aucun doute, Béatrice n'abandonnerait pas la partie. Talia lui avait expliqué. Elle savait pour la duchesse.

Elle savait, mais les jeunes femmes n'avaient aucune preuve à lui fournir. Ni témoin. Rien qui puisse obliger la cour des fées à leur prêter main-forte. L'ambassadeur Trittibar ferait tout ce qui était en son pouvoir, mais…

Fredonnant à travers ses larmes, elle prit un autre chiffon et épongea le plus gros des vomissures. Une fois les sols lavés, il lui resterait encore la salle commune à épousseter et la lessive à faire. Elle tenta de s'absorber dans ces travaux afin de reposer son esprit et trouver la paix, comme elle faisait jadis dans la maison de son père.

Elle avait mal aux yeux. Ce n'était pas la première fois qu'elle aurait voulu allumer les lampes à pétrole, mais elle n'était pas assez libre de ses mouvements. Un tuyau de cuivre courait le long du mur devant, à une trentaine de centimètres du plafond. Des supports métalliques rouillés fixaient la conduite aux lambris du mur. Le pétrole à combustion lente provenait d'une seconde conduite qui disparaissait dans le mur au-dessus de la porte. Des chaînes à proximité ouvraient et fermaient un capuchon en métal, et une pierre à feu ainsi qu'un briquet intégrés dans le mécanisme allumaient les mèches.

On avait peint des fenêtres rudimentaires sur chaque paroi, ainsi qu'au plafond. Les angles des murs étaient gauchis, comme si des mains géantes avaient tenté d'écraser la pièce rectangulaire en rapprochant les coins. Sans doute pour faire oublier aux habitants qu'ils vivaient dans des grottes, les cloisons elles-mêmes avaient été ajoutées après coup et montées sans art. On avait comblé les jours entre chaque paroi avec du plâtre qui s'effritait chaque fois que quelqu'un s'y cognait, contraignant Danièle à balayer davantage de poussière.

Elle grimaça et retira un fil d'argent de son chiffon. Comble de malheur, la chevelure de Brahkop se clairsemait. Tous les soirs, Danièle astiquait les sols des appartements de Stacia, et tous les matins elle en ramassait suffisamment sur le sol et dans le lit pour tisser un petit tapis.

Une douleur la lança dans le bas du dos tandis qu'elle frottait plus fort pour éliminer les dernières traces de vomi avant de sécher le sol au chiffon.

Au revoir ! pensa-t-elle. Elle ignorait si le poisson pouvait percevoir ses pensées, mais après si longtemps sans entendre le son de sa propre voix, elle aurait été heureuse de s'entretenir avec son balai à franges.

Elle traversa le couloir et entra dans la grande salle commune. Immanquablement, le fond de la pièce attira son regard ; le cercueil de Blanche y était exposé sur une table polie qui semblait en pierre. Stacia avait négligé d'y poser un couvercle : elle n'en avait pas eu la force ou n'en avait cure.

La table d'un brun sombre était veinée comme du bois, mais aussi dure que la pierre. Des braises rougeoyaient encore dans la cheminée à l'extrémité de la pièce. Lorsqu'elles s'enflammaient, la lueur se reflétait sur le cercueil de miroirs et étincelait sur les murs.

Danièle lutta pour bloquer ses muscles et s'immobiliser. De toutes ses corvées, celle-ci était la plus cruelle. Elle aurait volontiers lavé un millier de sols au balai à franges et nettoyé une grotte entière pleine de cheveux de trolls si elle avait pu éviter cet endroit.

Ses efforts étaient vains. S'emparant d'un chiffon propre, elle se dirigea vers le cercueil de Blanche et entreprit d'épousseter le corps de son amie.

Blanche n'avait pas changé. Elle ne respirait pas, même si sa peau demeurait chaude au toucher. Les coupures sur sa main étaient toujours assez fraîches pour que le chiffon de Danièle se tache de sang.

Une araignée jaune avait commencé à tisser sa toile entre l'oreille gauche de Blanche et le bord du cercueil. Un soudain accès de rage s'empara de Danièle et elle déchira la toile. Elle tenta d'écraser l'araignée, mais celle-ci se fraya un chemin dans les cheveux de la dormeuse et disparut.

Danièle contempla le couteau accroché à la ceinture de Blanche tandis qu'elle en dépoussiérait la garde. Si seulement elle pouvait se dégager de l'emprise qui l'asservissait, juste le temps de saisir ce couteau et…

Et après ? Elle ne pouvait pas lutter pour recouvrer sa liberté et s'échapper du domaine de la duchesse, encore moins vaincre Stacia. Si elle avait possédé le moindre contrôle de ses actes, elle n'aurait pas été là en train de chasser la poussière sur le visage de Blanche.

Son impuissance la mettait au supplice. Exactement comme dans la chambre de Charlotte, où sa propre épée pendait au-dessus du lit. Chaque jour, Danièle frottait la lame enchantée, ne désirant rien de plus au monde que s'emparer de l'épée et se battre. Chaque tentative se soldait par un nouvel échec.

Elle s'essuya le front d'un revers de manche et vit du sang sur son bras. Les bords irréguliers et tranchants du cercueil avaient entaillé la peau si nettement qu'elle n'avait rien senti. Elle comprima la plaie avec le tissu jusqu'à ce que le sang cesse de couler, afin qu'aucune goutte ne tombe sur son amie.

Son travail sur le cercueil terminé, Danièle lui tourna le dos pour poursuivre le ménage. D'autres tables étaient disposées au centre de la salle, toutes sculptées dans la même pierre que celle du cercueil de Blanche.

Elle avait essuyé deux des trois tables lorsque Charlotte entra précipitamment dans la pièce. Celle-ci avait presque totalement récupéré de leur affrontement dans la grotte, à l'exception d'une petite bosse encore visible près de l'arête du nez.

—Stacia exige que tu retournes dans sa chambre quand tu auras fini ici. Ça sent le vomi, d'après elle, déclara-t-elle, le sourire aux lèvres, réjouie du désagrément subi par sa sœur.

—Oui, maîtresse, répondit Danièle.

Alors même qu'elle méprisait ces mots, le simple fait de les prononcer lui apporta une immense sensation de soulagement. Elle avait si rarement l'occasion d'entendre sa propre voix qu'elle commençait parfois à douter de sa propre existence. Au moins, du temps de sa marâtre, son corps lui avait appartenu.

Dans un «floc», Charlotte se laissa tomber sur l'un des énormes sièges garnis de coussins installés devant la cheminée. Elle frappa dans ses mains et un ténébreux sortit de l'ombre. Avait-il été présent tout le temps? Même le sort ne put empêcher Danièle de frissonner de dégoût.

—Toi, va me chercher à boire! ordonna Charlotte. Quelque chose de frais et qui n'a pas le goût de pisse de poisson!

Le ténébreux bondit sur la table et se précipita sur Danièle. Elle le reconnut pour l'avoir déjà combattu. La créature se déplaçait comme un animal, son bras unique en appui pour l'aider dans sa course. Il cracha comme un félin furieux et, pendant un moment, Danièle crut qu'il allait l'attaquer. Ce n'était pas la première fois qu'il la provoquait. Le ténébreux aurait pu serrer ses doigts noirs autour de sa gorge, Danièle aurait été obligée de rester debout, sans broncher, pendant qu'il l'étranglait. Combien de fois s'était-elle réveillée en le découvrant près d'elle, la contemplant comme s'il ne désirait ardemment qu'une chose: flétrir sa chair jusqu'à la réduire en poussière? Cela prouvait au moins que quelqu'un contrôlait bien les ténébreux: la duchesse ou ses demi-sœurs, Danièle l'ignorait.

—Exécution! lança Charlotte d'un ton brutal.

Le ténébreux inclina la tête. Même de près, Danièle ne pouvait distinguer qu'une ébauche très sommaire de bouche ou de nez. L'instant d'après, il avait décampé.

—Tu sais où est ma sœur en ce moment ? demanda Charlotte.

Danièle attendit de voir si le sort l'empêcherait de répondre. C'était la première fois depuis une éternité qu'on lui posait une véritable question.

—Eh bien ?

—Je n'en suis pas sûre, répondit Danièle.

Elle parlait lentement, allongeant chaque mot pour savourer le contrôle bien éphémère qu'elle avait sur sa propre bouche.

—Après m'avoir envoyée te chercher, elle… ils, serait-il plus juste de dire, sont partis se pavaner devant la duchesse.

Danièle essaya de répondre à sa demi-sœur, sans y parvenir. Apparemment, Charlotte devait poser une question directe.

—Ils sont dans la tour et cherchent un moyen d'accélérer la croissance de ton enfant. (Charlotte se leva, tapant du pied et marchant vers Danièle d'un pas vif.) Et moi, je n'ai pas mérité de me joindre à eux ?

C'était une question. Danièle essaya de ne pas se laisser dominer par la peur qui la tenaillait tandis qu'elle cherchait les mots justes pour répondre.

—Je suis désolée, Charlotte. Tu ne mérites pas d'être traitée de cette façon, dit-elle.

Danièle décida de garder pour elle ce que Charlotte méritait réellement.

Sa demi-sœur s'attarda au-dessus du cercueil de Blanche.

—Nous étions censées invoquer notre mère, pas la sienne. (Elle enfonça un doigt dans la joue de Blanche, puis frissonna et retira sa main.) Je comprends mieux pourquoi ton amie l'a tuée, cette vieille garce !

Pour une fois, Danièle fut contente que le sort l'empêche de parler. La mère de Blanche avait été une femme cruelle, autoritaire et égoïste. Le sort de ses demi-sœurs avait eu toutes les raisons de se tromper en prenant Rose Curtana pour leur mère.

Danièle commença à frotter la dernière table. Le sortilège la sommait de retourner travailler, mais elle ralentit le plus possible afin de faire durer ce moment avec Charlotte. Après tout, celle-ci voulait discuter, ce qui impliquait qu'elle avait le devoir de l'écouter.

—Stacia passe le plus clair de son temps avec ce gros balourd de troll qui lui sert de mari et avec cette sorcière morte! se plaignit Charlotte. Ils me laissent avec ce ténébreux estropié et sa clique pour seule compagnie. Tu imagines comme c'est humiliant?

Une fois encore, le sortilège sauva Danièle. Si la magie de Stacia ne l'avait pas retenue, elle lui aurait éclaté de rire au nez. Pendant des années, elle-même n'avait eu que des rats et des pigeons pour amis. Elle s'efforça de rester aussi compatissante que possible.

—Ils ne t'apprécient pas à ta juste valeur.

—Ils n'ont pas besoin de moi, parce qu'ils t'ont toi! Toi et le marmot dans ton ventre!

Le ténébreux revint, une bouteille verte et poussiéreuse à la main. Charlotte s'en empara, arracha le bouchon avec ses dents et le cracha dans le feu.

—Maintenant, va me chercher à manger. Quelque chose de cuit! (Tandis que le ténébreux disparaissait de nouveau, Charlotte secoua la tête.) La première fois que j'ai ordonné à cette vermine de me porter un repas, il a posé des entrailles de poisson toutes fraîches sur mon lit. (Danièle voulut parler, mais ses mâchoires refusèrent de remuer.) Brahkop nous avait certifié que la duchesse prendrait soin de nous. Il nous avait promis une demeure digne de reines. J'aurais dû me douter que ça ne serait rien de mieux qu'un vulgaire trou! Parce que c'est un troll, un vrai! (Charlotte but une grande gorgée de vin.) Mais qu'est-ce que Stacia peut bien trouver à cet horrible monstre?

La question donna à Danièle l'occasion qu'elle cherchait pour s'exprimer de nouveau. Elle crispa les mâchoires, luttant pour contrôler le ton de sa voix.

—Il l'aime. (Puis elle ajouta très vite:) Combien de temps avant que Rose prenne mon fils?

Charlotte roula de grands yeux exaspérés.

—Quand les lunes s'uniront, dans quelques semaines. Les deux croissants se rapprocheront pour ne faire plus qu'une seule et même lune, au solstice d'été. Une magie aussi puissante pourrait attirer l'attention du roi et de la reine, mais ils seront… occupés. (Elle but une autre lampée de vin et détourna la tête.) Stacia dit que c'est le seul moment où ils oublient leurs différends et apprécient la compagnie l'un de l'autre. (Elle rougit.) Tu ne me croirais pas si je te racontais toutes les bêtises des autres fées pendant l'union des lunes, lorsque leurs gouvernants sont trop distraits pour remarquer quoi que ce soit. (Charlotte pouffa.)

» Au moins, je ne serai pas obligée d'écouter Rose radoter sans fin à propos de son royaume, de ses pouvoirs perdus, et de son précieux miroir. Stacia est déjà assez méchante comme ça, alors les deux ensemble, c'est plus que je peux en supporter. (Elle retourna s'asseoir et but au goulot à longs traits. La bouteille était déjà à moitié vide.)

» Le prince était-il tendre ?

—Je ne comprends pas la question, répondit Danièle qui réfléchissait encore à la nuit du solstice d'été.

—Au lit. Lorsqu'il… (Elle désigna du doigt le ventre de Danièle.) Il m'était destiné, tu le sais bien. Mère avait promis. Je veux savoir ce que j'ai manqué. Armand était-il gentil ?

—Il… (Danièle grinça des dents. Charlotte n'avait pas le droit d'accaparer ces souvenirs-là.) Dis-moi où il se trouve.

—Dans une cellule, quelque part dans la tour. Il croit qu'il est rentré chez lui et que Stacia est sa femme. Ils le gardent au cas où quelque chose arriverait à ton bébé. Il l'aime vraiment, tu sais. (Aucun triomphe ne perçait dans ses paroles, seulement de l'amertume.) J'ai cru que si je pouvais leur montrer que j'étais capable de contrôler la magie et te tuer… (Charlotte posa la bouteille de vin si violemment que Danièle crut qu'elle s'était brisée.)

» Et puis Brahkop a découvert que tu étais enceinte ! C'est la deuxième fois que tu me le voles ! Je suis plus jolie que toi ou que Stacia, alors pourquoi est-ce moi qui reste seule ?

—Tu l'aimes ?

Charlotte s'immobilisa.

—Quoi?

—Armand. Si tu l'aimais, tu ne laisserais pas Stacia et Rose l'enfermer comme ça. Vous m'avez moi. Laissez-le partir!

—C'est ça, pour qu'il rentre chez lui, trouve quelqu'un qui brise le sortilège et rapplique ici, avec tout le royaume derrière lui, pour vous porter secours? (Son rire avait quelque chose d'hystérique.) Vraiment, Cucendron, tu me prends pour une imbécile?

Une parfaite idiote, mais pas une imbécile. Une idiote, prise au piège et plus seule que tu l'as jamais été de toute ta vie d'enfant gâtée!

—Je pense que tu as été affreusement maltraitée. (Danièle était étonnée de pouvoir tenir pareil discours sans être prise par l'envie de vomir de nouveau.) Pourtant, si tu te souciais vraiment d'Armand…

—Même si j'étais l'amour de sa vie, je ne pourrais pas le libérer. Je ne suis pas autorisée à le voir, encore moins à l'embrasser. Il ne me laisserait même pas faire de toute façon. (Elle s'essuya le nez d'un revers de manche.) Stacia a un mari et en plus elle a un prince; ils l'aiment tous les deux. Tu trouves ça juste?

Danièle retint son souffle. Tant de sorts pouvaient être brisés par une chose aussi anodine qu'un baiser.

—C'est le point faible des sorts de Stacia? demanda Danièle. S'il m'embrassait…

—Il pourrait t'embrasser toute la nuit que tu serais toujours ensorcelée. (Elle sourit avec mépris.) Il ne t'aime plus, ne l'oublie pas!

—Mais moi je l'aime! Si je l'embrassais, le sortilège d'amour jeté par Stacia serait-il brisé?

Charlotte haussa les épaules.

—Probablement. La plupart des sorts de Rose présentent cette lacune. C'est une question d'équilibre et de potentiel. Un sort impossible à briser demande trop de puissance. Et comme le véritable amour est assez rare, les sortilèges ne risquent pas grand-chose. Je ne comprends pas vraiment tout ça. La magie me donne la migraine!

Peu à peu, le nouvel espoir de Danièle s'évanouit. À quoi cela avançait-il de savoir comment rompre le sort si elle ne pouvait pas se servir de cette information? Cela ne représentait qu'un tourment de plus! Pour embrasser Armand, elle devait être libre. Même s'il se dressait là devant elle et les bras grands ouverts, le sortilège l'arrêterait net!

Un filet de vin coula le long du menton de Charlotte tandis qu'elle buvait une autre rasade.

—Ce n'est pas toi qui l'éloignes de moi, baragouina-t-elle. C'est ce bébé.

La porte s'ouvrit dans un claquement. Stacia jeta un coup d'œil à Charlotte et grimaça de dégoût.

—Je t'ai dit d'aller chercher Cucendron, pas de t'avachir dans ce siège et de te saouler!

Charlotte éructa bruyamment.

—C'est d'un distingué! fit remarquer Stacia. (Elle se tourna vers Danièle.) Toi, tu viens avec moi. Avant de te renvoyer au travail, il y a quelque chose que j'aimerais essayer.

En son for intérieur, Danièle eut un mouvement de recul à la vue de la lueur au fond des yeux de Stacia. Qu'allaient-ils faire à son fils? À ce moment précis, elle aurait pu tuer Stacia, mais son corps se soumit à la volonté de sa demi-sœur.

Deux ténébreux attendaient dans la pièce. Danièle reconnut le manchot qui serrait contre lui un plateau de poissons cuits à la vapeur. Stacia avait dû l'intercepter alors qu'il retournait auprès de Charlotte.

Les deux créatures se pressèrent derrière Danièle tandis que Stacia lui faisait contourner le lit vers un petit autel situé dans un coin. Stacia avait interdit à Danièle d'y faire le ménage, ou même de le toucher, et la jeune femme en remerciait silencieusement le ciel tous les jours.

La plaque de marbre était tachée de sang et de résidus verdâtres provenant de quelque ancienne potion. De la cendre réduite en poudre fine recouvrait la surface et un halo de cire noire indiquait l'endroit où avait brûlé une bougie. Sur le côté de la table, de la cire fondue formait des stalactites brunes et s'infiltrait entre les lames du plancher.

—Je t'en prie, assieds-toi, proposa Stacia en désignant le lit d'un geste.

La bonté feinte dans sa voix souleva le cœur de Danièle. La jeune femme s'assit, aussi loin qu'elle le put de l'autel.

Stacia fit claquer sa langue : les deux ténébreux escaladèrent le matelas et vinrent se placer de chaque côté de Danièle. Le manchot posa le repas de Charlotte sur la couverture. Il se trouvait si près de Danièle que, lorsqu'il la regarda avec insistance, son souffle assécha la peau de la jeune femme.

— Un instant ! s'écria Stacia.

Les ténébreux ne bronchèrent pas. Leur respiration était lente et encombrée, comme celle de vieillards catarrheux. L'un des deux jouait avec le poisson cuit, plongeant ses mains dans la chair encore et encore jusqu'à ce qu'elle ne soit plus que de la charpie.

Stacia tira son couteau et se dirigea vers l'autel.

— Je déteste cette partie, marmonna-t-elle.

Une entaille rapide sur son bras rouvrit une vieille blessure et fit couler le sang qui vint s'écraser sur la pierre.

Stacia appliqua sa main sur la coupure et serra fort, puis posa le couteau sur l'autel et se tourna vers Danièle.

Elle dénoua le tablier de Danièle et le jeta à terre. La jeune femme retint son souffle lorsque la sorcière s'approcha, mais celle-ci se contenta d'imprimer deux empreintes ensanglantées sur la chemise de la princesse, juste sous la cage thoracique.

— La reine Rose s'inquiète pour ton bébé, l'informa Stacia. Elle estime qu'il ne sera pas suffisamment développé pour servir d'hôte convenable le moment venu. Fort heureusement, j'ai réussi à remédier à cet inconvénient. Aimerais-tu savoir de quoi il retourne ?

— Que vas-tu me faire ? murmura Danièle.

— Pas moi, eux, répondit-elle en désignant les deux ombres.

Danièle regarda son bras à l'endroit où le ténébreux l'avait saisie chez Arlorran. La peau et le muscle étaient presque guéris, mais elle se souvenait encore de l'emprise glaciale, de la faiblesse de son membre ensuite lorsqu'il avait commencé à vieillir.

— Oh, inutile de t'inquiéter. Crois-tu que nous voudrions faire courir le moindre danger au futur corps de Rose ? demanda Stacia. Rose pense que nous pouvons te protéger du pouvoir des ténébreux. Si tout marche comme prévu, ton enfant vieillira de plusieurs jours, voire de plusieurs semaines sans que tu en sois affectée. Tu devrais te montrer reconnaissante, chère demi-sœur. Bien des femmes paieraient cher pour éviter certaines douleurs et désagréments de la grossesse.

Stacia utilisa une plume pour étaler son sang sur la chemise de Danièle.

—Tu pourrais te tenir tranquille? Pour ton propre bien et celui de ton fils. (Elle se tourna vers les ténébreux.) Ne touchez que les endroits où j'ai fait des marques!

Mère, aidez-moi! supplia Danièle. Elle lutta de toutes ses forces pour se lever, pour fuir ces ombres qui se tortillaient vers elle et menaçaient son ventre. Elle avait la peau moite de sueur. Ses muscles se tendirent et ses membres tremblèrent, mais elle était incapable de lever ne serait-ce que le petit doigt.

Les ténébreux posèrent leurs mains sur les empreintes sanglantes. Une chaleur irradia à leur toucher. La douleur transperça sa peau. Ses entrailles se soulevèrent et se brassèrent dans tous les sens. Elle crut qu'elle allait vomir. Stacia poussa un grognement et recula d'un pas.

—Ça suffit! décida-t-elle. (Ses traits étaient tirés et elle avait porté une main à son front.) J'ai dit «assez»!

Les ténébreux reculèrent si rapidement que l'un d'eux atterrit dans la vasque aux poissons. Il en sortit précipitamment et se tint coi, dégoulinant, dans le coin.

—Le sortilège de Rose n'est pas aussi indolore qu'elle le croyait, grommela Stacia. Toutefois, ton ventre est un peu plus gros qu'avant. C'est déjà ça.

Elle s'essuya la main sur sa propre chemise, laissant des traînées sanguinolentes sur le tissu.

Danièle frémissait de tous ses membres. Tout s'était passé si vite… Elle regarda son ventre et découvrit la rondeur qui s'était formée. Elle eut l'impression que ses côtes avaient été martelées de l'intérieur et que sa peau menaçait de se déchirer. Puis, soudain, elle sentit un léger coup contre sa cage thoracique. La surprise lui coupa le souffle.

—Qu'est-ce qu'il y a ? interrogea brusquement Stacia.

—Le bébé, chuchota Danièle. Il a bougé.

Le bébé donna un autre coup et Danièle se rendit alors compte qu'elle souriait.

—Bien. Cela signifie qu'il est toujours en vie. (Stacia se massa le front et s'éloigna.) Mets-toi au travail maintenant ! Ça pue ici !

Elle disparut sans ajouter un mot.

Danièle fit de son mieux pour exécuter les ordres. Elle était épuisée ; elle n'aurait su dire si c'était le contrecoup de la peur et de la tension ou le contact des ténébreux. Des gouttes de sueur piquèrent ses yeux lorsqu'elle tâtonna dans son dos à la recherche des liens pour nouer son tablier.

—Ne t'inquiète pas ! chuchota-t-elle au bébé qui remuait en son sein.

De combien de temps les ténébreux l'avaient-ils vieilli ? Assez pour qu'il se retourne et appuie sur sa vessie, en tout cas. Tout ce temps perdu, durant lequel Talia et Béatrice auraient pu la retrouver, mais il était trop tard, elle ne pouvait plus attendre. *Je te promets, je ne les laisserai pas te prendre !*

Elle sortit un pot d'huile parfumée au miel et versa un peu du liquide sur un chiffon. L'odeur douceâtre lui donna mal au cœur, mais elle se contint et frotta le parquet là où elle avait vomi.

Vous m'entendez, les amis ? Elle regarda le mur près du bassin aux poissons. Dans l'ombre, à l'endroit où le bassin jouxtait le mur, le bois et le plâtre avaient été rongés, dégageant un fin interstice.

Il avait fallu plus d'une semaine à Danièle pour renouveler l'exploit qu'elle avait accompli dans la grotte, s'adresser aux animaux sans prononcer un mot. Le premier à répondre à son appel fut un rat noir galeux auquel il manquait une grande partie de la queue.

Depuis, elle était parvenue à se lier d'amitié avec quatre autres rats. C'étaient de timides créatures terrifiées par les ténébreux rôdant dans les couloirs, mais Danièle avait réussi à gagner leur confiance. Elle les prévenait lorsqu'ils pouvaient se faufiler dans la chambre et grignoter les miettes tombées du lit de Charlotte, ou les mettait en garde contre les morceaux de viande et de fromage empoisonnés à l'arsenic déposés dans les coins.

La dératisation incombait à Charlotte qui geignait sans fin chaque fois qu'elle devait remplacer l'appât. En dépit du sort, Stacia se méfiait encore trop de Danièle pour lui confier du poison.

Trop méfiante d'un côté et pas assez de l'autre.

Deux rats répondirent à Danièle, se glissant à travers la fissure pour courir se réfugier dans la pénombre, sous le lit. L'un d'entre eux était son ami à queue courte. L'autre paraissait plus jeune, son poil noir était lisse et brillant. Ils étaient tous les deux maigres et affamés.

Allez-y ! les encouragea Danièle en jetant un coup d'œil au repas abandonné de Charlotte. Les rats n'hésitèrent pas une seconde, ils foncèrent sur l'assiette et mangèrent, utilisant leurs pattes de devant pour remplir leurs joues de petits morceaux de chair de poisson écrasée.

Danièle se mit au travail en attendant qu'ils soient rassasiés. *Filez maintenant !*

Dans un même élan, les rats disparurent. Danièle brossa les sols, guettant leur retour. Elle priait tout en travaillant, demandant tour à tour aide et pardon.

Lorsque les rats revinrent, des larmes de reconnaissance coulèrent sur les joues de Danièle. Ils traînaient un mouchoir sale à leur suite. Danièle le reconnut comme ayant appartenu à Stacia. Ils ouvrirent promptement le mouchoir pour laisser apparaître de petits bouts de fromage empoisonné durcis et moisis. Jusqu'à présent, la jeune femme n'était pas sûre qu'ils aient compris ses instructions. Désormais, il ne lui restait plus qu'à trouver un moyen d'administrer l'arsenic à sa demi-sœur.

Danièle se releva, grimaçant à la douleur qu'elle ressentait dans le dos. Elle fouilla la pièce du regard tandis qu'elle rajustait le dessus-de-lit. Les oreillers peut-être ? Un simple contact avec la peau suffirait-il ? Il valait mieux que Stacia l'ingère directement, mais comment les rats de Danièle pourraient-ils glisser le vieux fromage dans sa nourriture sans se faire remarquer ?

Le couteau de Stacia! Tous les jours, Stacia faisait couler son propre sang pour pratiquer sa magie.

Les rats s'activaient déjà. Le plus jeune sauta sur l'autel et maintint le couteau immobile entre ses pattes. Le plus vieux entreprit de frotter un morceau de fromage contre la lame noire couverte de sang.

Prenez garde! recommanda Danièle.

Bientôt, les rats échangèrent leur place, étalant aussi du poison sur le tranchant de la lame. Ce n'était que justice : Stacia utiliserait la lame empoisonnée sur elle-même. C'était son choix, sa volonté de pratiquer la magie noire qui la tuerait.

Si le poison était efficace. Si les rats en avaient suffisamment recouvert le couteau pour tuer une femme adulte.

Danièle ramassa les restes de poisson, puis inspecta la pièce d'un coup d'œil, à la recherche de quelque chose à nettoyer. À l'exception de l'autel, la pièce était impeccable, elle n'avait donc plus aucune excuse pour rester là.

Déjà les rats étaient revenus avec d'autres morceaux empoisonnés.

Lavez-vous dans la vasque lorsque vous aurez terminé, insistez bien sur vos pattes et ne mangez rien tant que vous ne vous êtes pas lavés!

Elle espérait que l'eau diluerait suffisamment l'arsenic qui restait pour ne pas incommoder les poissons.

Lorsqu'elle quitta la pièce, Danièle ferma les yeux.

Pardonnez-moi, Mère!

Pendant toutes ces années, elle avait essayé d'obéir aux dernières paroles de sa mère en demeurant pieuse et bonne. Pas une seule fois elle ne s'était défendue contre ses persécutrices. Aujourd'hui, elle allait tuer sa propre demi-sœur.

Je dois protéger mon fils. Sa mère comprendrait sûrement.

Malgré tout, la culpabilité et le doute s'insinuèrent en elle et la hantèrent tandis qu'elle se dirigeait vers la chambre de Charlotte pour y finir son ménage. Le bébé donna un coup de pied lorsqu'elle referma la porte et là, ses doutes s'envolèrent : il n'y eut plus que la culpabilité.

12

❄

Danièle versa le reste de l'eau bouillante dans un grand
baquet, puis commença à traîner les vêtements de Brahkop
à travers la pièce. Elle ne réussit à faire entrer dans la cuve
de bois que trois pantalons et une chemise avant que l'eau déborde. La
jeune femme jeta un coup d'œil à la pile de vêtements sales et soupira.
Elle devrait rester debout la nuit entière pour laver tout ce linge.

Elle prit une longue pelle de bois et la fit tourner pour mélanger le
savon avec les vêtements. Des étincelles bleues scintillèrent dans l'eau
tandis que la jeune femme malaxait le contenu de la cuve ; c'était la
seule source de lumière dans la petite pièce. Quelle que soit la magie
à l'origine de ces étincelles, faire bouillir le linge ne les empêchait pas
de se manifester.

L'eau éclaboussa de nouveau ses pieds.

Merveilleux ! Je vais sentir le troll crapoteux tout le reste de la journée !

Elle leva la tête en entendant des pas dans le couloir, tout en
remuant consciencieusement la lessive. La porte s'ouvrit sur une Charlotte titubante.

—Danièle ?

Danièle retint sa respiration. Un jour seulement s'était écoulé
depuis que les rats avaient empoisonné la lame de Stacia. Le poison
pouvait-il déjà avoir produit son effet ?

— Je suis là.

Charlotte replia l'index et lui fit signe de venir.

Danièle abandonna la lessive et sortit dans le couloir. La majorité des lampes à pétrole étaient obturées, mais la lumière était suffisante pour que Danièle voie la façon dont Charlotte contemplait son ventre. Dans la journée, son tablier avait plus ou moins dissimulé les résultats de l'action des ténébreux, mais la jeune femme l'avait ôté en même temps qu'elle avait relevé ses manches pour faire la lessive.

— Stacia a vraiment réussi ! s'écria Charlotte.

Elle tendit la main, effleurant les taches de sang bruni sur la chemise de Danièle. Celle-ci frissonna au souvenir du contact de la main de Stacia et des ténébreux. L'idée qu'ils reviennent et recommencent l'avait terrifiée une partie de la journée, mais apparemment Stacia ne s'était pas encore rétablie de son intervention.

Charlotte fit demi-tour et s'engagea dans le couloir.

— Suis-moi !

Danièle s'exécuta. Les deux ténébreux jouaient près de la porte ouverte de la chambre de Stacia. La pièce était vide et plongée dans l'obscurité.

Les sombres personnages avaient capturé un petit serpent à rayures jaunes. L'un d'eux avait transpercé la queue de l'animal avec un de ses ongles qu'il avait fiché au sol pour empêcher l'animal de fuir. L'autre gloussait en torturant le reptile avec un tison qu'il enfonçait de temps en temps dans le corps de la bête. Lorsque la braise du morceau de bois s'éteignait, la créature escaladait le mur et le rallumait à l'une des lampes à pétrole.

Ne lutte pas ! implora Danièle en passant, *ne laisse pas leurs supplices t'atteindre. Ce sont des enfants. Ils auront vite fait de se fatiguer et ils iront jouer ailleurs.*

Elle doutait que le serpent l'écoute. Sa douleur et sa panique étaient trop fortes.

Charlotte conduisit Danièle jusqu'à sa chambre et ferma la porte derrière elles.

— Assieds-toi !

La jeune femme choisit un siège bas tandis que Charlotte tirait sur la chaîne pour raviver la flamme dans les lampes. Danièle plissa les yeux le temps qu'ils s'habituent à la lumière.

Comme de coutume, le regard de Danièle se posa sur son épée. Suspendue par deux crochets de bois, l'arme était exposée au-dessus du lit. La jeune femme apercevait des taches de sang sur la garde, là où le bois avait entaillé la paume de Stacia dans la grotte.

—Sais-tu où ton précieux prince se trouvait ce soir ? demanda Charlotte.

Danièle secoua la tête en signe de dénégation.

—Est-ce qu'il va bien ?

Charlotte triturait le couvre-lit et, pendant un instant, Danièle crut qu'elle allait se mettre à hurler.

—Nous avons dîné avec la duchesse, et ton prince avait beaucoup de mal à se retenir de la peloter ! Le comportement de Stacia et de Brahkop était pire encore. Aucun d'eux ne m'a prêté la moindre attention !

—Je ne comprends pas, dit Danièle. Il est censé aimer Stacia. Le sort qu'elle a jeté…

—Stacia n'a plus besoin de lui, lança Charlotte d'un ton cassant. Ce gros dégoûtant de troll était tout content d'avoir récupéré sa petite femme. Stacia et lui ont concocté une nouvelle potion pour détourner l'amour du prince sur la duchesse. Il doit lui être offert en cadeau.

Ainsi, Charlotte resterait seule et désœuvrée tandis que la duchesse prendrait un prince de sang humain comme consort en paiement de son hospitalité. Danièle se demanda depuis combien de temps Stacia et Rose avaient manigancé tout cela.

Charlotte se pencha pour attraper un petit pot d'argile caché sous son lit. Elle en ôta le couvercle et le tendit à Danièle.

—Bois !

Danièle porta le récipient à ses lèvres. L'odeur était abjecte, on aurait dit une infusion préparée à base de compost. Elle eut un haut-le-cœur.

Charlotte reprit brutalement le pot.

—Ne le renverse pas, voyons ! As-tu idée du travail que cela m'a demandé de préparer cette… tisane ?

—Qu'est-ce que c'est? demanda Danièle.

—Une infusion à base de tanaisie et de pouliot. J'ai passé une partie de la journée d'hier dans la bibliothèque de la duchesse. J'ai dû consulter l'un après l'autre toutes sortes d'ouvrages poussiéreux et envoyer Gaucher voler les ingrédients.

Exténuée par le travail, Danièle ne fit pas immédiatement le rapprochement entre «Gaucher» et le ténébreux manchot. Lorsqu'elle comprit enfin le sens des paroles de Charlotte, toute trace de lassitude s'évanouit brutalement. Un jour, dans la rue, elle avait surpris une conversation entre deux femmes qui discutaient de plantes abortives. La tanaisie et le pouliot étaient deux des ingrédients les plus puissants.

Ses muscles se tétanisèrent et sa main trembla tandis qu'elle tendait le bras vers le pot de Charlotte.

—Est-ce que ce n'est pas mieux que de laisser Rose se l'approprier? interrogea Charlotte.

—Charlotte, pourquoi? Il y a sûrement une autre solution, répondit Danièle en saisissant la chance qui lui était donnée de parler.

Chaque instant qu'elle passait à discuter retardait d'autant le moment où elle devrait porter le poison à ses lèvres.

—Tu savais que lorsqu'on brise un sortilège d'amour, il ne peut pas être renoué? demanda Charlotte. Puisqu'ils ont rompu les liens qui reliaient Armand à Stacia, ils ne peuvent pas le contraindre à aimer Stacia de nouveau. Mais ils ne peuvent pas non plus prendre le risque de le laisser t'aimer, sinon le sort qu'ils t'ont jeté pourrait être brisé. Alors, si tu perds le bébé, ils seront obligés de me donner Armand. Ils n'auront pas d'autre choix que de me le donner! Est-ce que tu comprends?

—Tu n'es pas obligée de tuer mon fils, risqua Danièle. Tu ne peux pas me laisser partir tout simplement?

—Je regrette. (Charlotte renifla et détourna le regard.) Je suis sincèrement désolée, mais tu as vu ce qu'est devenue Stacia, n'est-ce pas? Quel sort me réserverait Rose si jamais je t'aidais à t'enfuir?

—Nous pourrions nous enfuir toutes les deux, suggéra Danièle. Tu serais sous ma protection. Une fois de retour à la maison…

— Il y a des choses pires que les ténébreux dans la grotte de la duchesse, l'interrompt Charlotte. (Ses épaules furent secouées d'un long frisson.) Bois !

— Je le dirai à Stacia, parvint à menacer Danièle entre ses mâchoires contractées.

Elle essaya d'empêcher ses doigts de porter la potion à sa bouche. En vain.

— Alors, je te couperai la langue !

Le récipient toucha sa lèvre inférieure. L'argile vernissée était aussi lisse que du verre ; l'odeur lui brûla les narines.

L'odeur ! Tandis que ses mains s'inclinaient, elle inhala l'odeur putride à pleins poumons, délibérément. Elle eut mal au cœur, mais cela n'avait plus rien à voir avec les spasmes qui contractaient son estomac malgré elle, le matin même. Elle expira et respira encore une fois, voulant vomir de toutes ses forces. Elle se mit à pleurer. Même l'odeur du savon avait été suffisante pour la faire régurgiter, mais c'était avant que les ténébreux fassent vieillir son bébé et accélèrent sa grossesse. Son corps était toujours aussi douloureux tandis qu'il essayait de s'ajuster à ce nouvel état, mais les nausées avaient disparu. Stacia, dans son empressement, allait finalement lui faire perdre son bébé !

Mère, je vous en prie, aidez-moi ! Ne laissez pas cet infâme breuvage franchir mes lèvres !

— C'est la seule solution, s'entêta Charlotte. Ils ne pourront pas faire autrement que de me rendre Armand !

La main de Danièle eut un tremblement nerveux. Quelques gouttes tombèrent sur sa langue. Le goût de la menthe et du camphre emplit sa bouche.

— Tu résistes toujours, constata Charlotte. (La jeune femme avait l'air impressionné. Elle essuya les larmes du visage de Danièle.) Après tout, le sortilège de Stacia n'est peut-être pas aussi puissant qu'elle le croit.

Elle leva la main, probablement pour verser le contenu de force dans la gorge de Danièle. Elle se trouvait si près d'elle que la princesse distinguait chaque cicatrice sur son visage, chaque tache sur sa chemise, certaines d'entre elles sûrement dues aux projections de cette infâme potion.

Les taches ! Stacia avait ordonné à Danièle de nettoyer, d'assurer le même service que lorsqu'elle se trouvait sous les ordres de sa marâtre. Plus elle tarderait à nettoyer ces taches, plus il serait difficile de les faire disparaître. Cette chemise devait être rincée à l'eau froide, puis lavée dès que possible. Ignorer ce devoir équivalait à désobéir à Stacia.

Les doigts de Danièle s'agitèrent et se tendirent spontanément vers la chemise de Charlotte. Le récipient tomba. Charlotte tenta désespérément de le rattraper mais manqua son coup. Le pot se brisa.

Charlotte donna un grand coup dans le dos de Danièle.

— Mais qu'est-ce que tu as fait ?

— Ta chemise était sale, répondit Danièle.

— Méchante ! Vilaine bourrique têtue ! (Charlotte empoigna Danièle par la chemise.) Pourquoi dois-tu toujours tout gâcher ?

Charlotte projeta violemment la jeune femme incapable de se défendre contre le mur. Sa tête le heurta et le choc fut si violent que sa vision se brouilla.

Les traits déformés par la rage, sa demi-sœur devint monstrueusement hideuse. Elle avait dépassé les limites de sa tolérance et ne rêvait que de terminer ce qu'elle avait commencé au palais de Lorindar : régler son compte à Danièle une bonne fois pour toutes. Stacia la tuerait pour ça, mais elle s'en moquait éperdument. Elle était hors d'elle, et même si Danièle avait pu lui parler, rien ne l'aurait arrêtée.

La jeune femme baignait dans la flaque de tisane renversée sur le sol lorsqu'elle vit quelque chose bouger près de la porte. Le vieux rat sans queue se tenait sur ses pattes arrière et humait l'air. Avait-il entendu les prières silencieuses de Danièle ?

La lampe à pétrole, supplia Danièle. *Vite !*

Le rat grimpa le long de la garde-robe et bondit. Ses petites pattes s'agrippèrent à la chaîne pour se suspendre à la lampe à pétrole. Les anneaux métalliques cliquetèrent, mais Charlotte était trop furieuse pour remarquer le bruit.

La jeune femme s'approcha de la tête du lit pour s'emparer de l'épée au-dessus.

—Puisque tu ne veux pas boire, je vais t'ouvrir le ventre et en sortir ce sale petit morveux, moi-même ! Ne bouge pas, cela ne prendra qu'un instant.

Je t'en supplie, fais vite ! Le rat courait le long de la conduite. Il s'arrêta devant l'une des mèches, qui aurait dû être remplacée. Une toute petite flamme vacillait encore. Sans songer à lui-même, le rat donna de petits coups de patte à la flamme, puis il tira la mèche aussi haut qu'il put. Lorsqu'elle fut en bout de course, il entreprit de la ronger à la base.

—J'ai vu ce que cette maudite épée a fait à ma sœur, grommela Charlotte en s'emparant d'un des draps du lit.

Elle enveloppa la garde de plusieurs épaisseurs de tissu, laissant le reste du drap traîner derrière elle, tout en se dirigeant vers Danièle.

—Voyons un peu si elle parvient à me transpercer la main à travers ça !

Le rat finit par couper la mèche et la porta rapidement jusqu'à la lampe voisine. Il colla l'extrémité de la mèche contre la flamme. Le cordon imbibé de pétrole prit feu immédiatement et brûla le rat qui poussa un cri de douleur perçant.

Charlotte se détourna à l'instant où le rat sautait. Il lui atterrit sur le sommet du crâne, enfonça la flamme dans ses cheveux et dégringola sur le sol.

Le feu se propagea rapidement. Charlotte jura et lança son épée à l'aveuglette. La lame manqua de peu le visage de Danièle.

L'arme était si proche… Danièle n'avait plus qu'à tendre le bras pour la saisir. Il lui suffisait de la prendre et elle en aurait fini avec toute cette histoire. Mais le sortilège la gardait prisonnière. Charlotte lui avait ordonné de ne pas bouger. Tant que l'une des deux demi-sœurs n'en avait pas décidé autrement…

—Aide-moi ! hurla Charlotte.

Ses boucles brunes frémirent et se recroquevillèrent sous l'effet de la chaleur ; une odeur nauséabonde de cheveux brûlés se répandit bientôt.

Danièle sourit d'un air inquiétant tandis qu'elle se relevait. Elle empoigna Charlotte et la traîna jusqu'au bassin dans l'angle de la pièce. Elle enfonça la tête en flammes de sa demi-sœur sous l'eau en la tenant par le cou.

Les poissons blancs se réfugièrent dans un coin de la vasque. Des bulles remontèrent à la surface tandis que Charlotte luttait, mais Danièle tint bon, appuyant toujours plus fort, jusqu'à ce que le visage de Charlotte frotte contre la pierre couverte d'algues. Après tout, ses cheveux fumaient toujours et les ordres que Danièle avait reçus étaient clairs.

Charlotte se tortilla, secouant la tête dans tous les sens et enfonçant ses ongles dans le bras de Danièle. Rien n'y fit, tant que sa bouche resterait sous l'eau, elle serait dans l'incapacité de donner de nouveaux ordres.

Elle changea de tactique. Elle s'agrippa au bord du bassin et poussa pour obliger Danièle à se rejeter en arrière.

Danièle pesa de tout son poids sur ses bras. Charlotte n'avait jamais été très forte. Danièle, elle, avait passé sa vie à travailler dur, commençant sa journée avant que ses demi-sœurs se réveillent et poursuivant bien après qu'elles s'étaient endormies. Avec sa fureur décuplée par la tentative d'assassinat de son enfant, la jeune femme était largement assez forte pour noyer sa demi-sœur.

Charlotte abandonnait la lutte, la tête tournée d'un côté et les yeux fermés, serrés étroitement comme ceux d'un enfant qui essaierait de repousser un mauvais rêve. Une fine colonne de bulles s'éleva du coin de sa bouche.

La colère de Danièle s'évanouit. Tuer Charlotte ne la libérerait pas et ne sauverait pas son bébé. Personne ne serait sauvé en fait. Stacia la découvrirait ici au-dessus du corps de Charlotte. Elle prendrait son enfant, puis la tuerait comme Danièle aurait noyé Charlotte.

Elle enroula ses doigts dans les cheveux de Charlotte et la sortit du bassin. Charlotte s'effondra, de l'eau assombrissant le parquet autour de sa tête et de son torse. Elle toussa faiblement, crachant de l'eau et du sang. La jeune femme avait dû se mordre la langue ou la joue pendant la lutte.

Charlotte vomit. Lorsqu'elle eut terminé, Danièle attrapa une couverture dans le lit et la jeta sur le corps grelottant de la jeune femme.

—Bien joué! Si elle meurt, elle ne pourra pas nous dire ce que nous voulons savoir.

Danièle se retourna. Talia se tenait à la tête du lit, les bras croisés sur la poitrine. Des centaines de questions se bousculèrent dans la tête de Danièle. Elle aurait pu jurer que Talia n'était pas là quand elle s'était saisie de la couverture un instant plus tôt! D'ailleurs, elle n'avait pas entendu la porte s'ouvrir.

Elle voulut parler mais en fut incapable. Sans trop comprendre pourquoi, la jeune femme trouvait la situation absolument déso-pilante. Elle pouvait noyer sa demi-sœur, mais était incapable de s'exprimer tant qu'aucune question ne lui était posée.

Charlotte grogna et s'empara de l'épée. La lame de verre glissa sur le sol. Charlotte leva son arme et la pointa sur Danièle.

—Je vais la tuer!

Les paroles qu'elle venait de prononcer déclenchèrent une autre quinte de toux.

—Vas-y, essaie un peu pour voir! Tu n'as toujours pas compris pour l'épée, hein? Peu importe la façon dont tu la manieras, cette lame ne touchera pas un cheveu de la tête de Danièle.

Talia s'avança vers Charlotte. La jeune princesse semblait avoir perdu la démarche incertaine qu'elle avait lorsque Danièle l'avait vue pour la dernière fois, dans la grotte. Elle avait sans doute trouvé un moyen de se débarrasser du sortilège de Stacia. Elle regarda Danièle.

—Tu te souviens du combat dehors? Je n'ai pas réfléchi lorsque je t'ai renvoyé ton épée. Tu aurais dû perdre quelques doigts quand tu l'as attrapée, dit-elle en observant Charlotte, qui tomba à genoux. Si tu veux mon avis, la lame se brisera en morceaux plutôt que blesser Danièle. Et si j'ai raison, cette épée ne devrait pas apprécier ton projet, alors ne sois pas étonnée si l'un des éclats t'atteint en plein cœur.

Talia s'assit au bord du lit, pantelante. Elle semblait... épuisée. Ses yeux étaient injectés de sang. Elle puait la sueur et le renfermé;

ses vêtements noirs étaient usés et déchirés. Son épée avait disparu, mais elle portait toujours un couteau à la ceinture. Deux bâtonnets retenaient ses cheveux en arrière, à l'exception de quelques mèches poisseuses de sueur qui pendaient devant ses yeux.

—Ta demi-sœur s'est montrée assez magnanime pour t'épargner. (Talia secoua la tête, montrant clairement que ce « magnanime » n'était pas le mot qu'elle aurait vraiment voulu employer. Elle sourit.) Je ne suis pas comme elle.

Charlotte hocha la tête et pointa son épée vers Talia.

—Oui, peut-être que je ne peux pas la tuer, *elle*.

Talia haussa les épaules et porta la main à ses cheveux pour en retirer l'une des baguettes aux embouts métalliques. La tenant du côté lisse, elle la lança d'un petit coup sec du poignet. L'arme tournoya dans les airs et le bout émoussé frappa Charlotte droit sur l'œil.

Cette dernière glapit et lâcha l'épée, mais d'un bond, Talia s'était déjà écartée du lit et rattrapait la garde avant que l'arme touche terre. La lame vrombit lorsque Talia la fit tournoyer dans les airs. Le tranchant termina sa course sur la gorge de Charlotte.

C'était indéniable : Talia avait récupéré les dons reçus des fées.

—Bien, décréta Talia, et si on discutait du maléfice que ta sœur a jeté à ma princesse maintenant ?

À son grand déplaisir, Danièle se vit s'éloigner de Charlotte et Talia pour éponger l'eau répandue sur le sol. Elle utilisa la couverture que Charlotte avait laissé tomber pour absorber une grande partie du liquide et l'essora au-dessus de la vasque. Pire que tout, elle s'était remise à fredonner.

Le chantonnement attira l'attention de Talia.

—Arrête ça !

Si seulement cela pouvait être aussi simple ! Danièle utilisa un coin sec de la couverture pour frotter le joint entre le sol et le bassin.

—Veux-tu…, insista Talia en appuyant légèrement l'épée sur la gorge de Charlotte.

—Assez, Cucendron !

L'œil de Charlotte était rouge, mais elle semblait en avoir toujours l'usage. Des larmes coulaient sur sa joue et elle clignait constamment de son œil blessé qu'elle ne pouvait pas s'empêcher de frotter.

Danièle s'essuya les mains sur sa chemise et se releva.

—Et les bonnes manières, tu t'en bats l'œil ? ironisa Talia.

—Et pourquoi pas ?! (Charlotte s'empara d'un drap et s'en servit pour couvrir ses épaules. Elle grelottait toujours.) Si tu ne me tues pas, c'est Stacia qui le fera.

—Annule le sort qui lie Danièle et nous verrons ce que nous pouvons faire pour te garder en vie, proposa Talia.

—Ce sont Stacia et Rose qui l'ont jeté, pas moi. Seul un baiser donné par quelqu'un éprouvant un amour véritable à son égard peut le briser désormais.

—Alors fais descendre Armand ici ! conclut Talia.

Charlotte fit entendre un rire amer et las.

—Il ne l'aime pas.

Talia regarda Charlotte.

—De toute évidence, la princesse Danièle t'obéit. Tu n'as qu'à lui ordonner d'obéir à sa propre volonté.

Charlotte secoua la tête.

—Cela reviendrait à briser le sortilège et mes pouvoirs sont insuffisants pour ça.

Talia remarqua son apparence débraillée.

—Sorcellerie et trahison n'ont pas l'air de te réussir si bien que ça…

Charlotte la considéra en silence.

Talia fit reposer la lame de son épée sur son épaule.

—Et toi, qu'est-ce que tu en penses, Danièle ? Tu as la moindre idée de la façon dont nous pourrions contrer ce sort ?

Danièle essaya de parler, sans succès. Les questions devaient être formulées par Charlotte ou par Stacia. En soupirant, Talia pointa l'épée vers Charlotte.

—Ordonne-lui de me répondre ! intima la jeune femme à Charlotte.

Charlotte fit un signe de la main.

—C'est bon, vas-y.

—Seulement en tuant Stacia, répondit Danièle. Si nous brisions le sortilège qui retient Armand prisonnier, il pourrait m'embrasser et cela mettrait fin au sort, mais il est avec Stacia et la duchesse.

—Bien, en résumé, soit on attaque la tour ducale pour occire ta demi-sœur et sauver ton prince, soit on trouve quelqu'un qui t'aime d'un amour sincère. (Talia jeta un coup d'œil à Charlotte et ricana.) Je vois que ce n'est pas la peine de te demander de déposer un tendre baiser affectueux sur la joue de ta demi-sœur... Il n'y a donc plus qu'une seule chose à faire.

Avant que Charlotte ait pu rétorquer, Talia avait tourné les talons. L'épée de verre vint effleurer le visage de Danièle.

Celle-ci pensa d'abord que Talia avait manqué son coup, puis sa joue commença à piquer. Un filet de sang coula d'un côté de son visage.

—Tu disais que l'épée ne me ferait aucun mal! s'écria Danièle d'un air indigné.

Elle se figea, prenant conscience de ce qu'elle venait de faire. La jeune femme toucha sa joue, s'émerveillant de constater que son bras obéissait à sa propre volonté.

—Bon, tu es libérée maintenant? interrogea Talia.

Danièle alla vers le lit et mit la main sous l'oreiller pour en sortir une bouteille de vin à moitié pleine.

—Comment savais-tu qu'elle se trouvait là? exigea de savoir Charlotte.

—Parce que c'est moi qui passe des heures à nettoyer les taches de vin sur tes vêtements, lui répondit Danièle, c'est moi qui retape tes oreillers, change tes draps et dépoussière ta chambre. J'astique aussi la flasque en étain que tu caches dans le fond de ta malle et je retire les algues de la bouteille au fond du bassin.

Danièle retourna la bouteille au-dessus du lit de Charlotte et contempla la flaque cramoisie qui imprégnait les draps et le matelas. Elle attendit, mais rien ne l'obligeait plus à nettoyer les dégâts. Rien, à part son goût bien à elle de l'ordre et de la propreté.

—Comment...?

— Tu ne te souviens donc pas de ce que je t'ai enseigné dans le labyrinthe de la reine? (Talia retourna l'épée pour présenter la garde à Danièle.) Tout ce dont tu avais besoin, c'est du baiser de cette lame. (Danièle saisit l'épée de ses deux mains.) C'est un cadeau de ta mère, expliqua Talia. Quand elle est morte, son esprit est resté dans le coudrier pour veiller sur toi. Et quand tes demi-sœurs ont invoqué le Chirka, elle a préféré l'emprisonner en elle pour te protéger. (La voix de Talia était distante, presque triste.) Il n'y a pas d'amour plus fort que cet amour-là!

— Elle est toujours là, n'est-ce pas? murmura Danièle. Dans l'épée!

— En partie, acquiesça Talia. Sinon, tu serais toujours ensorcelée et il te manquerait vraisemblablement quelques doigts après l'avoir prise si maladroitement dans la grotte.

Danièle ne put s'empêcher de prendre Talia dans ses bras et de l'étreindre.

— Fais attention! avertit Talia. Tu vas couper le bras de quelqu'un en balançant ce truc comme tu le fais!

— Parce que tu crois vraiment que je pourrais te blesser avec une épée? demanda Danièle.

— Tu peux toujours rêver, princesse!

Talia soupira et rendit son étreinte à Danièle. Celle-ci se dégagea car elle venait d'apercevoir quelque chose qui bougeait près de la porte.

— Oh non!

Danièle s'agenouilla et posa son épée au sol. Le rat à queue courte leva la tête et renifla. Le pelage autour de sa tête et de ses pattes avant était complètement brûlé, sa peau rouge et cloquée.

Des larmes coulèrent des yeux de la jeune femme tandis qu'elle prenait délicatement le rat dans sa paume.

— Que se passe-t-il? interrogea Talia.

— Il m'a sauvée.

Comme la colombe à Lorindar, lorsque Charlotte avait tenté de tuer Danièle pour la première fois. Et comme l'oiseau, le rat était en train de le payer de sa vie. La bête était vieille et agonisait, il n'y avait rien à faire.

— Ce n'est qu'un rat! fit remarquer Charlotte.

—Apporte-moi l'oreiller de Charlotte, demanda Danièle. Nous pouvons au moins l'installer confortablement.

—Comment? (Charlotte empoigna fermement son oreiller.) Hors de question que tu mettes cette chose répugnante sur mon…

Talia lui tordit le bras et lui arracha l'oreiller avant de la repousser sans ménagement. Charlotte tituba vers le mur, tomba à moitié dans le bassin puis recouvra l'équilibre.

Danièle installa le rat sur le coton doux.

—Je suis sincèrement désolée, chuchota-t-elle. (Elle n'était pas certaine qu'il l'entende encore avec de telles brûlures boursouflant horriblement sa tête.) Je te remercie d'avoir sauvé mon fils.

—Que décides-tu pour celle-là? interrogea Talia en désignant Charlotte du pouce. Tu veux que je termine ton travail?

L'œil sain de Charlotte s'agrandit d'effroi.

—Danièle, j'ai tenté de t'aider. Je t'ai dit de ne pas venir ici, tu te souviens? Dans la grotte, je t'ai de nouveau prévenue du danger que tu courais, mais tu n'as rien voulu entendre. J'ai essayé…

—Tu as essayé de me tenir à l'écart, de cette façon tu pouvais avoir Armand pour toi toute seule! (Danièle ramassa son épée.) Tu as voulu me tuer! Tu as tenté d'assassiner mon fils!

Charlotte se réfugia dans un coin de la vasque et faillit écraser l'un des poissons.

—Ta vie était si parfaite! Tout ce que je voulais c'était avoir le même bonheur que toi!

—Parce que tu n'as jamais appris à trouver ton propre bonheur, conclut Danièle. (Elle se tourna vers Talia.) Peux-tu la ligoter pour qu'elle ne puisse pas s'échapper?

Talia se frotta les mains.

—Avec plaisir, Ton Altesse!

Avec l'épée de Danièle, elles découpèrent les draps en longues bandes de tissu que Talia tressa en cordes. Lorsque celle-ci en eut terminé avec Charlotte, la prisonnière pouvait à peine respirer, et encore moins s'échapper. La jeune femme était allongée en travers du lit, entravée aux chevilles, aux genoux, aux poignets et aux coudes. Une boucle attachait ses poignets à une colonne du lit tandis que ses chevilles étaient solidement liées à la colonne opposée. Enfin, Talia bâillonna la prisonnière pour l'empêcher d'émettre le moindre bruit.

—Ces draps sont imbibés de vin, précisa Talia. Tu peux toujours les sucer en attendant que quelqu'un te trouve.

Danièle utilisa la dernière corde pour attacher son épée à sa taille.

—Bon, et maintenant? demanda-t-elle. Il y a des ténébreux dans le couloir. Ils vont nous sauter dessus avant que nous puissions…

Elle n'acheva pas sa phrase et dévisagea Talia.

—Comment es-tu entrée ici sans te faire prendre? Je n'ai entendu aucune porte s'ouvrir…

—Les portes attirent trop l'attention, la taquina Talia en mettant la main dans sa chemise pour en tirer un petit sac de cuir noir et blanc.

—Mais c'est la bourse de l'ambassadeur Trittibar! s'écria Danièle. Il est ici? Il est venu à ton secours?

—Pas exactement, répondit Talia en haussant les épaules. J'ai pensé qu'une magie de rétrécissement aussi puissante pouvait être utile, alors je lui ai volé ce sac avant de quitter le palais. Il ne reste que quelques spores, mais avec un peu de chance, ça nous suffira pour rejoindre Blanche sans nous faire repérer.

—Tu as volé l'ambassadeur? Après tout ce qu'il a fait pour nous? Talia!

Talia attrapa la bouteille de vin au sol. Il restait à peine plus d'une gorgée au fond. La jeune femme but d'un trait et fit la grimace.

—Ça a un goût de terre! (Elle jeta la bouteille dans le bassin.) Tu préfères m'engueuler ou sauver Blanche?

—Je préfère sauver Blanche, mais quand nous serons rentrées, tu présenteras tes excuses à Trittibar. (Elle considéra Talia attentivement.) Aurais-tu trouvé un moyen de réveiller Blanche par hasard?

Talia fit celle qui n'avait pas entendu et promena une main sur le mur.

—La pierre derrière ces panneaux est assez brute. Il y a largement assez d'espace pour se faufiler. Tu sais où Blanche est retenue?

— Dans la salle commune, presque au fond du couloir, répondit Danièle.

— Gardée?

— Il y a des ténébreux dans le couloir mais la salle commune est vide, généralement.

— Bien, déclara Talia en se penchant sur Charlotte. Une femme de constitution solide et en excellente santé se dégagerait de ces liens avant la fin de la nuit. Pour toi, je compte une bonne journée, au moins. (Elle se détourna.) Bon, allons-y!

— Une minute. Qu'est-ce que… (Danièle regarda le rat et comprit qu'il n'y avait plus rien à faire. L'oreiller était imprégné de suie et de lymphe teintée de sang. La respiration rauque et râlante s'était arrêtée. Sa gorge se noua.) Non, rien.

— Par ici, proposa Talia en invitant Danièle à la suivre vers le trou que les rats avaient creusé près de la vasque.

Elle tendit une des spores à Danièle qui la plaça sur sa langue. Quelques instants plus tard, les deux jeunes femmes se faufilaient dans les ténèbres par l'interstice près du bassin. Talia jeta un coup d'œil derrière elle et eut l'air navré.

— Qu'est-ce qui t'inquiète? interrogea Danièle.

— Charlotte. Plus jeune, je l'aurais tuée pour être sûre qu'elle ne nous suive pas. (Talia soupira.) Je pense que tu es en train de déteindre sur moi, princesse!

L'espace entre les panneaux muraux lambrissés et la roche grossièrement taillée était exigu et d'une saleté repoussante. Le gravier et la poussière étaient semés de déjections de rats, de carapaces d'insectes vides et d'une prospère colonie de moisissures. De ce côté des panneaux, les lambris n'étaient pas dégauchis et des échardes s'accrochaient aux vêtements de Danièle tandis qu'elle se frayait un chemin à travers les toiles d'araignées.

— Comment as-tu fait pour me retrouver? demanda-t-elle.

— J'ai chevauché un rat, répondit Talia. J'ai failli lui planter mon couteau dans l'œil avant de comprendre qu'il venait me donner un coup de main. Je suppose que c'est un ami à toi. (Elle revint sur ses pas pour aider Danièle à escalader un caillou de la taille d'un pouce d'homme adulte. À leur taille, on aurait plutôt dit un énorme rocher.)

» Tout de même, il m'a fallu plusieurs jours pour sortir de l'eau et parvenir jusqu'ici sans me faire remarquer. Ce n'est pas un lieu facile à infiltrer. Celui qui l'a conçu savait ce qu'il faisait. (L'admiration transparaissait dans sa voix.) J'imagine que tu ne peux pas appeler à la rescousse une créature plus puissante qu'un rat ? Que dirais-tu d'un groupe de manticores ? Hmmm… ?

— Désolée. (Entendant de l'eau couler, les jeunes femmes en déduisirent qu'elles devaient se trouver sous la conduite qui alimentait le bassin aux poissons.) Talia, que s'est-il passé après ta chute dans la rivière ? Comment as-tu rompu le sortilège de Stacia ?

— Ton aviar m'a tirée hors de l'eau. Je suppose que je dois te remercier pour cela. Ensuite, j'ai réussi à me hisser sur son dos, je m'y suis agrippée et lui ai dit de me ramener chez les pixies.

— T'ont-ils aidée ?

— Pas exactement. Arlorran était absent ; quant aux pixies, ils étaient assez furieux quand je leur ai raconté ce qui était arrivé aux deux autres aviars.

— Sont-ils… ?

— Minuit et Chaussette étaient tous les deux en vie la dernière fois que je les ai vus, mais aucun n'avait suffisamment récupéré pour voler. Les pixies ont envoyé quelques-uns des leurs à leur recherche. Je ne sais pas s'ils ont survécu. (Talia soupira.) Je me suis mise en route, mais c'était tout ce que je pouvais faire : mettre un pied devant l'autre. J'ai eu de la chance de réussir à parcourir quelques centaines de mètres sans me fouler une cheville ou me faire une entorse du genou. Alors… j'ai demandé un guide.

Danièle sourit.

— Comment cela ? Tu ne sais pas qu'il ne faut jamais, au grand jamais, demander l'aide d'un guide lorsque tu te trouves dans la Cité de Faërie ?

Talia s'immobilisa. Une haute poutre de bois leur barrait le passage.

—Ouais, eh bien ça a marché. J'ai fait la rencontre d'une étrange petite fille dotée d'un bec de canard en guise de bouche. Oui, va savoir ! Bref, elle a brisé le sort et, abracadabra, me voilà ! (Elle frappa la poutre.) C'est ici que nous avons besoin d'aide, princesse. Si tu pouvais nous trouver quelques rats vigoureux qui nous permettraient de poursuivre notre chemin…

—Qu'est-ce que tu me caches, Talia ?

—Que veux-tu dire ?

Une faible lueur provenait du trou par lequel elles s'étaient engagées dans le passage, mais la silhouette de Talia était à peine plus consistante qu'une ombre.

—C'est toi-même qui m'as assuré que les fées ne faisaient jamais rien pour rien, expliqua Danièle. Qu'as-tu donné à cette petite fille en échange ?

—Rien d'intéressant. Allez, quoi…

Son ton nonchalant ne fit que conforter l'angoisse de Danièle au creux de son estomac.

—Dis-moi !

—Princesse, nous n'avons pas le temps pour les détails ! Une autre fois.

—Tu ne peux pas rejoindre Blanche sans mon aide, fit remarquer Danièle qui campait sur ses positions.

—Sans tes rats, si tu veux bien être plus précise, grommela Talia.

Danièle ne répondit pas.

—Elle voulait ce qu'ils veulent tous, avoua Talia d'un ton acerbe. Mon enfant à naître.

Danièle eut l'impression qu'une main invisible plongeait dans sa cage thoracique et lui broyait les poumons.

—Tu n'as pas…

—C'est pour ça que je ne voulais rien te dire, poursuivit Talia. Je savais que tu dramatiserais, surtout dans ton état. Ne t'inquiète pas, princesse ! Fais-nous apparaître quelques rats et bougeons-nous d'ici !

—Mais tu n'es pas enceinte. (Les yeux de Danièle s'agrandirent de surprise.) Je me trompe ?

—Pas le moindre risque. Par contre, les fées aiment bien prévoir à long terme, c'est pour ça qu'elles donnent dans la surenchère neuf fois sur dix.

—Je suis désolée, murmura Danièle en posant une main sur son ventre.

—Pas de quoi. Bon, et maintenant, allons-y ! Plus tôt nous libérerons Blanche, plus tôt nous trouverons Armand et plus tôt nous pourrons rentrer chez nous, hein ?

Elle faisait preuve de trop d'enthousiasme. Danièle toucha le bras de Talia qui sursauta et se dégagea du contact de la jeune femme.

—Qu'est-ce que tu me caches encore ? interrogea Danièle. (Elle n'obtint aucune réponse.) Vent t'a ramenée chez les pixies le jour même. Tu n'étais pas très loin lorsque tu as fait appel à un guide et tout cela remonte à un mois. Qu'a-t-elle donc exigé d'autre ?

—Mais rien !

La voix de Talia était si ténue que Danièle l'entendait à peine.

—Ce sont les pixies ? Ils t'ont punie d'une manière ou d'une autre ?

Elle eut le plaisir d'entendre un faible ricanement.

—Cette bande de lucioles excitées a de la chance que je ne sois pas retournée les mettre en bocal pour me ramener une loupiote portative en souvenir.

—J'ai cru que tu t'étais noyée, confia Danièle. Je craignais que Vent ne soit pas arrivée à temps.

—Non, non, elle était là au bon moment ! Elle m'a sauvé la vie !

Son ton était à la fois empreint de colère et de douleur.

—Il t'est arrivé quelque chose pendant ton voyage de retour, devina Danièle. Arlorran nous avait prévenues qu'il était dangereux de traverser la Cité de Faërie sans aide. Tu es revenue vers la crevasse et…

—Non, chuchota Talia. Je ne suis pas revenue.

—Je ne comprends pas.

—Je m'en allais, bordel! Je fuyais la Cité de Faërie! J'ai suivi la route dans l'autre direction, je suis passée entre les tours des nains, à travers la haie, et je m'éloignais de cet endroit maudit. J'avais déjà rejoint Juste-Mont.

Juste-Mont était une ville commerçante située à une quinzaine de kilomètres *au sud* de la Cité de Faërie. Danièle s'appuya contre la pierre, cherchant à comprendre.

—Tu ne retournais pas au palais.

—Comment aurais-je pu? J'avais échoué, princesse. Armand était toujours aux mains de ses ravisseurs. Toi et Blanche étiez perdues toutes les deux.

—Ce n'était pas ta faute! objecta Danièle. La reine aurait compris. Elle…

—Pourrais-tu, s'il te plaît, cesser un instant d'être aussi désespérément gentille? (La voix de Talia était montée si haut que Danièle grimaça. Elle se demanda si Charlotte pouvait les entendre à travers les murs.) Je vous ai abandonnées!

Danièle ouvrit la bouche pour la rassurer, mais elle se ravisa. Quelle que soit la raison de son mal-être, il était clair que Talia ne cherchait aucun réconfort dans l'immédiat.

—Pourquoi?

—À cause de Rose. (Talia prit une grande inspiration.) Tu as vu ce qu'elle a fait à Blanche. Et la facilité avec laquelle elle m'a privée de mes «dons». Je… Je ne pouvais pas courir le risque d'être replongée dans ce sommeil interminable. C'était au-dessus de mes forces!

—Je comprends, dit Danièle.

—Ah oui, vraiment?

Talia émit un genre de ricanement, situé quelque part entre le rire et le hoquet.

—Je sais ce que c'est que de subir un maléfice, poursuivit Danièle.

Des pas crissèrent sur le sol graveleux tandis que Talia se rapprochait de Danièle; celle-ci pouvait sentir le souffle de la jeune femme.

—Armand t'a emmenée loin de la maison de ta marâtre, murmura Talia. Le baiser de la lame de ta mère t'a libérée la seconde fois, mais sais-tu ce qui a rompu le mauvais sort qui m'avait été jeté, princesse ?

—Les contes… (Danièle s'interrompit. S'il y avait une chose qu'elle avait apprise, c'était bien l'existence d'un décalage entre la légende et la réalité.) Non, je l'ignore.

—J'ai été réveillée par les douleurs de mon accouchement, annonça Talia, lorsque mes jumeaux furent expulsés de mes entrailles.

Danièle pouvait la voir trembler de tous ses membres.

—Mon prince n'était pas aussi charmant que le tien, poursuivit la jeune femme, d'un ton aussi tranchant que des couteaux. Je suis sûre qu'il a commencé par déposer un baiser princier sur mes lèvres glacées. C'est ce que l'on est censé faire lorsqu'on est prince, n'est-ce pas ? Sauf que ça n'a pas marché. Je n'ai pas ouvert les yeux et je ne suis pas tombée éperdument amoureuse de lui. Alors, il a modifié le scénario et assouvi un autre fantasme.

—Oh, Talia !

Danièle tendit un bras vers elle.

—Ne me touche pas ou je jure que je te brise le poignet, aussi sérénissime soit-il ! (Danièle retira sa main.) Les buissons d'épines sont morts le jour de mon réveil. Le prince est revenu, décidé à me réclamer pour épouse, mais il a trouvé davantage que prévu.

—Que s'est-il passé ? demanda Danièle.

—Il m'a emmenée dans son palais, puis je me suis enfuie.

Tout ce que pouvaient sous-entendre ces simples paroles fit monter les larmes aux yeux de Danièle.

—Mais tes enfants…

—Ce n'étaient pas mes enfants, murmura-t-elle. Il les a envoyés dans un temple où ils ont grandi. Je n'ai jamais su lequel. (Un sourire amer se figea sur ses lèvres.) Il a décrété qu'il me pardonnait d'avoir eu un comportement aussi peu convenable en portant nos enfants avant le mariage, mais qu'il valait mieux qu'on ignore que j'étais impure. Cette nuit-là, je l'ai tué pendant son sommeil.

Talia frissonna, puis s'essuya le visage. Lorsqu'elle reprit la parole, elle semblait avoir retrouvé son calme.

—Dormir, c'est être sans défense, expliqua-t-elle. Alors quand Rose a menacé de raviver le sortilège, je me suis enfuie. Encore. Je ne pouvais pas la laisser…

—Je ne la laisserai pas, affirma Danièle. Je te promets que je ne la laisserai pas te faire ça!

—Ne fais pas de promesses que tu ne pourras pas tenir, princesse! (Talia tourna la tête d'un côté.) Y a-t-il autre chose que tu voudrais savoir? Puis-je encore te divertir avec d'autres histoires où ma lâcheté resplendit comme le soleil au grand jour?

—Qu'est-ce qui t'a ramenée à la Cité de Faërie? s'enquit Danièle.

—Plus je m'éloignais et plus je t'imaginais assise ici, attendant que je réapparaisse pour te sauver. Jusqu'au dernier moment, à l'instant où ils t'auraient tranché la gorge, tu aurais espéré que quelque chose se produise, que j'accoure pour t'aider à sauver Armand. J'imaginais la déception dans tes yeux quand tu te serais résignée finalement à accepter la réalité, et ça, je n'ai pas pu le supporter! Le monde ne fonctionne pas comme ça, princesse.

—Mais tu es revenue, fit remarquer Danièle.

—La ferme!

La jeune femme chercha quelque chose à ajouter qui ferait comprendre à Talia que tout irait bien, qu'elle ne la méprisait pas pour avoir été tentée de l'abandonner. La douleur de Talia était perceptible dans sa voix et, si Danièle avait pu, elle aurait retiré toutes ses questions.

—Tu es loin d'être faible, dit-elle finalement. J'ai confiance en toi, Talia.

—Pauvre idiote!

Danièle sourit.

—Peut-être, conclut la jeune femme.

Un rire bref se fit entendre pour toute réponse.

—Si tu en as terminé avec ton interrogatoire, princesse, ça t'ennuierait que nous allions secourir Armand et Blanche?

13

❄

anièle contempla Talia avec une incrédulité croissante quand celle-ci déroula son fouet zaraque et s'approcha du rat gris qui avait répondu à son appel. Grâce à la magie de Trittibar, le rat semblait approximativement de la taille d'un cheval.

Talia tendit la main. Le rat attrapa prestement l'extrémité lestée du fouet et tenta de la mordiller.

— Non mais, tu veux que je t'aide ? s'exclama Talia.

— Rends-lui son fouet, s'il te plaît, demanda Danièle. Elle ne va pas te blesser, voyons.

En prononçant ces mots, la jeune femme sentit la culpabilité l'envahir : elle se souvenait du dernier rat qui était venu la secourir. Pourtant, comme ses congénères, celui-ci avait confiance en elle. Il suivit Talia des yeux quand elle passa une boucle autour de son poitrail pour improviser un harnais sommaire, mais ne fit rien pour l'arrêter. Talia attacha une autre longueur de corde autour de sa propre taille.

— Ne t'inquiète pas, la prévint Talia en se baissant. (Elle empoigna le harnais de manière que son corps demeure bien plaqué contre le dos du rat.) La seule chose à craindre ce sont les puces. À cette taille, elles peuvent se tailler un morceau de choix dans les parties les plus charnues de ton anatomie.

Avant que Danièle ait pu répondre, Talia et son rat s'étaient précipités sur la poutre verticale soutenant le plafond. Danièle attendit dans l'obscurité, percevant le bruit des légers coups de griffes sur le bois. Talia sur le dos, le rat escaladait par à-coups, s'immobilisant pour flairer le moindre danger avant de repartir.

— Ça y est! s'écria enfin Talia. Je suis descendue de ma monture. À toi, maintenant!

Danièle acquiesça et rappela le rat auprès d'elle. Sa descente fut beaucoup moins gracieuse. Il descendit tête la première, une patte sur la pierre rugueuse pour garder l'équilibre, l'arrière-train toujours sur le point de passer par-dessus et de l'entraîner dans sa chute. À mi-chemin, l'une de ses pattes glissa et il atterrit aux pieds de Danièle après une belle dégringolade.

La jeune femme s'agenouilla pour vérifier qu'il ne s'était pas blessé.

— Ça va?

Le rat couina et entreprit de lustrer ses moustaches. Il semblait sain et sauf, juste un peu poussiéreux.

— Tiens-toi tranquille, l'exhorta Danièle en grimpant sur son dos. (Elle passa une boucle libre autour de sa taille comme Talia, puis saisit le harnais devant les épaules. La colonne vertébrale du rat comprimait son ventre trop rebondi de façon désagréable.) Je suis prête. Emmène-moi jusqu'à Talia!

Chevaucher un rat et chevaucher un aviar étaient deux choses très différentes. Le harnais de fortune de Talia la maintenait fermement arrimée au dos du rat, et c'était un progrès en soi, en comparaison de celui utilisé pour monter les chevaux ailés. Mais Danièle ne s'était jamais inquiétée à l'idée que Vent perde l'équilibre et le rat était déjà tombé une fois. Elle s'efforça de demeurer aussi immobile que possible.

Le pire survint lorsqu'un mille-pattes de la taille de sa jambe rampa sur l'une des énormes fixations qui maintenaient la poutre à la pierre. Heureusement, le rat émit un long cri aigu modulé, et l'insecte recula. Épée magique ou pas, Danièle ne se sentait pas prête à combattre un insecte géant, assise sur le dos d'un rat.

— Donne-moi ta main, proposa Talia.

Danièle leva le bras et Talia l'aida à se hisser avec leur monture jusqu'à une poutre horizontale. Elle avait sorti une bouteille qu'elle secoua vigoureusement. L'eau qu'elle contenait brillait de cette même lumière bleue que Danièle avait vue dans le bassin plus bas.

— Sensationnel, ce truc! déclara Talia. (Elle tendit la bouteille à Danièle et libéra le rat de son fouet.) Plus tu remues et plus ça éclaire. Cela dit, je n'irais pas jusqu'à en boire.

Comme entre les murs, l'espace entre le faux plafond et la pierre était plein de toiles d'araignées, de saletés et d'insectes morts. D'épaisses lattes étaient clouées aux poutres en dessous. Entre les interstices, on distinguait un enduit de plâtre séché qui formait comme des vagues à l'écume gelée par l'hiver.

Danièle sauta sur l'une des lattes. Le plafond pouvait supporter son poids sans problème.

— La salle commune est de ce côté.

Elles marchèrent en silence. De temps à autre, Danièle secouait la bouteille pour renouveler la lumière. Déjà, ses vêtements étaient trempés de sueur à cause de l'atmosphère confinée et chaude. Les kilos supplémentaires dus à la grossesse n'arrangeaient rien, et puis, tout petit détail, la douleur dans le bas de son dos s'était réveillée.

Danièle gardait la main sur son épée tandis qu'elle avançait. À cette taille et sans point de repère, il leur était impossible d'évaluer les distances. Pendant combien de temps devraient-elles marcher?

Elle se retourna vers le rat et chuchota:

— Conduis-nous à la salle commune!

Le rat émit une série de petits couinements ressemblant à un babillage et inclina la tête. Il regardait autour de lui, de toute évidence désorienté. Bien sûr, il ne pouvait pas savoir ce qu'était une salle commune!

— La jeune fille qui dort dans la boîte de verre, rectifia Danièle. Emmène-nous jusqu'à elle!

Le rat partit tout droit comme une flèche, les conduisant à travers un espace étroit situé au-dessus du raccordement de trois poutres verticales. Danièle retint son souffle tandis qu'elle se frayait un chemin à coups d'ongles dans les toiles d'araignées poussiéreuses.

—Ah, la vie rêvée de princesse! plaisanta Talia en brossant les fils qui s'étaient pris dans ses cheveux, je comprends pourquoi tes demi-sœurs t'envient tant!

Danièle sourit et sauta de l'autre côté sur les lattes du plafond.

—Tout ça est très bien, mais comment allons-nous descendre? interrogea Talia. J'ai vu comment le rat s'y est pris pour te rejoindre tout à l'heure et je ne crois pas que j'aie envie d'essayer!

Le rongeur était déjà reparti. Il escalada tant bien que mal la poutre suivante et courut vers l'autre bout de la pièce. Un faible bruit d'eau résonna dans l'espace étroit tandis qu'ils longeaient une autre conduite.

Les jeunes femmes et le rat gravirent quatre autres poutres avant d'atteindre leur but. Plus rapide, le rat avait pris la tête et s'immobilisait à présent devant un renflement de pierres taillées en blocs carrés.

—La cheminée, s'écria Danièle. Ce doit être la cheminée!

Elle regarda autour d'elle, tentant de se repérer. Si la cheminée était là… Elle se précipita sur la gauche, là où le conduit disparaissait dans la roche brute. Le tuyau acheminait probablement la fumée et la chaleur vers une faille tout près.

—Blanche est juste au-dessous de nous.

Le rat couina et bondit directement vers le coin de la cheminée. Danièle le suivit. À mesure qu'elle approchait, elle remarqua que les lattes se désagrégeaient aux endroits où le plâtre s'était effrité.

—La chaleur de la cheminée doit sûrement affaiblir cette partie. (Talia sortit son couteau et l'enfonça entre les lattes, creusant un trou de la taille de son poing.) Le plâtre est sec et friable par ici.

Danièle couvrit la bouteille luisante. Là où le plâtre était tombé, de la lumière filtrait par une fine lézarde à un coin de la cheminée. Les lattes y étaient mal ajustées et une large zone avait été comblée uniquement par du plâtre.

—Nous pouvons descendre par là, décréta Danièle.

Grâce à l'épée de Danièle et au couteau de Talia, le trou fut bientôt assez grand pour qu'une personne puisse passer. Talia y plongea la tête et en ressortit quelques instants plus tard. Elle avait les traits tendus.

—Reste ici! Je vais voir ce que je peux faire pour Blanche. Je t'aiderai à descendre dès que j'aurai repris ma taille normale.

—Qu'est-ce que tu vas faire? demanda Danièle.

Talia sortit son fouet. Elle détacha le lest de plomb de la corde et le rangea dans une autre pochette à sa taille. Elle en extirpa un poids barbelé et fit un nœud coulant simple. Elle tira sur la corde, grogna, puis attrapa une des spores dans le sac de Trittibar. Elle la tendit à Danièle.

—Juste au cas où j'aurais des problèmes pour revenir te chercher.

Là-dessus, Talia se laissa glisser la tête la première à travers l'ouverture. Un coup brusque et sourd fit vibrer le plafond sous les pieds de Danièle. Quelques instants plus tard, les jambes de Talia disparaissaient brutalement.

—Talia! cria Danièle en s'aplatissant pour voir à travers le trou.

Elle faillit recevoir un coup de pied en plein visage pour toute réponse.

Talia avait enfoncé l'extrémité de son fouet dans le plâtre et balançait ses jambes d'avant en arrière comme un pendule pour prendre de l'élan et accroître sa vitesse. Et une, deux…

À la troisième oscillation, Talia lâcha la corde. Son corps minuscule se roula en boule et tourna dans un lent saut périlleux arrière tandis qu'elle était projetée vers le cercueil de Blanche.

Danièle se crispa. Si Talia avait mal évalué la distance, elle s'écraserait contre la paroi de verre où elle serait déchiquetée par les éclats de miroir.

Talia se retourna comme un chat, ramenant ses mains et ses jambes sous elle. Elle frôla le bord du cercueil et atterrit en plein sur la généreuse poitrine de Blanche. Elle rebondit dessus et se propulsa sur le ventre de Blanche aussi lestement qu'un acrobate.

Danièle laissa échapper un soupir de soulagement.

—Elle est complètement folle! murmura-t-elle entre ses dents.

Derrière elle, le rat couina son approbation.

Talia escalada à quatre pattes le sein droit de Blanche et s'y tint à son sommet sur la pointe des pieds pour jeter un coup d'œil par-dessus le bord du cercueil. Puis elle se laissa glisser jusqu'au cou de la jeune femme. Là, elle s'arrêta pour lever les yeux vers Danièle. Talia se comportait comme si elle était mal à l'aise, presque nerveuse. Elle croisa et décroisa les mains, puis frotta ses paumes contre son pantalon. Elle ouvrit la bouche comme pour dire quelque chose.

—Qu'est-ce que tu fais? demanda Danièle en essayant de ne pas élever la voix de crainte qu'elle porte trop loin.

Talia secoua si vigoureusement la tête que ses cheveux tombèrent devant son visage. Plaçant un pied dans l'oreille droite de Blanche, elle se hissa, s'agrippa à une narine pour se maintenir en équilibre et embrassa Blanche sur le coin de la bouche.

Les paupières de Blanche commencèrent à battre.

Danièle ne parvenait pas à détacher son regard de la scène. Elle était tellement ahurie qu'elle faillit en tomber du plafond.

Talia était déjà repartie vers le bord du cercueil. Elle prit une autre spore dans le sac de Trittibar et l'avala.

—Tiens-toi prête, princesse!

La porte s'ouvrit en grinçant. Dans la faible luminosité de la pièce, Danièle distingua tout juste les silhouettes de deux ténébreux qui se bousculaient sur le seuil. Elle frissonna en reconnaissant le manchot qui avait participé au vieillissement de son enfant. Les créatures des ténèbres se séparèrent pour fouiller la pièce.

Déjà, Talia leur faisait face. En équilibre sur le bord du cercueil, les bras bien écartés tandis qu'elle reprenait sa taille normale. Elle n'était encore pas plus grande qu'un enfant quand elle bondit sans un bruit sur la table derrière le cercueil. Un autre saut et elle atterrissait sur le sol.

La spore dans la main de Danièle était chaude et humide de sueur. Elle voyait les ténébreux faire le tour des tables. Avaient-ils repéré Talia?

Talia s'accroupit derrière la table; la jeune femme avait presque retrouvé sa taille normale. Elle tendit les deux mains et murmura:

—Saute!

Les ténébreux avaient entendu. Ils se ruèrent sur Talia. Danièle ferma les yeux, fit une prière et s'élança du plafond dans le vide. Talia la rattrapa dans une main avant de bondir sur la table la plus proche.

Les doigts immenses secouaient Danièle d'avant en arrière pendant que leur propriétaire esquivait l'attaque des ténébreux. D'un geste vigoureux, Danièle parvint à dégager suffisamment son bras pour porter la spore à sa bouche.

Elle manqua de s'étouffer en l'avalant, car au même instant Talia se laissait tomber pour rouler sous la table voisine. Le temps de poser Danièle à l'abri sous le banc en lui chuchotant « Reste là », la jeune femme était déjà repartie et se lançait dans une course effrénée, les deux ténébreux à ses trousses.

Danièle libéra son épée en attendant que la magie lui rende sa taille normale. Talia n'avait même pas tiré son couteau, elle essayait simplement de gagner du temps en tenant les ténébreux loin de ses deux compagnes. La jeune femme se dirigea vers la porte, mais les créatures se précipitèrent pour lui barrer le chemin. Un sourire narquois aux lèvres, Talia sauta et frappa le mur des deux pieds pour rebondir suffisamment fort et se projeter par-dessus la tête de ses assaillants.

L'espace sous le banc commença à devenir un peu étroit pour Danièle qui continuait à grandir. Elle roula hors de sa cachette et se releva. Blanche se réveillait doucement pendant que Talia poursuivait sa diversion, sans arme pour atteindre ses adversaires. Aussi rapidement et silencieusement que possible, Danièle fit le tour de la table où Talia venait de se retourner pour faire face aux créatures.

Les deux ténébreux grimpèrent sur le banc. Leurs membres frémirent tandis qu'ils s'apprêtaient à bondir. L'ombre d'un sourire passa sur les lèvres de Talia quand elle repéra Danièle qui levait son épée et lui faisait signe de la tête.

Talia recula d'un pas et fit mine de trébucher.

Les ténébreux fondirent sur leur proie, mais celle-ci esquiva par une roulade arrière, réceptionnant le premier des deux pieds pour l'envoyer valser. La créature poussa un hurlement et s'agita en tous sens lorsque Danièle balaya l'air d'un grand coup latéral. Le ténébreux était mort avant de toucher le sol… et le banc derrière elle. Il y avait aussi quelques traces sur le mur. Cela prendrait des heures pour tout nettoyer!

Le second ténébreux eut plus de chance, il atterrit plus loin: ses doigts s'enchevêtrèrent dans les cheveux de Talia et un bras serpenta autour de sa gorge.

Talia se redressa, puis s'aplatit contre la table, tentant d'écraser le ténébreux de tout son poids. Elle donna un grand coup de tête en arrière pour lui fracasser le visage. Un ennemi normal aurait été assommé, mais le ténébreux s'agrippait avec force: il déchira la chemise de Talia et la mordit à l'épaule. Des deux mains, la jeune femme l'attrapa au poignet et essaya de l'envoyer valdinguer plus loin, mais les doigts noirs ne firent que s'enfoncer dans sa chair.

Danièle courut vers eux, modifiant la prise de ses doigts: une main sur la garde et l'autre sur la lame pour la diriger. Comme les fois précédentes, l'épée ne lui infligea même pas une égratignure.

—Talia!

Talia pivota et Danièle plongea le verre dans le dos de la créature. Le ténébreux hurla et se tordit. Du sang chaud éclaboussa le bras de Danièle tandis qu'il se libérait de la morsure de l'épée pour grimper sur le bord de la table. Elle donna de nouveau un grand coup, ne cherchant rien d'autre que la destruction de cette perversion de la nature.

—Du doigté dans le contrôle, tu te souviens? lança sèchement Talia. (Elle enchaîna quelques roulades pour s'écarter, puis s'éloigna en titubant, une main dans son dos. Il n'y avait pas trace de sang, que la blessure ait été provoquée par l'épée de Danièle ou par l'attaque du ténébreux.) Tu balances ce truc comme un paysan qui faucherait son champ!

—Je suis désolée, répondit Danièle d'une voix tendue, tu veux que je te le recolle sur le dos et que je recommence?

—Contente-toi de tuer cette vermine!

Danièle faisait de son mieux, mais le ténébreux esquivait, cherchant l'occasion de sauter à la gorge de Talia. Il ne se déplaçait plus aussi vite, mais était toujours aussi dangereux. Talia esquiva de nouveau.

—Talia?

Blanche regardait Danièle et Talia de ses yeux bouffis de sommeil. Avec des gestes lents, comme si elle était encore à moitié endormie, la jeune femme essaya de sortir du cercueil.

Le ténébreux traversa la pièce à toute allure. Ses mouvements étaient désordonnés comme ceux d'un félin blessé, mais il bondit si rapidement entre les tables que ni Danièle ni Talia ne purent l'arrêter.

—Blanche, attention! cria Talia.

Mais Blanche ne semblait pas l'entendre. Elle se frottait les yeux lorsque le ténébreux surgit, les doigts tendus.

Blanche sourit et tapota le bord du cercueil. Un filet de lumière jaillit, dardant ses rayons. Danièle se souvint de la lumière que Blanche avait utilisée dans la grotte pour repousser les ténébreux en leur brûlant la peau. À ce moment-là, elle n'avait utilisé que les petits miroirs de son ras-du-cou.

Son cercueil était constitué de centaines de miroirs brisés.

L'instant suivant, il ne restait plus rien du ténébreux, sauf un petit nuage de fumée et une odeur qui rappelait celle des feuilles en décomposition.

Blanche réprima un bâillement.

—Je t'ai eu!

—Enfin, tu te réveilles, pas trop tôt! fit remarquer Talia en se frottant l'épaule. Tu sais combien de temps il m'a fallu pour trouver un contre-sort à ce stupide maléfice qui t'a plongée dans un profond sommeil?

Danièle cilla. Talia se rapprocha d'elle et lui murmura:

—Si tu dis un mot sur ce qui s'est vraiment passé, je t'étrangle de mes propres mains.

Danièle regarda Blanche, puis Talia. Une sorte de résignation lasse habitait le regard sombre de la jeune femme. Danièle se rappela le marché que Talia avait passé avec la petite fille-fée, la promesse de donner son enfant en échange de son aide. Blanche n'avait aucune idée de ce que ressentait Talia. Il n'était pas étonnant finalement que cette dernière ait été si contrariée en découvrant la relation qui s'était développée entre Blanche et Arlorran.

—Je te promets de ne rien dire, chuchota Danièle.

—Combien de temps ai-je dormi? demanda Blanche.

—Un peu plus d'un mois, l'informa Talia.

Blanche porta les doigts à son cou dénudé et fronça les sourcils, puis elle abaissa la main pour se saisir de son couteau.

—Où est le prince Armand?

—Charlotte m'a dit qu'il était avec Stacia et la duchesse, répondit Danièle qui avait réussi à garder une voix ferme, sans savoir comment.

—Et ma mère, acheva Blanche qui tapota le bord du cercueil. Elle nous surveille à travers ces miroirs. Elle saura bientôt que je suis libre.

—Elle a dû envoyer les ténébreux aux nouvelles lorsque Talia a brisé le sort, supposa Danièle.

Blanche se rembrunit et le cercueil tomba en morceaux. Dans un effondrement miroitant, des milliers de fragments se fracassèrent sur la table et sur le sol. Elle regarda Danièle de nouveau.

—Tu as l'air plus enceinte que tu devrais l'être.

Danièle posa la main sur son ventre.

—Stacia s'est servie de ses ténébreux pour accélérer la croissance de mon fils, expliqua-t-elle en pointant son épée vers les restes de la créature des ténèbres. Ils veulent qu'il soit prêt à naître pour le solstice d'été, afin que Rose…

Elle serra les dents, luttant contre des larmes de colère.

—L'union des lunes! s'écria Blanche. (Elle croisa les bras.) C'est bien pensé. Ainsi, le roi et la reine ne remarqueront rien!

—Ils ont jeté un nouveau sort à Armand, ajouta Danièle. Ta mère prend mon enfant et en paiement la duchesse prend mon époux.

—Talia, emmène la princesse Danièle auprès d'Armand pour qu'elle brise le sort. Moi, je m'occupe de ma mère!

Danièle n'avait jamais vu Blanche vraiment en colère auparavant. Sa voix avait changé, elle était plus dure. Elle souriait toujours, mais crispait les doigts sur la poignée de son couteau. L'air lui-même semblait froid, aussi glacial qu'un vent d'hiver.

Talia la prit par le bras.

—Qu'est-ce que tu…?

—Elle a réactivé le sort pour me renvoyer dans cette fichue boîte, fulmina Blanche en se dégageant brusquement de l'emprise de Talia. Elle a assassiné Roland. Cette fois-ci, je vais la détruire, Talia! Je vais l'empêcher de nuire définitivement!

—Blanche, attends! Il y a une tour au centre de la caverne, expliqua Talia. Armand se trouve probablement quelque part à l'intérieur, mais cette caverne est truffée de grottes et de galeries. C'est impossible de s'y promener comme ça, l'air de rien, pour rechercher le prince. La duchesse a des gobelins, des ogres et des serpents qui montent la garde…

—Nous n'aurons pas qu'eux à combattre, répliqua Blanche. La duchesse ne nous blessera pas directement, elle est toujours tenue par le traité de Malindar, souvenez-vous… Par contre, elle laissera faire ma mère et clamera haut et fort son innocence si jamais les choses tournent mal.

—Et comment comptes-tu t'y prendre pour l'arrêter? questionna Danièle. Je comprends ta colère, ta mère m'a jeté un sort aussi, tu sais. Mais elle t'a vaincue dans la grotte et elle a brisé tes miroirs…

Blanche se passa une main sur la nuque et haussa les épaules. Elle se dirigea vers la porte à grandes enjambées.

—Je vais vous trouver Armand. S'il est toujours ensorcelé, vous devrez le vaincre sans…

—Arrête! l'interrompit brutalement Talia. Tu ne peux pas l'affronter toute seule!

—Je n'en ai pas l'intention, avoua Blanche dans un sourire. Je vais faire appel aux nains.

—Quels nains? s'enquit Danièle, dont le regard inquisiteur passa de l'une à l'autre. (Le visage de Talia restait de marbre, quant au sourire de Blanche, il était cauchemardesque.) Je ne comprends pas, les seuls nains que nous ayons rencontrés se trouvaient à la porte du roi…

—Pas ceux-là, Danièle! (Blanche éclata de rire et secoua la tête.) Tu n'as jamais entendu le conte de Blanche-Neige et les Sept Nains?

— Tu ne peux pas faire ça, gronda Talia d'un ton autoritaire et sans appel. Nous n'avons pas besoin d'eux. Tu es assez forte pour vaincre les ténébreux, tu l'as prouvé ! On va retourner voler un miroir dans la chambre de Charlotte. Tu t'en serviras pour combattre...

— Tu crois vraiment que je vais me mesurer à elle avec une magie aussi faible que celle d'un vulgaire miroir ? demanda Blanche. Un morceau de verre impur à la surface inégale et au métal terni ? Tu as vu ce qu'elle a fait de mon ras-du-cou, Talia. Même le miroir enchanté au palais n'est peut-être pas assez puissant. Non, pas contre elle. (Elle sortit son couteau et en appuya l'extrémité contre la paume de sa main gauche.) Les nains l'ont déjà vaincue.

Danièle agrippa son poignet en pensant à sa demi-sœur. Stacia s'était servie de son sang pour ses propres sortilèges... Sortilèges qu'elle tenait de Rose.

— Qu'est-ce que tu fais ? Et puis, comment ces nains peuvent-ils lutter contre ta mère ? l'exhorta à répondre Danièle.

— Lâche-moi ! ordonna Blanche. (Elle se dégagea d'un geste brusque, mais Talia lui saisit le coude et lui arracha le couteau des mains.) Vous ne comprenez pas ! (Blanche semblait au bord des larmes.) Je ne veux pas la laisser gagner une fois de plus. Je ne le peux pas !

— Trouve autre chose ! décréta Talia.

— Il n'y a pas d'autre moyen. (Blanche se tourna vers Danièle.) Les nains m'aideront à retrouver ton mari. Ils le sauveront et ils sauveront ton fils. Tu dois me laisser faire !

Talia croisa les bras et recula.

— Raconte-lui la suite !

— Nous n'avons pas le temps ! rétorqua Blanche dont le ton montait. Ils savent que je suis réveillée. Ils se préparent déjà à nous enchanter de nouveau toutes les deux ! Veux-tu protéger ton enfant, oui ou non ?

Les deux jeunes femmes rivaient sur Danièle un regard intense, guettant sa réponse.

— Il y a toujours un prix à payer, souffla-t-elle doucement. Que va-t-il t'arriver si tu fais apparaître ces nains ?

—Tu es aussi entêtée que la reine Béa! (Blanche rejeta ses cheveux derrière les épaules.) Quel âge me donnes-tu?

—Je ne sais pas, répondit Danièle. (La question l'avait prise au dépourvu.) Vingt-trois? Vingt-quatre ans?

Blanche s'inclina légèrement en signe d'acquiescement.

—J'ai eu dix-huit ans cette année.

Danièle balançait la tête de gauche à droite.

—Je ne comprends pas.

—Ce ne sont pas vraiment des nains, dut admettre Blanche. Ce sont les représentations des puissances élémentaires de notre monde. Dis-moi, tu imagines le barde chantant *Blanche-Neige et les sept incarnations anthropomorphiques de la magie des éléments*? Tu ne trouves pas que «nains», cela sonne mieux?

—Ce sont eux qui ont tué Rose, expliqua Talia. Ils serviront Blanche sans poser de question, mais chacun exigera une année de vie en retour.

—Sept ans?

Danièle dévisagea Blanche, qui lui sourit.

—C'est bien pour ça que ma mère ne les a jamais invoqués, précisa la jeune enchanteresse. La vieillesse et la laideur la terrifient presque plus que la mort!

—Talia a raison, décida Danièle. Il doit y avoir un autre moyen!

—Alors trouve-le, conclut Blanche en s'essuyant le nez. Et vite, Danièle. À moins qu'il te tarde de redevenir esclave.

Danièle se creusa la tête, s'accrochant désespérément à chaque idée qui lui traversait l'esprit.

—Le couteau de Stacia, murmura-t-elle. Je l'ai empoisonné. Si nous pouvons la forcer à utiliser sa magie et à s'entailler le bras pour répandre son sang, elle peut se détruire elle-même!

En quelques mots, la jeune femme expliqua le plan qu'elle avait mis en œuvre avec les rats et le poison.

—Je suis sincèrement impressionnée! avoua Talia. Je ne croyais pas que tu avais autant de ressources! Malheureusement, cela ne suffira pas pour la tuer. La dose que tu as utilisée est trop faible. Tu risques tout juste de la rendre un peu malade et c'est tout.

— Tu en es sûre? demanda Danièle.

— Tu peux me faire confiance là-dessus.

Le sourire de Talia était tout sauf aimable.

— Bon, dans ce cas, déclara Danièle en tendant un bras, donne plutôt aux nains sept ans de ma vie. C'est mon mari que nous venons secourir et c'est mon enfant que nous cherchons à protéger. J'en paierai le prix!

L'expression de Blanche se radoucit, des larmes coulant sur ses joues. Elle plaqua un instant ses deux mains sur sa bouche.

— Tu ferais ça pour moi? s'exclama-t-elle ensuite. (Sans attendre de réponse, elle se jeta au cou de Danièle et la serra si fort que celle-ci put à peine respirer. Puis, toute tremblante, elle s'écarta.) Je ne peux pas accepter. Tu es déjà si âgée!

— Je te demande pardon? s'exclama Danièle d'un ton brutal. (Elle releva sa manche, mais hésita avant d'offrir son bras à Blanche.) Promets-moi seulement que je serai la seule à payer et que mon fils ne devra rien aux nains!

Blanche acquiesça, la regardant toujours intensément.

— Mais...

— Je suis prête à mourir pour sauver Armand et mon fils, déclara Danièle, alors sept ans, ce n'est rien.

— Trois et demi, intervint Talia, d'une voix étrangement douce. (Elle rendit le couteau à Blanche et tendit son propre bras.) Nous partageons les frais.

Blanche se mordit les lèvres. Elle les étreignit toutes les deux et, emportée par son élan, faillit poignarder Danièle à l'épaule.

— Ne penses-tu pas que nous devrions poursuivre? suggéra ironiquement Talia. À moins que ces embrassades et cette gaieté ambiante fassent partie du sortilège?

Blanche recula, toujours souriante.

— Ne craignez rien! dit-elle, les yeux brillants.

Ses doigts étaient aussi froids que de l'eau glacée lorsqu'elle prit la main de Danièle. Le couteau entailla la peau à la saignée du poignet. Danièle sentit à peine la coupure. La lame de Blanche était si affûtée que la blessure ne s'ouvrit que lorsque la jeune femme fléchit le bras, faisant couler le sang sur ses doigts.

Blanche procéda de la même façon pour Talia, et pour elle-même sur son propre avant-bras. Les trois jeunes femmes joignirent leurs mains ensanglantées, celle de Blanche au milieu des deux autres. Un filet écarlate se répandit entre leurs doigts et se mit à dégoutter sur le sol.

Blanche ferma les yeux et murmura :

« Sang de la Vie et du Lien ô combien magique,

Écoutez-moi, Lumière, Ténèbre féerique,

Magie primordiale du tout premier tour

De cette Terre, généreuse depuis toujours,

Eau rugissante et Feu flamboyant,

Écoute-moi Vent, semant à tout vent,

Prenez mon… »

Blanche rougit.

—Zut, je veux dire « prenez "notre" sang », bien sûr, « je… "nous" vous l'offrons volontiers », ah décidément ! (Elle s'essuya le visage et afficha un sourire penaud avant d'achever son incantation.) « Puissiez-vous par ce lien être invoqués » !

Blanche relâcha son étreinte et fit un pas en arrière, invitant les autres à suivre son exemple. Danièle bougea avec prudence, jetant des coups d'œil furtifs alentour comme si elle attendait que quelque chose se passe. Sa main était raide et la coupure avait commencé à lui faire mal.

—Quand saurons-nous si cela a fonctionné ?

Au-dessus de la porte, la lampe à pétrole brilla. Les petites flammes de l'applique fusionnèrent en un minuscule soleil.

—Que se passe-t-il ? demanda Danièle en se couvrant les yeux.

—Ils sont en chemin.

Le regard de Blanche s'était fait vague, comme si elle s'était perdue dans la contemplation d'un lointain paysage.

Des membres grossiers s'agitèrent violemment dans la lumière. Ils bougèrent avec la maladresse d'un nouveau-né, mais s'agrippèrent bientôt fermement à la conduite. Un petit homme trapu entièrement fait de lumière se laissa tomber sur le sol avec douceur. Ses traits étaient flous et imprécis. Des ombres presque imperceptibles suggéraient ses yeux et une tache plus foncée dessinait un semblant de bouche. Danièle dut plisser les paupières pour parvenir à le distinguer.

D'autres suivirent. Les flammes de la lampe à pétrole brûlaient toujours, mais elles étaient faibles et ternes comparées au premier nain. Elles fusionnèrent de nouveau et bientôt moururent tandis qu'une deuxième silhouette se glissait à terre pour rejoindre son compagnon. Celui-là avait conservé les étranges tons jaunes de la lampe mais lorsqu'il se déplaçait, des éclats bleus clignotaient sur ses pieds et ses mains.

De l'eau s'infiltra par le mur et se congela en prenant l'apparence d'une élégante silhouette féminine. Une cascade miniature dessinait sa longue chevelure ondoyante qui finissait en blancs frimas autour de sa taille. Chacun de ses mouvements était accompagné d'un bruit d'eau vive, telle une source jaillissant au printemps.

L'ombre même de Blanche s'éleva du sol en sinuant comme un serpent. Jumelle inversée et parfaite de l'homme de lumière, elle s'éloigna de Blanche désormais sans ombre.

Les lames du plancher volèrent en éclats sous les pieds de la jeune femme. Danièle saisit son épée et recula en titubant. Même Talia dégaina son couteau tandis que Blanche souriait et s'écartait pour que le trou s'agrandisse.

Des mains de pierre vert foncé jaillirent. Aussi gracieuse et agile que Talia elle-même, la statue se hissa du plancher pour rejoindre les siens. Sa peau lisse était si finement polie que Danièle pouvait voir la pièce se refléter dans son dos nu.

Une brise invisible et soudaine raviva la lumière de l'homme de feu, mais Danièle ne vit rien.

— Qui sont-ils ? murmura-t-elle.

— Le vent, le feu, l'eau et la terre, répondit Blanche. La lumière et l'obscurité. Les éléments mêmes qui constituent notre monde, invoqués et incarnés.

Danièle se tenait toujours sur ses gardes, son épée prête à frapper.

—Je croyais qu'ils étaient sept.

Du doigt, Blanche pointa les restes brisés du cercueil qui se mirent à tourbillonner à travers la pièce.

—Le septième élément est la personnification de la magie. Elle est trop sauvage pour prendre une forme quelconque alors je la garderai en moi ; elle me donnera le pouvoir de trouver ton mari et d'affronter ma mère.

Elle s'avança vers le nuage de verre reconstitué en un miroir unique. Blanche ne s'embarrassa pas de rimes cette fois-ci. Des fragments d'images dansèrent devant elle. Danièle aperçut brièvement Armand assis à une table, mais les projections étaient trop rapides pour qu'elle puisse recouper les informations.

—Je sais où ils se trouvent, annonça enfin Blanche.

Un visage de femme émergea petit à petit du flot d'images. Elle avait les traits de Blanche à vingt ans. Des lames miroitantes couronnaient son front. Les yeux trop grands cillèrent et les lèvres dures s'étirèrent dans un sourire.

—J'aurais cru que tu te serais enfuie !

—Je sais, répondit Blanche.

Elle frappa dans ses mains et les morceaux de verre se broyèrent entre eux. Danièle vit le visage tressaillir, puis une poudre scintillante ruissela jusqu'au sol.

—Ta mère ? demanda Danièle.

—Elle savait déjà que j'étais réveillée, répondit Blanche.

—Tu cherches à la provoquer ? interrogea Talia.

—Elle se contrôle mal quand elle est en colère et je veux être sûre qu'elle sortira de son repaire pour m'affronter.

Blanche se tourna vers la porte. La naine de pierre bondit, aussi vive et rapide qu'un lièvre. Elle enfonça ses doigts dans le bois et le déchiqueta, exactement comme Talia avec le plafond.

—Tu aurais pu l'ouvrir, tout simplement, grommela Talia.

Elle sortit son couteau, puis jeta un coup d'œil au plafond où son minuscule fouet zaraque se balançait toujours au-dessus du cercueil de Blanche. La jeune femme ne l'avait pas sur elle lorsqu'elle avait repris sa taille normale avec la magie de Trittibar.

—Cela m'étonnerait que…

Blanche claqua des doigts et l'arme se détacha. Quand elle atterrit dans la main de Talia, elle était à la bonne taille.

—Génial !

Le visage de Talia s'assombrit tandis qu'elle enroulait la corde à sa place autour de la hampe.

Le couloir était vide. Blanche passa la porte pour suivre ses nains, laissant Talia et Danièle derrière elle.

—Qui sont-ils réellement ? chuchota Danièle.

—Les nains ? Ce ne sont pas des gentils si c'est ce que tu veux savoir. Ils ont torturé la mère de Blanche avant de la tuer, la prévint Talia. Blanche m'en a parlé un jour après avoir copieusement abusé de la bière. Le vent et la magie immobilisaient Rose pendant que le feu la consumait en partant des pieds.

En passant, Danièle jeta un coup d'œil à la porte de la chambre de Charlotte. Heureusement, ni Blanche ni les nains n'avaient ralenti. Malgré tout ce que sa demi-sœur lui avait fait, Danièle n'avait aucune envie de la voir torturée à mort. Si Charlotte était parvenue à se libérer, Danièle espérait qu'elle serait assez maligne pour se tenir tranquille le temps que tout soit terminé.

—Blanche tire une grande partie de son pouvoir de sa mère, ajouta Talia. Elle essaie de ne pas utiliser les sorts les plus sombres, mais parfois sa magie s'aventure dans les ténèbres. (Elle secoua la tête.) Je ne sais pas ce qu'elle craint le plus, affronter sa mère une nouvelle fois ou devenir comme elle !

14

❄

Le vent les força à presser l'allure. Il poussait Danièle dans le dos si bien que la jeune femme avait tout le temps l'impression d'être au bord de basculer cul par-dessus tête, comme si elle volait en descendant une pente abrupte. Même Talia avait l'air assez déconcertée.

Deux fois, des ténébreux attaquèrent et chaque fois les nains de Blanche n'en firent qu'une bouchée. Danièle s'efforça de détourner le regard. Les nains étaient féroces et prenaient plaisir à leur sombre besogne.

— Là! indiqua Blanche en désignant au bout du couloir une porte aux formes irrégulières.

Celle-ci était apparemment en pierre, contrairement aux autres. Il n'y avait pas de poignée et les charnières avaient été montées de l'autre côté. Un carré de cuivre encadrait un minuscule trou de serrure à droite.

— Ça débouche sur la caverne principale, précisa Talia.

Blanche baissa la voix.

— Ma mère nous attend. Elle tentera de nous détruire dès que nous franchirons le seuil.

Talia s'agenouilla près de la serrure.

—Hé, le monsieur qui scintille, mets ton doigt là, que je voie un peu à quoi nous avons affaire! (Elle regarda attentivement à travers le trou tandis que l'homme de lumière s'accroupissait à côté d'elle, obligeant Danièle à détourner les yeux.) Je devrais pouvoir faire quelque chose. On dirait un mécanisme féerique classique. Six gorges de chaque côté. Délicat, mais…

Blanche toucha l'épaule de Talia et lui fit signe de s'écarter. La naine de pierre caressa la porte. Danièle eut la chair de poule quand le roc crissa contre le roc.

La naine arborait un visage informe de poupée inachevée, comme les autres. Pourtant, la rondeur de sa poitrine était nettement féminine, tout comme la courbure de ses hanches. Danièle se demanda s'il s'agissait d'un choix de la part de Blanche ou si la nature même des nains s'exprimait ainsi.

—Soyez prêtes! prévint Blanche.

Danièle hocha la tête et essaya de se rappeler les conseils de Talia en matière d'escrime. Elle s'obligea à se détendre et relâcha sa prise sur la garde de son épée.

—Des gestes légers et précis, murmura-t-elle.

Les doigts de pierre glissèrent sur le côté de la porte, dans la fente. La roche s'effrita, tombant en pluie de terre et de poussière.

Danièle essaya de ne pas penser à la dernière fois qu'elles avaient combattu Rose et Stacia.

—Que va-t-on trouver de l'autre côté? demanda-t-elle.

—Peut-être d'autres ténébreux, avança Talia. Ils ne semblent pas très indépendants et n'ont pas de scrupule à attaquer les humains. Rose peut aussi innover en matière de magie. Il vaut mieux ne pas chercher à deviner ce qui va se passer. Si tu te prépares mentalement à quelque chose d'habituel et qu'il se produit tout autre chose, tu as perdu avant même de te rendre compte à quel point tu étais à côté de la plaque!

—Ah, je me sens nettement mieux, merci! s'écria Danièle.

La jeune femme fit un effort pour penser à Armand et à leur fils. Peu importait ce que Stacia et Rose préparaient, elle devait survivre!

—Reste près de moi, dit Talia. Je ferai de mon mieux pour te protéger. Il faut seulement que tu trouves un moyen d'atteindre la tour de la duchesse. Avec un peu de chance, les nains feront diversion pendant que nous nous glisserons à l'intérieur pour sauver ton époux.

La naine de pierre recula en se frottant les mains. Elle avait évidé la plus grande partie de la roche à gauche de la porte et bien dégagé les gonds noirs.

Elle s'accroupit, se ramassa sur elle-même et se rua épaule en avant pour se fracasser de toutes ses forces contre les vantaux. Le bruit fut assourdissant. Même Blanche grimaça et se couvrit les oreilles.

La porte s'ébranla puis s'effondra après deux assauts supplémentaires. La voie était libre. La naine de pierre entra, précédant ses compagnons.

—La subtilité n'a jamais été le fort de Blanche, cria Talia.

Danièle entendit à peine la jeune femme car ses oreilles bourdonnaient encore.

Impatiente, Blanche franchissait déjà le seuil, suivie de près par Talia. Prenant une profonde inspiration, Danièle leva son épée et leur emboîta le pas, marcha sur les restes de la porte, puis sauta sur la coursive métallique qui donnait sur l'extérieur.

La dernière fois que Danièle était venue là, elle était sous l'emprise du sortilège de Stacia. La tête baissée en signe d'obéissance, elle n'avait pu se faire une idée précise de la taille véritable de la caverne.

Ils avaient débouché à mi-hauteur, ou à peine un peu plus. À cette altitude, les silhouettes affairées au pied de la tour n'étaient guère plus grosses que des insectes. La jeune femme eut le souffle coupé à la vue de la tour elle-même. L'édifice, presque aussi vaste que le château de Lorindar, se dressait au beau milieu du lac comme une gigantesque stalagmite. La tour se rétrécissait vers le milieu, puis s'élargissait de nouveau pour fusionner avec la roche au sommet. Cerclé de balustrades et de plates-formes, le bâtiment était relié aux parois de la caverne par plusieurs ponts-levis étroits et légers. Certains d'entre eux avaient été relevés et s'aplatissaient contre la tour. Si elle le souhaitait, la duchesse pouvait les faire tous remonter et interdire l'accès à la tour, à moins de passer par le lac en dessous.

Des étincelles bleues se reflétèrent sur l'épée de Danièle. L'eau magique coulait sous la passerelle où se tenait la jeune femme. Ces coursives n'étaient que de larges caniveaux recouverts de grilles. L'eau lumineuse éclairait le chemin et s'écoulait en spirale sous les plaques ajourées pour se jeter dans le lac. Passerelles, conduites et poutrelles de soutènement sillonnaient la caverne comme la toile d'une gigantesque araignée tisseuse de métal.

En s'effondrant, la porte monumentale que la naine avait enfoncée avait endommagé la balustrade et défoncé la coursive, si bien que l'eau cascadait désormais sur le côté. Danièle entendait le métal gémir sous le poids des autres nains.

—Concentre-toi sur l'ennemi plutôt que sur le paysage, princesse! lança Talia d'un ton brutal.

Et braquant son couteau sous le nez de Danièle, elle désigna un point en contrebas : tout près d'elles, un petit groupe de ténébreux s'agitait et sautillait sur la passerelle. Ils semblaient attendre.

—Voyez-vous ça, l'intrépide Belle au Bois Dormant est de retour! s'exclama Stacia qui se tenait plus haut, près de l'un des rares ponts abaissés. Si nous commencions par toi, princesse Talia? *Jette-toi de la…*

Blanche frappa dans ses mains. Un martèlement sourd s'en fit l'écho si bien que Danièle ne put entendre le dernier mot de Stacia.

Talia se frotta les oreilles.

—N'y aurait-il pas une façon moins désagréable de procéder?

Blanche sourit et se tourna vers Stacia : d'un petit signe de la main, la jeune femme envoya les nains de feu et de lumière à l'assaut. Ils filèrent comme l'éclair. Stacia recula d'un pas, les yeux écarquillés. Le fantôme de Rose se souvenait peut-être de la dernière fois où il avait rencontré ces créatures.

Stacia se remit rapidement de sa surprise. Un coup invisible frappa les nains. La silhouette de lumière s'immobilisa simplement, mais le nain de feu fut projeté en arrière et atterrit sur le dos. Un nuage de vapeur les enveloppa, les dissimulant bientôt à la vue de tous.

—Qu'est-ce qu'elle attend? cria Talia.

Les ténébreux n'avaient toujours pas bougé.

—Rose sait que je peux nous en protéger, répondit Blanche. (Elle fit quelques pas en direction de Stacia.) Elle ne veut pas gaspiller sa puissance dans des attaques vouées à l'échec.

Lorsque la vapeur d'eau se dissipa, les nains de Blanche retournèrent auprès de la jeune femme.

Stacia battait en retraite, se repliant au pied du pont.

—Dis-moi, ma fille, tu entends toujours les cris de ton amant quand tu dors? Penses-tu que l'agonie de tes amies surpassera ce souvenir quand j'aurai calciné leur peau?

Blanche fit un pas en avant, mais Talia la retint par l'épaule.

—Si tu la rejoins sur ce pont, elle aura l'avantage tactique. Rose sait que la plupart de tes nains ne peuvent pas voler. Ni toi, d'ailleurs, alors qu'elle, si. Vas-y et elle fera écrouler le pont. Elle n'aura plus qu'à se transformer en oiseau tandis que toi, tu tomberas vers ta mort.

—Je pourrais voler si je le voulais! protesta Blanche. (Et elle ajouta:) Probablement.

Mais elle s'immobilisa. Talia toucha le bras de Danièle.

—Trouve-nous un autre pont!

Danièle se jucha sur la rambarde. La plupart des ponts avaient déjà été relevés. Elle en repéra un pourtant, un peu plus bas. Un groupe de nains voûtés conduisait un chariot tiré par une mule vers la tour. Malheureusement, il leur faudrait trop de temps pour s'y rendre. Il y avait un autre pont au-dessus de leur tête, mais le cliquetis métallique de chaînes attestait qu'on le relevait.

Une foule s'était amassée pour regarder la confrontation. Danièle aperçut des gobelins sur l'une des plates-formes de la tour, tous observant la scène en la montrant du doigt. Quelques nains se tenaient sur la passerelle au-dessous. Danièle ne pouvait pas les entendre, mais elle eut la nette impression qu'ils engageaient des paris.

Une fois encore, Blanche envoya le nain de feu attaquer Stacia et une fois de plus Stacia le contra.

—Stacia a peur de l'eau! hurla Danièle.

Blanche sourit et pointa le doigt. La naine de l'eau commença à disparaître. En y regardant d'un peu plus près, Danièle la vit traverser la grille métallique pour se mélanger à l'eau en dessous. Les rides sur le front de Blanche trahissaient la grande concentration de la jeune femme.

—Ce serait plus facile si Stacia se tenait dans le sens du courant, se plaignit-elle.

De fines plantes rampantes et écailleuses surgirent de la grille. Elles s'enroulèrent autour de la jambe de Blanche, la tirant jusqu'à l'obliger à s'agenouiller. On aurait dit un croisement entre une plante et un animal. Elles se déplaçaient à la vitesse de serpents en colère, mais des épines acérées pointaient de leurs écailles.

—Blanche! cria Talia en tentant de retenir la jeune femme pendant que les ténébreux profitaient de l'occasion pour les attaquer par-derrière.

—Je vais les ralentir! s'écria Danièle. Toi, aide Blanche!

Danièle s'éloigna en brandissant son épée tandis que les ténébreux se précipitaient sur elle. Elle en compta quatre, non, cinq spécimens. Que lui était-il donc passé par la tête pour qu'elle se porte ainsi volontaire, seule contre des ténébreux? De toute évidence, elle avait passé trop de temps avec Talia!

Le chef des monstres s'accroupit pour attaquer. Danièle se tendit.

Une lumière brûlante l'aveugla et les ténébreux hurlèrent. Le nain de Blanche en balança deux par-dessus la rambarde avant qu'ils aient pu faire le moindre geste. Un poing flamboyant écrasa le troisième contre le mur de pierre. Les deux rescapés s'enfuirent, détalant ventre à terre le long de la passerelle comme deux lapins effrayés.

Danièle se retourna vers Blanche qui tranchait déjà les lianes nouées à ses jambes avec son couteau. Les épines avaient lacéré son pantalon, mais au-dessous la peau claire était intacte.

Talia grogna et recula.

—Et si on se contentait de regarder, hein? Si tu as besoin d'aide, tu nous fais signe!

Blanche montra Stacia. Comme les plantes rampantes, la naine de l'eau avait suivi la passerelle et jailli entre les grilles pour s'agripper aux jambes de son adversaire.

Stacia poussa un hurlement. La naine se dressa sur la passerelle et souleva Stacia au-dessus de sa tête pour la précipiter dans le vide.

—Elle sait voler, n'oublie pas! lança brusquement Talia. Cela n'avancera pas à grand-chose!

C'est à peine si Blanche cilla, mais la naine se retourna et traversa le pont dans l'intention de fracasser le corps de son adversaire contre la paroi de la caverne.

C'est alors que Stacia plongea ses mains dans le dos liquide.

Blanche en eut le souffle coupé et elle recula en titubant. Talia laissa tomber son couteau et la rattrapa dans ses bras.

Danièle regarda la naine: l'eau étincelante et vive qui la composait était devenue trouble et inerte. Le givre se répandait dans tout son corps, ralentissant ses mouvements. Stacia se dégagea et retomba sur ses pieds, la main toujours enfouie dans le dos gelé. La naine tenta de la saisir, mais Stacia enfonça la main plus profondément. Bientôt, les doigts de la naine se retrouvèrent gelés eux aussi.

Stacia recula et retira sa main qu'elle serra contre sa poitrine avec force. Une meute de ténébreux afflua et assaillit la naine qu'ils soulevèrent et poussèrent par-dessus la rambarde. Elle tomba et alla s'écraser sur les rochers, au bord du lac.

Blanche sursauta sous le choc et prit une profonde inspiration.

—Ça piquait!

Le nain du vent commença à souffler. Les cheveux de Danièle furent rejetés en arrière et la jeune femme dut se cramponner à la balustrade pour ne pas trébucher et être emportée. Blanche ne dirigeait pas le vent contre Stacia, mais vers la tour.

—Qu'est-ce que tu fais?

—Le septième nain a trouvé Armand! hurla Blanche. Tenez-vous prêtes!

Talia regarda autour d'elle.

—Prêtes à quoi?

La naine de pierre posa un pied sur la balustrade et bondit. Le vent se précipita à sa suite, manquant d'aspirer Danièle dans son sillage. La jeune femme demeura bouche bée tandis que la statue cinglante volait comme une flèche et s'écrasait contre un côté de la tour. La naine se laissa glisser jusqu'à l'une des plates-formes. Les gobelins qui s'y trouvaient dégainèrent leurs armes.

La lutte fut brève. Danièle détourna le regard, pensant à ce pauvre Taupinet qui gardait le passage dans la haie de la Cité de Faërie. Quelques instants encore, et le pont serait arraché de son support.

— J'ai l'impression qu'il va atterrir un niveau en dessous de nous, remarqua Talia.

Le métal sembla hurler de douleur, et le pont fut balancé dans le vide, assez vite pour s'écraser en plein sur la coursive inférieure. Mais les constructeurs de la duchesse connaissaient bien leur métier et la passerelle résista ; même si Danièle sentit le choc se répercuter dans ses jambes, à un niveau de distance. De l'eau jaillit de la grille au-dessous.

— Blanche ! hurla Talia.

Stacia avait profité de la diversion et que toute l'attention de Blanche ait été tournée vers le pont pour lancer une nouvelle attaque. Les plantes écailleuses et griffues avaient saisi le bras de la jeune femme et la tiraient jusqu'à la grille où une autre plante se déployait pour s'enrouler autour de son cou. Le nain de feu agrippa deux des lianes. Lorsqu'il les lâcha l'instant d'après, des cendres noires se dispersèrent à la surface de l'eau. Il en saisit deux autres et Blanche se retrouva libre.

Talia enjamba la rambarde, puis se suspendit au bord de la passerelle. Elle balança ses jambes et sauta sur le pont.

— À ton tour, princesse ! hurla Talia.

Danièle s'approcha de Blanche.

— Es-tu sûre de pouvoir l'arrêter ? demanda-t-elle.

Blanche lui rendit son regard. Ses yeux étaient injectés de sang et la proximité des flammes avait rougi sa peau. Elle pleurait, mais sa voix était aussi dure que la pierre.

— Elle est mieux préparée cette fois et elle connaît les pouvoirs des nains, mais je la combattrai tant qu'elle ne sera pas détruite. Va avec Talia! Je ne la laisserai pas vous faire de mal. À vous ou à qui que ce soit!

Elle se détourna, et les nains de la lumière et de l'obscurité foncèrent vers Stacia. Au même moment, le vent secouait violemment cette dernière, la poussant inexorablement vers l'extrémité du pont.

Blanche haussa les épaules.

— Je suis désolée pour tout ce qu'elle vous a fait, à Armand et toi.

Danièle s'éloigna de la rambarde et saisit Blanche par le bras.

— Ne prends pas de risques stupides, tu m'entends? Nous reviendrons bientôt avec Armand. Il n'est pas question que je rentre à Lorindar sans toi! Je me suis bien fait comprendre?

Blanche s'agenouilla et trancha une liane accrochée à sa jambe avec son couteau.

— Allez-y! avant qu'elle détruise ce pont pour vous empêcher de traverser.

Danièle voulut répliquer, mais elle se rendit compte que la jeune femme avait raison. Elle fit demi-tour et enjamba la balustrade en essayant de ne pas regarder les rochers en bas, sur la rive du lac.

Le poids de son fils la déséquilibra. Elle atterrit lourdement. Talia la retint par le bras tandis qu'elle reprenait son souffle.

— Il n'y a pas à dire, tu es vraiment plus lourde qu'avant! fit remarquer Talia.

Avant que Danièle ait pu répondre, une ombre se laissait tomber de la passerelle située au-dessus d'elles. Un instant, Danièle crut qu'il s'agissait d'un nouveau ténébreux, mais la silhouette grandit, devint moins dense et s'étira pour recouvrir le pont et le plonger dans l'obscurité.

— Blanche a envoyé l'un de ses nains nous aider, expliqua Talia.

Elles avaient traversé la moitié du pont quand le hurlement du métal tordu les arrêta net. Derrière elles, Stacia avait changé de tactique. Les lianes souples avaient cessé de s'en prendre directement à Blanche, préférant s'attaquer à la passerelle elle-même. Elles avaient déchiqueté le tronçon où se tenait la jeune femme. Une longue section de la passerelle pendait, tordue à angle droit. L'eau se déversait dans la caverne au-dessous.

Danièle désigna Blanche, allongée à plat ventre, qui s'accrochait à la passerelle brisée. Les cheveux de la jeune femme s'envolèrent lorsque le vent l'aida à remonter la section. Pendant ce temps, le feu s'occupait des lianes griffues.

—Elle a besoin d'aide! lança Talia en reculant.

Danièle était prête à lui emboîter le pas.

—Nous n'arriverons jamais à temps jusqu'à elle! Blanche a dit qu'elle pouvait vaincre Stacia et Rose. Nous devons lui faire confiance!

Talia fit non de la tête.

—Au cas où tu n'aurais pas remarqué, Blanche n'est jamais tout à fait lucide quand il s'agit de sa mère.

Finalement, Blanche se hissa et une rafale supplémentaire l'aida à bondir sur la partie intacte de la passerelle. Instantanément, de nouvelles lianes surgirent de l'eau, la forçant à s'agenouiller et la clouant sur place.

—J'y vais! décida Talia.

—Attends!

Les nains de Blanche libéraient déjà la jeune femme pendant que celui de la lumière s'élançait vers Stacia; celle-ci eut un mouvement de recul et se couvrit les yeux.

—Je te dis qu'elle a besoin d'aide! cria Talia.

—Je sais, répondit Danièle en levant la tête. Cet endroit n'est rien d'autre qu'une immense grotte, n'est-ce pas?

Elle ferma les yeux.

S'il vous plaît, venez au secours de mon amie!

—Qui as-tu appelé au secours? demanda Talia.

Danièle cilla.

—Comment sais-tu que je…?

—Tu te mords la langue chaque fois que tu t'adresses aux animaux par ce rituel d'invocation silencieuse. Tu crois vraiment que des rats seront capables de combattre la magie de Stacia?

—Pas les rats.

Un sourire sinistre aux lèvres, Danièle désigna le plafond de la caverne où des centaines de formes noires voletaient en direction de Stacia. Bientôt, un nuage de chauve-souris l'entoura ; il était si compact que Danièle ne distinguait plus sa demi-sœur.

—Allons-y, lança Danièle. Prenons la tour d'assaut !

La naine de pierre les attendait de l'autre côté du pont, sur une large plate-forme de bois et de métal qui encerclait un tiers de la tour. Les grandes plaques de chêne massif avaient été polies par des décennies de tours de garde. Une dentelle de fils de métal argenté serpentait entre les planches comme les racines d'un saule pleureur et fixait solidement l'ensemble à la tour. Malgré son apparente délicatesse et légèreté, la structure supportait le poids de la naine sans aucun signe de faiblesse.

Deux gobelins se recroquevillaient derrière elle. Enfin, deux et demi, en réalité. Leur adversaire n'avait pas été tendre.

Les survivants se blottissaient l'un contre l'autre, écarquillant de grands yeux jaunes. Un paquet de cartes semblait avoir été oublié là et aucun d'eux ne manifestait la moindre intention de lever l'arbalète sur leurs genoux.

Talia sourit et fit main basse sur les deux armes.

—Nous venons rencontrer la duchesse et ses hôtes, annonça Danièle dont le sourire valait celui de Talia. Elle doit s'impatienter !

Talia se retourna. Stacia s'était débarrassée de la plupart des chauves-souris, mais le temps perdu redonnait l'avantage à Blanche et à ses nains. Stacia avait reculé à mi-chemin sur le pont.

—Vas-y ! dit Talia en poussant du coude la statue de pierre. Vole à son secours !

Tandis que la naine de pierre filait en direction de Blanche, Talia donnait une des arbalètes à Danièle. Son pied dans l'étrier de la seconde, elle tendit la corde vers elle, puis leva l'arme qu'elle bloqua contre son épaule. Elle visa avec soin et appuya sur la détente.

Le carreau de l'arbalète fit froufrouter la robe de Stacia en manquant sa cible. Talia en jeta l'arbalète de dépit par-dessus la rambarde.

— Saleté de camelote gobeline ! (Elle arracha l'autre arbalète des mains de Danièle et se tourna vers les gobelins.) Par contre, je suis prête à parier que je ne manquerai pas une cible aussi proche.

Les gobelins se regardèrent. Ils s'écartèrent avec un bel ensemble et dégagèrent le passage vers la porte voûtée dans leur dos.

Danièle tira son épée, arrachant des glapissements de panique aux deux gobelins.

— Ne craignez rien, tenta-t-elle de les rassurer, personne ne vous veut du mal.

— Ce serait une première ! grommela l'un des deux gobelins qui, comme son comparse, ne quittait pas l'épée des yeux.

Talia examina la porte, puis s'allongea bien à plat pour regarder au-dessous.

— Ni serrure ni piège, d'après ce que je peux voir, dit-elle en jetant un coup d'œil aux gobelins. L'absence de piège est probablement une bonne idée : ces deux-là se feraient tuer à coup sûr rien qu'en tentant de retourner à l'intérieur.

La poignée était en bronze poli et reproduisait la forme d'une elfe nue aux courbes généreuses.

— Ne montre surtout pas ça à Blanche, la supplia Talia, ou elle voudra redécorer la moitié du palais.

En roulant des yeux, elle empoigna le levier central et l'actionna.

La porte s'ouvrit facilement sur une pièce ronde et basse aussi large que la tour tout entière. Au centre, un feu bleu palpitait, encastré dans le sol. L'air était lourd de fumée et Danièle toussa. La jeune femme surveillait les gobelins du coin de l'œil, mais ceux-ci semblaient heureux de pouvoir se recroqueviller tranquillement dans leur coin.

— Tout de même, on aurait pu imaginer que la duchesse s'entourerait de meilleurs gardiens, fit remarquer Danièle tandis qu'elle entrait à la suite de Talia.

— Effectivement, on aurait pu l'imaginer… (Talia s'immobilisa tout à coup.) Princesse, la porte ! Retiens-la !

Danièle se précipita, mais il était trop tard. Sans rien pour les retenir, les vantaux s'étaient refermés sur elles, les plongeant dans le silence.

—Les gobelins sont une ruse. La porte n'était pas piégée, et pour cause : c'est toute la pièce qui l'est ! (Talia désigna le nuage de fumée gris-bleu derrière lequel treize portes, espacées d'intervalles réguliers, habillaient les murs.) Voilà bien un coup tordu de fée ! Je te parie qu'une seule des treize nous mènera où nous voulons aller.

—Et les autres ?

—Au fond des océans, sur les lieux d'un accouplement de dragons, dans des latrines de gobelins, etc. Que des endroits charmants, crois-moi !

Danièle saisit la poignée de la porte derrière elles. À son grand soulagement, de ce côté-là, le bouton était simplement en forme de branche ; le rendu était si parfait qu'on avait l'impression qu'elle poussait directement du bois du vantail. La jeune femme donna un petit coup sec.

—Je ne crois pas que ce soit verrouillé, annonça-t-elle, nous pouvons ressortir et demander aux gobelins laquelle…

—Non ! (Talia vola littéralement à travers la pièce pour peser de tout son poids sur le bois de la porte.) Ce n'est pas aussi simple que ça, princesse !

—Il doit bien y avoir un moyen ! protesta Danièle. Les gobelins ne peuvent pas rester indéfiniment sur cette plate-forme !

—Qu'est-ce qui te fait croire que tu retourneras près des gobelins par là ? demanda Talia. (Elle s'agenouilla pour examiner le seuil.) Ce sont les portes qui reconnaissent les gens, et pas l'inverse. Blanche saurait comment trouver la bonne.

Danièle se présenta à la suivante. Les charnières ne montraient aucun signe d'usure. Le métal était aussi intact que le jour où il avait été forgé. La seule différence résidait dans la poignée. De minuscules bourgeons jaillissaient du bronze.

En faisant le tour de la pièce, Danièle se rendit compte que chaque bouton représentait une étape dans les saisons. À l'opposé, des feuilles de chêne s'épanouissaient sur une brindille si fine qu'elle s'y coupa le doigt. Des glands étaient suspendus aux suivantes et tandis qu'elle s'approchait de la fin de son tour d'inspection, elle découvrit des feuilles mortes, comme saisies en pleine chute.

—Je hais les fées! ronchonna Talia. (Elle se dirigea vers l'une des portes automnales et secoua les feuilles mortes.) Et je hais les devinettes! On est au début de l'été, ça veut dire qu'on devrait en choisir une de l'été?

—Et pourquoi ce feu?

Danièle se précipita vers le foyer allumé, un cercle encastré au ras du sol, bordé d'un anneau de marbre blanc taillé dans la masse. De grosses bûches étaient disposées en pyramide, mais le bois ne semblait pas se consumer. La fumée sentait le gingembre et la cannelle.

—Qu'as-tu l'intention de faire, tout brûler?

—Je ne sais pas. (Danièle tendit la main, mais les flammes bleues étaient beaucoup trop chaudes.) Et si le feu faisait partie de l'énigme? Il changera peut-être de couleur lorsque nous toucherons la bonne porte, ou la fumée se dirigera vers celle que nous cherchons, ou…

—J'en doute, l'interrompit Talia. Il est plus vraisemblable que la duchesse utilise ce feu pour espionner la pièce. On a déjà vu ce genre de choses… Une tentative d'espionnage au palais, il y a à peu près un an. Une des bougies de la salle du trône brûlait avec une teinte rosée particulière. On a pensé que ça venait de la cire, alors j'ai fait remplacer la bougie et je l'ai apportée à Blanche. J'ignorais totalement qu'on pouvait utiliser des flammes comme support dans la magie de voyance. (Elle détourna le regard.) Bref, Blanche adore le rose, mais quand elle a allumé la mèche, elle nous a dit qu'un elfe nous observait de l'autre côté de la flamme.

—Enfin, pourquoi la duchesse voudrait-elle nous espionner? demanda Danièle.

—Pour s'amuser, je pense, répondit Talia. Je suis sûre que le spectacle en vaut la peine! Regarder ces pauvres humains perdre pied, se disputer, tenir des raisonnements plus stupides les uns que les autres jusqu'à ce qu'enfin ils ouvrent une porte et scellent leur destin. (Elle tisonna le feu.) Cette fée est d'une arrogance! Quelle sal…

—Attends! s'écria Danièle, absorbée dans la contemplation des flammes. Tu es sûre qu'elle nous regarde?

—Elle doit forcément se tenir informée de ce qui se passe sur le pont, répondit Talia. Elle sait sans doute que nous avons forcé le barrage des gobelins. Oui, j'en suis sûre.

Danièle se redressa. Après tout, les fées n'avaient-elles pas l'obligation de jouer en respectant les règles ?

—Duchesse, proclama-t-elle en prenant un ton aussi ferme que possible. (Elle essaya d'imiter la reine Béatrice lorsqu'elle parlait en présence de sa cour.) Je suis la princesse Danièle Blanche-Rive, future reine de Lorindar. J'ai été retenue dans votre demeure contre ma volonté et je désire m'entretenir avec vous.

Prenant Talia par le bras, Danièle s'avança vers la porte la plus proche.

—Qu'est-ce que tu fais ? demanda Talia en se dégageant.

—Même la duchesse est tenue de respecter le traité, expliqua Danièle. Si je meurs, elle aura délibérément assassiné un membre de la famille royale.

Danièle se saisit de la poignée.

—Tu es sûre de toi ? demanda Talia.

Danièle se força à sourire.

—Fais-moi confiance.

Talia leva les yeux au ciel, mais elle la laissa faire.

Danièle retint sa respiration. Elle savait qu'elle avait raison. Elle avait forcément raison. Le rôle de la duchesse dans ce petit jeu de dupes avait été limité par son ignorance et son aveuglement délibérés concernant l'identité de Danièle et d'Armand. Elle ouvrit la porte.

Il n'y avait rien. Seule une totale obscurité attendait les jeunes femmes. Danièle entendit Talia armer son arbalète. La main sur son épée, elle franchit le seuil.

Elle sentit de la pierre sous ses pieds. Une farandole de fragrances lui mit l'eau à la bouche : ça sentait l'agneau rôti, le pain frais et une sorte de confiture ou de compote de fruits. Un autre pas et les ténèbres se dissipèrent. Un lustre flottait dans la pénombre devant elles. Trois couronnes de bougies étaient suspendues dans les airs par des cordelettes de fils d'or tressés. Des larmes de cristal taillé pendaient entre chaque flamme et capturaient la lumière comme de minuscules étoiles.

Danièle avança jusqu'à ce qu'elle se retrouve dans une longue salle à manger. Deux escaliers de marbre montaient le long des murs que décoraient des fleurs bleues et blanches, s'épanouissant depuis les rampes vivantes. Au centre, une table en pierre noire polie était dressée. À son extrémité la plus éloignée, derrière les plats et les gobelets, une flamme bleue et chaude brûlait dans un brasero d'or.

Brahkop le troll venait de se lever d'un siège aux dimensions démesurées. À sa gauche, en tête de table, trônait une femme svelte vêtue d'une robe de soie blanche. La duchesse – c'était elle sans aucun doute – était petite, avec quelque chose d'enfantin. Les fils d'or de sa robe représentaient des volées d'oiseaux en cercles sans fin autour de sa poitrine et qui s'incurvaient pour épouser ses formes. Ses cheveux étaient d'un blanc immaculé, coupés court à la sauvageonne, comme ceux d'un jeune garçon. Un petit cercle de platine orné d'éclats de jade était posé sur son front. Ses oreilles longues et fines se terminaient en pointes effilées juste au-dessus de la couronne. Les grands yeux qui lui mangeaient le visage contemplaient les deux jeunes femmes sans ciller.

Auprès de la duchesse, lui tenant la main, se trouvait le prince Armand.

Il portait une longue robe noire dont la coupe était semblable à celle de la duchesse. Un dragon sinueux en fil d'argent ondulait autour de sa poitrine lorsqu'il se tenait debout. Son épée pendait toujours à sa hanche. Danièle sentit son cœur se serrer. Aucun signe dans le regard d'Armand ne lui laissait penser qu'il l'avait reconnue.

—Duchesse, déclara brutalement Brahkop. Ce n'est qu'une servante attachée au service de ma femme, une jeune esclave rebelle.

C'est tout à fait exact ! remarqua Danièle en son for intérieur.

Incomplet, mais exact. Le troll prenait beaucoup de précautions pour ne pas mentir à la duchesse.

Danièle ouvrit la bouche, mais hésita. De quelle façon s'adressait-on à une duchesse ? Madame ? Votre Grâce ? Les titres en vigueur chez les fées étaient-ils différents de ceux des humains ? Son étude du *Manuel des Us et autres Civilités chez les Fées à l'attention des Mortels* semblait remonter à une éternité. Offenser la duchesse était bien la dernière chose qu'elle souhaitait.

Elle jeta un coup d'œil à Talia, mais celle-ci semblait attendre ses décisions. La jeune femme suivait-elle en fait l'exemple de Danièle ?

Celle-ci avala sa salive et s'approcha.

—Je suis venue pour mon mari… Votre Grâce. («Grâce» était apparemment un terme approprié pour une créature de sang féerique, car le visage de la duchesse resta impassible.) Le prince Armand a été enlevé par mes demi-sœurs, Charlotte et Stacia. Ce troll les a aidées à utiliser la sorcellerie pour détourner son affection de moi.

La duchesse porta la main d'Armand à ses lèvres et déposa un baiser léger à la naissance de ses doigts. Danièle sentit sa poitrine se serrer.

—Je n'y entends rien en sorcellerie, dit la duchesse d'une voix mélodieuse. Et votre demi-sœur Stacia est l'hôtesse d'une reine, ce qui lui confère un rang plus élevé que le vôtre, même si votre requête est tout à fait fondée. Selon ses dires, Armand l'a suivie de son plein gré. (De longs doigts caressaient le bras du prince.) Avec le temps, il se trouve qu'aujourd'hui Armand apprécie mon hospitalité.

Instinctivement, Danièle avait levé la main vers son épée. À mi-chemin, la jeune femme prit conscience de ce qu'elle faisait. Évidemment, c'était précisément ce que son hôtesse attendait. Si Danièle attaquait, la duchesse serait en droit de se défendre.

—Connais-tu cette fille, Armand ? s'enquit cette dernière.

Armand pinça les lèvres. Ses cheveux avaient poussé depuis la dernière fois que Danièle l'avait vu. Ils lui donnaient un petit côté débraillé et farouche. Sa peau était plus pâle et ses gestes s'étaient alanguis. Danièle épia sur ce visage mangé par une barbe de plusieurs jours le moindre signe de reconnaissance.

Armand n'était pas physionomiste, certes. Sinon quelle raison l'aurait poussé à emporter la pantoufle que Danièle avait oubliée, lorsqu'il était parti à sa recherche après le bal ? Aujourd'hui, c'était différent, il devait la reconnaître !

—Je crois…, annonça lentement Armand. (Les mots qui suivirent anéantirent l'espoir naissant dans le cœur de Danièle.) N'étais-tu pas servante en mon palais, autrefois?

Brahkop éclata de rire. La duchesse se retourna vers Danièle qui pointa le troll du doigt.

—Ma demi-sœur est peut-être l'hôtesse d'une reine, mais lui n'est qu'un exilé, un banni de la Cité de Faërie et du royaume de Lorindar! Exigez de lui la vérité! (Elle sourit à Brahkop.) Vous n'oseriez pas mentir à la duchesse, n'est-ce pas?

Brahkop gronda et se dirigea vers Danièle.

—Eh bien, Brahkop? (La douceur du ton employé par la duchesse cloua le troll sur place. Un sourire carnassier s'afficha sur les lèvres ducales. La fée semblait s'amuser de cette confrontation.) Quelle est ta réponse?

Brahkop ne dit mot. Comme Danièle l'avait deviné, il semblait réticent, voire incapable de lui mentir. Toutefois, le contrat qu'il avait passé avec Stacia et Charlotte le réduisait au silence.

Quelques rides à peine visibles froissèrent le front de la duchesse.

—Brahkop l'exilé, je ne tolère ta présence qu'à titre d'époux de mon invitée. Il me serait infiniment déplaisant de découvrir que tu pourrais abuser de cette hospitalité.

—Jamais, Votre Grâce. (Apparemment, Danièle avait deviné juste pour le titre. Brahkop se tourna pour faire face à la duchesse.) Cette femme m'a agressé chez moi et ordonné que ma boutique soit détruite. C'est une roturière qui n'a eu de cesse de gagner la main du prince en ayant recours à la magie et à la tromperie.

La duchesse regarda Danièle.

—Attaquer l'un des nôtres est une action répréhensible, mon enfant. Même un exilé sans caste tel que lui.

—Accordez-moi un baiser, demanda Danièle. Laissez-moi défaire le sortilège qui envoûte Armand et il vous le dira lui-même!

—Non!

Brahkop s'avança vers elle, puis se figea.

—Oups! murmura Talia.

—Non ?

La voix de la duchesse était douce, mais la menace implicite dans ce monosyllabe fit frissonner Danièle.

—N'oublie pas à qui tu parles, troll !

—Pardonnez-moi, Votre Grâce. (Brahkop s'inclina bien bas.) Je voulais dire...

—Tes demi-sœurs sont humaines, dit la duchesse en tournant le dos à Brahkop. De même que le prince. Le traité m'interdit explicitement d'interférer dans des affaires humaines. (Elle se dirigea avec grâce vers l'escalier le plus proche.) Ainsi, je dois vous laisser régler ça entre vous.

Tandis qu'elle gravissait les marches, une ombre se détacha du mur. Une version plus grande et plus mince – sans doute plus âgée – des ténébreux se déplaça à sa suite. Alors que les jeunes étaient farouches et fougueux, celui-ci se mouvait avec l'aisance d'un reptile. Si Danièle avait essayé d'attaquer sa maîtresse, il l'aurait tuée avant même qu'elle se soit aperçue de sa présence !

Le souffle de Talia lui chatouilla le cou.

—Brahkop ne bougera pas tant que la fée sera dans le coin. Dès qu'elle sera hors de notre vue, fonce sur le prince ! Tu dois briser le sort. Moi, je m'occupe de la boule de poils sur pattes.

Armand se leva pour suivre la duchesse. Elle baissa le regard vers lui et fit un petit signe de la main.

—Reste ici, mon chéri. (Elle cueillit une des fleurs épanouies sur la rampe et en respira le parfum. Elle se tourna vers Danièle, un léger sourire aux lèvres.) Si tu es ici, je suppose que cela signifie que ta demi-sœur est morte ?

Elle disparut en haut de l'escalier avant que Danièle puisse répondre.

—Stacia... morte ? (Armand s'écarta de la table, visiblement bouleversé par les paroles de la duchesse.) Je l'ai aimée, autrefois.

Ses doigts jouaient avec la poignée de son épée.

—Stacia est vivante, déclara Danièle.

Du moins, elle l'était la dernière fois que la jeune femme l'avait vue. Elle s'avança vers Armand, tenant ses mains loin de son arme.

C'était son mari. Il l'aimait. Aucune magie ne pourrait détruire cet amour-là.

—Armand, tu ne te souviens pas de moi? demanda-t-elle.

Brahkop répondit le premier.

—Quelle sorte de philtre d'amour permettrait à l'envoûté de conserver son amour pour quelqu'un d'autre? Son passé n'est rien d'autre qu'un rêve confus pour lui, jeune dame! Même si je vous découpais en rondelles pour me faire un sandwich, il ne m'arrêterait pas. Sans doute me passerait-il la sauce pour vous assaisonner quand je le lui demanderais.

—Il t'arrive de la boucler quelquefois? demanda Talia.

Elle visa le visage du troll de son arbalète et appuya sur la détente. Le carreau s'enfonça dans les cheveux de la créature et tomba à terre. L'épaisse chevelure était aussi efficace qu'une armure. Brahkop partit d'un rire sonore.

—Vous n'avez rien de mieux que ce jouet de gobelin, ma chère?

Talia laissa tomber l'arbalète et bondit sur la table. Se baissant pour esquiver l'attaque des mèches folles, elle enchaîna les roulades et se saisit du poignard avec lequel la duchesse avait découpé sa viande. Le manche en cristal étincela lorsqu'elle le fit sauter d'une main à l'autre pour le soupeser.

—Petit et mal équilibré, mais il a le mérite d'avoir une lame féerique.

Elle saisit une fourchette dans l'autre main.

—Armand, elles sont venues vous enlever à la duchesse! cria Brahkop.

Le prince fut plus rapide que Danièle. Il prit son élan et bondit, épaule en avant contre les côtes de Danièle pour la faire tomber. La voie étant libre, il tira son épée et attaqua Talia.

La jeune femme feinta, sauta vers l'autre bout de la table et se retrouva à portée de Brahkop. Comme une centaine de tentacules d'argent, les cheveux sinuèrent et se tordirent vers elle.

Le couteau frappa, vif comme l'éclair, et quelques tresses tombèrent, dénouées en brins qui s'éparpillèrent sur le sol. Talia sourit.

—J'adooore ce couteau!

Armand grimpa sur la table, prêt à sauter sur Talia par-derrière.

—Armand, attends! s'écria Danièle. Je porte notre fils!

Il se retourna si rapidement qu'il mit les pieds dans le plat de Brahkop.

—Mon… Mon fils?

—Notre fils, plutôt. Le futur roi de Lorindar. (Elle sourit et toucha son ventre.) Donne-moi ta main et tu pourras peut-être le sentir donner des coups de pied.

Le bébé ne bougeait pas à ce moment-là, mais elle cherchait seulement à se rapprocher d'Armand pour lui donner un baiser.

—Comment est-ce possible?

—Tu veux dire que tu ne sais pas? (Danièle pencha la tête, essayant d'imiter le sourire enjôleur de Blanche.) Tu avais l'air moins désorienté lors de notre nuit de noces!

Armand rougit, mais avant qu'il puisse répondre, il y eut un craquement retentissant. Ils sursautèrent tous les deux. Brahkop avait lancé une chaise vers Talia. Les débris jonchaient le sol. Talia se jeta sur la tignasse, taillant à qui mieux mieux dans la chevelure, mais sans parvenir à s'approcher assez de Brahkop lui-même.

—Je t'en conjure, fais-moi confiance! supplia Danièle. Tu as mis la moitié de la ville sens dessus dessous pour me dénicher. Mes demi-sœurs ont essayé de te tromper, ma marâtre m'a enfermée à clé, mais tu m'as retrouvée!

Armand regarda l'escalier que la duchesse avait emprunté et le désir qu'elle lut sur son visage la blessa plus que tout ce que ses demi-sœurs lui avaient fait endurer jusqu'alors. Pourtant, elle garda son sang-froid et esquissa même un pauvre sourire tremblant. Ce n'était pas sa faute, tout cela était plus fort que lui.

—Tu ne te souviens pas de moi, mais tu reconnaîtras ton fils, c'est sûr!

Elle fit un pas vers lui.

—Ne l'écoutez pas, Votre Altesse! cria Brahkop. Leur amie est une sorcière qui a l'intention d'assassiner Stacia ainsi que la duchesse.

—Menteur! s'exclama Danièle, mais il était trop tard.

D'un bond, Armand s'était mis hors de portée et levait son épée.

Talia empoigna un pied de la chaise cassée et le jeta violemment à la tête de Brahkop qui le bloqua. Mais la jeune femme roulait déjà sur le sol et fit une belle estafilade dans la cuisse du troll. Elle s'écarta en vitesse avant qu'il la saisisse.

Puis ce fut au tour d'Armand d'attaquer Danièle qui, pour rester simplement en vie, dut faire appel à toute la concentration possible. Elle recula très vite en dégainant tandis qu'Armand se fendait encore. La lame de verre tinta comme une cloche tandis qu'elle contrait les assauts du prince.

Il chargea de nouveau, la pointe de sa lame se glissant aisément sous celle de Danièle pour porter un coup à l'épaule de la jeune femme.

La souffrance irradia dans le bras de Danièle et elle faillit lâcher son arme. Armand hésita, lui donnant une chance de battre en retraite. Le sang vint assombrir sa manche et elle chancela, prise de vertiges.

— On se détend, princesse ! hurla Talia. Ne renverse pas le vin !

Danièle hocha la tête, essayant de se souvenir des leçons de son amie.

Lame levée, épaules relâchées. Dos droit, comme pour porter un plateau, les genoux fléchis et…

Armand lui arracha presque l'épée à l'assaut suivant. Alors, les incrustations de bois dans la garde devinrent rugueuses et s'enfoncèrent dans sa paume pour l'aider à conserver sa prise. Danièle parvint tout juste à lever sa lame pour parer le coup qui visait sa gorge.

Il y avait trop de choses à se rappeler. Danièle aurait eu besoin d'un véritable entraînement et ces gestes seraient devenus instinctifs, comme c'était le cas pour Talia. La jeune femme recula, titubante, ses parades de plus en plus incertaines, tandis qu'elle tentait de tenir la cadence d'Armand. Son épée était plus tranchante et plus légère que n'importe quelle lame d'acier, mais il y avait des limites au pouvoir de la magie contre une aussi fine lame qu'Armand. D'un instant à l'autre, Danièle découvrirait sa garde et elle périrait de la main de son mari.

— Armand, je t'en prie ! supplia-t-elle.

Il écarta sa lame d'un geste latéral et dessina un long trait rouge sur la cuisse de la jeune femme.

— Je ne te laisserai pas lui faire du mal, la prévint-il.

Danièle s'écroula. Maudit soit ce gros sac à puces de troll crasseux ! Brahkop avait su exactement comment provoquer Armand ! La jeune femme roula sous la table, évitant de justesse un autre coup. Armand avait toujours été si protecteur ! Enchanté ou pas, c'était le même Armand, farouchement déterminé à défendre ceux qu'il aimait.

Le même Armand ! Danièle laissa tomber son épée. Elle tremblait de terreur lorsqu'elle sortit de sa cachette en rampant, les mains levées.

— Danièle !

Talia tournoya et leva son couteau, prête à le lancer.

— Talia, non ! cria Danièle.

Talia ne comprenait pas, elle allait tuer Armand pour la sauver.

Son amie hésita. Aussitôt, Brahkop l'empoigna. Des cordes de cheveux s'enroulèrent brusquement autour du bras de la jeune femme, Danièle entendit le craquement d'un os, avant que Brahkop jette violemment Talia à travers la pièce.

Danièle se concentra sur Armand.

— Je me rends, dit-elle en s'agenouillant. Tu as gagné !

Armand ne dit mot.

— Je te connais, chuchota Danièle. (Elle comprimait son bras blessé pour ralentir le saignement.) Je suis désarmée. Sans défense. Tu ne me tueras pas. (Elle leva le menton.) Je t'aime.

— Je te croirais presque quand tu dis ça.

Armand saisit le bras vaillant de Danièle et l'aida à se relever.

— Pardonne-moi ! murmura la jeune femme.

Elle gémit en transférant son poids sur sa cuisse blessée, et lança son genou droit dans l'entrejambe de son époux. Il se plia de douleur, lâchant son épée. Danièle saisit l'arrière de sa robe et poussa Armand dont le front cogna contre le sol. Le prince s'effondra en gémissant.

Malgré son bras au supplice, elle s'efforça de le retourner. Son coude était poissé de sang, ses yeux brûlaient de sueur et de larmes, mais elle tint bon jusqu'à le mettre à plat dos.

—Je suis désolée, dit-elle, en l'enfourchant.

Elle se pencha et l'embrassa sur les lèvres avant qu'il ait pu réagir.

Elle ne savait pas à quoi s'attendre : un arc-en-ciel qui les aurait nimbés à la dissolution du sort, l'étreinte soudaine et passionnée d'Armand scellant leurs retrouvailles. Ou une clarté nouvelle dans son regard tandis que le baiser chasserait les nuages qui recouvraient son esprit.

Armand perdit connaissance.

—Je vais finir par me sentir insultée, à force ! grogna la jeune femme en rampant jusqu'à son épée.

De l'autre côté de la pièce, Talia avait reculé dans l'escalier, à mi-hauteur. Le couteau passé dans sa ceinture, elle brandissait d'une main la fourchette de la duchesse. Son autre bras pendait, désarticulé. Danièle apercevait des zébrures rouges là où le troll avait déchiré la peau.

Brahkop la poursuivait de ses cheveux qui, passant par-dessus la rampe, claquaient dans l'air tels des coups de fouet pour tenter de la mettre en pièces.

Talia s'écarta, puis planta brusquement la fourchette dans une mèche de cheveux, la clouant sur la rampe. Elle descendit quatre à quatre.

Elle fut presque assez rapide et aurait réussi s'il n'y avait eu la traînée noire de sang trollien en bas. Elle glissa.

Brahkop tendit la main vers Talia, mais fut retenu par ses cheveux prisonniers avant qu'il ait pu l'agripper. Les autres mèches reculèrent pour mieux frapper.

Aussi leste qu'un chat, la jeune femme sortit son couteau et le lança. Danièle ne vit qu'un éclair d'argent : l'instant d'après, le manche ivoire richement décoré dépassait de la gorge de Brahkop.

Le troll recula en vacillant et s'effondra contre la rampe. Il saisit le couteau.

—Mauvaise idée, commenta Talia.

Brahkop arracha l'arme. Jusque-là, seul un mince filet de sang s'était écoulé de la blessure. La lame ôtée, le sang jaillit, noyant les cheveux de Brahkop et dégoulinant sur le sol.

Le troll lutta pour parler, mais le gargouillis était presque inintelligible. Presque.

Danièle détourna le regard lorsqu'il murmura le nom de Stacia. Puis sa tête s'affaissa brusquement et il mourut.

15

À bien des égards, le silence qui suivit la mort de Brahkop fut plus effrayant que le bruit de la bataille qui l'avait précédée. Danièle serra son épée très fort et scruta les deux escaliers, à l'affût du moindre signe de l'arrivée de la duchesse ou de son ténébreux serviteur.

Talia attrapa une serviette ronde en satin bordée de dentelle qui était posée sur la table et s'en servit pour comprimer la blessure au bras de Danièle. Elle officiait d'une main, son bras cassé immobile le long du corps.

— Tiens ça, et appuie bien. Est-ce que le prince…

— Il est en vie, précisa Danièle.

Leurs voix semblaient si fortes ! Aucun bruit ne filtrait de l'extérieur. Le combat entre Blanche et Stacia avait-il pris fin ?

— Bien. (Talia noua une deuxième serviette autour de la première pour la maintenir en place et considéra Armand attentivement.) Comment as-tu fait ça ?

Danièle caressa la joue de son mari. Il avait les cheveux poissés de sang là où son front avait heurté le sol, mais sa respiration était régulière. Son visage était tiède et conservait encore les couleurs de leur lutte.

— Il s'est évanoui quand j'ai brisé le sort, expliqua Danièle, éludant la véritable question. (Elle se dit qu'Armand n'apprécierait peut-être pas qu'elle ébruite la façon dont elle, sa femme, l'avait vaincu.) Tu sais comment sortir d'ici ? Nous devons rejoindre Blanche.

— Pas encore, dit Talia en examinant la cuisse de Danièle. Au retour, il faudra que je t'apprenne à parer. (D'autres serviettes vinrent couvrir la blessure.) Tu peux marcher ?

— Oui, je crois.

Talia jeta un coup d'œil à la ronde.

— Pas de porte. Bon, tu prends cet escalier, et moi celui-là.

Elle s'arrêta un instant.

Danièle fronça les sourcils lorsqu'elle vit ce que faisait son amie.

— Ne me dis pas que tu es en train de voler l'argenterie de la duchesse !

Talia montra Brahkop du doigt.

— Les épées enchantées ne sont pas données à tout le monde, princesse. Je prends les armes que je trouve.

— Tu as pris les petites cuillers, aussi.

Talia haussa les épaules.

— Les vieilles habitudes sont tenaces !

Elle se dirigea vers l'escalier et Danièle en fit autant de son côté. Elle atteignait la rambarde quand un sanglot étouffé la fit se retourner précipitamment. Stacia se tenait auprès du corps de Brahkop.

Danièle réagit vite, mais Talia fut plus rapide. Un des couteaux volés fila vers la tête de Stacia, mais fut dévié par une force invisible. Il s'écrasa par terre.

Stacia n'en fit aucun cas. Elle ne regardait que Brahkop. Elle tendit la main vers lui, mais s'arrêta avant de toucher son visage. Elle semblait glacée. La bataille à l'extérieur avait dû lui coûter cher. Sa robe était déchirée, en grande partie brûlée, et elle n'avait plus de manches ; son bras droit était rouge et boursouflé. Une série de croûtes et de cicatrices zébraient son autre bras, où la jeune femme avait fait couler son propre sang pour jeter ses sorts. La marque la plus fraîche était pourpre et enflammée. La lame empoisonnée ne l'avait peut-être pas tuée, mais le produit agissait manifestement.

Peu importait son état pitoyable, elle était toujours en vie. Danièle essaya de ne pas penser à ce que cela signifiait peut-être.

—Où est Blanche? interrogea Talia en sautant par-dessus la rampe, un autre couteau déjà en main.

Stacia semblait sourde. Elle s'essuya les yeux.

—Pardonne-moi, Brahkop, murmura-t-elle. J'ai entendu ton appel. Je voulais venir… (Elle frissonna.) Mais Rose m'en a empêchée! Elle voulait que je continue à me battre. Je suis venue dès que j'ai pu reprendre le contrôle.

Un instant, Danièle eut pitié. Le chagrin avait transformé Stacia : de sorcière meurtrière, elle était redevenue la petite fille délaissée par sa propre mère et humiliée par sa sœur, plus belle ; une petite fille qui exorcisait sa douleur sur la seule personne au monde qui lui était inférieure : Danièle.

Stacia rejeta ses cheveux en arrière et se tourna vers sa demi-sœur. Les larmes avaient creusé de longs sillons sur son visage noirci par la suie et le sang.

—Je l'aimais.

—Je sais. (Danièle inclina la tête vers Armand.) Et je l'aime. Stacia, qu'est-ce qui est arrivé à Blanche?

Stacia secoua la tête.

—Nous avons pu prendre le contrôle de l'un des nains et le retourner contre ton amie. Il l'a jetée dans le lac. Elle a peut-être survécu, je ne sais pas. Quand elle est tombée, la colère de Rose s'est calmée suffisamment alors pour que je puisse répondre à l'appel de Brahkop.

Talia lança son second couteau. La lame tournoyante ralentit puis s'immobilisa pour flotter juste devant la poitrine de Stacia. D'une chiquenaude, Stacia retourna l'arme à l'envoyeuse ; ce fut trop rapide pour les yeux de Danièle.

La vitesse de réaction de Talia fut juste suffisante. D'un geste de la main, elle dévia la trajectoire. Il y eut un tintement assourdi et

Talia rajusta sa prise sur la cuiller volée qu'elle venait d'utiliser. Elle décocha un large sourire à Danièle tandis qu'elle troquait la cuiller pour son fouet.

— Tu vois ?

— Alors, tu as trouvé quelqu'un pour te rendre tes dons, remarqua Stacia. Ce doit être comme ça que tu as tué mon mari !

— Stacia, je t'en prie, ne fais pas ça !

Danièle se décala afin de prendre Stacia en tenaille entre Talia et elle. Sa demi-sœur claqua des doigts avant même que Danièle se soit mise en position.

Le fouet de Talia se déroula et, dans un bruit sec, vint s'enrouler autour de sa propre gorge.

Danièle leva son épée et se rapprocha.

— Lâche-la !

— Je n'aurais jamais dû faire confiance à Charlotte pour te tuer, dit Stacia. *Donne-moi ton arme !*

Danièle lutta pour désobéir, mais ses doigts étaient sous le contrôle de Stacia. La jeune femme ralentit jusqu'à se mettre à marcher et inversa sa prise sur son épée. La sorcière tendit la main.

Mais Stacia ne lui avait pas ordonné de se rendre. Quand sa demi-sœur s'empara de l'épée, Danièle la frappa à la gorge. Elle saisit Stacia au poignet de ses deux mains et tenta de lui faire lâcher prise, la forçant à jeter l'épée au loin.

De sa main libre, Stacia tira son couteau et entailla superficiellement le ventre de Danièle. La jeune femme recula et s'effondra : sa jambe blessée refusait de la porter.

— Imbécile ! J'ai besoin de cet enfant !

C'était la voix de Stacia, mais l'inflexion était celle de Rose.

— Résiste-lui, Stacia ! lança Danièle qui rampait vers Talia.

Le visage de celle-ci était noir. La jeune femme avait utilisé un autre couteau pour trancher le fouet. La hampe gisait à terre, mais la corde coupée continuait à l'étrangler.

— Elles ont tué Brahkop ! hurla Stacia.

— Et elles seront châtiées pour cela !

Danièle frissonna. Les deux voix provenaient de la même bouche. L'une était brisée de douleur et de chagrin, l'autre était froide et haineuse. La main de Stacia sur l'épée de Danièle se mit à saigner. Comme les fois précédentes, l'arme luttait pour lui échapper, mais Stacia ne semblait pas s'en soucier, cette fois.

—Princesse! souffla Talia d'une voix rauque.

Elle tomba à genoux. Elle cligna des yeux en regardant Stacia. Elle posa son arme au sol et la fit glisser vers Danièle.

—Stacia, rien ne t'oblige à l'écouter! tenta de la convaincre Danièle.

Puis elle prit le couteau. Stacia n'avait jamais défié sa propre mère et Rose était un despote bien plus terrifiant. Pourtant, le chagrin et la colère avaient donné à Stacia la force de se révolter. Danièle observait son combat pour se libérer du contrôle de Rose.

De son côté, Talia désapprouvait du menton.

—Sers-toi du couteau! dit-elle dans un souffle, mimant le geste de poignarder Stacia.

Celle-ci sourit et se dirigea vers sa demi-sœur. Elle leva l'épée de Danièle. C'était au tour de Rose de lutter pour le contrôle.

—Tu ne peux pas faire ça! Nous avons besoin de l'enfant!

Stacia fit «non» de la tête.

—C'est toi qui as besoin de l'enfant. Moi pas. Moi, je veux venger mon mari!

—Ne fais pas ça, Stacia! s'écria Danièle. (Tournant les yeux sur le côté, elle garda le couteau pointé vers son adversaire.) Je ne veux pas me battre avec toi!

—Je l'aimais! cria Stacia en donnant un grand coup d'épée.

Danièle tenta d'esquiver, mais ne fut pas assez rapide. Ce fut comme si on avait abattu une grosse branche sur son cou. Elle entendit le bruit familier du verre brisé. La jeune femme tomba à terre et porta la main à sa nuque, à l'endroit où l'épée avait frappé. Elle ressentait encore le choc, mais il n'y avait pas de sang.

Stacia recula, les yeux rivés sur l'épée brisée. La lame s'était cassée près de la garde et était tombée à côté de la jambe de Danièle.

Des éclats cristallins s'étaient plantés dans l'avant-bras de Stacia. Le sang coulait déjà sur sa main.

Stacia hurla et jeta la garde avec violence. Elle empoigna son couteau des deux mains et se rua sur Danièle.

Celle-ci s'empara de la lame brisée et en plongea la pointe dans le ventre de sa demi-sœur.

Derrière elle, Talia suffoquait, quand les morceaux de corde du fouet se desserrèrent tout à coup. Stacia recula en titubant. Elle agrippa le verre et tenta de l'extraire, mais ne réussit qu'à s'entailler les mains.

— Je suis désolée, dit Danièle.

Malgré tout ce que Stacia et Charlotte lui avaient infligé depuis des années, elle ne ressentit qu'un grand vide en voyant Stacia trébucher. Sa blessure au ventre se fit lancinante lorsqu'elle rampa vers sa demi-sœur. Elle pria pour que Talia ait raison, pour que le poison sur le couteau de Stacia ne soit pas assez puissant pour tuer.

— Meurtrière! murmura Stacia. Ta mère serait fière de toi!

— Allez, vas-y. Achève-la!

La voix était distante et caverneuse, comme provenant de l'autre bout d'un long couloir.

Derrière elle, le fantôme de la mère de Blanche secouait la tête. Comme pour les ténébreux, la lumière n'avait pas de prise sur Rose. Mais si ces créatures l'absorbaient, Rose y était complètement indifférente. Elle demeurait dans l'obscurité malgré l'éclat du lustre au-dessus de sa tête, et ne projetait aucune ombre sur le sol.

C'était une très belle femme; elle avait les lèvres pleines de Blanche, ses joues rondes et ses yeux sombres, brillants comme la mer la nuit. Avec grâce et élégance, elle décrivit un cercle autour des deux demi-sœurs. Danièle fronça le nez, une odeur de chair brûlée émanant du corps vaporeux.

Rose était vêtue d'une robe grise très simple, mais les ourlets effilochés de son vêtement étaient brûlés. Des flammèches orange y dansaient lorsqu'elle se déplaçait. Ses pieds calcinés ressemblaient à des bûches carbonisées plus qu'à une partie de corps humain. Danièle se souvint de ce que Talia lui avait dit : les nains avaient torturé Rose avant de l'achever.

—Recule, princesse !

Talia lança l'un des couteaux de la duchesse ; il traversa le torse de Rose sans rencontrer la moindre résistance.

—Je suis morte, tu te souviens ? rappela Rose qui parut contrariée. Tu ne peux pas me blesser. Bien sûr, tu ne peux pas m'arrêter non plus.

Elle marcha à grands pas vers Danièle, une main tendue vers son ventre.

Danièle tenta de s'enfuir en rampant tandis que Talia s'interposait entre elle et le fantôme dans une tentative aussi vaine qu'insensée.

—Eh bien moi oui, je peux t'arrêter !

À l'autre bout de la pièce et le nain du feu sur ses talons, Blanche montait l'escalier en boitant. Une onde de chaleur précéda l'assaut du nain lorsqu'il fonça sur Rose.

Le fantôme frappa dans ses mains. Lorsqu'il les rouvrit, une ombre ovale flottait entre ses paumes. Un cadre d'ébène incrusté d'or entourait un miroir obscur. Le reflet flamboyant du nain s'agrandit lorsqu'il chargea. Pourtant, il était plus terne : ses flammes vacillaient comme celles d'une lampe privée de combustible. Quand le nain bondit, Rose plongea la main à l'intérieur même du miroir. Ses doigts se resserrèrent autour de la gorge du nain. Sans effort apparent, Rose attira sa victime dans le miroir qui disparut en fumée, emportant le nain avec lui.

—Et de six… sur sept de tes nains ! (Rose arpentait l'extrémité de la pièce à grands pas, laissant derrière elle des empreintes cendreuses qui s'évanouissaient en fumée.) Tu t'en es très bien sortie si l'on considère ton manque d'entraînement. Une mère pourrait être fière de sa fille. Toutefois, j'avais déjà été confrontée à tes démons. Crois-tu vraiment que je ne me serais pas préparée à toute éventualité ?

Danièle et Talia échangèrent un regard. Sans un mot, elles se placèrent de chaque côté de Blanche.

—Les nains ne peuvent pas l'atteindre sans passer par le royaume des morts, murmura Blanche. Sans Stacia, elle est plus faible, mais…

—Que vas-tu faire avec ton dernier nain? demanda Rose. Ta personnification de la magie... L'enverras-tu me combattre ou devrai-je te l'arracher? Ne t'inquiète pas, je veillerai à utiliser son pouvoir à de bonnes fins. (Elle sourit.) Quant à vous, princesse Danièle, c'est vraiment dommage que votre fils soit encore si faible! Vous m'auriez donné plus de temps, à moi et à mes ténébreux, j'aurais pu vous épargner, mais vous ne me laissez pas d'autre choix que celui de prendre votre corps jusqu'à ce que l'enfant soit prêt.

Blanche se raidit.

—Ne la crois pas! Elle ne peut pas habiter un hôte non consentant.

Rose secoua la tête, une expression de tristesse feinte s'affichait sur son visage ombrageux.

—Pas sans ton aide, ma fille! Lorsque Stacia est morte, j'ai pensé que je serais obligée de me rabattre sur Charlotte. Cependant, tu as dû remarquer que je pouvais utiliser tes nains. Le dernier d'entre eux, l'incarnation de la magie, est bien assez fort pour extirper ton amie de son propre corps. (Elle sourit à Danièle.) Si tu as de la chance, le reste de ton esprit dévasté pourra peut-être revivre dans ton corps quand j'en aurai terminé avec lui.

Danièle et Talia regardèrent Blanche.

—Elle dit la vérité? murmura Danièle. Elle peut me posséder comme Stacia?

—Techniquement... oui. (La main de Blanche tremblait tandis qu'elle montrait Rose du doigt.) Détruis-la!

La pièce sembla chanceler et tanguer. Autour de Blanche, l'air frémit et une petite fille se précipita hors du corps de la jeune femme. Le visage du dernier nain avait la rondeur et la pâleur d'une enfant. De longs cheveux noirs tombaient comme une cape dans son dos. Elle aurait pu être une Blanche plus jeune.

Les pieds nus de la petite fille résonnèrent sur le sol tandis qu'elle courait vers Rose. Plats et gobelets furent fracassés sur son passage. Les flammes du lustre lancèrent des éclats de toutes les couleurs de l'arc-en-ciel tandis que des morceaux de cristal fusaient dans les airs pour exploser contre les murs. L'une des chaises se consuma tandis que d'une autre des bourgeons éclatèrent en feuilles.

Un brusque accès de folie se répandit dans le sang de Danièle et bouillonna dans sa poitrine jusqu'à ce qu'elle soit obligée de lutter pour refréner un fou rire ou s'empêcher de crier. La pièce semblait bouger, comme si l'enfant à elle seule était un tourbillon qui l'aspirait.

Blanche la prit par le bras.

—Je t'avais bien dit que la magie était le plus dangereux de tous les éléments! (Elle leva le menton.) Je te promets que je ne laisserai pas ma mère te faire du mal!

Danièle hocha la tête.

—Je sais.

Les flammes se détachèrent du lustre et s'abattirent sur Rose, déchirant la forme spectrale. Elle reculait en titubant à chaque assaut. Les flammes revinrent encore à l'attaque, plus faibles qu'avant mais suffisantes encore pour pousser Rose dos au mur.

La troisième fois, Rose parvint à invoquer un petit miroir rond. Les flammes frappèrent le miroir et disparurent. Puis la glace elle-même commença à bouillonner, tel un liquide porté à ébullition.

—Viens à moi, mon enfant! dit Rose d'une voix ferme et tendue.

La petite fille recula. Les bougies éteintes, le seul éclairage provenait de la chaise en feu près de la table. À la faveur de l'obscurité, Rose semblait plus puissante.

La naine attaqua encore et bondit directement sur le miroir pour l'arracher des mains de Rose. Celle-ci recula en titubant, mais ne tomba pas. Lentement, l'obscurité du miroir s'infiltra dans la naine, l'attirant vers sa surface obscure.

Blanche tira le poignard qui pendait à sa hanche.

—Insoumise jusqu'au bout! fit remarquer Rose. Tu tiens ce caractère entêté de ton père. Ton dernier nain a échoué et tes miroirs sont brisés. Tu as perdu, ma fille!

—Je ne comptais pas qu'elle vous mette en échec, Mère, répliqua Blanche. (Son pouce caressa le délicat flocon de neige gravé au centre de la garde. D'une légère pression le flocon pivota, révélant un petit miroir parfaitement poli.) Seulement qu'elle vous affaiblisse et vous retienne !

Surprise, Rose ouvrit la bouche lorsqu'elle aperçut le miroir minuscule. Elle tendit les doigts vers Blanche, mais son propre miroir se rebiffa, comme une créature vivante, et se tordit, obligeant sa propriétaire à le retenir des deux mains.

Blanche posa son couteau à plat sur sa poitrine et joignit les mains comme pour prier :

— « Miroir, gentil miroir, reposant sur mon cœur… »

— Non ! hurla Rose. (Elle luttait et se débattait avec la glace pour la placer entre sa fille et elle.) Ermillina, arrête !

— « Fais que ce fantôme, de l'éternel repos n'ait plus peur ! »

Blanche lança son couteau.

En plein vol, le miroir lança des éclats pareils à la lumière du soleil. Le lancer était faible, mais la lame sembla gagner en force et voler de plus en plus vite, comme un aigle fondant sur sa proie. Elle atteignit le miroir obscur qui vola en éclats, emportant le dernier nain avec lui. Les fragments se dissipèrent avant de toucher le sol.

Rose émit un grognement. Le couteau de Blanche dépassait au milieu de sa poitrine.

— Adieu, Mère ! dit Blanche.

Quelques instants plus tard, Rose disparut. Le couteau tomba sur le sol dans un cliquetis. Blanche se précipita pour le récupérer et remit le délicat flocon de neige en place sur le miroir. Elle prit une lente et profonde inspiration, puis se tourna vers ses amies.

— Je vous avais promis que je ne la laisserais pas vous faire de mal.

— Qu'est-ce qui t'est arrivé, Blanche ? demanda Talia en levant la main pour toucher les cheveux de la jeune femme.

Des fils d'argent parsemaient ses boucles noires comme le jais. Danièle aperçut également de petites rides au coin de ses yeux. Blanche prit une boucle dans ses mains pour l'examiner de plus près, ce qui la fit presque loucher.

— Les nains se sont payés.

— Ils étaient censés le faire sur nous trois, rappela Danièle.

Blanche haussa les épaules.

— Oui, mais c'est moi qui les ai invoqués.

— Tu le savais! accusa Talia d'une voix glaciale.

— Bien sûr que je le savais, idiote! (Elle serra Talia dans ses bras.) Je savais aussi que tu continuerais à chercher une autre solution en vain, alors que nous n'avions pas le temps. Mais vous êtes vraiment adorables toutes les deux de m'avoir fait cette proposition! (Elle recula et montra Armand.) Nous sommes en vie et Armand est libre. Ce n'est pas toi qui dis toujours que chacun doit assumer les responsabilités de ses actes? À présent, quelqu'un peut-il me dire pourquoi le prince est profondément endormi à même le sol?

— Il a essayé de me résister, l'informa Danièle. Je pense avoir brisé le sortilège, mais il n'est pas encore réveillé.

Blanche posa ses doigts sur la poitrine d'Armand.

— Le sortilège d'amour est bien rompu. Par contre, il y aura quelques effets secondaires dans les prochains jours.

Danièle déglutit.

— Que veux-tu dire?

— Le sort a contenu son affection pour toi, expliqua Blanche. (Elle sourit.) Construis un barrage sur une rivière et la pression monte. Le sort disparaissant… Eh bien, vu le programme qui s'annonce, je vais avoir besoin de fil ultrarésistant pour recoudre tes blessures.

— Oh! (Malgré tout, Danièle ne put s'empêcher de sourire à la perspective de telles retrouvailles.) *Oh!*

Blanche jeta quelques enchantements bénins à Armand, mais aucun ne put le tirer de son profond sommeil.

— Il va devoir dormir pour se remettre, décréta finalement la jeune femme. (Elle s'approcha de Talia.) Fais-moi voir ton bras!

Pendant que Blanche confectionnait une attelle de fortune pour le bras blessé de Talia avec quelques morceaux de chaise cassée, Danièle traversa la pièce pour s'agenouiller devant la dépouille de

Stacia. Elle reposait au côté de Brahkop. Noir et rouge, sang de troll et sang humain se mélangeaient en une macabre flaque visqueuse.

Stacia l'avait véritablement aimé.

— Je suis contente que vous vous soyez trouvés, murmura la jeune femme.

La lame brisée glissa facilement du corps de sa demi-sœur. Danièle la posa à terre avec la poignée de son épée.

Dans l'obscurité de l'escalier, quelque chose bougea et la fit sursauter. La duchesse souriait en suivant son garde du corps ténébreux dans l'escalier.

— Stacia a joué à un jeu dangereux. (Talia et Blanche traversaient déjà la pièce pour rejoindre Danièle, mais la duchesse esquissa un geste de la main.) Je désire m'entretenir avec la princesse Danièle.

Princesse !

Danièle fit un signe de tête rassurant à ses amies : elle était en sécurité à présent.

— De grandes récompenses exigent de grands risques ! poursuivit la duchesse. (Danièle se demanda si elle faisait allusion à Stacia ou à elle-même.) C'était une jeune femme robuste, pleine de ressources, intelligente et déterminée. Plus proche de vous que de sa demi-sœur en vérité.

Danièle protesta.

— Elles ont toutes les deux essayé de m'assassiner ! Elles ont toutes les deux utilisé la magie et la ruse pour enlever Armand ! Elles...

— Oui, oui, vous êtes une gentille fille et elles, eh bien, elles étaient les méchantes ! l'interrompit la duchesse, une pointe d'impatience dans la voix. Elles ont essayé de voler votre époux. Vous, vous n'avez fait que massacrer mes serviteurs, tuer certains de mes invités dans ma propre salle à manger, arracher l'un de mes ponts de ses attaches, terroriser mes pauvres gobelins et interrompre mon dîner.

De l'autre côté de la table, Blanche s'éclaircit la voix.

— En fait, Votre Grâce, c'est moi qui suis en grande partie responsable de ce carnage.

La duchesse fit mine de ne pas l'avoir entendue. Elle contempla le lustre et les bougies s'allumèrent en vacillant. Deux ténébreux se précipitèrent pour nettoyer les débris éparpillés sur le sol.

— Vous avez également tué plusieurs de mes enfants.

Cette fois-ci, la menace dans sa voix était sans équivoque.

— Vos enfants ? répéta Danièle en tentant de dissimuler son dégoût.

— Pas dans le sens où vous l'entendez, mais ces ténébreux m'appartiennent. Ce que je peux créer, je peux aussi le détruire. Ils le savent et ils m'obéissent. (Elle fit un geste de la main.) Heureusement, le solstice d'été sera bientôt là et je pourrai recouvrer ce que vous m'avez pris !

— Je n'avais pas le choix, se défendit Danièle. Je suis venue au secours de mon mari. J'ai tué Stacia pour protéger mon fils !

— Et tu as pris son époux par la même occasion ! C'est ce que nous pourrions presque appeler une justice de fées. (Elle enjamba Armand et se dirigea vers la table.) Lorsque tout cela sera nettoyé, voudrez-vous vous joindre à moi pour dîner, princesse ? Nous étions sur le point d'entamer le plat principal lorsque vos compagnes et vous… êtes arrivées. Des langues de griffon rôties sur feu de dragon, nappées à la sauce de chèvrefeuille. Ma recette personnelle. Très goûteuse.

— Stacia n'était pas la seule à jouer, Votre Grâce, hasarda Danièle.

— Qu'est-ce que tu fais ? chuchota Blanche.

Danièle ne tint pas compte de sa remarque et concentra toute son attention sur la duchesse.

Celle-ci se retourna et posa ses mains bien à plat, doigts écartés, sur le bord de la table.

— Bien sûr, la reine Rose a également joué un rôle. Une sorcière puissante, capable de repousser les limites de la mort aussi longtemps… J'aurais aimé la connaître de son vivant.

— Il y a des années maintenant, vous avez failli usurper le pouvoir de votre reine, osa Danièle. Lorsque le roi vous prit comme esclave, vous lui avez également échappé. Et je dois croire qu'une virtuose de la fourberie telle que vous a été abusée par mes demi-sœurs ? Par deux jeunes humaines capricieuses ? Comme ce doit être humiliant pour vous !

Si elle ne l'avait pas regardée d'aussi près, Danièle ne se serait pas aperçue de cette légère raideur qui altéra un instant la grâce de la fée. Celle-ci rajusta sa robe et brossa d'un revers de la main quelque salissure imaginaire.

—Les fées et les humains ont toujours joué à ce genre de jeu, mon enfant. Cette fois-ci, vos demi-sœurs et la reine Rose sont les perdantes.

Le laconisme de la duchesse confirma à Danièle qu'elle avait marqué un point. Que ce soit une bonne chose ou pas, c'était impossible à dire.

—Pour être tout à fait exacte, Charlotte est toujours en vie, précisa Danièle.

La duchesse cilla, ce fut son seul signe de surprise.

—Je vois.

—Lorsque nous aurons quitté les lieux…

Danièle jeta un coup d'œil à Talia. Charlotte avait déjà essayé d'assassiner Danièle ainsi que l'enfant qu'elle attendait. Elle avait participé à l'enlèvement et à l'enchantement d'Armand. Elle avait avec Stacia détruit le coudrier qui abritait l'esprit de sa mère.

Talia eut un hochement de tête. Danièle était dans son bon droit et elle pourrait demander l'emprisonnement, voire l'exécution de sa demi-sœur.

—Oui? demanda la duchesse.

—Donnez-lui, je vous prie, ce dont elle a besoin, puis laissez-la partir, conclut Danièle.

Talia se racla la gorge.

—Princesse, ta demi-sœur représente toujours un danger. Tu ne peux pas…

—Je peux! l'interrompit Danièle. Charlotte sera seule pour la première fois de sa vie. Mes oiseaux ont tué sa mère. J'ai tué sa sœur. (Elle se tourna vers Blanche.) Quand nous serons rentrées, je veux que tu te serves de ton miroir. Charlotte est une piètre sorcière. Sans Rose et Stacia, je ne pense pas qu'elle ait le pouvoir de se cacher de toi. Tu devrais pouvoir facilement lui jeter un sort qui nous préviendra si elle ose s'approcher du palais.

Blanche acquiesça.

—Ça ne l'empêchera pas d'envoyer quelqu'un te tuer, grommela Talia.

—Non, effectivement. (Danièle sourit.) C'est la raison pour laquelle je t'ai, toi. (Elle fit face à la duchesse.) Veuillez dire à ma demi-sœur... Dites-lui de quitter Lorindar ! Si jamais je la revois, je la ferai emprisonner pour le reste de ses jours. Dites-lui qu'elle est libre de trouver la vie qui lui convient.

La duchesse inclina la tête.

—Il en sera fait selon votre volonté, Votre Altesse. Et pour vous-mêmes, accordez-moi le plaisir de vous proposer une escorte qui vous reconduira jusqu'à la limite de mon domaine. Je crains qu'il ne soit pas prudent pour mes gens de vous raccompagner jusqu'à la haie, mais...

—Ne vous inquiétez pas, l'interrompit Blanche. (Elle venait de rouvrir d'un petit coup sec le miroir de son couteau et examinait le côté gauche de son visage. Elle tira sur quelques cheveux gris et pinça les lèvres.) Une fois dehors, je peux demander à Arlorran de nous faire apparaître au palais.

—Merci, dit Danièle en plongeant son regard dans les yeux froids de la duchesse. Je ferai en sorte de me souvenir de tout ce que vous avez fait pour moi, lorsque je serai reine.

—Bien. (La duchesse jeta un coup d'œil au corps de Stacia, puis regarda de nouveau Danièle.) Tellement semblables ! murmura-t-elle.

Danièle feignit de ne pas avoir entendu et boitilla jusqu'à son épée brisée pour la ramasser.

—Lorsque vous souhaiterez entrer en contact avec moi, prononcez simplement mon nom trois fois, annonça la duchesse.

—Avec des noms d'oiseaux, ça marche aussi ? maugréa Talia.

Danièle posa son arme près d'Armand. Elle retira la ceinture du prince et y glissa son épée.

—Je ne crois pas que ce moment arrive un jour.

—Oh, mais si.

L'amusement que Danièle perçut dans la voix de la duchesse fut suffisant pour qu'elle se retourne.

—Que voulez-vous dire?

—Je veux parler de votre fils, s'exclama la duchesse sur un ton de surprise feinte. Seulement âgé de quelques mois et déjà plongé dans d'obscurs enchantements! La magie noire, sans parler de la magie féerique de mes enfants ténébreux… (Elle étendit les mains.) Qui peut savoir l'effet que tout cela aura sur un enfant en gestation?

Le sang de Danièle ne fit qu'un tour.

—Comment osez…

Talia empoigna Danièle. Ses doigts puissants s'enfoncèrent dans le coude de la jeune femme.

—Tente quoi que ce soit contre elle, dans son propre palais, et tu es perdue, murmura Talia.

Danièle se força à acquiescer avec une raideur protocolaire.

—Merci.

Elle prit une profonde inspiration, puis jeta un coup d'œil à Talia qui relâcha son étreinte.

—Quel escalier nous conduira hors d'ici, Votre Grâce?

—L'un ou l'autre, si tel est mon désir, répondit la duchesse. Une dernière chose, très chères, avant de prendre congé: mon peuple apprécie son intimité. Je veux croire que vous garderez secret l'endroit de mon humble demeure.

—Béatrice sera tenue informée de votre souhait, répondit Danièle. À mon tour, je veux croire que vous traiterez ma demi-sœur avec égards jusqu'à son départ et que ni vous ni un membre de votre peuple ne nous causerez plus aucun ennui.

La duchesse acquiesça à contrecœur.

—«Ennui» est un mot bien vague, princesse. Toutefois, vous avez ma parole que les miens ne vous feront pas de mal.

Comme promis, l'escalier les conduisit au pied même de la tour. Des vagues étincelantes caressaient une plage de galets noirs et l'odeur poisseuse d'eau salée fit grimacer Danièle. Derrière elle, la jeune femme perçut le rugissement de la cascade.

Talia et Blanche avaient confectionné un travois rudimentaire, à partir de deux lances de gobelins et d'une cape de Stacia. Celle-ci étant morte, la duchesse avait décidé d'offrir à Danièle les effets de sa demi-sœur. Il s'agissait là d'une tentative évidente de gagner la faveur de la princesse et cette dernière aurait refusé s'il y avait eu un autre moyen de transporter son mari. Elle se débarrasserait des affaires de Stacia dès qu'Armand serait capable de marcher.

Danièle blessée et Talia n'ayant plus qu'un seul bras valide, il ne restait que Blanche pour traîner le prince derrière elle. À l'arrière du travois, Talia noua deux ceintures qui garantirent la descente d'Armand sur les marches.

— Tu es sûre qu'il va s'en sortir? demanda Danièle. Il a l'air si pâle!

Elle s'agenouilla et passa la paume au-dessus de la bouche entrou-verte; elle avait besoin de sentir la chaleur de son souffle.

— Aussi sûre que les quatre dernières fois que tu me l'as demandé!

Blanche posa le prince à terre et s'étira. Elle tira son couteau et découvrit le miroir pour essayer de contacter la reine Béatrice.

Danièle s'éloigna et se reposa contre la pierre humide de la tour. L'escalier de la duchesse avait beau être court, la jeune femme avait eu du mal à tenir le rythme de ses compagnes. Avec sa jambe blessée et le surpoids de la grossesse, elle se sentait vraiment infirme. Elle ne pouvait même pas aider à transporter son époux; la vue du pont de pierre qu'elles allaient emprunter pour franchir le lac lui donna envie de pleurer.

— Alors, ça y est? demanda Talia.

— Pas encore.

Blanche fit glisser le couteau dans son fourreau avec un claque-ment sec. Quelque chose dans la caverne de la duchesse l'empêchait de joindre Béatrice. C'était logique. Si la duchesse voulait garder son royaume secret, elle devait interdire toute utilisation de la magie permettant de le repérer.

— Je suis sincèrement désolée pour ton épée, Danièle, confia Talia. Je peux en toucher un mot au forgeron du palais, voir s'il peut t'en forger une autre. Elle ne sera pas aussi légère, mais…

— Merci, mais je garderai celle-là.

Danièle toucha le pommeau et sourit en sentant la faible chaleur sous ses doigts. Elle avait utilisé le fouet de Talia pour attacher la garde à sa place, car la portion brisée à laquelle elle était fixée n'était pas assez longue pour être maintenue dans le fourreau correctement.

Talia fronça les sourcils.

— Je ne comprends pas. L'épée s'est cassée quand Stacia t'a attaquée.

— Je l'ai utilisée pour frapper Stacia, dit Danièle en tendant la main pour montrer sa paume intacte. Si la magie avait été détruite, il me manquerait plusieurs doigts. Quelle que soit sa nature, le pouvoir du verre est toujours là. Je la porterai à l'atelier de mon père. Je vais me procurer des outils, mais je suis certaine que je pourrai la réparer avec l'aide de Blanche.

— Bien, dans ce cas, quand vous serez « en forme » toutes les deux, toi et ton épée, je verrai ce que je pourrai faire pour t'apprendre à t'en servir. Je t'ai observée pendant que tu te battais avec Armand. C'était honteux, Ta Grandeur !

Un faible sourire vint démentir la dureté de ses propos.

— Mais j'ai gagné, n'est-ce pas ?

Le sourire de Talia s'élargit.

— Tu veux te reposer un peu plus ?

Danièle tendit le cou pour examiner la tour. Sur les murailles, les nains et les ténébreux s'affairaient pour réparer les dégâts causés par Blanche et sa mère. Ils s'occupaient déjà de remettre en place le segment de la passerelle à l'aide de chaînes.

— Non, plus vite nous sortirons d'ici, mieux ce sera.

Talia désigna un trou obscur à l'autre bout du pont.

— Ce tunnel devrait nous conduire vers la rivière dehors. En supposant que la duchesse ne nous ait pas réservé de surprises d'ici là.

— La duchesse a donné sa parole, rappela Danièle qui reprenait sa marche en boitant vers le pont. Elle ne nous empêchera pas de partir. (Puis, se ravisant, elle ajouta :) À moins qu'elle décide de récupérer son argenterie…

— Son argenterie ? s'écria Blanche en fronçant les sourcils. Talia ?

Talia jeta un regard à Danièle.

— Cafteuse !

Danièle lui fit un petit sourire fugace avant de se concentrer de nouveau sur la marche. Le pont n'était pas équipé de rambarde et il serait très facile de tomber.

— Je ne lui fais pas confiance, décréta Talia. (Des formes sombres se dessinèrent dans l'eau tandis qu'elles empruntaient le passage.) Les intrigues de fées jouent toujours sur plusieurs tableaux à la fois. Quelque chose nous échappe, mais quoi ?

— Qu'est-ce que tu veux dire ? demanda Blanche.

— Peu importe ce qui arrive, la duchesse doit y trouver son compte ! (Talia tira sur le travois pour le ramener au centre du pont.) Si Stacia avait porté l'enfant d'Armand, la duchesse aurait gagné les faveurs du futur roi de Lorindar. Quand ils ont découvert que Danièle était enceinte, ils l'ont attirée ici. Tout ce temps, la duchesse savait qu'ils lui donneraient Armand. Donc elle obtenait un prince humain en récompense et, par la même occasion, elle était dégagée de toute responsabilité en cas de problème. Si on se réfère à la justice des fées, on ne peut pas prouver sa culpabilité dans un seul de ces crimes. Personne d'aussi doué dans les machinations ne nous laisserait repartir sans contrepartie après tout ça.

Elles atteignaient enfin le bout du pont. Danièle apercevait le fond du lac qui semblait se rapprocher. L'eau léchait déjà l'extrémité du pont et elles durent patauger un peu avant de gagner la terre ferme.

Une fois sur la rive, Danièle essuya ses mains humides sur sa chemise et remua les doigts.

— Blanche, la duchesse a dit la vérité au sujet de mon fils ? Toute cette magie aurait pu le blesser ?

Blanche posa de nouveau le travois et passa la main sur le ventre de Danièle.

— Je ne sais pas. Le sortilège que Stacia t'a jeté est bien brisé. Je n'en trouve pas la moindre trace. (Le bébé bougea et la joie illumina le visage de Blanche.) Hé, je l'ai senti !

Le sourire de Danièle s'évanouit lorsqu'elle leva les yeux sur la tour.

—Les fées raisonnent à long terme, Talia. Ne l'oublie pas. La duchesse ne se mettra pas en travers de notre chemin parce qu'elle veut que je revienne moi-même lui demander de l'aide. Elle veut que je sois sa débitrice!

Blanche et Talia ne répondirent pas, ce qui ne fit que conforter les soupçons de Danièle. Et la jeune princesse savait qu'elle devrait s'y résoudre un jour. Elle en était sûre. Si son fils avait un problème et si Blanche, Trittibar ou Arlorran n'y pouvaient rien, Danièle ferait appel à la duchesse.

—Allez, l'encouragea Talia. Nous ne sommes plus très loin. Du moins, d'après ce que j'en sais. J'avais la taille d'un rat la dernière fois que je suis venue par ici.

Tandis qu'elles marchaient, la lumière bleue de la caverne s'estompa peu à peu pour faire place aux ténèbres, bientôt remplacées par la chaleur des soleils des fées. Danièle plissa les yeux, et ses larmes coulèrent à la vue de la lumière dorée qui traversait la rangée de plantes en lambeaux à l'entrée de la grotte. Elle avança avec précaution. Des éclats de verre scintillants, vestiges des miroirs de Blanche, brillaient toujours au sol.

—Tu crois que tout ira bien pour Charlotte maintenant? demanda Danièle.

Talia émit un grognement.

—Parce que je devrais m'en inquiéter?

Charlotte ne s'était jamais retrouvée seule. Danièle aurait aimé éprouver de la pitié pour sa demi-sœur, mais, chaque fois, elle revoyait le visage de Charlotte, postillonnant sa méchanceté et sa rage tandis qu'elle essayait de la forcer à avaler la potion abortive.

Être obligée de se débrouiller la ferait peut-être grandir et apprendre à s'assumer, mais en son for intérieur, Danièle en doutait. Il était plus vraisemblable que Charlotte sauterait à pieds joints sur le premier marché de dupes qui lui serait proposé dans la Cité de Faërie. Elle finirait esclave: si ce n'était de la duchesse, ce serait des nains, des pixies ou du premier guide qui croiserait son chemin.

Danièle se remit en marche. Elle avait besoin de repos, mais elle avait encore plus envie de quitter cet endroit. Elle n'eut qu'une brève hésitation avant de franchir le rideau végétal, au souvenir de la première fois qu'elle l'avait traversé. Les lianes ne réagirent pas lorsqu'elle avança dans la lumière aveuglante.

Il lui fallut un moment pour s'y accoutumer après un si long séjour dans l'obscurité. Le raclement du bois sur la pierre l'informa de l'arrivée des autres. Elle garda une main sur la paroi de la grotte, écoutant le bruit de l'eau et sentant la chaleur sur sa peau.

Un grognement sourd lui tira un sourire. À l'instant où il se retrouva au soleil, le prince remua. Il bâilla, se frotta les paupières, puis tenta de s'asseoir.

Blanche posa précipitamment le travois. Armand tournait la tête de tous côtés, les yeux agrandis de surprise. Il regarda Talia et Blanche, puis se tourna vers Danièle.

Elle s'assit auprès de lui, sa jambe allongée précautionneusement sur le côté.

— Es-tu… Tu te souviens de moi ?

Armand tendit les doigts pour effleurer sa joue, et repoussa ses cheveux avec délicatesse. Il tremblait.

— C'est vraiment toi !

Puis leurs lèvres se joignirent. Danièle n'osait s'abandonner totalement de peur qu'il disparaisse encore si elle l'enlaçait trop fort ou l'embrassait passionnément.

Elle prit le risque. Exténuée, blessée, elle trouva pourtant la force de le clouer au sol, ses lèvres cherchant les siennes, jusqu'à ce qu'elle ait chassé toute la peur, le désespoir et la solitude de son cœur.

Armand répondit à sa passion, glissant sa main contre la nuque de la jeune femme pour la serrer plus fort, jusqu'à ce que Blanche déclare en s'éclaircissant la voix :

— Euh, moi aussi j'ai participé à votre sauvetage !

Danièle recula un peu pour reprendre sa respiration. Elle aurait bien puni Blanche de son interruption en la jetant à l'eau, même si son amie avait raison. Ils se trouvaient toujours à la limite des terres de la duchesse, et ce n'était pas vraiment l'endroit idéal pour… de telles réjouissances.

Le visage d'Armand était si proche que la jeune femme sentait son souffle sur ses lèvres, un souffle plus haletant qu'auparavant, constata-t-elle avec plaisir.

— Tu m'as manqué, avoua-t-elle.

— J'ai remarqué.

Elle sourit et se redressa.

— Alors, la prochaine fois que tu voudras partir en voyage sans moi, je chargerai Talia de t'enchaîner à la colonne du lit.

— Je peux rendre service, moi aussi, dit Blanche.

Armand rougit.

— Je suis désolé. Je reconnais que cela n'était pas très princier de ma part, n'est-ce pas ? Je voulais… (Il jeta un coup d'œil à ses vêtements. Danièle n'aurait jamais cru que son visage puisse devenir si cramoisi si elle n'en avait pas eu la preuve sous les yeux.) Quelqu'un peut-il avoir l'amabilité de me dire dans quel accoutrement je me retrouve au juste ? Comment suis-je arrivé là ?

— De quoi vous souvenez-vous ? demanda Blanche.

Il fronça les sourcils.

— Blanche, c'est cela ? Tu es l'une des domestiques attachées au service personnel de ma mère. Comment es-tu… ?

— Armand, je t'en prie ! l'interrompit Danièle.

— J'étais en Emrildale. Je me souviens d'avoir pris un verre à la taverne et le reste ressemble à un rêve. (Son visage rougit de plus belle.) Ta demi-sœur, Stacia. Je me souviens… Je l'ai embrassée, n'est-ce pas ? Oh, Danièle, pardon, je ne sais pas comment…

— Stacia et Charlotte t'ont jeté un sort, répondit Danièle. Tu n'y es pour rien !

— Nous sommes dans la Cité de Faërie, ajouta Talia qui revenait sur la rive en pataugeant. Tout semble normal du côté de la rivière.

—Talia craignait que la duchesse nous dresse une embuscade de dernière minute, expliqua Blanche. (Elle se pencha à l'oreille du prince comme pour lui dévoiler un secret d'État.) Elle est un peu paranoïaque sur les bords parfois.

Talia éclaboussa la jeune femme.

—La duchesse? demanda Armand.

—La femme qui t'a retenu prisonnier pendant un mois, précisa Danièle.

Il tira sur sa robe.

—Je ne sais pas de qui il s'agit, mais elle a très mauvais goût en matière vestimentaire. Quel genre de femme… (Il battit des paupières et détourna le regard.) Oh misère, je l'ai embrassée, celle-là aussi, pas vrai?

—Tu étais ensorcelé! l'excusa Danièle.

—Enchantement ou pas, là n'est pas la question. Je suis marié depuis moins d'un an et je m'égare déjà…

Danièle lui donna un coup de poing dans le bras.

—Ça suffit! dit-elle pour couper court. Je n'ai *pas* fait tout ce chemin, ni combattu les gobelins et les ténébreux, sans parler de mes demi-sœurs ou d'une sorcière défunte, juste pour t'entendre pleurer sur ton sort parce que tu te sens coupable!

Sur ce, elle l'empoigna par le col de sa robe et lui donna un autre baiser.

—Je vois, dit Armand au bout d'un moment, quelque peu hors d'haleine. (Il regarda plus attentivement les compagnes de Danièle.) Vous m'avez sauvé toutes les trois? Sans aide?

—Ta mère ne voyait pas d'un très bon œil l'invasion de la Cité de Faërie, expliqua Danièle.

Plissant les yeux, Armand s'attarda sur Talia.

—Je t'ai vue traîner également au palais… Talia. Comment as-tu…

—Ce sont mes amies, proclama Danièle.

Elle attendit d'autres questions, mais l'attention du prince glissa sur ses bandages à la cuisse et au bras.

—Nous nous sommes battus, déclara-t-il lentement. Toi et moi. J'ai essayé de te tuer...

—Mais tu n'as pas réussi, l'interrompit Danièle. Tu n'étais pas toi-même!

Blanche leva les yeux au ciel et se tourna vers Talia.

—Ah, *les hommes*! On va devoir attendre combien de temps avant qu'il remarque ce qu'il y a vraiment à remarquer?

Talia haussa les épaules.

—Si tu ne les avais pas arrêtés, il s'en serait probablement rendu compte quand ils se seraient arraché mutuellement leurs vêtements.

—Talia! s'écria Danièle, ne sachant pas si elle devait rire ou lui lancer quelque chose à la tête.

—Qu'est-ce qu'elle raconte? (Les yeux d'Armand s'agrandirent. Il donna l'impression d'être sur le point de défaillir. Danièle le rattrapa par les bras. L'expression sur le visage du prince passa de la culpabilité à la confusion, puis à la joie pure.) Je me souviens. Tu m'as dit que tu portais notre fils?

—C'est exact.

Il l'enlaça et se mit à rire.

Tandis que Danièle embrassait de nouveau son mari, elle entendit Blanche et Talia soupirer derrière elle.

—Aussi touchante que soit cette scène, j'aimerais quand même quitter cet endroit au plus vite, annonça Talia.

—Je l'avais bien prévenue qu'il serait très enthousiaste! (Dans un bruit de métal entrechoqué, Blanche découvrit le miroir de son couteau.) Je devrais contacter la reine Béa pendant qu'ils se livrent à toutes sortes de débordements.

Armand interrompit son baiser, mais son visage demeura assez près de celui de Danièle pour que son souffle lui chatouille l'oreille.

—Je me trompe ou elle vient d'appeler ma mère «reine Béa»?

Danièle se mit à rire et l'embrassa de nouveau.

—Hé, princesse! (Blanche brandit son couteau.) Elle veut vous parler, à toi et à Armand.

S'appuyant sur Armand, Danièle s'avança pour prendre le couteau que lui tendait Blanche. Elle ne distinguait pas les détails dans le minuscule miroir, mais le soulagement sur le visage de Béatrice était bien visible.

—Je savais que tu le sauverais, Danièle! s'exclama Béatrice. Même Trittibar avait abandonné tout espoir. Il est venu me voir l'autre jour pour me dire qu'après tant de temps, vous étiez forcément tombées entre de mauvaises griffes dans la Cité de Faërie. (Elle s'essuya les yeux.) J'ai bien peur de l'avoir menacé de le faire passer par le trou de la serrure s'il ajoutait un mot.

Armand se pencha.

—Bonjour, Mère.

—Armand! (Béatrice caressa le miroir. Sa voix se brisa dans un sanglot mêlé de rire.) Qu'est-il arrivé à tes cheveux?

—Incline le miroir! suggéra Blanche. Fais-lui voir la robe!

La main d'Armand se referma sur celle de sa femme, gardant le miroir orienté vers leurs visages.

—Je vais bien, Mère, la rassura le jeune homme. Bien que je n'ose imaginer ce qui se dira quand on apprendra que Cendrillon a volé au secours de son prince!

Danièle sourit.

—Chacun son tour!

Dans le miroir, le reflet de la reine se tourna vers Danièle.

—Mes félicitations, princesse Blanche-Rive!

Ce sobre témoignage de gratitude émut profondément Danièle, à laquelle les larmes montèrent aux yeux. Elle articula un rapide «Merci!», puis tendit le miroir à Armand et s'éloigna avant que la reine voie ses larmes.

—Je dois dire que tu avais raison! confia Talia en se rapprochant de Danièle.

—Raison, à quel sujet?

Talia désigna la grotte derrière elles.

—Je ne voulais pas t'emmener, tu te souviens? Je t'aurais enfermée à double tour pour éviter que tu te mettes en travers de mon chemin.

(Elle secoua la tête.) Je reconnais que tu es plus forte que ce que j'avais cru ! Plus forte que moi dans cette histoire.

Danièle inclina légèrement la tête.

—Je n'avais pas le choix. Je devais protéger ma famille.

—Je pense qu'Armand est un homme bien, pour un prince. Et votre fils…

Danièle effleura le bras de la jeune femme.

—Toute ma famille, sans exception !

La réplique de Talia mourut sur ses lèvres, transpercée par le regard inflexible de Danièle.

—Oh ! fit-elle d'une voix à peine audible.

—Mon père nous envoie une escorte de l'Anse des Pins pour nous ramener chez nous, les informa Armand. Les hommes atteindront la frontière de la Cité de Faërie avant la nuit.

« Chez nous ! » La gorge de Danièle se serra. Ces mots avaient la chaleur des premiers rayons de soleil après une tempête sur l'océan.

Blanche porta son couteau à sa bouche, murmura quelques mots et sourit.

—Salut, Arlorran ! On t'a manqué, j'espère ?

Danièle fut étonnée que le cri d'Arlorran ne brise pas le miroir.

—Blanche ! Par le troisième téton de Mallenwar, comment avez-vous fait pour vous en sortir ? Où es-tu ? Tes amies sont avec toi ? La duchesse sait-elle que vous…

—Arlorran, arrête ! (En riant, Blanche secoua le couteau jusqu'à ce qu'Arlorran en bafouille. Aguicheuse, elle battit des cils et demanda :) Aurais-tu la gentillesse de nous faire apparaître chez toi tous les quatre ?

—Tu as bien dit quatre ? Ne me dis pas que vous avez aussi retrouvé votre lascar !

Talia toussota, et même Blanche parut un peu gênée par la désinvolture d'Arlorran, mais Armand éclata de rire.

—S'il peut nous emmener loin d'ici, il peut m'appeler comme ça lui chante !

— Rapprochez-vous bien, dit Blanche. Nous devons tous nous toucher, mais pas d'effusions superflues, je vous prie! ajouta-t-elle en feignant une mine renfrognée.

Danièle fit de son mieux pour obéir. Si elle se servait de sa main, sa blessure s'aggraverait, alors Armand enlaça doucement la taille de sa femme.

— Vous vous rendez compte qu'il y a encore du chemin à faire entre la demeure d'Arlorran et la haie? fit remarquer Talia.

Armand les considéra l'une après l'autre.

— D'une certaine façon, je ne peux pas m'empêcher de plaindre la fée qui se mettra en travers de votre passage!

Danièle l'embrassa et s'avança pour resserrer le cercle.

— Rentrons à la maison.